Scarlet
스칼렛

KB192271

Scarlet

스칼렛

벗

1판 1쇄 찍음 2012년 10월 16일
1판 1쇄 펴냄 2012년 10월 18일

지은이 | 제 로
펴낸이 | 정 필
펴낸곳 | 도서출판 **뿔미디어**

편집장 | 이재권
기획 · 편집 | 주종숙, 정시연
편집디자인 | 이진선
관리, 영업 | 김기환, 임순옥

출판등록 | 2002년 9월 11일 (제1081-1-132호)
주소 | 부천시 원미구 상3동 533-3 아트프라자 503호 (우)420-861
전화 | 032)651-6513 / 팩스 032)651-6094
E-mail | scarlets2012@hanmail.net
카페 | http://cafe.daum.net/scarletR

값 9,000원

ISBN 978-89-6639-962-8 03810

SCARLET ROMANCE STORY

제로 장편 소설

‖ 차 례 ‖

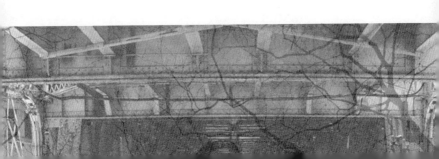

프롤로그 1
어긋난 만남

"시간, 장소 까먹은 거 아니지?"

"걱정 마. 형은 내가 그것도 까먹었을까 봐?"

"넌 집중하면 다른 건 생각도 안 하니까 하는 말이다. 오늘은 이 형님의 여자를 소개시켜 주는 아주 중요한 날이니까 수업 끝나는 대로 시간 잘 맞춰 와라. 알았냐?"

자신의 머리를 흐트러트리곤 싱글싱글 웃으며 검은 정장을 입는 지석의 모습에 남자가 피식 웃음을 터트렸다. 웃으며 지석에게로 다가간 남자가 세워 있는 정장 깃을 바로잡아 주며 말했다.

"멋있네, 송지석."

"그렇지? 미안하지만 오늘은 내가 조금 더 멋있다."

"쳇. 얼른 가 봐. 오늘 아침부터 수술 있다면서."

남자의 말에 손을 들어 손목에 채워져 있는 시계를 확인한 지석의 눈이 커졌다.

"늦었다. 먼저 간다. 병원 앞에 도착하면 전화해."

"알았어. 오늘도 수고하십시오, 형님."

"오냐."

자신의 어깨를 툭 치고 검은색 가방을 메며 방을 나가는 지석의 모습이 시야에서 완전히 사라지자 남자도 가방을 들고 방을 나섰다.

◆

"김동호. 42세. 디씨엠피(DCMP-dilated cardiomyopathy:확장성 심근증. 심장근육이 힘을 잃어 점점 확장되면서 기능이 떨어지는 병) 환자로 저번 주 금요일 삼성병원에서 저희 병원으로 트랜스퍼(transfer-전문 분야가 다를 때 다른 과로 환자를 이동시키는 것)되어 오는 도중 심부전이 와 현재 중환자실에서 경과를 보고 있습니다. 다음 환자는……."

컨퍼런스를 하는 내내 자신을 보며 웃는 지석을 향해 수현이 못 말린다는 듯 고개를 저었다. 엄지와 검지로 하트 모양을 만들어 내는 지석에게 생긋 웃어 준 수현이 주머니에서 휴대폰을 꺼내어 들었다. 자신에게서 시선을 거두고 휴대폰을 만지작거리는 수현을 보며 입을 삐죽 내민 지석이 이내 자신의 주머니에서 울리는 진동 소리에 씩 웃으며 휴대폰을 꺼내어 들었다.

[집중해, 송지석 선생님.]

문자를 읽은 지석의 이마에 주름이 생겼다. 자신을 보고 웃고 있는 수현에게 입을 삐죽 내민 지석이 혀를 내밀며 컨퍼런스 내용에 집중하려 고개를 돌렸다.

"정수현 선생님."

컨퍼런스를 마치고 강당을 나오던 수현이 자신의 이름을 부르는 지석의 목소리에 걸음을 멈추었다.

"오늘 무지 예쁜데, 정수현?"

"제발 컨퍼런스할 때 집중 좀 해. 매번 그럼 어떡해? 환자는 제대로 보는 거야? 송지석 씨."

"당연하지. 송지석을 뭘로 보고. 그리고 저 컨퍼런스 자료 다 내가 준비한 거라 집중 안 해도 여기에 들어 있거든."

검지를 자신의 머리에 갖다 대며 하는 지석의 말에 수현이 웃음을 터트렸다.

"자기 동생 몇 시에 온댔지?"

"4시 반. 시간 맞춰 로비로 내려와."

"응, 알았어. 나 좀 있다 수술 있어. 먼저 올라갈게. 수고해."

그리곤 돌아서는 수현의 팔목을 잡아 돌린 지석이 두 손으로 그녀의 얼굴을 감싼 채 쪽 소리가 나도록 짧게 입을 맞추었다.

"송지석! 누가 보면 어쩔 거야?"

"뭐 어때? 이 병원에 너랑 나 사귀는 거 모르는 사람도 있어?"

"이 병원에는 의사만 있는 게 아니거든요. 정말 부끄러운 것도 모르나 봐. 얼른 가."

자신의 등을 떠밀곤 반대쪽으로 몸을 돌리는 수현의 모습에 지석이 피식피식 웃음을 지으며 자신의 의국으로 걸음을 옮겼다.

[형, 나 병원 앞 커피숍이야.]

동생의 문자에 지석이 4시 반을 가리키는 벽시계를 보며 핸드폰을 꺼내어 들었다.

–정수현입니다.

"4시 반 알람 울리겠습니다. 정수현 씨."

-벌써 시간이 그렇게 됐어? 내려갈게, 조금만 기다려.

폴더를 닫은 지석이 옷매무새를 가다듬고 거울을 보았다. 거울에 붙은 수현의 사진을 손가락으로 가볍게 튕겨 준 지석이 휘파람을 불며 의국을 나섰다. 엘리베이터를 타려던 지석의 모습에 진영이 가운에 손을 넣으며 다가가 물었다.

"어디 가?"

"나 저녁 시간은 오프다. 치프 선생님한테 허락받았으니까 무슨 일 있어도 나한테 연락하지 마라."

지석의 말에 진영이 무슨 소리냐는 표정으로 보더니 이내 피식 웃으며 지석의 어깨를 툭 쳤다.

"오늘이구나."

"오냐. 이 형님은 오늘 색싯감을 하나밖에 없는 동생한테 소개시키러 간다. 친구야, 다녀오마."

"풋. 잘 다녀와라. 병원에 들를 수 있음 잠깐 내 얼굴 보고 가라고 하고. 본 지 좀 된 거 같은데."

씩 웃으며 자신의 어깨를 툭툭 털어 주는 진영에게 지석이 씩 웃으며 고개를 끄덕였다.

"알았다."

로비에서 수현을 기다리고 있던 지석이 에스컬레이터를 타고 내려오는 수현의 모습에 얼굴 가득 미소를 머금었다.

"미안. 나 괜찮아?"

두 손으로 얼굴을 감싸며 묻는 수현의 말에 지석이 두 손으로 엄지손가락을 들어 보였다.

"최고야, 정수현."

"피. 얼른 가자. 동생 많이 기다렸겠다."

수현의 말에 지석이 웃으며 손을 내밀었다. 내민 지석의 손을 잡고 병원을 나서려던 수현이 스피커를 타고 울리는 소리에 걸음을 멈춰 섰다.

"코드블루 외과, 코드블루 외과. 지금 즉시 모든 외과 레지던트 선생님들은 응급실로 와 주시기 바랍니다. 코드블루 외과……."

스피커를 타고 들리는 목소리에 지석 역시 잡고 있던 수현의 손을 놓으며 몸을 돌렸다. 그리곤 곧 시끄럽게 들리는 싸이렌 소리에 수현과 지석이 고개를 돌려 병원 입구를 보았다. 여러 대의 구급차가 일렬로 들어서자 지석이 급하게 정장 재킷을 벗으며 수현에게 말했다.

"어디서 사고가 났나 봐. 들어가 봐야겠다."

"같이 가, 지석 씨."

지석의 말에 뒤따라 응급실로 향하던 수현이 재킷에서 울리는 전화벨 소리에 걸음을 멈추고 휴대폰을 꺼내어 들었다.

"지석 씨 전화 왔어."

"동생일 거야. 네가 대신 받아 줘. 나 먼저 들어간다, 수현아."

자신을 향해 웃어 보이곤 응급실로 들어가는 지석의 모습에 수현이 잠시 망설이더니 이내 폴더를 열었다.

"네, 송지석 씨 핸드폰입니다."

─저…… 송지석 씨 핸드폰 아닙니까?

"맞아요. 지석 씨 여자친구예요. 지금 급하게 코드블루 떠서 응급실에 있어요. 지석 씨 동생분이시죠?"

─아, 네. 혹시 형수님 되실 분? 반갑습니다.

"네. 안녕하세요. 그런데 저 지석 씨가 응급실에 있어서 전화 받기가 좀……."

－안 그래도 커피숍 안에서 구급차가 몇 대 들어가는 거 보고 급한 일 생겼나 싶어서 전화했습니다. 신경 쓰지 마시고 일 보라고 전해 주세요.

"네, 알겠습니다. 그렇게 전해 드릴게요."

－그럼 다음에 뵙겠습니다. 예비 형수님.

지석과 닮은 목소리의 동생과 통화를 마친 수현이 피식 웃음을 터트렸다. 목소리만 닮은 게 아니라 성격도 닮았는지 처음 통화하는데도 어색하지 않았다. 잠시 휴대폰을 향해 시선을 고정시키고 있던 수현이 응급실에서 나오는 간호사들과 의사들을 보며 자신의 머리를 쥐어박곤 서둘러 응급실로 뛰어 들어갔다.

프롤로그 2

이별

스테이션에서 졸고 있던 수현이 주머니에서 울리는 진동 소리에
놀라서 일어섰다.

"선생님, 전화. 전화."

윙 하고 들리는 진동 소리에 옆에 앉아 있던 시은이 수현의 팔을
당겨 앉히며 피식 웃었다. 그런 시은의 미소를 따라 웃은 수현이 핸
드폰을 꺼내어 들어 액정을 확인하곤 폴더를 열었다.

"응, 나야."

-또 스테이션에서 졸았지?

"도사네, 송지석 씨."

-의국에서 눈 좀 붙이지 왜 맨날 스테이션에 있어? 마취과 레지
가.

"내 맘이네요. 출근 중이야?"

-또 깜박했어? 나 오늘 오프잖아.

지석의 목소리에 수현이 픽 웃으며 자신의 머리를 살짝 쥐어박았다.

"그랬지, 참. 근데 이 시간에 일어났어? 조금 더 자지."

-이제 저절로 눈이 떠지네. 오늘 약속 안 잊었지? 네 시까지 준비 완료하고 있어야 돼.

"응. 오늘은 아무 일 없겠지? 자기 동생 만나기 진짜 어렵다. 그치?"

자신의 말에 피식 웃는 지석의 목소리가 듣기 좋아 수현의 얼굴에도 미소가 지어졌다.

-정수현.

"응?"

-있다가 내가 데리러 갈 테니까 기다려. 예쁘게 하고 있어야 되는 거 알지?

"알아, 알아."

-오늘 정수현 인생에서 가장 행복한 날로 만들어 줄게. 기대해도 좋아.

"동생 소개시켜 주면서 가장 행복한 날로 만들어 준다니, 그게 무슨 말이야?"

-있다가 보면 돼. 정수현 선생님.

"네, 송 선생님."

-사랑한다.

한없이 사랑이 묻어나는 지석의 목소리에 수현의 입가가 크게 휘었다.

-사랑해, 정수현.

"치. 그만 끊자. 회진 돌 시간 됐어."

폴더를 닫으며 핸드폰을 가슴팍에 꼭 끌어안는 수현의 모습을 본 시은이 밝게 웃었다.

"부럽다, 정 선생님."

자신의 옆구리를 쿡 찌르고 하는 시은의 말에 수현이 수줍은 듯 얼굴을 붉혔다.

집에서 나와 차에 올라탄 지석이 씨디를 넣고 재생 버튼을 누르곤 시동을 켰다. 휘파람을 불며 가던 지석이 주머니에서 작은 상자를 꺼내어 열며 피식 웃었다. 작은 큐빅이 박힌 똑같은 디자인의 커플링을 본 지석이 상자를 닫아 주머니에 넣고 진동이 울리는 핸드폰을 꺼내었다.

"어디야?"

-학교. 막 해부학 수업 마치고 나오는 길이야. 형은 예비 형수님이랑 같이 있어?

"이제 데리러 가는 길이야. 바로 오는 거지?"

-응. 오늘은 얄짤 없어. 오늘도 응급 뜨면 병원에서 만나는 거야. 알았어?

동생의 말에 지석이 피식 웃으며 핸들을 돌렸다.

"어이, 동생."

-왜?

"사랑한다."

-징그럽게 갑자기 왜 그래? 그런다고 안 봐줘. 난 본 그대로 평가할 거야. 무조건 형이 좋으면 좋다인 엄마랑은 다른 거 알지? 고등학교 때부터 사귀었으면서 시치미 뚝 뗀 거 마이너스 10점. 지금까지 응급 떠서 나 바람맞힌 거 두 번 마이너스 20점. 알아서 잘 모셔. 알

았어?

"풋. 알았다, 인마. 늦지 말고 오기나 해."

-있다가 봐.

폴더를 닫은 지석의 얼굴에 환한 미소가 지어졌다. 병원으로 가기 위해 커브를 틀던 지석이 갑자기 튀어나오는 아이의 모습에 놀란 표정으로 핸들을 꺾었다. 그리곤 다시 핸들을 돌리던 지석이 맞은편에서 오는 트럭을 보곤 브레이크를 밟으며 질끈 두 눈을 감았다.

"……!!"

수현아…….

◆

"코드블루 마취과 정수현 선생님, 코드블루 마취과 정수현 선생님 급히 ER(응급실)로 와 주십시오."

병원 내에 울려 퍼지는 다급한 방송에 수현이 놀란 표정으로 급히 응급실로 들어섰다.

"스물여덟, 스물아홉, 서른. 200줄!"

"200줄 준비 됐습니다."

"비켜, 샷! 다시 200줄!"

CPR(심폐소생술)을 하고 있는 진영을 본 수현의 시선이 침대로 향했다. 그리고 놀란 표정으로 다급히 외쳤다.

"지석 씨."

여전히 CPR를 하고 있는 진영을 뒤로한 채 수현이 떨리는 두 손으로 지석의 얼굴을 감쌌다.

[있다가 내가 데리러 갈 테니까 기다려. 예쁘게 하고 있어야 되는

16

거 알지? 오늘 정수현 인생에서 가장 행복한 날로 만들어 줄게.]

불과 몇 시간 전의 통화가 떠올라 수현의 얼굴에서 굵은 눈물이 떨어져 내렸다. 눈물을 닦을 생각도 않은 채 수현이 차가운 지석의 얼굴을 쓰다듬으며 두 눈을 꼭 감았다.

삐.

응급실을 울리는 한 음의 긴 소리에 수현이 놀란 표정으로 모니터를 보았다. 두 눈을 꼭 감은 채 고개를 숙이는 진영을 본 수현이 고개를 저으며 그를 밀쳤다.

"안 돼."

그리곤 수현이 두 손으로 깍지를 꼭 낀 채 지석의 가슴을 눌렀다. 그 모습을 보는 진영의 얼굴에도 눈물이 흘러내렸다.

"그만해, 정 선생."

"안 죽었어, 지석 씨 안 죽었어. 돌아올 거야, 심박 다시 돌아올 거라고! 박 선생님, 여기 에피네프린(epinephrine-동맥 혈압 상승 약), 아트로핀(atropine-심장박동을 빠르게 만드는 약) 주세요!"

울음 섞인 수현의 오더(Order-치료를 위한 의사들의 임상적 지시 사항)에 진영이 간호사를 향해 말없이 고개를 끄덕였다.

"열일곱, 열여덟, 열아홉······."

"그만해. 정 선생."

"아니야, 아직 안 죽었어, 떼지 마! 엠브(ambu-수동식 인공호흡기) 떼지 마!"

눈물이 범벅된 얼굴로 고개를 저으며 CPR를 하고 있는 수현을 보다 못한 진영이 그녀의 어깨를 잡아 돌려세웠다.

"그만해! 30분도 더 지났어. 그만해, 수현아."

"못 보내, 이렇게 못 보내. 진영 씨, 지석 씨 살려 줘, 살려 줘."

"니가 이러면 지석이 편하게 못 가, 수현아. 지석이, 편하게 보내 주자."

진영의 말에 수현이 결국 그 자리에서 주저앉으며 울음을 터트렸다. 수현의 울음소리에 급하게 응급실로 들어서던 창호가 놀란 표정으로 걸음을 멈추었다. 침대 위에 누워 있는 지석과 그 옆에 주저앉아 울고 있는 수현을 보고 있는 창호에게 옆에 있던 간호사가 눈물 젖은 목소리로 말했다.

"응급실에 들어설 때 심정지가 왔었습니다."

울먹이며 하는 간호사의 말에 창호의 눈에서 한 줄기의 굵은 눈물이 떨어졌다. 힘겹게 침대를 붙들고 일어나는 수현을 창호가 젖은 목소리로 불렀다.

"수현아."

자신을 부르는 소리에 초점 없이 고개를 돌려 창호를 본 수현의 눈에 다시 눈물이 가득 차올랐다.

"교수님, 지석이 살려 주세요. 지석 씨 좀 살려 주세요, 교수님."

수현의 말에 창호가 차마 볼 수 없다는 듯 시선을 돌리며 눈물을 떨어트렸다. 그런 창호의 모습에 수현이 다시 지석의 손을 꼭 잡은 채 울음을 터트렸다.

[넌 마취과 전문의가 되고 난 흉부외과 전문의가 되고, 이 병원에서 우리가 첫 번째 의사 부부가 되어 보는 게 어때?]

[내 인생을 통틀어 정수현만이 이 송지석의 여자이고, 사랑이고, heart(심장)고, 내 전부야. 사랑해, 수현아.]

[사랑해, 사랑한다, 사랑해……]

"이렇게 가는 게 어딨어? 인사도 없이 이렇게 가 버리는 게 어딨어? 송지석, 이렇게 가면 어떡해. 나 어떡하라고 이렇게 가? 전문의

가 되자면서. 지석 씨는 흉부외과, 나는 마취과 그리고 첫 번째 의사 부부가 되자면서! 이렇게 가면 어쩌자는 거야? 사랑한다면서 이렇게 가 버리면……."

"수현아, 정신 차려! 정수현!"

정신을 잃은 수현의 어깨를 감싼 채 눈물을 흘리는 진영의 어깨를 토닥인 창호가 그녀를 안아 들고 응급실을 나섰다. 응급실을 나서는 창호와 수현을 지나치며 한 남자가 응급실로 급하게 들어갔다.

"송지석!"

싸늘한 지석의 모습에 남자가 고개를 저으며 지석의 어깨를 잡아 흔들었다.

"송지석, 일어나 봐, 나 왔어. 눈떠 봐!"

지석의 몸을 흔들던 남자가 고개를 들어 진영을 보았다.

"형, 송지석 왜 이래? 왜 이러고 있어? 눈 좀 뜨라고 해 봐. 형!"

말없이 자신의 어깨에 손을 올린 채 다시 눈물을 떨구는 진영을 본 남자는 두 눈을 감았다 뜨며 지석에게로 시선을 돌렸다. 떨리는 손으로 지석의 얼굴을 쓸어내린 남자의 눈에서 눈물이 떨어졌다.

"늦지 말고 오라며. 이게 뭐야? 이게 뭐냐고!"

[어이, 동생 사랑한다. 사랑한다…….]

지석의 목소리를 떠올린 그가 두 손으로 지석의 얼굴을 감싸곤 가슴에 얼굴을 묻었다.

"송지석!"

두 눈을 감은 채 지석의 얼굴을 감싸고 있던 그의 어깨를 잡아 밀친 진영이 천천히 지석의 얼굴 위로 하얀 천을 덮었다.

"2004년 5월 21일 16시 24분 송지석 사망했습니다."

사망선고를 내리는 진영의 목소리에 겨우 눈물을 참고 있던 남자가 울음을 터트리며 하얀 천으로 가려진 지석의 어깨를 감싸 안았다.

"혀엉!"

메스(mes)는 두 가지 용도로 쓰인다. 사람을 살릴 때, 그리고 죽일 때. 사랑이란 정의에는 메스가 가진 두 가지 용도를 모두 가지고 있다. 가슴을 설레게도 하고 아프게도 하는…….

세상 부러울 것 없이 행복하게도 하고, 세상에서 가장 불행하게도 하는 사랑이라는 단어는 내 인생에서 가장 떼려야 뗄 수 없는 칼날과도 같은 것이었다.

사랑은 나를 살아 있게 하는 이유가 되었고 내 가슴을 죽여 버리기도 했었다.

1화
그곳으로 돌아오다

　커다란 짐 가방을 끌고 공항 입구를 빠져나온 수현이 핸드폰을 꺼내어 단축키를 눌렀다. 몇 번의 신호음 뒤 중년 신사의 목소리가 들려왔다.

　─이놈의 자식! 언제 도착한 거야?

　"지금 공항에 도착했어요."

　─오기 전에 미리 말이라도 했으면 마중 나갔을 거 아니냐?

　"바쁘신데 뭐 하러 그래요."

　─그래, 어디로 가는 거냐? 호텔로 가지 말고 우리 집으로 가. 전화해 놓을 테니까.

　"아니요. 그 사람에게 다녀오려고요, 교수님."

　수현의 낮은 목소리에 수화기 너머로 목소리가 잠시 끊어졌다.

　─그래, 그렇게 해라. 지석이 놈, 네 얼굴 보고 반가워할 거다.

　창호의 말에 표정을 굳혔지만 수현은 이내 밝은 목소리로 말을 이었다.

"네. 들어가세요, 교수님."

전화를 마친 수현이 언제 와 기다리고 있는지 자신의 앞에 서 있는 택시의 문을 열고 몸을 실었다.

"어디로 가 드릴까요?"

"진해 천자원으로 가 주세요."

수현의 말에 곧 택시가 출발하고 수현이 창문을 내려 하늘을 올려다보았다.

오랜만이다, 지석 씨가 있는 하늘. 나 지금 당신한테 가고 있어. 보여?

하늘을 향해 웃는 수현의 눈가가 작게 반짝였다.

천자원이라고 적혀 있는 묘원 입구에서 내린 수현이 지석이 잠들어 있는 유골이 담긴 납골당 건물을 향해 걸었다.

몇 년이 지나도 지석 씨가 있는 이곳은 그대로구나. 다행이다, 변하지 않은 게 한 가지라도 있어서.

납골당 건물 안으로 들어선 수현이 지석의 단 앞으로 걸어가 섰다. 활짝 웃는 얼굴이 담긴 사진을 보며 수현의 입가에 미소가 지어졌다.

"안녕? 송지석 씨. 오랜만이지?"

지석의 단을 쓸어내린 수현의 눈가에 눈물이 맺혔다.

"엄청 오랜만이라고? 미안해. 외국 나가 있었으니까 지석 씨가 좀 봐줘."

잘 지냈니? 당신이 있는 이곳도, 당신도 5년 전과 변한 게 하나도 없구나.

"나만 변한 거 같아서 억울한데?"

피식 웃은 수현이 단을 열어 지석의 사진 옆에 놓여 있는 반지를 꺼내어 들었다.

"이 반지 이제 보니 엄청 촌스러."

자신의 목에 걸고 있던 반지를 빼어 두 개의 반지를 두 손으로 포개어 쥔 수현의 입술이 가늘게 떨렸다. 그리곤 반지를 다시 지석의 사진 옆에 놓아 둔 수현이 사진을 들어 그의 얼굴을 천천히 쓸어내렸다.

"보고 싶었어, 송지석."

혼잣말을 되뇌던 수현의 뺨 위로 결국 한 줄기 눈물이 떨어졌다.

보고 싶었어, 너무너무. 나 우는 거 안 보였어? 나 힘들어하는 거 안 보였어? 나쁜 놈. 나 그렇게 아픈 거 다 보고 있었을 거면서 어떻게 꿈에도 한 번 안 나와? 한 번쯤 다녀가 줄 수도 있었을걸. 말 한 마디 해 달라는 것도 아니고 손잡아 달라는 것도 아니고 그냥 얼굴 한 번 보여 주는 것도 싫었어?

"같은 하늘이 아니었다는 핑계는 대지 마, 송지석."

어떡하니? 나…… 아직 멀었나 보다, 지석 씨. 괜찮아진 줄 알았는데 아직 멀었나 봐.

"자주는…… 못 오겠다. 그래도 원망하면 안 돼, 당신."

한참 동안 지석의 사진을 쓸어내리던 수현이 조용히 사진을 넣고 단을 닫았다.

갈게, 지석 씨.

"잘 있어, 송지석."

한 번 더 지석의 사진을 보곤 납골당을 나오던 수현이 맞은편에서 걸어오는 남자의 어깨에 부딪히는 바람에 손에서 핸드백을 놓쳤다.

"죄송합니다. 서둘러 가다 그만."

핸드백을 주우려 몸을 숙이려던 자신보다 한 템포 빨리 주워 들어 건네며 고개를 꾸벅이는 지후의 말에 수현 역시 낮게 고개를 숙였다.

"제가 죄송해요. 앞을 잘 봤어야 했는데……."

그리곤 다시 한 번 고개를 숙이고 몸을 돌려 나가는 수현의 모습에 그가 고개를 한 번 갸웃거리곤 걸음을 돌렸다.

◆

동의대학병원이라고 적혀져 있는 하얀 건물 앞에 택시가 도착했다.

"아가씨, 안 내려요?"

택시가 섰는데도 내릴 생각도 않는 수현을 힐끗 본 기사가 고개를 돌리며 말했다.

"아, 네. 여기요. 감사합니다."

택시기사의 말에 얼른 핸드백에서 지갑을 꺼내어 요금을 낸 수현이 택시에서 내렸다. 수현이 내리기만을 기다렸다는 듯 문이 닫히자마자 택시는 병원 건물에서 멀어졌다. 혼자 남은 수현이 천천히 고개를 들어 병원 이름을 한참 동안 올려다보곤 낮은 미소를 지으며 지석을 떠올렸다.

"여기가 앞으로 너하고 내가 전공의를 마칠 병원이다, 정수현."

"나도 알고 있거든요, 송지석 씨?"

"있지, 수현아. 나 여기서 전공의도 하고 전문의도 하고 교수에 과장까지 전부 달 거다."

병원을 올려다보며 다짐하듯 말하는 지석의 모습에 수현이 피식 웃음을 터트렸다.

"이 병원에서 송지석 씨를 그때까지 써 줄지 모르겠네."

"야, 나같이 유능한 의사가 어디 흔한 줄 알아? 정수현 또 말 막하네."

"풋."

못 말리겠다는 듯한 수현의 미소에 지석의 얼굴에도 미소가 그려졌다.

"같이하자. 여기서 우리 전공의도 함께하고 전문의도 함께해서 이 병원 제1호 의사 부부가 되어 보자, 정수현."

"지석 씨."

"꼭 함께하자. 그때까지."

지석과의 추억을 떠올리던 수현의 눈가에 어느새 눈물이 고여 들었다.

지키지도 못할 약속은 참 많이도 하고 갔다, 송지석 씨.

씁쓸하게 웃으며 지석에게 혼잣말을 한 수현이 짧게 심호흡을 하곤 병원 안으로 들어섰다.

임상병리과에서 응급실로 향하던 시은이 느린 걸음으로 과장실로 향하는 수현의 모습에 긴가민가하는 표정으로 몸을 돌려 쳐다보았다.

"정수현 선생님?"

그러자 엘리베이터로 향하던 수현이 고개를 갸웃거리는 시은을 보고 멈춰 서서 미소를 지었다. 자신을 불렀음에도 정말 맞는지 아닌지 헷갈리는 듯 쳐다보는 시은의 표정에 수현이 피식 웃음을 터트렸다.

"5년이 지나도 그대로시네요, 박 선생님은."

자신을 향해 고개를 꾸벅이는 수현의 말에 시은이 그제야 놀란 표정을 지으며 얼른 그녀에게 다가가 두 손을 마주 잡았다.

"어머! 언제 왔어요? 아주 귀국한 거예요? 어머 너무 반갑다. 정 선생님 너무 보고 싶었는데 그렇게 떠나고 얼마나 허전했는지…… 잘 지냈죠?"

"그럼요. 박 선생님도 잘 지내셨죠? 그때…… 인사 못 드리고 가서 죄송해요. 많이 보고 싶었는데…… 벌써 수간호사 되신 거예요?"

자신의 명찰을 내려다보며 웃는 수현의 손을 꼭 잡은 시은이 낮게 고개를 끄덕였다.

"수간호사만 돼요? 선생님 없는 동안 결혼도 하고 아이도 낳았어요. 벌써 5년이나 지났네요, 선생님."

따뜻하게 자신의 손을 쓸어내리는 시은의 손을 수현이 비어 있는 다른 손으로 덮으며 미소를 지었다.

"그러게요. 시간이 흐르지 않길 바랬었는데 참 많이도 흘렀네요, 5년이나."

5년 전, 자신이 이 병원 전공의로 있을 때 의지하고 믿었던 사람이었다, 시은은. 간호사와 의사이긴 했지만 자신보다 세 살 많은 시은은 동생처럼 자신을 챙겨 주고 걱정해 주었었다. 당직일 때면 국과 밥을 챙겨 주기도 했고, 며칠 내내 입고 던져 둔 옷가지들을 챙겨 깨끗하게 다림질까지 해 주기도 했었다.

"아직 힘드세요? 선생님?"

시은의 눈동자에서 지석이란 글자를 읽은 수현이 대답 대신 미소를 지으며 고개를 저었다.

"시간이라는 게 참 신기해요. 그죠?"

아무렇지도 않은 듯 자신을 향해 웃어 보이는 수현의 대답에 시은은 가슴이 아파 와 말없이 고개를 끄덕이며 웃어 주었다. 그리곤 포개어 잡은 수현의 손에 힘을 주었다가 놓았다.

"이 병원으로 다시 온 거예요?"

시은의 물음에 수현이 낮게 고개를 끄덕였다.

"네. 다시 왔어요. 월요일부터 출근이에요."

"잘됐다. 정말 잘됐어요, 선생님."

"교수님 먼저 뵙고 박 선생님한테 가 보려고 했는데 이렇게 먼저 뵈었네요."

"아…… 이젠 과장님이세요, 정 선생님."

"그러게요. 과장님이라고 불러 드려야 하는데 입에 붙어서……."

머리를 긁적이는 수현의 모습에 시은이 응급실을 향해 시선을 잠시 던졌다 거두곤 수현을 보며 미소를 지었다.

"저 들어가 봐야 해요, 선생님."

"네."

"이제 자주 뵈어요."

"그럴게요. 얼른 들어가 보세요."

"네. 정말 반가워요, 선생님."

"저도 반가워요, 박 선생님."

응급실로 걸음을 옮기면서도 자신을 향해 시선을 던지는 시은을 향해 웃어 준 수현이 엘리베이터로 다시 걸음을 옮겼다.

김창호 외과 과장. 과장실 앞에 붙어져 있는 창호의 직책을 보며 수현의 얼굴에 미소가 그려졌다.

"수현이냐?"

자신의 이름을 부르는 목소리에 수현이 고개를 돌렸다. 열 발자국쯤 떨어진 거리에서 자신을 향해 보고 웃는 창호의 모습에 수현이 허리를 굽혔다. 숙여진 수현의 고개가 들리기도 전에 수현에게 다가가 끌어안은 창호의 얼굴 가득 함박꽃이 피었다.

"잘 왔다, 잘 왔어."

"건강하셨어요? 교수님. 아니, 과장님이시죠, 이제?"

"자식, 예전처럼 밝아져서 보기 좋구나."

자신의 어깨를 쓸어내리며 하는 창호의 말에 수현이 말없이 미소를 지었다. 과장실로 들어와 앉은 창호가 소파에 앉은 수현에게 커피 잔을 건네며 앉았다.

"감사해요, 과장님. 자리 만들어 주셔서."

"감사하긴. 마침 전문의로 있던 황 선생이 영국으로 연수 가서 자리가 비어 넣어 준 거지, 내 빽으로 넣은 거 아니다. 지석이만 살아 있었어도 지금쯤 벌써 둘 다 전문의가 되어 있어도 되었을…… 아, 미안하다. 수현아."

아차 하며 하던 말을 멈추고 난처한 얼굴로 자신을 보는 창호의 표정에 수현이 애써 미소를 지었다.

"괜찮아요, 과장님. 지석 씨 이야기하셔도 돼요."

아무렇지도 않은 듯 웃으며 말하는 수현에게 창호가 안쓰러운 눈빛을 건네었다.

"이제 괜찮은 거냐?"

"괜찮아져야죠. 5년이나 지났는데 그 사람 그림자만 붙들고 살 수는 없잖아요."

수현의 말에 창호가 고개를 끄덕이며 커피 잔을 놓았다.

"월요일부터 출근이라고? 좀 더 쉬지 않고 오자마자 출근하게?"

"영국에서 정리하고 좀 쉬다가 왔어요. 바로 일 시작하고 싶어요, 과장님."

"그래, 니가 그렇다면 어쩔 수 없지."

그리곤 수현을 향해 웃던 창호가 문밖에서 들리는 노크 소리에 커피 잔을 들었다.

"들어와."

흉부외과 전문의 우진이 문을 열고 들어와 창호에게 인사를 하곤 고개를 돌려 수현에게도 고개를 꾸벅였다.

"과장님, 수술 들어가실 시간입니다."

"벌써 시간이 그렇게 됐어? 내려가자."

시계를 확인한 창호가 소파에서 일어서자 수현이 핸드백을 들고 따라 일어섰다.

"좀 기다려. 두 시간이면 되니까 저녁 먹자."

"다음에요. 오늘 근처 오피스텔 계약하기로 해서요."

"그래? 그럼 알았다. 다음 주 출근하면 시간 봐서 저녁 한 끼 하자."

"네."

과장실을 나온 수현이 열리는 엘리베이터를 잡고 있는 우진에게 낮게 고개를 숙이곤 창호를 향해 미소를 지었다.

"월요일에 뵐게요, 과장님."

"과장님이란 소리 듣기 싫다. 그냥 교수님이라고 불러."

창호의 말에 수현이 픽 웃으며 고개를 꾸벅이자 그가 이마에 손을 올렸다 내렸다. 창호와 우진이 탄 엘리베이터가 올라가고 수현이 옆 엘리베이터 버튼을 누르곤 짧게 한숨을 내쉬며 고개를 떨구었다.

◆

"어떠세요? 이 정도면 혼자 사시는 데 크게 문제는 없으실 거 같은데…… 병원도 가깝고 마트도 가깝고, 세탁소, 목욕탕 등 다 전방 100m 안에 있으니…….”

부동산 중개업자의 말에 수현이 고개를 끄덕이며 오피스텔을 둘러보았다. 깔끔하고 심플한 벽지와 디자인이 마음에 들어 찬찬히 둘러보던 수현이 중개업자에게 고개를 돌리곤 미소를 지었다.

“여기로 할게요. 바로 계약하고 싶은데 어떻게 하면 되죠?”

“사무실 가셔서 계약서 작성하시면 됩니다. 계약금은 언제쯤 치르실…….”

“계약금, 잔금 할 거 없이 전부 치르겠습니다.”

“네. 그럼 사무실로 가시죠.”

부동산 사무실로 들어와 계약서를 작성하고 도장을 찍어 중개업자가 내미는 사본을 받아 핸드백에 챙겨 넣으며 수현이 물었다.

“이사는 바로 가능하죠?”

“네, 그럼요. 언제 하실 예정이십니까?”

“월요일부터 출근해야 해서요. 주말에 바로 이사할게요.”

수현의 말에 중개업자가 웃으며 손을 내밀었다.

“네. 그럼 주말에 뵙겠습니다. 저희를 통해 계약하신 분들께 선물이 또 있거든요.”

“선물이라니 기대되는데요? 좋은 오피스텔 얻은 거 같아서 좋네요. 감사합니다.”

그리곤 몸을 돌리던 수현이 문을 열고 들어서는 남자의 모습에 한쪽으로 비켜섰다.

“고맙습니다.”

고개를 꾸벅인 남자가 같이 고개를 꾸벅여 주곤 나가는 수현의 모습에 고개를 갸웃거렸다.

"어디서 봤는데……."

아, 천자원.

핸드백을 쏟았던 걸 생각해 낸 그가 몸을 돌려 이미 사라진 수현의 자리를 보며 중개업자에게로 고개를 돌렸다.

"오피스텔 좀 알아보러 왔습니다."

"네. 어떤 오피스텔 찾으세요?"

"동의대학병원 근처 오피스텔, 괜찮은 곳으로 찾아요. 주차시설이 잘되어 있는 곳으로 추천해 주세요."

"마침 방금 전 나가신 분이 계약한 오피스텔 아래층에 하나가 비어 있는데 가 보시겠습니까?"

서류를 넘기며 묻는 중개업자의 말에 그가 다시 한 번 수현이 나간 곳으로 고개를 돌리곤 미소를 지으며 고개를 끄덕였다.

"네, 거기로 하죠."

"그럼 일어서시죠. 방 보여 드리겠습니다."

서류를 가방에 넣고 차키를 집어 드는 중개업자를 따라 일어선 그가 조금 전 마주쳤던 수현의 얼굴을 떠올리며 미소를 지었다.

◆

"안녕하십니까?"

"여어, 서지후. 축하한다. 너 뽑혔다면서?"

스테이션으로 향해 오는 지후의 인사에 차트를 보고 있던 호연이 미소를 지었다.

"예, 선배님. 또 잘 부탁드리겠습니다."

허리를 굽혀 인사하는 지후에게 호연이 이마에 주름을 만들어 보였다.

"도대체 우리 선생님들 인턴 때 널 다 보셨으면서 왜 덜컥 뽑으셨는지 모르겠네. 면접에서 확 떨어졌어야 하는데."

"에이, 또 왜 그러십니까? 선배님."

"선배님?"

자신을 노려보는 호연의 눈빛에 기겁한 지후가 두 손으로 뺨을 톡톡 치며 호칭을 고쳐 불렀다.

"치프 선생님, 또 왜 그러십니까? 저 아직 출근도 안 했습니다. 너무 겁주지 마십시오."

"쳇. 너랑 또 같은 의국 쓸 생각하니까 머리가 지끈거린다, 인마. 아주 인턴 때처럼만 해 봐라. 그럼 죽을 줄 알아, 알았냐?"

"예썰!"

거수경례를 하며 씩 웃는 지후의 모습에 호연이 못 말린다는 표정으로 고개를 절레절레 저었다.

"병원엔 어쩐 일이야? 월요일부터 아예 살아야 될지도 모르는데 뭐 하러 왔냐? 나 보고 싶어 온 건 아닐 거고."

호연의 물음에 지후가 풋 하고 웃음을 터트렸다.

"무슨 그런 무서운 말씀을 하십니까? 치프 선생님께 부탁 좀 드리려고 왔습니다."

"부탁? 무슨 부탁?"

의국에 앉은 호연이 굳은 표정으로 지후를 쳐다보곤 입에 담배를 물었다.

"선배님이 가지고 계신 거 알고 있습니다. 저 주십시오."

"지후야."

"형."

자신을 부르는 지후의 호칭에 호연이 하는 수 없다는 듯 짧게 한숨을 내쉬었다. 그리곤 몇 번 내뿜지도 않은 담배를 재떨이에 비벼 끄곤 옷장 문을 열고 종이 상자를 꺼내었다.

"사실은 너 주려고 했었던 거다. 니가 무사히 의대 마치고 인턴 마치고 레지 시작하면 주려고 했어."

상자를 내밀며 하는 호연의 말에 지후가 옅은 미소를 지어 보이곤 상자를 열었다.

흉부외과 레지던트 송지석.

가운 왼쪽에 붙어 있는 지석의 이름을 보며 지후의 눈가가 먹먹해져 왔다. 천천히 지석의 이름을 쓸어내리며 멍해 있는 지후의 얼굴에 호연 역시 지석이 떠올라 눈가가 시큰거려 왔다. 그러나 이내 감정을 다스리곤 지후의 어깨를 툭 치며 물었다.

"설마 4년 내내 이거 입으려고 달라는 거 아니지?"

"설마요. 전 제 이름을 사랑합니다."

지후의 말에 호연이 미소를 지으며 지석의 가운을 향해 시선을 돌렸다.

"형."

"왜 또? 가운 줬잖아. 형이라 부르지 마, 인마. 니가 형이라고 부르면 이제 소름이 돋는다."

"에이, 무슨 그런 섭섭한 말을. 있잖아요. 딱 두 번, 그것도 스치듯 만났는데 특별히 예쁘거나 눈에 띄는 얼굴도 아니고, 그렇다고 나이도 어려 보이거나 매력 있게 생기진 않았는데 친해지고 싶은 사람이 있는데요. 어떡하면 될까요?"

두 손으로 턱을 괴고 지석의 가운을 들여다보며 묻는 지후의 말에 호연이 뚫어져라 지후를 쳐다보았다.

"왜요?"

"너 하영이 놔두고 바람피우냐?"

"아, 진짜. 주하영하고 그런 사이 아니라니까요. 그리고 내가 언제 여자랬어요?"

"예쁘거나 눈에 띄는 얼굴 아니라면서."

바보 같은 녀석이라는 표정으로 보며 답하는 호연의 말에 지후가 낮게 고개를 끄덕였다.

"아…… 그랬지. 일단 자주 부딪히고 싶어서 같은 오피스텔까지 잡긴 했는데 그 뒤에 어떡해야 될지 모르겠어요. 또 우연을 기다려야 하나……."

"오피스텔 잡았어?"

"네. 병원 코너 돌면 새로 생긴 리제스타워요."

"일부러 그 여자 사는 오피스텔을 잡았다는 거야? 어떻게 알고?"

"부동산 사무실에서 봤거든요. 마침 중개사분이 거기 추천해 주셔서요. 병원도 가깝고."

"그래서 작업 들어가고 싶다 이거야?"

"작업이 아니라 친해지고 싶다구요."

"그게 그거지. 자식이, 다음 주부터 출근해서 빡시게 일해야 할 각오를 다져도 시원찮을 판에 여자한테 작업 거는 방법을 가르쳐 달라고 하다니. 그것도 담당 치프한테. 하여튼 발랑 까져 가지고."

"그래서 형이라고 한 거잖아요."

가운이 담긴 상자를 닫으며 하는 지후의 대답에 호연이 무선주전자에 on 버튼을 누르고 커피믹스를 하나 뜯어 컵에 넣으며 말했다.

"백설기 좀 사서 갖다 주면서 말이라도 붙여 보든가."

"백설기요?"

"이사하면 떡들 돌리잖아. 떡 들고 가서 안면부터 트든가. 같은 오
피스텔인데 오다가다 만날 테니까 인사라도 하고 지내자. 뭐 이런 식
으…… 아, 근데 내가 지금 뭐하는 짓이야. 야, 서지후. 너 쓸데없는
짓 하지 말고 시간 있으면 이 책 좀 도서관에……."

"월요일에 뵙겠습니다. 치프 선생님!"

자신의 말이 채 끝나기도 전에 상자를 들고 횡하니 의국을 나가는
지후의 모습에 호연이 피식 웃음을 터트리곤 무선주전자를 들어 커피
잔에 물을 따랐다.

"설마 저거 진짜 백설기 사 들고 가진 않겠지."

◆

"이쪽으로 옮겨 주세요. 그건 이쪽이요."

한창 이사 중인 수현이 초인종 소리에 현관으로 고개를 돌리며 소
리쳤다.

"문 열려 있어요!"

현관 앞에서 백설기를 담은 접시를 들고 있던 지후가 흠흠 하고 헛
기침을 하곤 집 안으로 들어갔다. 자신을 보며 놀란 표정으로 눈이
동그래지는 수현에게 지후가 고개를 꾸벅였다.

"안녕하세요."

"네. 그런데 여긴 어쩐……."

"저도 이사를 왔거든요. 요기 아래층에요. 이사 시기도 비슷하고
또 우연이 세 번이면 필연이라는데 이 기회에 이웃사촌으로 친하게
지낼까 하구요. 떡도 드릴 겸."

그리곤 백설기를 쑥 내미는 지후에게서 접시를 받아 든 수현이 피식 웃음을 터트렸다.

　"이사할 때 떡 주는 거 누가 가르쳐 주던가요?"

　"아뇨. 저희 치프…… 아니 선배님이요."

　"풋. 그 선배님이 하나만 가르쳐 주고 다른 건 안 가르쳐 줬나 보네요. 이사할 땐 백설기가 아니라 시루떡을 돌리는 거예요."

　수현의 말에 지후가 당황한 듯 백설기를 향해 시선을 돌리며 머리를 긁적였다.

　"아, 그래요?"

　이 망할 놈의 치프 같으니라고.

　호연을 떠올리며 인상을 찌푸리던 지후가 백설기를 보고 웃는 수현의 얼굴에 가슴이 두근거려 와 주먹으로 입을 가린 채 헛기침을 했다.

　"어쨌든 잘 먹을게요. 고맙습니다."

　"저기…… 우리 어디서 만난 적 없어요?"

　조심스럽게 묻는 지후의 물음에 잠시 망설인 수현이 이내 고개를 들며 답했다.

　"중개 사무실이요."

　"거기 말구요. 그러니까……."

　어떻게 말을 꺼내야 할지 망설이는 지후의 표정에 수현이 동그래진 눈으로 그를 보며 답을 기다렸다.

　"천자원이요."

　자신의 말에 굳어지는 수현의 얼굴을 보고 지후가 놀란 표정으로 다시 머리를 긁어 댔다.

　"그때 천자원 입구에서 부딪혀서……."

"아…… 그때 그…… 핸드백."

맞다는 듯 웃으며 고개를 끄덕이는 지후를 보곤 수현이 아― 하는 얼굴로 고개를 끄덕였다.

"몰랐네요."

"네, 신기해서요. 그때 천자원에서 잠시 부딪혔는데 생각이 나더라구요."

"그래서 우연이 세 번이라고 한 거예요?"

궁금한 듯 자신을 보며 묻는 수현에게 지후가 하얀 이를 드러내어 웃었다.

"네. 근데 왠지 한 번의 우연이 더 생길 거 같은데?"

제가 그 우연을 만들 거거든요. 어디서 어떻게가 될지는 모르겠지만.

뒷말은 쏙 빼고 환하게 웃는 지후의 미소에 수현이 말없이 따라 웃었다.

두근. 아무 사심 없이 저렇게 환하게 웃는 사람을 오랜만에 본 수현이 자신의 심장에서 울리는 소리에 순식간에 표정을 굳혔다.

"앞으로 자주 보게 될 텐데 인사라도 하고 지냈으면……."

"아직 이사가 덜 끝났는데 종종 뵙게 되면 인사는 하도록 해요. 떡은 잘 먹을게요."

갑자기 굳은 표정으로 선을 그으며 고개를 돌리는 수현의 말에 지후가 민망해져 시선을 돌리며 고개를 꾸벅였다.

"네. 그럼 가 볼게요. 주말 잘 보내세요."

그리곤 돌아서 나가는 지후의 모습에 수현이 굳은 얼굴로 시선을 거두며 짐 옮기는 데 집중했다.

2화
같은 사람을 향한 그리움

-축하한다, 레지던트로 첫 출근이라면서?

핸드폰 너머로 들리는 하영의 목소리에 지후가 털털한 웃음을 터트렸다.

"고마워, 주하영. 이제부터 또 한솥밥을 먹겠구나. 넌 벌써 출근한 거야? 다섯 시 반인데?"

오피스텔 한쪽에 걸린 시계를 확인하며 지후가 와이셔츠를 한쪽 팔에 끼웠다.

-나 당직이야. 오늘 저녁까지 풀로 일해야 돼. 아주 죽을 맛이다. 얼른 와서 이 누님에게 따끈따끈한 아침을 대령해 주지 않으련?

"참나, 병원 밥 맛있기만 하던데 뭘 그러냐? 따끈따끈한 병원 밥 드시지?"

-너도 인턴 돌 때 병원 밥 거의 안 먹었잖아. 일 년만 먹어 봐라. 맛있다는 말이 나오는지. 자기야, 사 올 거지? 나 병실 돌러 가야 해.

기다릴게. 사랑해, 서지후.

일방적으로 전화를 끊어 버린 하영의 행동에 지후가 피식 웃으며 핸드폰을 주머니에 넣었다. 오피스텔을 나선 지후가 토스트를 입에 문 채 막 닫히려던 엘리베이터의 버튼을 눌렀다.

"죄송합니다."

지후의 인사에 수현이 말없이 고개를 끄덕이며 엘리베이터의 화면을 보았다. 1층으로 내려가는 내내 입안으로 꾸역꾸역 토스트를 밀어 넣으며 자신을 향해 웃는 지후의 모습에 수현이 피식 웃음을 터트렸다. 오물오물 씹으며 자신을 향해 씩 웃는 지후의 미소가 귀여워 수현이 이를 드러내어 웃었다. 겨우 토스트를 다 삼킨 지후가 수현을 향해 멋쩍은 웃음을 지으며 입을 열었다.

"아침을 못 먹어서요."

무엇 때문이었는지도 모르겠지만 지후가 토스트를 먹은 이유를 내뱉고는 칼칼해진 목을 풀기 위해 헛기침을 했다. 그런 지후에게 수현이 작은 핸드백 속에 들어 있던 캔 커피를 내밀었다.

"우유나 주스라도 같이 먹어야죠. 빵만 먹으면 목메잖아요. 이거라도 마셔요."

"감사합니다."

"이사 떡 준 답례예요."

"이사 떡 이야기는 하지 말아 주세요."

미간을 구기며 하는 지후의 말에 수현이 피식 웃었다.

"그럼."

어느새 엘리베이터 문이 열리자 수현이 고개를 끄덕이곤 걸음을 옮겼다. 주차장으로 향하는 수현의 뒷모습에 지후가 웃으며 뒤돌아섰다.

"출발이 좋은데, 서지후."

주차장에 들어선 지후가 엄지손가락으로 캔 커피 뚜껑을 따며 차
문을 열었다. 경쾌하게 울려 퍼지는 캔 커피 뚜껑이 열리는 소리에
지후는 픽 웃으며 커피를 삼켰다. 그리곤 차에 올라타려는 찰나, 지나
가는 까만 자동차 운전석에 앉아 있는 수현을 보았다. 주차장을 빠져
나가는 수현의 차를 끝까지 보고 난 뒤에야 지후는 차에 올라타 시동
을 걸었다.

병원을 향하는 길에 신호를 받고 서 있다 가방에서 들리는 벨소리
에 지후가 보조석으로 시선을 돌렸다. 그러다 우연히 본 수현의 모습
에 지후가 고개를 갸웃거리며 작게 웃었다.

"쳐다봐라. 쳐다봐라. 쳐다……."

마치 자신의 중얼거림을 듣기라도 한 듯 자신에게로 고개를 돌리
는 수현에게 지후가 활짝 웃으며 고개를 숙였다. 지후의 미소에 수현
이 살짝 고개를 숙인 후 바뀐 신호를 따라 핸들을 꺾었다.

빵–

수현이 먼저 출발하고, 뒤에서 울리는 자동차 소리에 잠시 정신을
다른 데 놓고 있던 지후가 급하게 핸들을 꺾어 한쪽에 차를 세웠다.

"서지후 뭐하는 거냐? 첫 출근 날부터 여자한테 넋이 나가서 되겠
냐?"

고개를 저으며 두 손으로 뺨을 내려친 지후가 가방을 열어 핸드폰
을 꺼내었다.

[전화 왜 안 받아?]

하영의 문자에 지후가 갑자기 생각난 듯 웃으며 다시 시동을 걸었
다.

"맞다, 아침."

마취통증의학과 전문의 정수현.

자신의 이름이 적혀져 있는 방문 앞에 선 수현이 천천히 문패를 쓸어내렸다.

"나 마취과 싫어."

"마취과가 왜 싫어? 일 편하지? 우리처럼 당직도 빡세게 안 돌아, 칼퇴근도 할 수 있어. 싫긴 왜 싫어?"

"마취과는 관심 없어. 산부인과나 신경외과 갈 거야."

"어허. 서방님이 말씀하시는 걸 깊이 새겨들어. 내가 흉부외과 지원하니까 너라도 편한 과 해야지. 둘 다 힘든 과 선택하면 어뜩하냐? 그리고 너 전에 우리 실습 나갔을 때 심폐마취 보면서 마취과도 은근 매력 있다고 했었잖아."

지석의 말에 수현이 잠시 생각하는 듯 한 손으로 턱을 괴었다.

"난 너 힘든 거 싫어. 며칠 밤 잠 못 자는 것도 싫고, 밥도 못 먹고 10시간씩 수술 들어가는 것도 싫고, 응급 콜 뜰 때마다 자다가 튀어 나가는 것도 싫어. 난 너 그렇게 레지 생활하는 거 절대 못 봐. 그러니까 생각 잘해 봐. 간호과 나왔으면 좋았을걸. 왜 하필 이렇게 고생바가지로 할 의대를 와 가지고……."

"풋."

입을 삐죽삐죽 내밀며 중얼거리는 지석을 보곤 수현이 피식 웃음을 터트렸다.

"좋아. 마취과 지원할 테니까 내 소원 한 가지 들어줘."

"소원? 무슨 소원?"

"지석 씨 첫 흉부외과 전문의 출근하는 날, 지석 씨 이름 적힌 가운 나한테 입혀 주기. 흉부외과 전문의 송지석, 이라고 적힌 가운.”

지석의 팔짱을 끼며 수현이 말했다. 팔을 감고 있는 수현의 팔을 뺀 지석이 그녀를 꼭 안으며 웃었다.

“그 작은 걸 소원이라고 말하는 정수현이 너무 예쁘다.”

“나도 알아. 나 예쁜 거.”

“꼭 약속할게. 나 전문의 되는 날 내 이름 적힌 가운 반드시 입혀 줄게.”

“약속했다.”

지석 씨 바람대로 나 마취과 전문의가 됐어. 나는 당신 바람 이뤄 줬는데 당신은 그 작은 내 소원도 못 들어주고…… 나한테 나중에 이 빚 다 어떻게 갚을래?

자신의 눈가가 촉촉해지자 수현이 얼른 두 손으로 눈 밑을 두드리곤 방문을 열고 들어가려는 순간 수현을 불렀다.

“정수현 선생.”

“교수님.”

자신을 향해 걸어오는 창호에게 수현이 고개를 꾸벅이며 웃었다.

“모교 전문의로 첫 출근한 소감이 어때?”

“좋아요. 교수님.”

“오늘부터 수술 일정 빡빡하지?”

자신의 물음에 대답 대신 미소를 짓는 수현의 어깨를 창호가 두드렸다.

“잘해 보세, 정수현 선생.”

“잘 부탁드립니다, 과장님.”

수현의 말에 창호가 웃으며 고개를 끄덕였다. 그때 주머니에서 울리는 기계음 소리에 호출기를 꺼내어 들곤 이내 다시 집어넣은 창호가 말을 이었다.

"가 봐야겠다, 병원장님께도 인사드리러 올라갔다 와."

"네, 수고하세요. 과장님."

자신의 말에 고개를 끄덕이곤 진료실을 나가는 창호의 모습에 수현이 길게 한숨을 내쉬며 방으로 들어섰다. 아담한 진료실을 보며 수현이 서적들을 손가락으로 훑고 지나며 미소를 지었다. 그리곤 이내 한 서적을 빼내 책상 위에 올렸다.

잠시 책 위를 쓸어내린 수현이 천천히 책장을 넘겨 언젠가 넣어 두었던 작은 사진 한 장을 꺼내어 들며 아픈 미소를 지었다. 인턴 시절 진영과 지석과 함께 찍은 사진을 내려다보는 수현의 눈가가 다시 촉촉하게 젖어 들었다.

"반갑습니다. 좋은 아침입니다."

스테이션에 들어서며 밝게 인사를 하는 지후에게, 하영이 반가운 얼굴로 두 손을 가지런히 모으며 손바닥을 내밀었다.

"아침!"

"내가 레지던트가 되어서도 니 아침을 갖다 날라야 되냐? 오늘이 마지막이다."

"흥. 아무리 그래도 넌 나의 라이스란다. 얼른 줘? 오늘은 뭐야? 전복죽 먹고 싶은데."

하영의 능글거리는 미소에 지후가 픽 웃으며 등 뒤로 감추고 있던 죽이 든 종이가방을 건넸다.

"너 간호사 하지 말고 자리 깔아라, 요 병원 앞에 공원 보니까 자리 깔기 딱 좋더라."

지후의 말에 하영이 가방 속 전복죽을 확인하곤 미소를 지었다.

"역시 서지후밖에 없다. 잘 먹을게."

그리곤 휙 돌아서 간호사 휴게실로 들어가는 하영을 보며 지후가 씩 웃어 보이곤 몸을 돌렸다.

스테이션에서 나와 의국으로 들어선 지후가 침대에서 막 일어나는 호연을 보며 꾸벅 머리를 조아렸다.

"안녕하십니까!"

우렁찬 지후의 인사에 호연이 두 팔을 벌려 기지개를 펴며 고개를 끄덕였다.

"웬일로 이렇게 일찍 출근이냐? 인턴 때는 집에 갈 때마다 만날 지각하던 놈이?"

"인턴 때랑 똑같으면 되겠습니까? 저도 이제 엄연히 레지던트 아닙니까?"

지후의 말에 호연이 콧방귀를 뀌곤 지후를 노려보았다.

"얼마나 가는지 보자고, 서 선생."

"예, 치프 선생님. 커피 타 드릴까요?"

"콜. 인턴 때 니가 열심히 중독시킨 커피 때문에 이제 커피믹스는 맛이 없다, 나쁜 자식. 너 일부러 그랬지?"

지후의 커피 타는 모습을 노려보던 호연이 자신의 말에 피식 웃는 그를 힐끔 보고는 조용히 웃으며 컴퓨터를 켰다.

"실례합니다."

노크 소리와 동시에 문을 열고 들어오는 진영의 모습에 호연이 일어나 고개를 꾸벅이며 웃었다.

"오셨어요?"

호연의 인사에 고개를 끄덕인 진영이 자신을 향해 환하게 웃는 지후의 모습에 따라 미소를 지었다.

"형! 어떻게 왔어요?"

"우리 병원 환자 하나 컨설트하러 왔다가 잠시 들렀다. 레지던트 첫 출근 축하한다, 서지후."

지후가 활짝 웃으며 손을 내민 진영의 손을 마주 잡았다.

"형도 이 병원에 함께 있으면 좋을 텐데."

"빌어 봐. 하느님이 들어주실지."

그 말에 피식 웃은 지후가 어느새 촉촉해진 눈으로 보는 진영을 엷게 웃으며 마주했다.

레지던트가 되어 첫 출근했던 날, 서로 마주 보고 가운에 적힌 이름을 쓸어내리면서 환하게 웃던 지석의 모습이 떠오른 진영이 엷은 미소를 지었다.

지석아, 지후가 레지던트가 됐다. 흉부외과 레지던트가 됐어.

가운을 입고 있는 지후를 보고 감상에 빠져 있는 진영에게 호연이 청진기를 주머니에 넣으며 일어섰다.

"선생님, 저희 회진 돌 시간이라서……."

"그래. 나도 가 봐야 돼. 또 보자. 지후…… 아니 서 선생."

"네. 한진영 선생님. 자주 들어와, 형."

자신의 팔을 붙들고 하는 지후의 말에 진영이 고개를 끄덕이며 활짝 웃었다.

"걱정 마라. 앞으로 물리도록 자주 보게 될 거다."

◆

"202호 환자 주치의 누구야?"

잔뜩 인상을 찌푸린 채 의국 문을 열고 들어오며 호연이 물었다.

"접니다."

"CT 아직 안 나왔어?"

"예, 방사선과에서 세 시간 정도 걸린다고 해서 아직 확인 안 해 봤습니다."

"CT 나오는 데 무슨 세 시간이나 걸려? 가서 빨리 달라고 해. 그리고 중환자실 김수인 환자, 3일째 왜 계속 인쏨니아(insomnia-불면증)야?"

"내일 수술 때문에 두려워서 그런 거 같습니다. 아무래도 장시간 수술이 진행될 거라서 많이 무섭다고 하더라구요."

"환자 너무 겁먹지 않게 서 선생이 능력껏 환자 마인드 컨트롤시키고, 마취과에 퍼미션(동의서)은 받았어?"

호연의 말에 지후가 아차 하는 표정으로 두 눈을 감은 채 고개를 숙이며 말했다.

"지금 바로 가서 받아 오겠습니다."

그리곤 휭하니 의국을 빠져나가는 지후의 모습에 호연이 한숨을 내쉬며 고개를 저었다.

"서 선생님!"

하영의 목소리에 방사선과로 뛰어가던 지후가 걸음을 멈추었다.

"어딜 그렇게 뛰어가세요? 의사가 품위 없이?"

카트를 끌고 오며 묻는 하영을 보고 지후가 퍼미션 용지를 흔들며 답했다.

"방사선과 가서 CT받으러 갔다가 마취과 퍼미션받으러 간다. 그리고 뭐? 품위? 품위 따지려면 의사 해서 되겠냐? 바쁘다, 넌 어디 갔다 와?"

"어, 병실 돌고 왔어. 참, 저번 주 니가 맡았던 CVA(cerebrovascular accident-뇌졸중) 박현희 환자 내일 수술한대. 그 환자가 너보고 의사 그만뒀냐고 하더라."

"아, 304호 할머니? 그러고 보니 그 할머니한테 한번 다녀와야겠다. 나 레지던트 되면 놀러 간다고 했는데."

그의 말에 하영이 지후의 가운을 털며 물었다.

"오늘 몇 시에 마쳐? 저녁 먹자."

"저녁 같은 소리 하네. 나 오늘 E.R 당직입니다. 주하영 간호사 선생님."

"치, 그럼 내일은?"

입을 삐죽 내미는 하영의 머리를 가볍게 쥐어박으며 지후가 답했다.

"한가하게 내가 너랑 저녁 먹으러 다니게 생겼냐? 당분간 데이트 없다. 다른 사람 찾아봐라. 그럼 전 이만 가 봐야겠네요, 수고하세요. 주하영 선생님."

자신의 어깨를 툭툭 치곤 방사선과로 향하는 지후를 보며 하영이 있는 대로 혀를 내밀었다.

"쳇. 이제 막 레지던트 딱지 붙인 주제에 바쁜 척하기는."

똑똑.

"네, 들어오세요."

자신의 말에 문을 열고 들어오는 창호의 모습에 수현이 미소를 지으며 일어섰다.

"과장님."

"바쁘냐?"

"아니에요, 내일 수술할 환자 사진 좀 보고 있었어요. 어쩐 일이세요?"

수현의 물음에 창호가 미소를 지어 보이곤 수현의 어깨에 손을 얹었다.

"진영이 지금 병원 와 있다."

"진영이요? 한 선생이요? 어딨어요?"

"자기 병원 환자의 컨설트를 내러 온 모양이야. 지금 흉부외과 스테이션에서 노티 중일 게다."

창호의 말에 수현이 옅은 미소를 지었다.

"저, 진영이 만나러 갔다 올게요. 과장님."

"그래."

스테이션에서 흉부외과 담당 간호사에게 전달 사항을 노티 중인 진영이 주머니에서 울리는 진동 소리에 양해를 구하며 핸드폰을 꺼내어 들었다.

[잠깐 3층 휴게실로 와 주시겠습니까?]

낯선 번호로 온 문자를 보며 진영이 고개를 갸웃거리곤 간호사에게 말했다.

"5분 있다 다시 확인할게요, 저 잠시 휴게실에 좀 다녀오겠습니다."

"네."

휴게실을 도착해 자신을 찾는 이가 아무도 없자 진영이 휴대폰의 폴더를 열어 문자를 보았다.

"누구지……."

"한진영 선생님."

자신을 부르는 목소리에 진영이 고개를 들어 보았다. 환하게 웃는 수현을 본 진영이 핸드폰을 주머니에 넣고 두 팔을 벌리며 다가갔다.

"정수현."

두 팔을 벌려 꼭 안으며 자신의 이름을 부르는 진영의 목소리에 수현이 반가움에 눈물을 글썽였다.

"잘 지냈어?"

"그럼, 어떻게 된 거야? 전문의 딴 거야?"

대답 대신 고개를 끄덕이는 수현의 모습에 진영이 환하게 웃으며 다시 그녀를 안았다.

"잘 왔다, 정수현."

자신의 등을 토닥이며 반가움을 표시하는 진영의 손길에 수현은 떠오르는 지석의 모습을 애써 떨치려 고개를 저었다.

"너 강남에 있다는 이야긴 들었어. 오프 날 한 번 찾아 가려고 했는데."

"과장님이 반가운 사람이 이 병원에 왔다더니 널 두고 한 말이었구나."

"그랬어?"

"정말 능구렁이 교수님 같으니라고. 진작 말했으면 좋았잖아."

"우리 교수님이 좀 짓궂긴 하시지."

"뭐, 괜찮아. 앞으로 시간 많아질 거니까. 같이 오프 맞춰서 밥 한 번 먹자."

자신의 말에 웃으며 고개를 끄덕이는 수현의 미소에 진영이 손을 올려 그녀의 머리를 쓸어내렸다. 순간 지석의 모습이 떠올라 수현이 진영에게서 한 발자국 떨어지며 고개를 숙였다. 무안한 듯 자신을 보는 진영의 시선에 수현이 미안한 듯 이마에 주름을 그렸다.

"미안해, 진영아."

애써 웃으려는 수현의 표정에 진영이 말없이 고개를 끄덕이며 미소를 지어 주었다.

아직 다 잊지 못했구나, 수현아.

"서 선생님, 저 왔습니다."

"어, 서 선생."

"오전에 박경희 환자 CT 나왔어요?"

지후의 말에 방사선과 레지던트가 잠깐 기다리라는 손짓을 하곤 찍어 놓은 CT들을 뒤적거렸다.

"여기, 안 그래도 방금 나와서 연락하려고 했는데 잘 왔네."

"치프 선생님이 빨리 가져오라고 하셔서요. 수고하십시오."

"서 선생도 수고. 앞으로 열심히 해."

레지던트의 말에 지후가 옅은 미소를 지으며 고개를 끄덕인 후 방사선과를 나왔다. 의국으로 들어선 지후가 논문을 쓰고 있는 호연에게 CT필름을 내밀었다.

"생각보다 더 많이 퍼져 있던데요, 여기."

지후의 말에 호연이 CT를 확인하곤 고개를 끄덕였다.

"이거, 과장님께 갖다 드리고 오더받아."

"예."

"마취과 퍼미션은?"

"지금 가려구요. 씨티부터 보여 드려야 될 거 같아서."

고개를 꾸벅이고 돌아서는 지후에게, 컴퓨터 모니터에 시선을 던지고 있던 호연이 말을 이었다.

"레지던트 생활, 너희 형만큼만 하면 4년 금방 갈 거다."

관심 없는 듯한 호연의 말이었지만 지후는 그의 말속에 담긴 따뜻함을 읽어 내었다.

"예, 치프 선생님. 사실 치프 선생님이 저 무지하게 좋아하고 있다는 거 다 알고 있습니다."

"시끄러워, 빨리 가서 퍼미션이나 받아 와."

"예! 빨리 갔다 와서 맛있는 커피 타 드리겠습니다!"

달칵, 소리에 그제야 호연이 컴퓨터에 향하던 시선을 돌려 지후가 나간 의국 문을 향해 미소를 지었다.

마취과 진료실 앞에 선 지후가 팻말을 보며 말했다.

마취통증의학과 전문의 정수현.

"정수현? 마취과 펠로우 선생님이 새로 오신다더니 그분이신가 보네."

그리곤 경쾌하게 노크를 하고 문을 열고 들어간 지후가, 보던 서적을 덮고 자신을 맞는 수현을 보며 놀란 표정으로 걸음을 멈추었다. 수현 역시 자신을 보고 놀라는 지후의 표정에 잠시 놀란 듯한 표정을 지었지만 이내 표정을 지웠다.

"무슨 일이죠?"

"아, 저…… 흉부외과 레지던트 1년차입니다. 모레 있을 MI(myocardial infarction−심근경색) 환자 수술 퍼미션받으러 왔습니다."

지후가 내미는 퍼미션 용지를 받은 수현이 다이어리를 꺼내어 들었다.

"모레 몇 시 수술인가요? 집도의는 누구시죠?"

"15시 30분으로 김창호 과장님께서 집도하십니다."

다이어리에 간략하게 수술 스케줄을 기록한 수현이 퍼미션 용지에 사인을 하곤 지후에게 다시 내밀었다.

"사인했습니다. 어시스트는 누가 들어가나요?"

"이 우진 선생님과 레지던트 2년차 선생님이 들어가십니다."

"네, 알겠습니다. 수고하세요."

그리곤 보고 있던 서적을 다시 펴는 수현을 보며 몸을 돌리려던 지후가 입을 열었다.

"펠로우 선생님이셨던 거 몰랐습니다. 죄송합니다."

"모르는 게 당연하죠. 아침밥은 챙겨 먹고 다니도록 하세요, 뭐 1년차는 밥 먹을 시간이 없긴 하겠지만."

"예, 그럼 수고하십시오."

고개를 꾸벅이고 돌아서는 지후의 말에 수현이 무표정한 얼굴로 고개를 끄덕이며 모니터로 시선을 옮겼다. 그때 퍼미션 용지를 들고 문을 열고 나가려던 지후가 다시 수현에게로 몸을 틀었다.

"저, 선생님."

자신의 부름에 모니터에서 시선을 돌려 보는 수현에게 지후가 환하게 미소를 지었다.

"제 말이 맞았습니다, 선생님."

"뭐가요?"

"제가 한 번의 우연이 더 생길 거 같다고 하지 않았습니까?"

지후의 말에 수현의 표정이 굳어졌다.

"우연이 세 번 겹치면 필연이라고 하는데, 선생님하고 저는 네 번이니까 보통 인연은 아닌 거 같습니다. 그럼 수고하십시오."

고개를 꾸벅 숙이고는 진료실을 나서는 지후를 보며 수현이 굳은 표정으로 쓰고 있던 안경을 벗어 책 위에 올렸다. 그리곤 서랍에 넣어 두었던 지석의 사진을 꺼내어 들었다.

[우리 처음 아니죠? 전에 서점에서도 봤었고 동네에서도 봤었죠? 우연이 세 번 겹치면 인연이래요, 우리 인연인 거 같지 않아요?]

처음 대학에 들어와 지석을 만났을 때, 자신에게 다가와 손을 내밀며 했던 그의 말을 떠올렸다.

"서지후……."

◆

"수고하셨습니다."

큰 소리로 의국 문을 열고 들어오는 지후를 보며 논문자료 준비를 위해 모니터를 보고 있던 호연이 미소를 지었다.

"첫 출근한 소감이 어떠신가? 서지후 선생?"

의국에 들어와 테이블에 얼굴을 턱 하고 걸치곤 몸을 늘어트리는 지후를 향해 호연이 의자를 돌리며 물었다.

"죽겠습니다."

"에이. 벌써부터 그 말이 나오면 쓰나? 조금 더 있어 봐. 아주 천천히 더 깊이 느껴질 테니까."

"치프 선생님, 너무하십니다."

얼굴 가득 울상을 짓는 지후의 표정에 호연이 피식 웃으며 무선주전자에 물을 올렸다.

"지후야."

"네?"

"송 선배는 나한테 있어서 우상이었다. 학교 다니는 내내 송 선배는 내가 존경하고 좋아하는 선배였어. 그 선배를 닮고 싶어 흉부외과로 온 거였고, 그 선배를 따라가고 싶어 이 자리까지 왔다. 그러니까 너! 그 이름에 먹칠하지 말고 열심히 잘 따라와라. 알았냐?"

퉁명스럽지만 마음에서 우러나는 호연의 말에 지후가 따뜻하게 미소를 지으며 고개를 꾸벅였다.

"네, 치프 선생님. 제가 타 드리겠습니다."

호연에게서 컵을 뺏어 들어 커피를 타는 지후의 모습에 호연이 의자에 앉으며 물었다.

"오늘 당직 누구야?"

"정현읍니다."

지후의 대답에 호연이 고개를 끄덕이며 지후의 어깨를 툭 쳤다.

"퇴근해라. 수고했다."

"1년차가 퇴근이 어딨습니까? 의국에서 자겠습니다."

"들어가. 니가 있기 싫어도 병원에 죽치고 있어야 할 시간들이 앞으로 많을 테니까. 내일 출근할 때 보름 묵을 옷가지들 챙겨 와라. 속옷은 꼭 보름 치 다 챙겨. 더럽게 뒤집어 입지 말고. 알았냐?"

장난스러운 호연의 말투에 지후가 킥킥거리며 가운을 벗어 옷걸이에 걸었다.

"그럼 먼저 퇴근하겠습니다."

"서지후."

의국 문을 열고 나가려던 지후가 호연의 부름에 몸을 돌려 그를 보았다.

"니가 내 입맛을 바꿔 놨으니 앞으로 내 커피는 니 담당이다. 알았냐?"

여전히 모니터를 보고 있는 호연의 말에 지후가 미소를 머금으며 큰 소리로 답했다.

"네! 치프 선생님!"

퇴근을 하기 위해 주차장으로 향하던 지후가 에스컬레이터에서 내려오는 수현의 모습에 고개를 꾸벅였다.

"이제 퇴근하십니까?"

"네. 일 년차가 퇴근이 빠르네요?"

수현의 말에 웃고 있던 지후의 얼굴에서 미소가 거두어졌다.

"농담이에요."

긴장한 얼굴로 수현을 보던 지후가 그녀의 말에 그제야 미소를 지었다.

"집으로 바로 가시는 겁니까? 가시는 길이시면……."

"차 가지고 왔어요. 오늘 수고했어요."

말을 마치고 차로 향하는 수현을 지후가 한참 동안 미소를 지으며 지켜보곤 낮은 목소리로 답했다.

"선생님도 수고하셨습니다."

수현이 차에 오르고 출발하는 모습을 보고 난 후에야 지후가 차에 올라탔다. 근처 마트에 들른 지후가 저만치서 카트를 밀고 오는 수현의 모습에 씩 웃었다. 대충 즉석요리를 몇 개 집어넣은 지후가 카트를 쭉 밀며 그녀에게 다가갔다.

"정수현 선생님."

카트에 몸을 맡긴 채 자신을 향해 쭉 밀고 오며 고개를 꾸벅이는 지후의 모습에 수현이 풋 하고 웃음을 터트렸다.

"장 보러 오셨어요?"

"네. 서 선생도 장 보러 왔나 봐요."

그리곤 자신의 카트 안에 담긴 인스턴트 음식을 보며 눈살을 찌푸리는 수현의 표정에 지후가 머리를 긁적였다.

"선생님은 요리 잘하세요? 전 요리는 받아먹을 줄만 알고, 해 준적이 없어서……. 하하. 라면밖엔 못 끓입니다. 흠흠."

"그래도 그 카트는 너무했다. 조금씩 하면서 느는 거예요, 요리는."

그리곤 다시 시장 보기에 열중하는 수현을 따라가며 지후가 말을 붙였다.

"선생님은 뭐 좋아하세요? 한식? 중식? 일식? 분식? 양식?"

자신의 말에 가던 걸음을 멈추고 돌아보는 수현의 표정에 지후가 씩 웃으며 말을 이었다.

"양식은 식사라기보단 간식이죠, 하하하하."

옆에서 종알거리는 지후의 말에 결국 수현이 피식 웃으며 고개를 돌렸다.

"저기."

수현의 팔목을 잡아 세운 지후가, 굳은 표정으로 자신의 팔을 뿌리치는 그녀의 모습에 놀란 표정을 지었다.

"아…… 놀라셨어요? 전 그냥 이 근처엔 아는 사람도 없고, 같은 오피스텔이고 해서 친하게 지내자구요. 장도 같이 보러 다니고 한 번씩 밥도 같이해 먹으면서……."

무안한 듯 머리를 긁적이며 하는 지후를 가만히 쳐다보던 수현이 미안한 얼굴로 말을 건넸다.

"괜찮다면 밥…… 먹을래요?"

수현이 음식을 하고 있는 동안 소파에 앉아 있던 지후가 일어나 주방을 기웃거렸다.

"제가 도와 드릴 건 없겠습니까?"

"괜찮아요. 앉아 있어요."

웃으며 고개를 젓곤 다시 하던 일을 하는 수현을 보고 지후가 다시 소파에 앉았다. 테이블에 있는 잡지를 건성으로 훑은 지후가 다시 제자리에 놓곤 리모컨을 집어 들었다. 텔레비전 버튼을 누르려던 지후가 오디오 버튼이 눌러지자 당황한 듯 서둘러 버튼을 다시 눌렀다. 놀란 듯한 수현의 표정에 지후가 멋쩍은 웃음을 흘렸다.

"하하하하. 텔레비전을 켠다는 게 실수로……."

"불편해요?"

"아닙니다. 괜찮습니다."

두 손을 휘휘 젓는 지후를 보곤 수현이 침실로 들어갔다. 책 한 권을 꺼내어 들고 나온 수현이 지후에게 내밀었다.

"괜찮다면 이거라도 보고 있어요. 전공이랑 다르긴 하지만 봐 두면 도움은 될 거예요."

"감사합니다."

소파에 앉아 책을 편 지후가 맨 앞장에 있는 마취약리학, 이라 적혀 있는 제목에 다음 장으로 넘겼다. 얼마 동안 책을 읽던 지후가 언제 왔는지 옆에 와 앉아 있는 수현을 보고 놀라 책을 덮었다.

"뭐가 그리 재밌어서 부르는 소리도 못 들어?"

"아, 죄송합니다. 집중해서 읽다 보니."

책을 테이블에 올려놓으며 일어서는 지후보다 먼저 주방으로 향한 수현이 그에게 앉으라고 손짓을 했다.

"전공도 아닐 텐데 집중해서 읽을 만했어?"

"네. 마취학도 세부적인 분류가 잘되어 있어요. 마취약 종류도 새롭고."

밥과 국을 그의 앞에 놓곤 마주 앉는 수현에게 지후가 얼굴 가득 미소를 지어 주었다.

"잘 먹겠습니다."

"차린 건 없지만 서 선생이 장 봐 온 그것들보단 나을 테니 많이 먹어. 그리고 말 놔도 되지? 서 선생이 나보다 나이도 많이 어리니까."

"네. 그럼요."

활짝 웃은 지후가 김칫국을 떠 입에 넣었다.

"너무 맛있어요."

"맛있다니 다행이네. 많이 먹어."

밥을 먹고 소파에 앉아 있는 지후에게 수현이 커피 잔을 내밀었다.

"송 선생은 왜 흉부외과로 갔어? 편한 과도 많은데."

"살아 있는 심장을 많이 보고 싶어서요. 제 기능을 못 하는 심장을 살려 내는 그 짜릿함과 환희를 알아 버렸거든요."

지후의 말에 수현의 표정이 굳어졌다.

[난 말이야. 내 손으로 심장을 살려 보고 싶어. 내가 이 손으로 오 피캡을 하고 있다는 생각만 해도 너무 짜릿해.]

오래전 흉부외과 레지던트를 시작할 때 지석이 했던 말이 떠오른 수현이 커피 잔을 세게 잡았다.

"선생님, 어디 아프세요? 안색이……."

"응? 아니야. 잠시 딴생각을 했어."

고개를 저으며 커피를 마시는 수현을 본 지후가 일어서 집 안을 둘러보았다.

"제가 뭐 도와 드릴 거 없겠습니까? 못질이라든지 형광등을 갈아야 한다든지."

"괜찮아. 그럴 필요 없어."

"그래도 밥에 커피까지 얻어먹었잖습니까? 죄송해서 그러죠. 뭐 시키실 일 있으시면 말씀하세요."

팔을 걷어붙이며 하는 지후에게 수현이 거실 구석에 세워 두었던 액자를 손으로 가리켰다.

"그럼 이걸 거실에다 좀 걸고 싶은데, 못질 좀 해 줄래? 내가 해도 되는데 귀찮아서 놔두고 있었거든."

못질을 하고 액자를 거는 지후의 모습을 물끄러미 쳐다보고 있던 수현이 그 시절의 자신을 떠올리며 얼굴에 미소를 지었다.

"왜 웃으십니까?"

"보기 좋아서. 뭐든 이렇게 열심히 하려는 모습 보니까 그때 내 생각도 나고, 그 시절에 함께했던 사람들도 생각나고."

팔을 교차해 팔뚝을 쓸어내리며 하는 수현의 말에 지후가 고개를 끄덕였다.

"선생님."

자신을 부르는 목소리에 몸을 돌린 수현이 어느새 코앞에 다가와 서 있는 지후의 모습에 한 걸음 물러섰다.

"친해지고 싶습니다, 선생님과."

지후와 시선을 닿은 수현의 몸이 경직되었다. 자신도 모르게 굳어지는 몸과 마음에 수현이 먼저 지후에게서 시선을 거두었다.

"오늘 식사를 청한 건 이사 떡을 건네준 이웃에 대한 답례의 뜻으로 한 거였어. 친해지고 싶다는 말을 어떤 뜻으로 했는지 모르겠지만, 공적으로는 몰라도 사적으로 친해지는 건 사양할게."

3화
이끌림

　출근을 하기 위해 엘리베이터를 기다리고 있던 지후가 문이 열리면서 보인 수현에게 꾸벅 고개를 숙이고 올라탔다.

　"좋은 아침입니다. 식사는 하셨습니까?"

　지후의 물음에 수현이 낮게 고개를 끄덕였다.

　"서 선생은 먹었어? 오늘은 토스트가 없네."

　"예? 아예. 먹었습니다. 전 원래 아침은 꼭 챙겨 먹거든요. 밥 못 먹으면 빵이라도 꼭 먹습니다. 아침을 안 먹으면 하루 일과가 꼬이는 징크스가 있어서요."

　웃으며 머리를 긁적이곤 하는 지후의 말에 수현의 표정이 굳어졌다.

　[난 무슨 일이 있어도 아침은 꼭 먹어야 돼. 그날 하루 컨디션은 아침밥에 달려 있거든. 그러니까 결혼하면 다른 건 몰라도 아침밥은 꼭 챙겨 줘야 돼. 정수현 선생.]

장난끼 가득한 얼굴로 자신의 두 손을 꼭 잡으며 말하던 지석이 떠오른 수현은 이내 고개를 저으며 엘리베이터 숫자판으로 시선을 돌렸다. 엘리베이터에서 내려 먼저 주차장으로 향하는 수현의 모습에 지후가 차키를 얼른 가방 구석에 집어넣곤 빠른 걸음으로 수현을 뒤따라갔다.

"정 선생님."

자신의 목소리에 고개를 돌려 보는 수현에게 지후가 머리를 긁적였다.

"제가 차키를 두고 왔습니다."

"가서 가져와."

"그게 올라가서 다시 가져오려니 그럼 또 늦을 거 같아서요. 레지던트 된 지 얼마 안 돼서 치프 선생님께 찍히면 레지 생활 힘들어지는 거 아시죠?"

지후의 말에 수현이 미간을 좁히며 말을 건넸다.

"그래서 어쩌라고?"

"저 좀 태워 주시면 안 되시겠습니까?"

생긋 웃으며 하는 지후의 말에 수현의 눈썹이 모였다.

"부탁드리겠습니다, 선생님."

고개를 꾸벅 숙이며 천연덕스럽게 자신을 보는 지후의 표정에 수현이 짧게 한숨을 쉬었다.

"오늘만이야. 다시는 이런 실수 없도록 해."

"감사합니다, 선생님."

차에 올라탄 수현이 지후가 올라타자 시동을 걸고 오디오 버튼을 눌렀다. 낯익은 음악에 지후의 눈이 커졌다.

"over and over네요."

"이 가수 알아?"

"아뇨. 이 노래 부른 가수가 나나 무스꾸리라는 것만 압니다."

장난 섞인 지후의 말에 수현이 피식 웃었다. 수현의 웃음에 지후가 말없이 미소를 지으며 다시 음악에 집중했다.

"사실은 사랑했던 사람이 좋아했던 노랩니다."

지후의 말에 수현이 굳은 표정으로 슬쩍 쳐다보곤 다시 운전석으로 시선을 돌렸다.

"오해는 마십시오. 사랑했던 사람이라고 해서 이성은 아닙니다. 형이 좋아했던 노랩니다. 어머니와 아버지가 이혼하셔서 오래 함께 살지 못하다가 아버지 돌아가시고 어머니께서 형을 데리고 와서 다시 살았거든요. 지금은…… 또 영영 못 보지만요."

지석이 생각난 지후가 잠시 차창 밖으로 하늘을 올려다보곤 이내 수현을 향해 씩 웃었다.

"선생님은요?"

"나는 사랑하는 사람이 좋아했던 노래였었어."

젖은 수현의 목소리에 지후가 고개를 돌렸다. 앞만 보고 가는 수현의 모습을 지후는 한참 동안이나 바라보았다. 어딘가 모르게 아픈 눈동자를 가진 수현을 보며 지후는 왠지 모르게 가슴이 먹먹해져 차창 밖으로 고개를 돌렸다. 그에 수현이 잠시 지후에게 시선을 옮겼다 다시 백미러를 바라보았다. 그렇게 차가 병원 주차장에 도착하자, 지후가 웃으며 수현의 차에서 내렸다.

"태워 주셔서 감사합니다."

지후의 말에 수현이 고개를 끄덕이곤 몸을 돌렸다.

"정 선생님!"

수현이 짧은 한숨을 내쉬곤 몸을 돌려 지후를 보았다. 어느새 자신의 앞에 서 있는 지후를 보며 수현이 왜 불렀냐는 표정으로 그를 보았다.

"이거 식사 얻어먹은 감사의 의미로 샀습니다."

"그건 이사 떡 준 거 답례하는 거라고 했잖아."

"이사 떡 이야기는 하지 마십시오."

수현은 자신의 손에 종이가방을 쥐여 주고 뛰어가는 지후의 뒷모습에 피식 웃으며 고개를 저었다. 진료실에 들어선 수현이 가운으로 갈아입고 책상에 앉아 지후가 건네고 간 종이가방을 열어 보았다. 작은 상자 겉에 포장된 예쁜 포장지를 보며 수현이 작게 웃으며 포장지를 뜯었다. 종합비타민제라고 적힌 비타민 통을 열어 본 수현이 두 번 접어 넣은 쪽지를 꺼내어 폈다.

[하루에 한 알씩 드시면 피로 무시는 데 조금이나마 도움이 되실 겁니다. 앞으로 자주 뵈었으면 좋겠습니다. -서지후-]

간결하고 깨끗한 지후의 글씨체를 보며 수현은 한참 동안 멍하니 앉아 있었다.

"좋은 아침입니다."

가운을 입으며 청진기를 목에 걸친 채 스테이션에 들어서는 지후를 향해 웃으며 하영이 차트를 덮고 일어섰다.

"안녕하세요, 서 선생님."

"예, 주 간호사님. 식사는 하셨어요? 오늘은 병원 밥 드셨어요? 웬만하면 밥 사 드시지 말고 병원 밥 드세요. 간호사가 받으면 얼마나 받는다고 매번 사 드시려고 하세요?"

지후의 말에 하영이 미간을 찌푸리며 지후를 노려보았다.

"아침부터 시비 거시는 거예요? 서지후 선생님."

"그만해라, 아침부터 사랑싸움하냐?"

스테이션에 들어서며 지후와 하영을 번갈아 보는 호연이 피식 웃었다.

"치프 선생님은 무슨 그런 무서운 말씀을 하세요?"

"너 인턴 때부터 소문 쫙 났어. 너랑 주 간호사랑 그렇고 그런 사이라고."

"주 간호사랑 저랑요? 아이고, 농담이라도 그런 소리 마세요."

기겁을 하며 말하는 지후에게 호연이 하영의 눈치를 살피며 말했다.

"야, 니가 그러면 주 간호사가 무안해지잖냐? 자식이 눈치도 없이."

"눈치요? 주하영 선생님 눈치 없는 걸로 소문났는데 모르세요? 그치? 주하영?"

"시끄럽구요. 빨리 환자 드레싱이나 돌 준비하세요. 수고하세요, 치프 선생님."

그리곤 조제실로 들어가는 하영을 보며 호연이 혀를 찼다.

"이런 죽일 놈. 주 선생이 너 좋아하는 거 뻔히 알면서."

호연의 말에 지후가 뒤늦게 장난스러운 표정을 지우고는 하영이 들어간 조제실로 시선을 돌리며 말했다.

"아니까 그러는 거예요."

"넌 아주 없는 거야?"

"뭐가요?"

"주 선생에 대한 마음이 조금도 없어?"

짐짓 심각한 표정으로 묻는 호연의 말에 지후가 조제실을 보며 말을 이었다.

"하영인 저한테 여자 아니에요. 하영이한테도 제가 남자가 아니었으면 좋겠어요, 선생님."

"무슨 이야기들을 그렇게 심각하게 하냐? 아침부터."

스테이션에 들어서며 묻는 창호의 말에 호연과 지후가 몸을 돌려 고개를 숙였다. 그리곤 창호 옆에 서서 자신들을 보고 웃는 진영의 모습에 놀란 표정으로 마주 보며 고개를 갸웃거렸다.

동의대학병원 흉부외과 교수 한진영.

가운에 적힌 진영의 이름에 지후가 활짝 웃으며 진영을 보았다.

"형, 그럼?"

"앞으로 각오해, 두 사람."

"예! 선배님. 아니, 한 교수님."

반가운 표정으로 고개를 꾸벅이는 지후와 호연의 모습에 진영이 두 사람의 어깨를 툭 치며 얼굴 가득 미소를 지었다.

"그렇게 좋냐?"

"응. 아니, 네. 좋습니다, 교수님. 이 삭막할 것 같기만 했던 레지 생활, 교수님 오신다니 다 죽어 가던 제 얼굴에 꽃이 피는 거 같습니다."

두 손을 얼굴에 모으며 하는 지후의 말에 스테이션에 있는 의사들이 하나같이 웃음을 터트렸다. 함께 웃던 창호가 지후를 흘겨보곤 호연에게 물었다.

"오늘 내 수술 어시 누구야?"

"저랑 서 선생이 들어가기로 했습니다, 과장님."

호연의 대답에 창호가 지후에게로 시선을 돌렸다.

"서 선생은 강동욱 선생 AI(aortic insufficience-대동맥판폐쇄부전) 수술 어시스트가 필요하다니까 거기 들어가 봐. 공부가 많이 될 거야. 내 수술은 한 교수하고 장 선생이 들어오고."

"예, 과장님."

"회진 가자."

창호의 말에 진영이 자신의 뒤를 따르는 지후의 어깨를 토닥이곤 걸음을 옮겼다.

"정 선생님 때문이시죠? 한 교수님 저희 병원 오신 거."

회진을 마치고 스테이션으로 들어온 호연이 사진을 보고 있는 진영의 옆에 앉으며 물었다.

"그런 것도 좀 있지. 하지만 그것보단 우리 과장님 소원 때문이지."

나와 수현이, 지석이 데리고 한 수술방에 들어가시는 게.

고개를 끄덕이며 답한 진영이, 지석이 떠올라 애잔해지는 가슴을 쓸어내리곤 다시 사진으로 시선을 돌렸다.

"좋은 아침입니다. 어?"

스테이션에 들어서며 웃던 수현이, 자신을 보고 웃는 진영을 알아채고는 놀란 표정으로 걸음을 멈추었다.

"어떻게 된 거야?"

"오늘부터 저희 병원 출근하신답니다, 선생님."

차트를 보며 하는 호연의 말에 수현이 진영에게로 시선을 돌렸다.

[뭐, 괜찮아. 앞으로 시간 많아질 거니까. 같이 오프 맞춰서 밥 한 번 먹자.]

"반갑다, 정 선생."

"그럼 그저께 한 말이……."

자신의 말에 대답 대신 고개를 끄덕이는 진영의 미소에 수현이 가늘게 눈을 흘리곤 그의 어깨를 살짝 밀었다.

"사람 놀래키는 재주도 있었어?"

"미안. 말하려다가 출근하는 날 보는 게 더 반가울 거 같아서."

"그래, 엄청 반갑다."

진영에게 밝은 미소로 답한 수현이 고개를 돌려 호연을 보았다.

"오늘 김 과장님 수술할 환자 차트 좀 보자."

"예, 선생님. 여기 있습니다."

차트를 받은 수현이 빠른 속도로 차트를 읽어 내리곤 다시 호연에게 내밀었다.

"간단한 거네. 이건 다른 선생님이 하셔도 될 걸 왜 과장님이 직접?"

"아, 원장님 아시는 분이라 직접 과장님께 부탁하셨던 거 같습니다."

호연의 말에 고개를 끄덕이는 수현의 어깨에 손을 얹으며 진영이 미소를 지었다.

"커피나 한 잔 하러 가자."

"다녀오십시오, 선생님. 수술실에서 뵙겠습니다, 정 선생님."

"장 선생도 수고."

스테이션을 나가 휴게실로 가는 두 사람의 모습을 호연이 물끄러미 쳐다보았다. 호연의 시선에 지후가 그의 옆에 바짝 얼굴을 들이밀며 시선을 좇았다. 멀어지는 두 사람의 모습을 보던 지후가 시선을 거두곤 스테이션에 들어서며 물었다.

"두 분 아는 사이예요?"

"그럼 같이 의대도 나오셨고, 인턴까지 다 여기서 마치셨는데. 각별한 사이셨어. 참, 너네……."

"장 선생님, 과장님이 찾으세요."

시은의 말에 멈칫한 호연이 지후의 어깨를 툭 치고는 발걸음을 옮겼다.

"병실 돌아다니면서 환자 체크 좀 해. 504호에 드레싱 해 줄 환자 있으니까 먼저 가 보고."

"예, 다녀오십시오."

휴게실에 앉은 수현이 진영이 내미는 종이컵을 받아 들었다. 웃으며 자신의 옆에 앉는 진영을 보며 수현이 말없이 종이컵을 입에 가져다 대었다.

"정 선생."

"응?"

"지석이 이야기……해도 돼?"

진영의 말에 수현이 미소를 거두곤 고개를 끄덕였다.

"아직 생각나니?"

진영의 말에 수현이 커피로 입술을 축이곤 차마 떨어지지 않는 입을 뗐다.

"생각…… 안 날 리가 없잖아. 어떻게 잊어."

수현의 말에 진영이 굳은 표정으로 종이컵을 입에 가져다 대었다.

"그래, 잊지 말아야지. 우리마저 그놈 잊으면 그놈 28년 인생이 너무 허망해지잖아."

진영의 말에 수현이 젖은 눈으로 애써 고개를 끄덕이며 웃었다.

"코드블루 흉부외과, 코드블루 흉부외과."

"호출이다, 같이 갈래?"

고개를 젓는 수현을 본 진영이 고개를 끄덕였다.

"그래, 그럼 먼저 일어서야겠다. 나중에 수술방에서 보자."

진영이 급하게 종이컵을 휴지통에 던져 넣고는 발걸음을 옮겼다.

응급실로 들어선 진영이 어느새 와 CPR을 하고 있는 호연을 보며 물었다.

"어제 뇌출혈로 이머전시 오피(emergencyOP-응급수술)한 환자데 갑자기 블리딩(bleeding-출혈)을 하면서 어레스트(Arrest-환자의 심장박동이 멈춘 상태)가 왔습니다."

호연의 말이 끝나자 간호사가 제세동기를 밀고 왔다. 그러자 진영이 빠르게 호연의 옆에 섰다.

"비켜."

진영의 말에 호연이 얼른 자리를 바꿔 지후가 잡고 있는 엠브를 건네받았다.

"서 선생 씨암(C-Arm-움직이는 X-ray) 준비해. O2 더 주고 150줄 차지."

"차지."

환자의 가슴에 제세동기를 누른 진영이 다시 말했다.

"250줄 차지."

"준비됐습니다."

간호사의 말에 진영이 다시 기계를 환자의 가슴에 대었다.

"비켜."

"돌아왔습니다."

지후의 말에 진영이 길게 한숨을 내쉬며 물었다.

"바이탈(vital sign-맥박, 혈압, 호흡, 체온)은?"

"정상으로 돌아왔습니다."

그제야 제세동기를 손에서 놓으며 진영이 이마에 흐르는 땀을 닦았다.

"수고하셨습니다."

"씨저(Seizure-발작, 경기) 올지도 모르니까 잘 체크해."

"예, 선생님."

응급실을 나오던 진영이 멍하니 문 앞에 서 있는 수현을 보며 걸음을 멈추었다.

"정 선생."

"살았어?"

자신의 물음에 고개를 끄덕이는 진영을 보며 수현이 안도의 한숨을 내쉬었다.

"수현아."

안타까운 눈으로 자신을 보는 진영을 보며 수현이 애써 미소를 지었다.

"들어갈 수 있을 줄 알았는데 아직 여기는 힘드네."

수현의 말에 진영이 말없이 고개를 끄덕이며 발걸음을 옮겼다. 터덜터덜 걸어가는 진영의 뒷모습에 수현이 다시 몸을 돌려 응급실을 돌아보았다.

지석 씨.

지석을 떠올리며 눈물을 떨구던 수현이 응급실 문을 열고 나오는 지후를 보며 얼른 손등으로 눈물을 닦아 내곤 서둘러 몸을 돌렸다.

"정 선생님."

수현을 놓칠세라 팔목을 붙들어 돌려세운 지후가, 굳은 수현의 얼굴에 얼른 잡고 있던 손목을 놓으며 고개를 꾸벅였다.

"무슨 일 있으십니까?"

"아니야, 아무것도. 신경 쓰지 말고 가 봐."

"선생님."

몸을 돌려 엘리베이터로 향하려던 수현이 잠시 걸음을 멈추었다.

"비타민 고마워. 이미 받은 거니까 잘 먹겠지만 다음부턴 그러지 마. 서 선생이나 챙겨 먹도록 해."

그리곤 몸을 돌려 가는 수현의 뒷모습에 지후가 길게 심호흡을 하곤 손으로 가슴을 쓱쓱 쓸어내렸다.

"야, 서지후 너 왜 그러냐? 하트(Heart)가 미쳤나."

◆

수술실에 들어서는 진영과 창호를 보며 수현이 미소를 지은 채 고개를 꾸벅 숙였다. 마스크에 가려 보이진 않지만 자신을 향해 웃어 주는 두 사람을 보며 수현은 마음이 따뜻해져 왔다. 환자가 누워 있는 수술대 앞에 선 창호가 환자에게 시선을 둔 채 수현을 불렀다.

"정수현 선생."

"네, 과장님."

"조금 늦은 감이 있긴 하지만 정 선생과 한 선생, 그리고 지금은 우리 곁에 없지만 송지석 선생이 있었을 때 말이야. 이렇게 내 수술 방에 한 선생과 서 선생이 내 옆에, 정 선생이 그 자리에 서 있었으면 하는 게 내 소원이었어. 지금 한 사람이 없긴 하지만 그 소원이 이제라도 이루어진 거 같아서 참 좋다, 정 선생."

"과장님."

"내 수술은 다른 사람 맡기지 말고 무조건 정 선생이 들어와 알았어?"

창호의 말에 수현은 목이 메여 와 겨우 목소리를 짜내어 답했다.

"네, 과장님."

수현의 대답에 창호 역시 지석의 생각에 가슴이 먹먹해져 와 두 눈을 감았다 뜨며 어시스트를 하고 있는 진영에게 말했다.

"메스."

창호의 집도로 수술이 시작되고, 수술을 하는 창호와 진영을 보며 수현은 눈물을 흘렸다. 마스크에 가려져 눈물이 보이지 않음에 감사한 수현은 어쩌면 진영의 자리에 서 있었을지 모를 지석의 모습을 떠올리며 보이지 않는 눈물을 쏟았다.

"정 선생."

"……."

"수현아."

"네, 과장님."

떨리는 수현의 목소리에 창호가 움직이던 메스를 멈추고 고개를 들어 수현을 보았다. 마스크로 가려져 보이진 않았지만 눈물이 가득할 수현의 눈동자에 마음이 아파 온 창호는 애써 다시 환자에게로 고개를 돌리며 말했다.

"화장실 다녀와."

"괜찮습니다."

"갔다 와라, 수현아."

창호의 목소리가 한 번 더 들리고 나서야 수현은 고개를 꾸벅 숙이고는 수술실을 나섰다. 서둘러 수술실을 나가는 수현을 보며 진영과 창호가 길게 한숨을 내쉬곤 다시 수술 중인 환자에게로 고개를 돌렸다.

"흑."

수술실을 나온 수현이 두 손으로 입을 꼭 막은 채 터져 나오는 울음을 속으로 삼켰다. 마침 옆방 수술실에서 수술을 마치고 나온 지후가 고개를 푹 숙인 채 울고 있는 수현을 보며 집도를 맡은 전문의에게 고개를 숙여 보이곤 몸을 돌려 수현에게로 걸어왔다.

"정 선생님."

지후의 목소리에 수현이 눈물을 멈추고 고개를 들었다. 눈물이 가득 고인 눈으로 자신을 쳐다보는 수현을 보며 지후가 한 손으로 수현의 마스크를 내렸다. 얼굴 가득 눈물범벅인 수현을 보며 지후가 놀란 표정으로 말했다.

"무슨 짓이야, 이게."

"무슨 일이세요?"

"상관 말고 가."

뒤돌아 뛰어가는 수현의 모습에 지후는 저도 모르게 뛰어가 수현의 손목을 잡아 세워 빈 수술실로 수현을 데리고 들어갔다. 불도 켜지지 않은 어두운 수술실에 수현을 데리고 들어선 지후가 따뜻한 목소리로 수현의 어깨를 두 손으로 잡으며 말했다.

"울어요, 참지 말고. 울고 싶을 때는 우세요. 참으려고 하면 더 병돼요, 선생님."

괜찮다는 듯 고개를 끄덕이며 하는 지후의 목소리에 수현은 가까스로 참았던 울음을 터트렸다. 말없이 눈물을 떨구는 수현의 모습을 보며 지후의 가슴이 먹먹해져 왔다.

왜 이렇게 서럽게 울까, 뭐가 이렇게 이 여자를 울게 하는 걸까.

소리 내지도 못하고 눈물만 뚝뚝 흘리는 수현의 어깨를 지후가 천천히 당겨 안았다. 안은 수현의 등을 토닥이는 지후의 손길이 시린 그녀의 가슴을 따뜻하게 데워 주었다. 얼마나 시간이 흘렀을까 수현의 흐느낌이 잦아들자 지후가 수현을 안고 있던 팔을 풀었다. 그제야 자신에게 안겨 울었던 것이 부끄러운지 두 손으로 뺨을 감싸는 수현을 보고 지후가 미소를 지었다.

"다 우셨습니까?"

고개를 끄덕인 수현이 두 손으로 뺨을 감싸며 길게 숨을 들이마셨다.

"서 선생한테 못 볼 꼴을 보였네. 오늘 일은 잊어 줘."

수현의 우는 모습에 자신도 모르게 가슴이 먹먹해졌던 지후는 돌아서는 그녀를 자신도 모르게 잡았다. 수현의 손목을 낚아챈 지후가 그대로 수현의 입술에 입을 맞추었다. 지후의 입술이 닿자 자신도 모르게 눈을 감았던 수현이 어깨를 감싸는 그의 손에 퍼뜩 놀라 눈을 뜨곤 한 걸음 물러났다.

짝! 세차게 돌아가는 지후의 얼굴에 수현은 아파 오는 손바닥을 감싸 쥐었다.

"이게 무슨 짓이야?"

"죄송합니다."

"내가 서 선생한테 실수한 것이 있지만, 날 뭘로 보고 이런 짓을 한 거야? 일 년차가 건방지게 어디서……."

휑하니 돌아서 수술실을 나가는 수현을 보며 지후가 두 손으로 얼굴을 쓸어내렸다.

"뭔 짓을 한 거야, 서지후."

◆

스테이션에 앉아 팔로 얼굴을 받친 채 멍한 표정으로 모니터를 보고 있는 지후를 보며 하영이 고개를 절레절레 흔들고는 얼굴을 괴고 있던 그의 팔을 툭 쳤다.

"야."

"야, 라니요? 서 선생님. 차트 안 보세요? 무슨 생각 하세요? 또 야동 보시고 싶으세요?"

"야, 주하영. 너 계속 내 이미지 떨어뜨리는 말만 할 거야?"

"제가 언제 선생님 이미지 떨어뜨리는 말을 했다고 그러세요? 전 선생님이 늘 하시는 일을 말씀드린 건데요."

자신의 말에 미간을 찌푸리는 지후를 보며 하영이 그의 머리에 작은 꿀밤을 먹였다.

"정신 차리고 사진 봐, 사진. 넋을 놓고 뭐하는 거야?"

"아, 오늘 하루 종일 계속 이러네. 왜 이러지?"

"그걸 나한테 물어보는 거야? 쯧쯧. 서지후가 그럼 그렇지. 레지던트가 된다고 달라지시겠어. 난 병실 돌러 간다. 수고해라, 띨빵한 서 선생님."

자신의 어깨를 치곤 병실을 향해 유유히 걸어가는 하영을 보던 지후가 다시 모니터를 향해 시선을 돌렸다.

◆

오후 3시 정각. 잡혀 있는 수술 스케줄대로 시간에 맞추어 수술실로 들어서던 수현이 고개를 꾸벅이는 지후를 보고 걸음을 멈추었다.

"오늘 수술 어시스트입니다."

지후의 말에 수현이 굳은 표정으로 고개를 끄덕이곤 자신의 밑에 있는 레지던트에게로 시선을 돌렸다.

"연세가 있으신 분이니까 바이탈(vital sign-맥박, 혈압, 호흡, 체온) 잘 잡고, 혈액지원팀에 연락해서 펙스셀(packed cell-수술용 혈액) 넉넉하게 준비해 놓고."

"예."

모든 수술 준비가 끝나자 창호와 진영이 수술실로 들어섰다. 고개를 꾸벅이는 수현을 보며 창호가 미소를 지었다.

"정 선생, 식사했어?"

"네, 과장님."

"정 선생이 내 수술에 들어오니까 기분이 다 좋아진다. 왜 마취과
로 지원했냐? 내 밑으로 왔으면 얼마나 좋아."

"저도 과장님이 마취과 과장님이셨으면 참 좋을 거 같습니다."

수현의 말에 어느새 간호사의 도움으로 가운을 입고 마스크를 쓴
창호가 껄껄 웃었다.

"정수현 말솜씨에는 여전히 못 당하겠다. 시작하자."

수술이 시작되고, 한참 뒤 바이탈이 떨어지는 신호에 수현이 놀란
표정으로 환자에게로 고개를 돌렸다.

"어레스트입니다, 선생님!"

마취과 레지던트의 말에 수현이 서둘러 마취과 레지던트에게 고개
를 돌리며 말했다.

"에피네프린(Epinephrin-심근력강화 및 혈관수축 작용하는 약),
아트로핀(atropine-심장박동을 빠르게 하는 약) 넣어!"

수현의 말에 마취과 레지던트가 모니터를 보며 마취심도를 조절하
고, 간호사가 씨라인(C line-혈액이나 수액을 다량으로 주려는 목적
으로 환자의 몸에 연결하는 관)에 에피네프린과 아트로핀을 투입했다.

약을 투여하는 사이 오픈 카디악마사지(Open Cardiac-개흉 심장
마사지)를 하고 있는 진영을 보며 수현이 하얗게 상기된 얼굴로 환자
를 향해 시선을 돌렸다. 응급실에 누워 있던 지석의 모습을 떠올린
수현은 침대에 누워 있는 환자의 얼굴을 보며 고개를 저었다.

"돌아왔습니다."

"바이탈(vital sign-맥박, 혈압, 호흡, 체온)도 정상으로 돌아왔습
니다."

마취과 레지던트의 목소리에 창호가 다시 포셋(수술용 집게)을 집
었다.

"드레인(drain-수술 부위에 고인 피나 액체가 배출되는 관), 바이탈 꽉 잡아."

그리곤 다시 수술에 집중하는 창호를 보곤 수현이 두 눈을 감았다 뜨며 비틀거렸다.

"선생님 괜찮으세요?"

마취과 레지던트의 목소리에 지후와 창호, 진영이 잠시 손놀림을 멈추고 수현에게로 시선을 돌렸다.

"괜찮습니다. 수술 계속 진행하십시오."

"정 선생, 나가서 쉬었다가 와."

"아닙니다, 괜찮습니다."

"말 들어라, 수현아."

"정말 괜찮습니다, 과장님."

수현의 말에 창호가 다시 환자에게로 고개를 돌리며 지후에게 말했다.

"어차피 수술 한두 시간에 끝날 거 아니니까 쉬었다가 다시 들어와라. 얼굴이 하얗게 질렸다. 서 선생, 정 선생 의국으로 모셔다 드려."

"아니에요, 과장님. 이겨 내야죠. 언제까지 피할 수는 없잖아요."

결국 낮게 고개를 끄덕인 창호가 다시 수술에 집중했다. 그런 두 사람을 지후가 굳은 얼굴로 쳐다보았다. 금방이라도 쓰러질 것 같은 표정으로 수술에 임하고 있는 수현의 모습이 신경 쓰인 지후가 자꾸만 그녀에게로 시선이 향했다. 수술이 끝나고 마스크를 벗은 창호가 고개를 꾸벅이는 수현에게 걸어가 섰다.

"괜찮은 거야?"

"네."

"수현아, 너무 급하게 하려고 하지 마라. 천천히, 천천히 해."

두어 번 수현의 어깨를 토닥여 주고 수술실을 나가는 창호의 모습에 수현 역시 글러브를 벗고 수술실을 나갔다. 힘없이 수술실을 나가는 수현의 모습에 뒷정리 중인 지후가 뒤따라 나섰다.

"괜찮으십니까?"

지후의 물음에 몸을 돌린 수현이 낮게 고개를 끄덕였다.

"그땐……."

"그때 이야기는 하지 말도록 해. 들어가 봐. 일 년찬데 마무리 안 해도 돼?"

"선생님."

지후는 자신의 부름을 뒤로하고 혼자서 걸어가는 수현을 보며 자꾸만 뻐근해지는 가슴에 주먹을 쥐었다 폈다 하다, 결국 수술실로 발걸음을 돌렸다.

"마무리 잘했어?"

어깨를 주무르며 의국으로 들어서던 지후가 모니터를 보고 있는 진영의 모습에 고개를 꾸벅였다.

"네, 교수님."

"수고했다. 그리고 둘이 있을 땐 말 높이지 마."

"그래도 어떻게 그래요, 교수님이신데."

"교수이기 전에 니 형이다, 인마."

지후의 말에 진영이 웃으며 아프지 않게 지후의 등을 내려쳤다.

"퇴근해야지?"

"강 교수님이 논문자료 찾아봐 달라고 한 게 있어서 도서관 가 봐야 해요. 조금 늦어질 거 같아서요. 선생님은요?"

"이제 해야지. 언제 오프 같이 잡히면 술 한잔하자."

진영의 말에 지후가 웃으며 고개를 끄덕였다. 수술실을 나와 의국 앞에 선 지후가 멀찌감치 지나가는 수현을 보며 걸음을 멈추었다. 진영 역시 수현을 발견하고는 지후에게 고개를 돌리며 말했다.

"수고해라, 먼저 퇴근한다."

자신의 어깨를 툭툭 치며 서둘러 걸음을 옮기는 진영을 향해 미소 짓던 지후가 순간 웃음을 거두었다. 진영의 옆에서 미소 짓는 수현의 얼굴을 보며 지후는 가슴에서 느껴지는 이상한 감정에 인상을 찌푸렸다.

"아까부터 이게 왜 이러냐? 서지후."

혼자말로 고개를 저으며 중얼거린 지후가 다시 의국으로 발걸음을 옮겼다.

"정 선생."

자신을 부르는 목소리에 수현이 걸음을 멈추고 뒤를 돌아보았다.

"어, 이제 퇴근해?"

"응. 수술 끝내고 바로 퇴근하는 길이야. 괜찮아? 너?"

"뭐가?"

"아까 너…… 아니, 수술 스케줄 빡빡한데 할 만하냐고?"

진영의 말에 수현이 피식 웃으며 고개를 끄덕였다.

"레지던트 때에 비하면 천국이지 뭐."

"다행이다."

"한 선생도 수술 많이 잡혔던데, 안 피곤해?"

"말도 마라, 편히 다리 뻗고 자 봤으면 소원이 없겠다. 지석이 자식만 있었어도……."

말을 하다 아차 하곤 애써 웃는 진영을 보며 수현이 낮은 목소리로 답했다.

"한 선생, 나 때문에 지석 씨 생각 안 하려고 하지 마. 나 괜찮아, 이제."

"거짓말."

돌아서는 자신의 팔을 잡아 세우는 진영을 수현이 놀란 표정으로 돌아보았다.

"한 선생."

"너 아직 힘들잖아. 지석이 자식 이름만 나와도 눈물이 차오르면서 괜찮다는 말을 하면 난 어떡해야 하는 거니? 이렇게 가면 너 또 혼자 울 텐데, 나 모르는 척해야 하는 거야?"

그의 말에 수현이 자신의 어깨를 잡은 진영의 손을 놓으며 말했다.

"차라리 힘들면 힘들다고 말해. 그 편이 더……."

"그래, 나 아직 힘들어. 그냥 모르는 척 좀 해 주지. 사실은 아직 지석 씨 많이 생각나고, 그러면 힘들고 그래. 그러니까 나한테서 지석 씨를 묻으려고도 하지 말고, 꺼내 놓으려고도 하지 마. 그냥 생각나면 생각나는 대로, 아프면 아픈 대로 그럴 거야."

"수현아."

"먼저 갈게, 진영아."

그리곤 돌아서는 수현의 뒷모습을 보며 아련해져 오는 가슴에 진영이 길게 한숨을 내쉬며 담배를 입에 물었다. 그러나 이내 담배를 집어 던지며 뛰어가 수현의 어깨를 잡아 세웠다. 뺨 위로 흘러내리는 눈물을 닦으며 고개를 돌리는 수현의 어깨를 잡은 손에 힘을 주며 진영이 소리쳤다.

"5년이나 지났어! 자그마치 5년이나! 잊으라는 게 아니야. 하지만 너도 숨은 쉬고 살아야 하잖아. 너도 살아야지. 언제까지 붙들고 살 거야? 언제까지!"

진영의 외침에 수현이 고개를 떨구었다.

"할 수만 있다면 죽을 때까지."

"수현아."

"죽을 때까지 붙들고 살고 싶은데, 요즘 생각이 안 나. 지석 씨 얼굴…… 가끔 힘주어 떠올리지 않으면 생각이 안 나. 그러니까 너까지 지석이 놓으라고 하지 마. 안 그래도 조금씩 흐려지는 지석 씨 때문에 힘들어 죽겠으니까 너까지 그러지 마, 진영아."

눈물이 고인 얼굴로 하는 수현의 말에 진영이 잡고 있던 그녀의 어깨를 놓았다.

"니가 이러면 지석이가 좋아할 줄 아니? 지석이 자식, 이런 너 보면서 얼마나 힘들지 생각 안 해 봤어? 지석이 편하게 보내 줄 때도 됐어, 수현아."

"알아, 알고 있어. 하지만 안 되는데 어떡하라고. 안 되는 걸 어떡해."

결국 눈물을 떨구는 수현을 보며 진영이 말없이 그녀를 감싸 안았다. 자신의 가슴에 얼굴을 묻고 우는 수현의 어깨를 꼭 안으며 진영이 두 눈을 감았다.

아직 니 가슴에 내가 들어갈 자리는 없겠구나, 수현아.

4화
이끌림 II

"먼저 퇴근하겠습니다, 수고하십시오."

사복으로 갈아입고 간호사 스테이션으로 와 인사를 하는 지후를 보며 시은이 미소를 지으며 물었다.

"서 선생 내일 오프죠?"

"네, 안 그래도 그것 때문에 왔습니다. 408호 윤지성 환자 씨저 (Seizure-발작, 경기) 오는지 잘 봐 주시구요. 509호 이은지 환자 내일 저녁부터 NPO(금식)해야 되는 거 잊지 마시고 챙겨 주세요."

"알겠습니다. 가서 다크서클 좀 없애고 오세요."

시은의 말에 지후가 두 손으로 눈 밑을 쓸며 물었다.

"저 다크서클 많이 심해요?"

"팬더 같아요."

"아, 진짜 잘생긴 얼굴 망가지면 안 되는데. 모레 뵙겠습니다, 수간호사님."

경례 시늉을 내며 돌아서는 지후를 보며 시은이 미소를 지었다. 그리곤 어느새 스테이션으로 들어오는 하영을 향해 고개를 돌리며 말했다.

"서 선생 방금 전에 퇴근했는데. 내일은 서 선생 첫 오프라 못 볼 텐데 뭐하다 이제 와?"

"정말요?"

자신의 말에 핸드폰을 꺼내어 들며 조제실로 들어가는 하영의 모습에 시은이 웃으며 차트를 열었다. 주차장에 들어온 지후가 진동 소리에 차문을 연 채 핸드폰을 꺼내어 들었다.

-야, 너 왜 그냥 가?

"왜?"

-너 내일 오프잖아. 밥을 먹자든지 영화를 보자든지 해야 할 거 아니야?

"야야야, 나 내일은 좀 봐주라. 나 진짜 잠이 부족한 상태거든? 내일은 시체처럼 잠만 자야 할 거 같거든?"

-그래도 밥은 먹어야 할 거 아니야?

"너, 나 잠 한번 자면 밥도 안 먹고 풀로 자는 거 몰라?"

-그러니까 내가 밥 챙겨 먹여 주려고 그러잖아. 내가 저녁에 태우러 갈까?

"오지 마라. 나 헤드폰 끄고 잘 거다. 오피스텔에도 오지 마. 끊는다, 모레 보자. 주 간호사."

-야, 야, 서지후!

핸드폰에서 들려오는 하영의 목소리를 뒤로한 채 지후가 차에 올라탔다. 오피스텔 지하주차장에 도착한 지후가 대리운전에게서 차키를 건네받는 수현을 보며 굳은 표정으로 차에서 내렸다. 비틀거리는 수현의 걸음걸이에 지후가 몇 번이나 부축하기 위해 손을 내밀었으나 쓰러지지 않기 위해 힘을 주는 그녀를 보며 짧은 한숨을 내쉬곤 뒤따라 걸었다. 겨우 엘리베이터 앞에 도착한 수현이 조용히 자신의 옆에 와 서는 지후를 보며 감기려는 눈에 힘을 주었다.

"어? 흉부외과 1년차 선생이네."

수현의 목소리에 지후가 고개만 끄덕이곤 중심을 잡지 못하는 수현의 어깨를 잡으며 말했다.

"취하셨습니다, 선생님."

자신의 어깨를 잡으며 낮은 목소리로 말하는 지후의 얼굴을 수현이 눈에 힘을 주어 올려다보았다.

"이름이 뭐라고 그랬지?"

"서지후입니다."

"아, 맞다, 서지후. 나한테 입 맞춘 싹수 노란 선생."

잊었던 것이 생각난 듯 수현이 자신의 어깨를 잡고 있던 지후의 팔을 뿌리치려 팔을 휘둘렀지만, 이내 다시 중심을 잡지 못해 비틀거리자 지후가 얼른 수현의 어깨를 붙들었다.

"모셔다 드리겠습니다, 선생님."

"이봐, 서지후 선생."

그 말에 고개를 저으며 다시 자신의 팔을 뿌리치며 부르는 수현의 목소리에 지후가 낮은 목소리로 대답했다.

"네, 선생님."

"내 옆에 가까이 오지 마."

하지만 지후가 굳은 표정으로 입술을 굳게 다문 채 수현을 보았다. 자신을 보는 지후의 눈을 피하지 않고 한참 동안 쳐다보던 수현이 힘겹게 입을 떼곤 그대로 쓰러졌다.

"나한테 다가오지 말라고."

쓰러지는 수현을 얼른 잡아 안아 든 지후가 열리는 엘리베이터에 몸을 실었다. 자신의 품에 축 늘어진 채 정신을 잃은 수현을 보며 지후는 욱신거리는 가슴에 애써 올라가는 층수의 숫자를 향해 시선을 돌렸다. 자신의 오피스텔 침대에 수현을 눕힌 지후가 한쪽으로 돌아 눕는 수현의 어깨위로 이불을 덮어 주곤 침대 가장자리에 앉았다. 작은 숨소리를 내쉬며 자고 있는 수현의 머리카락을 쓸어내린 지후가 낮은 목소리로 중얼거렸다.

"왜 자꾸만 신경 쓰게 만드십니까? 선생님은."

마치 자신의 말을 듣기라도 한 것처럼 감은 수현의 눈에서 흐르는 눈물에 지후의 가슴이 시려 왔다. 어느새 흘러 버리고 없는 수현의 눈물을 닦으며 지후는 그녀가 쓰러지기 전 했던 말을 떠올리곤 굳은 표정으로 몸을 일으켰다.

[나한테 다가오지 마.]

머리가 아픈 듯 관자놀이를 짚으며 눈을 떠 주위를 둘러본 수현이 놀란 표정으로 벌떡 일어나 앉았다.

"일어나셨어요?"

주방에서 컵을 들고 자신에게 걸어오는 지후를 보며 수현이 굳은 얼굴로 물었다.

"어떻게 된 거지?"

"퇴근하고 오는 길에 선생님을 뵀습니다. 엘리베이터에서 쓰러지셨는데 비밀번호를 몰라서 제 집으로 모셨습니다."

지후의 말에 수현이 침대에서 일어나며 머리를 쓸어내렸다.

"실례를 했네, 미안하게 됐어."

급하게 현관으로 걸음을 옮기려던 수현이 자신의 팔목을 잡는 지후의 손에 고개를 돌렸다.

"이거 마시고 가세요, 머리 아프실 텐데."

"됐어, 더 이상의 친절은 사양해. 앞으로 만약 또 한 번 이런 날 보게 되도 그냥 모른 척 지나가 줬으면 좋겠어."

그리곤 다시 걸음을 옮기려는 수현의 어깨를 잡아 세우며 지후가 굳은 표정으로 물었다.

"왜 절 피하십니까?"

자신의 물음에 차갑게 굳은 표정으로 바라보는 수현을 향해 지후 역시 굳은 표정으로 말을 이었다.

"선생님께 제가 맞을 짓을 한 것 때문입니까?"

"서지후 선생."

"그것 때문이었다면 두 번, 세 번도 맞을 수 있습니다. 그때는……."

"그땐 바로 뿌리치지 못한 나도 일말의 책임이 있었으니까 더 이상은 그 일에 대해 꺼내지 않을게. 하지만 다시는 분위기에 휩쓸려 그런 일을 하지 않았으면 좋겠어. 나 아닌 다른 사람에게도."

말을 마치고 오피스텔을 나가는 수현의 모습에 지후가 굳은 표정으로 그녀가 마신 컵을 내려다보았다. 수현의 입술이 닿았던 자리로 입술을 가져 댄 지후가 컵을 테이블에 내려놓곤 현관으로 향했다. 현관문을 열고 나간 지후가 엘리베이터 벽에 기대어 쭈그리고 앉아 있는 수현에게 걸어가려다 이내 그녀의 말을 떠올리곤 다시 걸음을 멈추었다.

[나한테 다가오지 마.]

집으로 가 옷만 갈아입고 나와 주차장으로 들어선 수현이 자신의 차 앞에 서 있는 지후를 보며 걸음을 멈추었다.

"분위기 때문이 아니었다는 거짓말은 안 하겠습니다. 하지만 그게

다는 아닙니다."

자신과 시선을 맞닿는 지후에게서 돌아서려는 수현이 그의 말에 다시 걸음을 멈춰 섰다.

"키스하고 싶었습니다."

돌아서서 자신을 보는 수현의 굳은 표정에 지후가 한 걸음 그녀에게 다가섰다.

"전부터 계속 키스하고 싶었습니다. 선생님과."

잠시 지후와 시선을 맞닿아 있던 수현이 먼저 그에게서 시선을 거두었다.

"왜 그런 생각이 들었는지 모르겠지만, 하고 싶다고 거침없이 하는 걸 보니 아직 어리네. 하지만 두 번은 용납 못 해."

지후를 지나친 수현이 차키를 꽂으려 하자, 지후가 얼른 다가가 차키를 빼앗아 들었다.

"뭐하는 짓이지?"

"아직 숙취 다 풀리지도 않으셨을 텐데 모셔다 드리겠습니다."

"서지후 선생."

"선생님 말씀처럼 하고 싶다고 거침없이 하는 놈입니다만, 더 이상은 다른 뜻 없을 겁니다. 그러니까 그냥 타십시오. 모셔다 드리기만 하겠습니다."

키를 꽂아 차문을 여는 지후의 행동에 수현이 차문을 잡으며 차갑게 말을 이었다.

"이런 친절은 애인에게나 하도록 해."

"선생님."

"비켜, 서 선생이랑 말씨름할 시간 없어."

자신의 말에 지후가 굳은 표정으로 한 걸음 물러나자 수현이 차에 올라타곤 시동을 걸었다. 주차장을 빠져나가는 수현의 차를 한참 동안 지켜보던 지후가 길게 한숨을 내쉬고는 천천히 몸을 돌렸다.

그렇게 오피스텔에 돌아와 침대에 누운 지후가 멍하니 천장을 쳐다보았다. 한참 동안 천장을 보며 수현을 떠올린 지후가 두 손으로 얼굴을 쓸어내리곤 협탁에 놓여 있는 안대를 집어 들었다.

◆

의국으로 들어서는 지후에게 진영이 가운을 입으며 미소를 지었다.

"잘 쉬었어?"

"잠만 실컷 자다 왔습니다."

"그럼 잘 쉰 거지, 우리가 잘 쉰다는 의미가 따로 있냐? 오후에 수술 있지?"

"네."

"나랑 같이 들어갈 거야. 과장님 수술이니까 신경 써서 어시스트해야 돼. 인턴 때처럼 하면 바로 쫓겨난다."

"인턴 때 실수들은 제발 좀 잊어 주십시오."

지후의 말에 진영이 피식 웃으며 지후의 어깨를 토닥였다. 가운을 입고 청진기를 목에 거는 지후에게 의국에 들어선 호연이 씨티 사진을 내밀며 말했다.

"이거 오후에 수술할 환자 거야. 마취과 가서 노티하고 과장님께 드리고 와."

"예."

마취과 의국 앞에 선 지후가 노크를 하곤 문을 열었다.

"오후에 수술할 환자 시팁니다. 저희 치프 선생님이 마취과 선생님께 노티하라고 하셔서……."

"그거 두 시 수술 환자지? 그 수술 정수현 선생님이 들어가실 거니까 직접 가서 노티해."

"아, 알겠습니다. 수고하십시오."

마취과 의국을 나온 지후가 수현의 방 앞에서 길게 심호흡을 했다.

똑똑.

"들어오세요."

문이 열리고 고개를 꾸벅이며 들어서는 지후의 얼굴에 수현이 굳은 표정으로 물었다.

"무슨 일이지?"

"오늘 두 시 과장님 수술 환자 시팁니다. 저희 치프 선생님이 노티하고 오라고해서 왔습니다."

씨티 사진을 받아 형광등에 비추어 보는 수현을 보며 지후가 말을 이었다.

"63세 대동맥판막폐쇄부전증 환자로, 연세가 있으셔서 수술이 힘들 거 같다고 바이탈(vital sign-맥박, 혈압, 호흡, 체온) 잘 잡아 달라고 하셨습니다."

지후의 말에 수현이 고개를 끄덕이곤 다시 씨티 사진을 봉투에 넣어 지후에게 내밀었다.

"알았어, 그만 나가 봐."

"예, 수고하십시오."

고개를 꾸벅이곤 방을 나가는 지후를 보며 수현이 꼿꼿이 세우고 있던 등을 의자에 기대었다. 두 눈을 감고 있던 수현이 자신이 지후에게 했던 말을 떠올리며 감은 눈을 떴다.

[내 옆에 가까이 오지 마. 다가오지 마.]

취한 자신의 어깨를 감싸고 있는 지후에게 했던 말을 곱씹으며 수현이 두 손으로 얼굴을 쓸어내렸다.

"정수현, 무슨 생각으로 그런 말을 한 거야, 대체."

스테이션으로 온 지후가 호연을 찾아 고개를 두리번거렸다.

"치프 선생님 중환자실 가셨어."

"오케이."

하영의 말에 지후가 이마에 손을 얹었다 내리며 몸을 돌렸다.

"서 선생님."

"네?"

"요즘 많이 달라지셨어요."

가늘게 눈을 흘기며 하는 하영의 말에 지석이 피식 웃음을 터트렸다.

"뭐가?"

"딱 설명은 못 하겠는데 남자 같다, 너."

"뭐라고?"

"남자다워진 거 같다고. 장난끼 가득한 서지후가 안 보여서 재미없다고."

볼펜을 탁탁 소리 내며 말한 하영이 자신의 말에 조용히 웃어 주곤 돌아서는 지후의 뒷모습을 불안한 듯 한참 동안 쳐다보았다.

중환자실로 들어선 지후가 간호사들의 말에 걸음을 멈추었다.

"얼마나 놀라셨는지 얼굴이 하얗게 질리셔서는 정말 못 보겠더라구요."

창호의 수술 스크럽(수술 도구를 집어 주는 보조 간호사)을 한 간호사의 말에 시은이 걱정스러운 표정으로 말했다.

"아직 완전히 못 잊으셨나 보네."

"못 잊다니 뭘요?"

"정 선생님 결혼까지 약속할 정도로 오래 사귀신 분이 계셨는데, 선생님 레지던트 2년차였을 때 사고로 죽었어."

시은의 말에 옆에서 듣고 있던 간호사가 놀란 표정으로 고개를 끄덕였다.

"몰랐어요. 전혀 내색을 안 하셔서."

"원래 자기감정을 잘 표현 안 하시는 분이야, 정 선생님. 인턴 때 한 번은 열이 39도까지 올라가셨으면서도 당직에 수술까지 들어가신 분이야."

"그건 표현을 안 하는 게 아니라 독하신 거예요."

스테이션 기둥 뒤에서 두 사람의 이야기를 듣고 있던 지후가 굳은 표정으로 몸을 돌렸다.

[결혼까지 약속할 정도로 오래 사귀신 분이 계셨는데, 레지던트 2년차였을 때 사고로 죽었어.]

시은의 말에 지후가 눈물이 가득 고인 수현의 얼굴을 떠올리며 욱신거리는 가슴을 쓸어내렸다. 그리곤 수현과의 키스를 떠올렸다. 멍하니 수현의 입술 감촉을 떠올리며 자신의 입술을 손으로 쓸어내린 지후가 세차게 고개를 저었다.

"무슨 짓이야, 서지후. 너보다 여섯 살이나 많은 여자랑 뭐하자는 거야."

애써 고개를 저으며 발걸음을 옮긴 지후가 멀리서 마주 보고 서 있는 수현과 진영의 모습에 걸음을 멈추었다. 진영을 향해 미소를 짓고 있는 수현을 본 지후가 굳은 표정으로 두 사람을 보았다. 왠지 모르게 가슴속에서 끓어오르는 감정에 지후가 두 주먹을 쥐었다 펴곤 다시 의국으로 걸음을 옮겼다.

"어디 가?"

"수술 끝나고 나오는 길이야. 밥 먹었어?"

웃으며 묻는 진영의 물음에 수현 역시 미소를 지은 채 고개를 끄덕였다.

"미안해, 진영아."

옅게 웃으며 하는 수현의 말에 진영이 그녀의 머리를 비비적거렸다.

"우리 사이에 미안하긴 뭐가 미안해. 참다 참다가 안 되면 한 번씩 이렇게 울어. 언제든지 가슴 빌려 줄 테니까."

자신의 가슴을 두드리며 웃는 진영에게 수현이 피식 미소를 지으며 고개를 끄덕였다.

자신을 향해 웃는 진영을 모습에 문득 지후가 떠올랐다.

[울고 싶을 때는 우세요. 참으려고 하면 더 병 돼요, 선생님.]

자신을 안아 주었던 지후를 떠올린 수현이 생각을 떨쳐 내려 고개를 저었다.

"이따 저녁 먹을까?"

"내가 살게."

"그래? 그럼 비싼 거 먹으러 가야겠네. 나 또 수술 있어서 가 봐야겠다. 마치고 전화할게."

고개를 끄덕이는 자신의 머리를 한 번 더 비비적거리고 돌아서는 진영을 보며 수현이 미소를 거두고 몸을 돌렸다. 진료실로 가던 수현이 자신을 보고 서 있는 지후의 표정에 굳은 표정으로 멈춰 섰다. 그러나 이내 다시 지후를 지나쳐 진료실 문을 열던 수현이 고개를 돌렸다.

"어제 했던 말, 말입니다."

진료실 문고리를 잡은 채 자신을 보는 수현에게 지후 역시 굳은 표정으로 말을 이었다.

"더 이상은 다른 뜻 없을 거라고 했던 말, 그거 취소하러 왔습니다."

"무슨 뜻이야?"

"선생님께 다른 뜻이 생기게 될 것도 같아서 그 말 취소해야 할 거 같습니다."

지후의 말에 수현이 차갑게 지후를 향해 말을 내뱉었다.

"무슨 말이지? 서 선생의 말장난에 맞장구 쳐 줄 사람 찾는다면 난 아니야. 다른 사람 찾아봐."

굳은 표정으로 진료실로 들어가려는 수현을 돌려 세우며 지후가 두 손으로 그녀의 어깨를 잡았다.

"장난으로 드린 말씀이 아니라는 거 앞으로 보시면 아실 겁니다."

그리곤 돌아서는 지후를 보며 수현이 굳게 다문 표정으로 진료실로 몸을 돌렸다.

퇴근 준비를 마치고 나온 지후가 병원 입구에서 자신을 기다리고 있는 하영의 차를 보며 짧게 한숨을 내쉬곤 차에 올라탔다.

"나 기다린 거야?"

"그럼 내가 너 말고 이 병원에 기다리는 사람이 또 있겠어?"

하영의 말에 지후가 피식 웃으며 창문을 내렸다.

"저녁 먹으러 가자."

"나 밥 생각 없는데 다음에 먹자."

"초밥 집 맛있는 데 알아 뒀단 말이야. 너 초밥 좋아하잖아, 먹고 바래다줄게."

하영과 함께 초밥집에 들어서 종업원의 안내를 기다리며 가게를

둘러보던 지후가 진영과 수현의 모습에 시선을 고정시켰다. 활짝 웃는 두 사람의 모습에 지후이 눈에 띄게 굳어졌다.

"어? 한 선생님이랑 마취과 선생님이시네."

그리곤 두 사람에게로 걸어가는 하영을 지후가 따라 걸어갔다.

"안녕하세요."

"어, 주 간호사. 서 선생도 같이 왔네. 밥 먹으러 왔어?"

말없이 고개만 끄덕이는 지후를 향해 진영이 웃고는 수현을 바라보았다. 자신을 보는 지후의 표정을 무시하며 수현이 하영에게로 고개를 돌리곤 미소를 지었다.

"안녕하세요. 주하영이라고 합니다."

"네, 몇 번 왔다 갔다 하면서 봤는데 인사는 처음이네요."

"앞으로 마주치면 인사해 주세요. 저도 그럴게요. 식사 맛있게들 하고 가세요."

고개를 꾸벅이고 돌아서는 하영을 보며 지후가 차갑게 수현을 보곤 몸을 돌렸다. 수현 역시 굳은 표정으로 지후를 향해 보더니 이내 진영에게로 시선을 돌리며 물었다.

"두 사람 알아?"

"어, 잘 알지. 대학 때부터 두 사람 알아주는 C.C였지? 자기들은 부인하고 있지만…… 그리고 사실은 지후 말이야……."

말을 하려다 울리는 전화 소리에 진영이 수현에게 양해를 구한다는 미소를 지으며 핸드폰을 받더니, 이내 수현에게 잠시만 기다리라는 손짓을 하며 자리에서 일어났다. 심각하게 전화를 받으러 가는 진영의 모습에 수현이 나갈 차비를 하며 의자에서 일어나 몸을 돌렸다. 식당을 나가려는 자신에게 두는 지후의 시선을 피해 수현이 고개를 돌리며 식당을 나갔다.

"왜 나와?"

"병원에 무슨 일 있지? 거의 다 먹었는데 일어서자."

수현의 말에 진영이 미안한 듯 머리를 긁적이며 말했다.

"어, 사실은 그저께 오피캡(OPCAfather - 무펌프 관상동맥우회술 - 심 폐기를 이용해 심장을 정지시키지 않고 뛰는 심장에 우회혈관을 바로 연결하는 수술 방법)한 환자가 있는데 출혈이 보인다고 해서 말이야. 다음 오프 때 내가 한턱 쏠게."

웃으며 고개를 끄덕이는 수현의 어깨를 두드린 진영이 미소를 보 이곤 차가 있는 곳으로 몸을 돌렸다. 자신을 바래다주고 빠져나가는 진영의 차를 보고 오피스텔로 들어서는 수현이 편의점으로 향했다. 맥주 몇 캔을 사 들고 다시 오피스텔로 들어서는 수현이 로비에서 담 배를 물고 서 있는 지후를 보며 걸음을 멈추었다.

"알코올 중독이십니까?"

지후가, 비닐에 들어 있는 맥주 캔들을 보며 묻는 자신을 그대로 지나쳐 가는 수현의 팔목을 붙들었다.

"제가 벽입니까? 왜 대답도 없이 그냥 지나가십니까?"

자신의 말에도 여전히 앞을 향해 시선을 두고 있는 수현을 보며 지 후가 굳은 표정으로 다시 물었다.

"왜 자꾸 절 없는 사람 취급이십니까? 선생님. 그날 일 때문에 그 러신 거라면 선생님 마음 풀리실 때까지 뺨을 치십시오. 얼마든지 맞 아 드리겠습니다."

그제야 자신을 보곤 시선을 돌려 버리는 수현에게 지후가 답답한 듯 그녀에게 한 걸음 다가갔다.

"뺨을 때리든 발로 차든 다 맞아 드릴 테니까 소 닭 보듯 그렇게 보지만 마세요."

그의 표정에 수현이 고개를 들어 지후와 시선을 맞추었다.

"서지후 선생."

"네, 정수현 선생님."

자신의 눈을 똑바로 쳐다보고 대답하는 지후를 향해 수현이 낮은 목소리로 물었다.

"서 선생 나이가 어떻게 되지?"

"스물여덟입니다."

"스물여덟, 좋은 나이네. 젊어서 그런지 아직 사리 분간을 못 하는 거 같은데, 나하고 뭐하고 싶은데? 소꿉장난하자는 건 아닐 거고. 아, 키스하고 싶어 키스한다고 했었나? 키스는 했고, 또 뭐하고 싶은데?"

"선생님."

"뭘 더 하고 싶은지는 모르겠지만 그쯤 했으면 됐으니까 더는 하지 마. 그 좋은 나이에 젊음을 쓸데없는 데다가 낭비하지 말고 그만해."

자신의 말에 굳어지는 지후에게서 시선을 거둔 수현이 엘리베이터로 향했다. 입을 꽉 다문 채 주먹을 쥐고 서 있던 지후가 그대로 수현을 향해 걸어갔다. 수현의 어깨를 감싼 채 입을 맞추려고 하는 지후보다 뒷걸음치는 수현이 더 빨랐다.

짝.

로비에서 울리는 짧지만 큰 소리와 함께 지후의 얼굴이 돌아갔다. 새파랗게 질린 얼굴로 그를 노려보던 수현이 손을 뺨에 갖다 대며 자신을 보는 지후에게 차갑게 내뱉었다.

"장난 그만하라고 방금……."

"장난 아니라고 말씀드렸었습니다."

자신의 말에 수현이 굳은 표정으로 입을 꼭 다물었다. 그런 수현을 보며 지후 역시 굳은 표정으로 다시 말을 이었다.

"장난 아닙니다, 저."

"서지후 선생!"

"떠나간 사람은 다시 돌아오지 않습니다. 지나간 사랑에 더 이상 힘들어하지……."

"건방지게 함부로 말하지 마."

차갑게 지후를 노려보는 수현의 눈에서 눈물이 맺혔다. 젖은 눈으로 자신을 보는 수현의 표정에 지후는 욱신거리는 가슴을 애써 쓸어내리며 고개를 돌렸다.

"입이 있다고 아무 말이나 그렇게 내뱉지 마. 남의 말 그렇게 함부로 하는 거 아니라는 것쯤은 알고 있을 나이 같은데. 앞으로 병원에서도 마찬가지겠지만 밖에서 마주쳐도 아는 척하지 말았으면 좋겠어."

자신이 무슨 대답을 하기도 전에 말을 마치고 돌아선 수현이 사라질 때까지 멍하니 서 있던 지후가 뒤늦게 맞은 뺨을 계속 어루만지며 중얼거렸다.

"젠장. 너 정상이 아니구나? 서지후."

서지후, 정신 차려. 인마.

오피스텔로 들어선 수현이 맥주가 든 봉지를 아무렇게나 툭 던지곤 소파 위에 누웠다. 자신의 어깨를 잡고 보던 지후의 시선에 수현은 가슴이 두근거려 왔다. 진심이 담겨 있는 지후의 시선을 떠올린 수현이 고개를 저으며 눈을 감았다.

◆

다음 날 아침 회진을 돌고 의국으로 들어선 지후가 어느새 먼저 의국에 도착해 컴퓨터 앞에 앉아 있는 호연을 보며 커피를 내밀었다.

"이거 드시고 하세요, 치프 선생님."

"너 마시던 거 아니야?"

"아닙니다, 입도 안 댔습니다."

정색을 하며 손을 흔들어 보이는 지후의 반응에 호연이 우습다는 듯 입꼬리를 올리며 커피를 받아 들었다. 그러다 갑자기 생각난 듯 모니터를 향해 고개를 돌리던 호연이 다시 지후에게 시선을 돌리며 물었다.

"너 마취과에 뭐 죄진 거 있어?"

호연의 물음에 지후가 무슨 뜻이냐는 표정으로 고개를 저었다.

"마취과에서 수술 퍼미션받거나 노티할 거 있을 때 너 보내지 말라는데?"

호연의 말에 지후의 표정이 급격히 굳어졌다.

"너 마취과 레지던트들한테 실수한 거 있냐?"

"없습니다, 그런 거."

"그런데 왜 그러지? 이상하네. 아무튼 너 당분간 마취과에 발 디디지 마라."

"네. 저 중환자실 다녀오겠습니다."

어깨가 처진 채 고개를 꾸벅이고 돌아서는 지후를 보며 호연이 고개를 갸웃거리고는 다시 모니터로 고개를 돌렸다.

[입이 있다고 아무 말이나 그렇게 내뱉지 마. 남의 말 그렇게 함부로 하는 거 아니라는 것쯤은 알고 있을 나이 같은데. 앞으로 병원에서도 마찬가지겠지만 밖에서 마주쳐도 아는 척하지 말았으면 좋겠어.]

수현을 말을 떠올리며 중환자실로 걸어가던 지후가 길게 한숨을 내쉬었다.

"땅 꺼지겠다."

진영의 목소리에 지후가 고개를 들곤 말없이 미소를 지었다.

"커피 한 잔 할래?"

어깨를 툭 치며 말하는 진영에게 지후가 고개를 끄덕였다. 휴게실에 와 커피를 쥔 채 한참을 말이 없는 지후를 보며 진영이 걱정스런 표정으로 물었다.

"무슨 일 있어?"

"아니요."

"그런데 표정이 왜 그래? 일이 힘들어?"

"아닙니다."

애써 웃음을 보이는 지후의 얼굴에 진영이 더 이상 묻지 못하고 고개를 끄덕였다.

"형, 있잖아. 정수현 선생 말이야."

"수현이가 왜?"

"아니야, 아무것도. 나 중환자실 가던 길이에요. 그만 일어나시죠, 교수님."

씩 웃으며 남은 커피를 입에 다 털어 넣곤 손을 흔들어 보이고 돌아서는 지후의 모습에 진영이 픽 웃으며 커피 잔을 입으로 갖다 대었다.

"요즘 많이 바쁜가 봐요, 서 선생님."

환자들에게 주사를 놓고 스테이션에 들어선 하영이 차트를 보고 있는 지후를 발견하곤 얼른 옆에 가 앉으며 물었다. 두 손으로 턱을 괴며 장난스런 표정을 지으며 묻는 하영에게 지후는 여전히 차트에서 시선을 떼지 않은 채 말했다.

"바쁘죠. 레지던트 1년차가 쉴 틈이 있겠어요?"

"그래도 커피 한 잔 마실 시간이 없어요?"

"바쁩니다. 주 간호사님 혼자 많이 드세요."

자신은 쳐다보지도 않은 채 건성으로 말하는 지후의 대답에 하영이 뾰루퉁한 표정을 지으며 차트를 엎으며 조제실로 들어갔다.

"야! 주하영! 죽을래?"

조제실에 들어선 자신을 향해 온갖 인상을 다 쓰며 쳐다보는 지후에게 하영이 혀를 쏙 내밀며 몸을 숨겼다. 한참이 지나도 지후가 조제실로 들어서지 않자 하영이 스테이션으로 고개를 빼꼼 내밀었다. 굳은 표정으로 어딘가를 쳐다보고 있는 지후를 보고 하영이 조용히 그의 곁에 와 섰다. 지후의 시선을 따라 하영이 고개를 돌렸다. 진영과 웃으면서 이야기를 나누고 있는 수현을 보고 있는 지후의 눈동자에 하영의 눈이 커졌다.

"서지후."

자신의 부름에도 대답하지 않고 여전히 수현에게 시선이 가 있는 지후를 보며 하영이 그의 등짝을 세게 내려쳤다.

"아야! 미쳤어?"

그제야 수현에게 가 있던 시선을 돌리며 자신을 노려보는 지후의 표정에 하영은 가슴이 쿵 하고 내려앉았다.

"아프잖아, 이 계집애야."

"그러게 누가 멍청한 표정 짓고 있으래? 일하세요, 서 선생님."

그의 머리를 쥐어박으며 다시 조제실로 들어온 하영이 수현을 향한 지후의 표정을 떠올리곤 이내 고개를 내젓곤 약품들을 정리했다.

"아니지, 그렇지?"

약품을 손에 쥔 채 연신 고개를 저으며 혼잣말을 하던 하영의 눈이 젖어 들었다.

아니지, 서지후. 정수현 선생님을 보고 있던 게 아니지? 아닐 거야.

5화
사람에게 가는 마음

　병실을 돌고 중환자실로 가던 지후가 고개를 숙인 채 걸어오는 수현을 보고는 걸음을 멈추었다. 고개를 꾸벅이는 자신을 보고 그냥 지나치는 수현의 모습에 지후가 얼른 다가가 그녀를 붙들었다.

　"아는 척하지 말라고 말했을 텐데."

　"할 말이 있습니다."

　"난 할 말 없어."

　돌아서려는 자신의 팔을 잡는 지후의 힘에 수현이 거칠게 그의 팔을 뿌리쳤다.

　"이거 놔."

　차갑게 내뱉는 수현의 목소리에 대답도 하지 않은 채 지후가 다시 그녀의 팔목을 잡고 이끌었다. 비상구 계단으로 수현을 끌고 오다시피 데리고 온 지후가 그녀의 팔목을 놓으며 고개를 돌려 바라보았다.

　"뭐하는 짓이지? 이게."

"이렇게 하지 않으면 선생님 저 쳐다보는 것도 안 하시잖아요."

"왜 내가 서지후 선생을 봐야 하지?"

"정 선생님."

"주하영 간호사랑 C.C라고 들었어. 한 병원에 애인 놔두고 이게 뭐하는 짓이야?"

수현의 말에 지후의 눈썹이 위로 솟구쳤다.

"제가 양다리 걸치려고 하는 걸로 보이십니까? 주 간호사랑 저 그런 사이 아닙니다."

"그런 사인지 아닌지는 내가 알 거 없고. 내가 만만해? 그래서 장난이……."

"장난 아니라고 분명히 말씀드렸는데요. 몇 번을 더 말씀드려야 믿어 주실 겁니까?"

자신의 말을 끊으며 낮은 목소리로 대답하는 지후의 말에 수현이 짧은 한숨을 내쉬었다.

"왜 내가 서 선생하고 이러고 있는지 모르겠어. 쓸데없이 이렇게 말씨름할 시간에 잠이라도 한숨 더 자지 그래?"

돌아서려는 수현의 어깨를 두 손으로 붙들어 돌려세우며 지후가 말했다.

"신경이 쓰인단 말입니다. 선생님이 계속 신경이 쓰여서 눈을 못 떼겠단 말입니다!"

자신의 어깨를 붙들며 소리치는 지후를 보고 수현이 굳은 표정으로 그의 손을 떼어 놓았다.

"서 선생한테 안 좋은 모습을 자꾸 보여서 나도 부끄럽기도 해. 하지만 그것들 때문에 서 선생이 지나치게 나한테 신경 쓰고, 이런 행동을 하는 건 아니라고 생각해! 어떻게 생각하면 고마운 일이라고 할

수도 있겠지만, 난 하나도 고맙지 않아. 이런 친절은 주 간호사에게나
해 줘."

그리곤 돌아서 비상구 문을 열고 나가는 수현의 뒷모습에 지후가
세차게 뛰어 대는 가슴을 움켜쥐었다.

자신의 방으로 들어와 앉은 수현이 책상에 얼굴을 묻었다.

[신경이 쓰인단 말입니다. 선생님이 계속 신경이 쓰여서 눈을 못
떼겠단 말입니다!]

지후가 했던 말을 떠올리며 수현이 전화기를 집어 들었다.

"안녕하세요, 저 리제스타워 1403호예요. 죄송한데 오피스텔을 옮
길 수 있을까요?"

◆

스테이션으로 들어선 지후가 길게 한숨을 내쉬는 하영을 보곤 웃
으며 다가갔다.

[한 병원에 애인 놔두고 이게 뭐하는 짓이야?]

수현이 했던 말이 생각난 지후가 하영에게 걸어가던 걸음을 멈추
고 의국으로 되돌아갔다. 힘없이 의국으로 들어서는 지후를 향해 호
연이 웃으면서 손짓을 하며 말했다.

"서 선생, 잠시만 이리 와 봐."

자신의 말에 고개를 끄덕이며 걸어온 지후의 손에 두꺼운 의학책
여러 권을 들려 주었다.

"이거 도서관에 반납 좀 부탁해. 내가 지금 막 가려고 했는데 논문
완성된 거 가지고 오라는 과장님 호출 때문에."

"네, 알겠습니다."

책을 들고 의국을 나서는 지후가 자신을 부르는 호연의 목소리에 반쯤 몸을 돌려 그를 보았다.

"요즘 너무 기운 빠져 다니는 거 아니야? 내일은 오전에 좀 쉬고 오후에 출근해. 내가 한 선생님한테 말해 둘 테니까."

호연의 말에 지후가 씩 웃으며 대답했다.

"사랑합니다, 치프 선생님."

똑똑.

"들어오세요."

과장실 문을 열고 들어선 수현이 웃으며 자신을 반기는 창호에게 고개를 꾸벅이곤 그의 맞은편 소파로 가 앉았다.

"수술 있었다면서?"

"네, 조금 전에 마치고 나왔습니다."

"이제 적응은 좀 됐어?"

"그럼요. 벌써 저 병원 온 지 석 달째예요, 과장님."

"벌써 석 달이나 됐어?"

"네."

커피 잔을 들며 껄껄 웃는 창호의 말에 수현이 미소를 지으며 답했다. 그리곤 커피 잔을 드는 수현의 얼굴을 보고 있던 창호가 조용히 커피 잔을 내리며 입을 열었다.

"수현아."

"네, 과장님."

"지석이를 잊는 게 아직도 힘이 드니?"

"과장님."

"5년이나 지났는데도 아직 지석이를 떠올리면 아프니?"

자신의 물음에 어느새 눈물이 가득 고이는 수현의 눈가를 보며 창호는 마음이 아파 왔다. 오랜 시간이 지났음에도 아직 수현의 가슴에 여전히 살아 있는 지석의 존재를 느끼며 창호는 조용히 그녀의 손을 잡았다.

"지석이를 보낸 지가 언젠데 아직도 이렇게 온몸으로 아파하면 어쩌냐?"

"안 잊혀져요, 과장님."

"수현아."

"5년 전 그날 지석 씨 사고당해서 병원으로 오기 전에 통화한 목소리가 잊혀지지가 않아요. 오고 있다고 했는데, 기다리고 있으라고 했는데…… 아직도 기다리고 있으면 지석 씨가 나타날 거 같아서 잊혀지지가 않아요, 과장님."

결국 눈물을 떨구며 말을 잇는 수현의 목소리에 창호 역시 가슴이 뻐근해져 왔다. 5년 전 창호 역시 누구보다 아끼고 좋아했던 후배이자 제자를 잃고 한동안 많이 아팠다. 함께 의학을 공부하는 진영과 수현보다 떨어지긴 했지만 의사로서 가져야 할 인간미가 넘치는 아이였다.

의사가 되면 환자들과의 돈독한 라뽀 형성과 동시에 실력 또한 발전할 가능성이 넘쳐나는 아이를 잃었던 그때, 창호 역시 많이 힘들고 괴로웠었다. 그러나 수현은 자신과 한 날 한시에 사랑하는 사람을 잃었다. 앞날을 약속한 사람을 잃고 방황하던 수현을 보며 창호는 과연 이 아이가 지석을 온전하게 잊을 수 있을까 하는 생각에 걱정과 두려움이 앞섰다. 한 사람에게 지독히도 물들어져 있는 수현의 마음이 부디 다른 사랑으로 인하여 그 상처가 조금씩 아물어 가기를, 창호는 잡고 있는 수현의 손을 말없이 토닥이며 빌었다.

의국에 들어서는 지후에게 진영이 가운을 벗으며 물었다.

"퇴근 안 해?"

"해야죠. 교수님도 퇴근하세요?"

"어. 오랜만에 한잔할까?"

웃으며 묻는 진영의 말에 지후가 고개를 저으며 대답했다.

"지금 술 마시면 통제가 안 될 거 같아서 안 되겠습니다."

"왜? 무슨 일 있어?"

"아무 일도 아닙니다. 먼저 퇴근하십시오."

지후의 말에 진영이 고개를 끄덕이곤 지후의 어깨를 툭 치며 의국을 나섰다. 진영이 의국을 나가고 침대에 누운 지후가 한 팔로 두 눈을 가렸다. 비틀거리는 수현의 모습에 가슴이 아려 와 지후가 벌떡 일어나 세면대로 걸어갔다. 찬물로 얼굴을 씻어 낸 지후가 거울로 자신을 노려보았다.

"정수현……."

수현의 이름만으로도 세차게 두근거리는 가슴에 지후가 굳은 표정으로 주먹을 쥔 채 거울을 내려쳤다. 거울에 주먹을 내려친 채 두 눈을 감고 고개를 떨궜던 지후가 그대로 의국을 나섰다. 그리곤 스테이션까지 단숨에 걸어온 지후가 차트 정리를 하고 있던 하영의 팔을 끌고 나왔다.

"야, 어디 가는 거야? 서지후. 아파, 이거 좀 놓고……."

자신의 소리침에도 꿈쩍도 하지 않고 자신의 손을 꼭 붙들고 걸어가는 지후를 보고 결국 하영이 조용히 따라나섰다. 비상계단으로 하영을 데리고 들어선 지후가 하영의 어깨를 벽으로 밀어붙이곤 거칠게 얼굴을 들이밀었다. 하지만 이내 고개를 저으며 눈을 감는 지후의 모습에 하영이 얼른 그의 목을 껴안았다. 입을 맞추는 하영의 어깨를 잡아 밀치고 얼른 한 걸음 물러선 지후가 그녀를 노려보며 소리쳤다.

"무슨 짓이야!"

"흔들리지 마. 서지후."

"뭐야?"

"내 앞에서 그렇게 다른 여자 생각하면서 흔들리지 말라고."

하영의 말에 지후의 눈이 커졌다.

"내 마음 몰랐다고 하지 마. 너 다 알고 있었어. 그런데도 내 앞에서 어떻게 다른 여자 때문에 흔들려?"

"주하영."

"니 맘을 부정하고 싶었겠지. 그래서 나한테 실수할 뻔했었고. 하지만 서지후는 실수 같은 거 할 놈이 아니니까. 니가 실수를 했다고 해도 난 상관없었어. 아니, 난…… 난 좋아, 좋았어."

한 손을 입으로 가져다 대며 하는 하영의 말에 지후가 두 손으로 얼굴을 쓸어내렸다.

"하영아, 나는……."

"그래, 기대 안 해. 고등학교 때부터 그랬어. 늘 니 마음에 한 걸음 가까이 왔다고 생각하면 다시 한 걸음 물러나는 게 너였어. 니 마음에 내가 어떤 존재인지 몰라, 하지만 나는 고등학교 때부터 지금까지 서지후 하나야."

"그러지 마라, 그러지 마."

"흔들려, 실컷. 이 바람 저 바람에 다 흔들리고 난 후, 와. 그러고 와도 난 괜찮아."

그리곤 돌아서던 하영이 지후의 목소리에 비상구 문을 잡고 있던 문고리를 놓았다.

"미안하다, 하영아."

비상구 문손잡이를 놓으며 자신을 돌아보는 하영에게 지후가 두 눈을 질끈 감았다 뜨며 말했다.

"나 너한테 못 가. 못 간다, 하영아."

수현의 방으로 들어선 진영이 가운을 벗는 그녀를 보며 물었다.

"퇴근해?"

"응, 한 선생도 퇴근하나 봐?"

"어. 정시에 퇴근하는 게 얼마 만인지 모르겠다. 저녁 먹을까?"

"오늘은 안 되겠다. 잠깐 가 볼 때가 있어서."

"그래? 그럼 커피나 한 잔 하고 갈까?

진영의 말에 수현이 미소를 지은 채 고개를 끄덕이며 핸드백을 집 어 들었다. 병원을 나서는 수현이 굳은 표정으로 걸어오는 지후를 보 며 진영에게로 고개를 돌렸다. 자신을 보며 웃는 진영의 모습에 수현 이 그의 정장 카라를 바로잡아 주며 웃었다.

"아무리 혼자 살아도 정장 카라 깃은 좀 다려 입고 다녀."

"이거 다릴 시간에 잠자는 게 더 나아. 난 자는 시간이라면 5분도 아쉬운 사람이라고."

자신의 말에 피식 웃는 수현의 어깨에 손을 올리며 진영이 병원을 나섰다. 두 사람의 모습을 보고 있던 지후가 가슴이 터질 듯한 감정 에 주먹을 꼭 쥔 채 차갑게 병원을 나섰다. 병원 앞 벤치에 앉은 진 영이 수현이 내미는 캔 뚜껑을 따며 커피를 마셨다.

"시원하다."

"수술 많지?"

수현의 말에 대답 대신 눈웃음을 지어 준 진영이 갑자기 생각난 듯 그녀를 향해 말했다.

"다음 주 지석이 기일이구나."

"응. 그래서 오늘 다녀오려고. 다음 주에는 시간이 안 될 거 같아서."

작게 고개를 끄덕인 진영이 옅게 웃음을 띠며 말을 이었다.

"이맘때쯤이라는 걸 생각하고 있으면서 늘 까먹는다. 난 다음 주에 간다고 먼저 가서 전해 줘."

자신의 어깨에 손을 올리는 진영에게 수현이 고개를 끄덕였다. 자신의 대답에 하늘을 올려다보는 진영을 따라 수현이 고개를 들어 하늘을 보았다. 어김없이 흘러가는 시간과는 다르게 하늘은 변함없이 푸르렀다.

백합 한 다발을 들고 천자원으로 들어선 수현이 지석의 단 앞에 서 미소를 지으며 백합을 놓았다. 그리곤 맞은편에 그대로 주저앉아 무릎을 모아 얼굴을 괴었다.

"오늘로 당신 간 지 꼭 5년이네. 시간 참…… 잘 간다. 내 나이도 벌써 서른넷이야."

많이 늙었네, 정수현.

꼭 지석의 목소리가 들리는 것 같아 수현이 입가에 미소를 지었다.

"그래, 나 늙었다. 나쁜 송지석."

5년 동안 이날만 되면 드는 후회가 뭔지 알아? 그날 당신 혼자 쉬게 하지 말걸. 나 데리러 오게 하지 말걸. 그냥 내가 간다고 할걸. 내가 갔으면 됐는데…… 그럼 당신을 이렇게 보지 않아도 됐을 테고……. 무디어진다고 생각했는데 어김없이 이날만 되면 그런 생각이 드는 건 어쩔 수가 없어.

"그래도 나 많이 나아졌지? 송지석."

그렇게 옅은 미소를 지으며 수현이 지석의 사진을 올려다보았다.

"지석 씨, 있잖아. 병원에 당신을 자꾸 생각나게 하는 사람이 있어. 나한테 자꾸 다가오려고 해. 아직은 지석 씨 놓기 싫은데 자꾸…… 여길 두드리려고 해."

자꾸만 그 사람한테 약한 모습을 계속 보이게 돼. 안 그래야 하는데, 그 사람에게서 보이는 당신 모습 때문에 나도 모르게 그 사람 앞에서는 약해지나 봐.

무릎에 턱을 괸 채 지석의 사진을 올려다보던 수현이 두 손으로 뺨을 쓸어내렸다.

"이젠 안 그럴게."

옅게 웃는 수현의 눈가가 촉촉하게 젖어 있었다.

◆

출근을 하기 위해 엘리베이터를 기다리던 지후가 문이 열리고 보이는 수현의 모습에 굳은 표정으로 고개를 끄덕이곤 돌아서 엘리베이터 문을 닫았다. 자신에게서 등을 돌린 수현을 본 지후가 작은 한숨을 내쉬었다.

"네, 여보세요."

핸드폰을 받는 수현의 목소리에 지후는 애써 엘리베이터 화면으로 시선을 돌렸다.

"네, 네. 되도록 빨리 옮겼으면 해서요. 이사 날짜는 제가 잡아도 될까요? 병원 스케줄을 맞춰야 해서요."

통화를 하는 수현의 말을 들은 지후의 표정이 사납게 굳었다. 지하

111

에 도착한 엘리베이터 문이 열리고, 통화를 마친 수현이 엘리베이터를 내리자 뒤따라 내린 지후가 낮은 목소리로 물었다.

"이사를 하시는 겁니까?"

"……."

"이사를 하시는 거냐고 물었습니다."

차갑게 자신을 노려보며 묻는 지후의 말에 수현이 시선을 돌리며 답했다.

"알아보고 있고, 그렇게 할 생각이야."

그리곤 돌아서려는 수현의 팔목을 지후가 아프게 잡았다.

"도대체 이렇게까지 절 피하시려는 이유가 뭡니까?"

"이렇게 계속 얼굴 마주치기 껄끄럽잖아. 같은 오피스텔에 살면서 부딪히는 것보다 한쪽이 이사를 가는 편이 나을 거 같은데."

"정수현 선생님!"

"나…… 서 선생이 쉽게 대할 수 있는 사람 아니야. 병원에서도 되도록 마주치지 않았으면 좋겠어."

그의 손을 뿌리치고 차에 올라탄 수현이 시동을 걸고 주차장을 빠져나가자 차에 올라탄 지후가 신경질적으로 핸들을 내리쳤다.

"석션(suction-흡입기)."

"……."

"석션! 서지후!"

창호의 외침에 놀란 지후가 뒤늦게 석션을 손에 쥐었다. 수술 내내 멍한 표정인 지후를 흘깃 본 창호가 다시 수술에 집중한 채 말했다.

"너, 나가."

"잘못했습니다, 선생님."

"나가! 수술 도중에 다른 생각하는 건 그 환자를 살리겠다는 생각이 없는 거다. 나가."

창호의 말에 지후가 굳은 표정으로 호연을 보자, 호연이 나가라는 고갯짓을 했다. 호연의 표정에 지후가 한 걸음 물러서 고개를 꾸벅여 보이곤 수술 장갑을 벗었다. 수술실을 나가는 지후의 모습에 창호가 호연에게 물었다.

"지후 요즘 왜 저래?"

"잘 모르겠습니다."

"1년차라고 너무 부려 먹는 거 아니야?"

"아닙니다, 과장님. 1년차 중에 서 선생만큼 팔자 좋은 녀석도 없습니다."

호연의 말에 창호가 피식 웃으며 말했다.

"오늘 실수했다고 너무 잡지 마라. 진영이 호출해."

"예, 선생님."

수술실을 나와 손을 씻던 지후가 손에 물이 묻은 그대로 얼굴을 쓸어내리곤 힘없이 의국으로 걸음을 돌렸다. 의국에 들어선 지후가 답답한 가슴이 삭이지 않자 냉장고에서 찬물을 꺼내어 들이마셨다. 반 이상 마셔도 가라앉지 않는 갈증에 지후가 길게 한숨을 내쉬며 냉장고 문을 닫았다.

잠시 후 의국 문이 열리고, 화난 표정으로 들어서는 호연의 모습에 지후가 일어나 고개를 푹 숙였다.

"죄송합니다, 선생님."

"뭐야? 너! 수술 중에 잡생각 하지 말라고 했어! 안 했어!"

"잘못했습니다. 주의하겠습니다."

힘없는 지후의 목소리에 호연이 더 이상 화낼 마음이 사라져 길게 한숨을 내쉬며 의자에 앉았다.

"너 무슨 고민 있어?"

호연의 물음에 조용히 고개를 젓던 지후가 이내 다시 고개를 끄덕였다.

"있다는 거야? 없다는 거야?"

"가슴이 답답합니다."

"왜?"

"모르겠습니다."

굳은 표정으로 대답하는 지후에게 호연이 물었다.

"연애하냐?"

자신의 물음에 놀란 눈으로 고개를 들어 보는 지후를 본 호연이 피식 웃으며 말했다.

"뭐 그리 놀래? 진짜 연애라도 하는 거야?"

"아닙니다, 그런 거."

"자식, 부끄러워하기는. 누구야? 주 선생이야?"

"주 선생이랑 아무 사이 아니라고 말씀드렸잖아요."

"그럼 누구야?"

호연의 말에 지후가 벌떡 일어서며 말했다.

"중환자실 가 보겠습니다."

고개를 꾸벅이곤 의국을 나서는 지후를 향해 호연이 고개를 갸웃거리며 중얼거렸다.

"진짜 연애하나 보네, 저 자식. 아니, 근데 주 선생이 아니면 누구라는 거야?"

중환자실에 들어선 지후를 보며 시은이 차트를 건네었다.

"아오틱 다이섹션(aortic dissection-대동맥이 찢어지는 병) 환잔데요. 그저께 수술했는데 액티브블리딩(active bleeding-두드러진 출혈. 적극적인 지혈을 요하는 외과적 출혈)이 보입니다."

"그래요? 어디요?"

침대로 걸어간 지후가 청진기를 환자의 가슴에 대어 보곤 말했다.

"피가 고여 있는 거 같은데 씨티 찍어 보고 리오피(reoperation-재수술)해야 될 거 같으면 바로 치프 선생님께 연락해 주세요."

"네. 선생님 어디 아프세요?"

"아니요, 왜요?"

"얼굴이 안 좋아 보이세요."

시은의 말에 지후가 애써 미소를 지으며 말했다.

"잠을 못 자서 그런가 봐요."

"씨티 결과 나오면 연락드릴 테니까 올라가서 좀 쉬세요."

"아니에요, 환자 봐야죠. ARF(Acute renal failure-급성신부전)이은옥 환자 바이탈은 괜찮아요?"

"네, 아직까진 괜찮습니다."

"갑작스럽게 씨저 올 수도 있으니까 시간마다 체크 잘해 주세요."

"네."

지후의 오더를 받던 시은이 중환자실로 들어오는 수현을 보며 미소를 지었다.

"정 선생님, 어쩐 일이세요?"

시은의 물음에 수현이 무표정한 얼굴로 자신을 보는 지후에게서 시선을 돌리며 말했다.

"내일 심장판막 수술 환자 상태 좀 보러 왔어요. 어디 있어요?"

"강경희 환자 말씀이세요? 선생님이 수술 들어가시는 거예요?"

환자에게로 걸어가는 두 사람을 보며 지후가 중환자실을 나갔다.

가운에 손을 넣은 채 중환자실로 걸어오던 진영이 중환자실 앞 의자에 앉아 있는 지후를 보고 조용히 옆에 가 앉았다.

"너 무슨 일 있어?"

"형."

"수술 중에 딴생각해서 쫓겨났다면서?"

진영의 말에 지후가 말없이 고개를 끄덕였다.

"요즘 무슨 일 있어? 부쩍 힘이 없어 보인다. 일 많이 힘들어?"

"아니야…… 형."

"그래."

"가슴이 답답하고 터질 거 같아."

힘없이 말하는 지후의 얼굴을 잠시 보더니 진영이 이내 생긋 웃으며 물었다.

"좋아하는 사람 생겼니?"

진영의 말에 지후의 눈이 커졌다.

"좋아하는?"

"그래, 가슴이 두근거리고 터질 거 같고 갑갑하고 설레고. 그런 거야?"

"설레는 게 아니라 아파, 형."

갑갑한 듯 크게 헛기침을 하는 지후를 보고 진영이 놀란 표정을 지었다.

"가슴이 찢겨져 나갈 거처럼 아파. 가슴이 터질 것처럼 시리고 쑤셔."

"많이 좋아하나 보구나."

그의 말에 지후가 굳은 표정으로 진영을 보았다.

"누가 그러더라. 누군가를 떠올려서 가슴이 두근거리면 좋아하는 거고, 시리고 아픈 게 먼저면 그건 사랑이라고."

길게 한숨을 내쉬며 하는 지후의 말에 진영이 옅게 웃었다.

"진심이구나, 지후야."

"……사랑이 아니어야 하는데, 사랑이면 힘든 길이 될 텐데. 형…… 마음이 마음먹은 대로 안 돼."

"두려워하지 마라. 마음이 마음먹은 대로 안 되는 거라면 이미 시작되었다는 거다, 인마."

두 손으로 얼굴을 쓸어내리곤 자신을 보는 지후에게 진영이 피식 웃으며 물었다.

"그런데 대체 누구야? 네 마음을 마음대로 되지 않게 만든 사람이? 우리 병원 사람이야?"

진영의 말에 지후가 대답 대신 고개를 끄덕였다.

"자꾸 나를 밀어내. 다가오지 말래. 날 마주치는 것조차 안 하려고 해."

진영이 괴로운 듯 하소연하는 지후의 어깨를 토닥이며 말했다.

"지후가 이제야 진짜 누군가를 좋아하게 됐나 보다."

"형."

"아프고 힘든 만큼 깊어지는 마음이라면 놓치지 마라. 나중에 니 가슴에 상처가 남게 하지 말고."

그리곤 일어서는 진영을 향해 지후가 물었다.

"형, 정수현 선생님…… 잘 알아?"

지후의 물음에 진영이 놀란 표정으로 고개를 돌렸다.

"두 사람 친하다면서."

"응. 같은 대학 나왔고, 인턴까지 같이 마쳤으니까 좀 각별한 사이라면 사이랄까? 왜?"

"두 사람 사귀는 거야?"

"아니야."

사귀진 않지만 좋아는 하고 있어, 내가.

차마 말을 끝까지 하지 못하고 진영이 웃으며 물었다.

"그런데 수현이 왜?"

"아니에요, 그냥. 병실 돌러 가 볼게요. 수고하세요, 교수님."

웃으며 돌아서는 그의 뒷모습에 중환자실로 몸을 돌리려던 진영이 굳은 표정으로 다시 지후를 돌아보았다.

설마 지후 너…….

◆

의국에서 호연에게 받았던 가운을 곱게 갠 지후가 검은 가방에 넣으며 책상 위에 있는 사진을 보았다.

"조금만 기다려라, 아우님이 곧 간다."

그리곤 일어서던 지후가 의국으로 들어서는 호연을 보고 미소를 지으며 고개를 숙였다.

"다행이네, 아직 안 갔구나."

"이제 출발하려고요."

"그래. 이거 가지고 가."

호연이 내미는 백합다발을 받아 든 지후가 꽃 냄새를 맡으며 그를 보았다.

"역시 치프 선생님, 저희 형을 격하게 사랑하신 거야."

"시끄럽고 나 올해는 못 갈 거 같다고 전문의 붙으면 꼭 찾아뵙겠다고 전해. 그리고 전문의 좀 꼭 붙게 해 달라고 좀 부탁드려 봐."

"네, 선생님."

"그리고 참한 여자 한 명만 점지해 달라고도 좀 전해 주고."

호연의 말에 지후가 피식 웃으며 다발을 흔들었다.

"요거 하나 딸랑 사 주시고 바라시는 거 너무 많으신 거 아닙니까?"

"뭐야?"

"다녀오겠습니다."

한 손에는 꽃다발을 안고 한 손에는 가방을 들고 나가는 지후의 모습을 안타깝게 쳐다본 호연이 길게 한숨을 내쉬곤 의국을 나갔다.

납골당 주차장에 차를 세운 지후가 가방에 넣어 온 가운을 꺼내어 입었다.

"나 왔다, 형."

형의 단 앞에 선 지후가 백합 꽃다발을 밑에 내려놓으며 옅게 웃었다.

"이거 호연 형이 사 준 거야. 전문의 좀 꼭 붙게 해 달라는 뇌물이래. 여자도 하나 점지해 달라더라."

그래? 호연이 이 자식 바라는 거 너무 많은 거 아냐?

"결국 두 가지 다 들어줄 거면서 그런 소리 마시죠? 어때? 나 가운입은 거? 제법 의사 티 좀 나? 형 가운인데 아직도 깨끗하고 새하얗지?"

허리에 손을 올리고 물은 지후가 피식 웃곤 맞은편 바닥에 엉덩이를 대고 앉으며 형의 단을 올려 보았다.

"형이 간 지도 벌써 5년이네. 시간 참 많이도 흘렀다. 벌써 나는 레지던트가 됐고, 진영이 형은 교수가 되고 삼촌은 과장님이 되셨어. 송지석…… 뭐가 그리 급했냐? 우리 겨우 함께 살아 보나 했는데 뭐가 그리 급해서 그렇게 먼저 갔어. 형과 같이 사는 게 소원이었던 엄마 옆에 오래 좀 살다 가지. 형 때문에 엄마가 아버질 더 미워하잖아. 아버지가 형까지 데려갔다고."

한참 동안 형의 사진을 쳐다보고 있던 지후의 눈가가 작게 떨렸다.

"형, 나 요새 많이 힘들다."

마음이 많이 힘들어. 어떤 여자 때문에. 그 여자가 사람 참 신경 쓰이게 만든다, 형. 눈을 못 떼겠다, 진짜.

"근데 그 여자는 자꾸만 나를 밀어내. 마주 보고 서 있는 것도 안 하려고 한다. 웃기지? 형."

한참 동안 지석의 단을 쳐다보던 지후가 가슴이 시려 와 바지를 털며 일어섰다.

"간다, 생일 날 또 올게. 이 나쁜 자식아."

◆

집근처 포장마차로 들어간 지후가 앞에 놓인 소주병을 열어 잔에 부었다. 소주잔에 담긴 소주를 서너 번 비워 낸 지후가 자신의 시선을 피하는 수현의 모습을 떠올렸다.

[나한테 다가오지 마.]

[입이 있다고 아무 말이나 그렇게 내뱉지 마. 남의 말 그렇게 함부로 하는 거 아니라는 것쯤은 알고 있을 나이 같은데.]

수현이 했던 말들과 표정에 가슴이 터질 것만 같이 답답해져 와 지후가 소주를 병째 입으로 가져갔다.

늦은 수술로 열두 시가 넘어 오피스텔로 들어선 수현이 엘리베이터 맞은편 기둥 벽에 기대어 쭈그리고 앉아 있는 지후를 보며 굳은 표정으로 걸음을 멈추었다. 자신의 앞에 서 있는 누군가의 모습에 지후가 고개를 들었다. 표정 없는 얼굴로 자신을 보는 수현의 시선에 지후가 벽을 짚고 일어섰다.

"안녕하십니까? 정수현 선생님."

"취했으면 집에 들어가서 자. 여기서 뭐하는 거야?"

"선생님 기다리고 있었습니다."

지후의 말에 수현이 말없이 몸을 돌렸다. 그러나 뒤에서 안아 오는, 자신의 등을 감싸 안는 지후의 손길에 놀란 표정으로 몸을 돌렸다.

"이게 뭐하는 짓이야?"

그녀의 차가운 목소리에 초점 없는 지후가 눈에 힘을 주며 수현을 보았다.

"선생님이 보고 싶어서 기다렸습니다."

"취했어, 빨리 올라가서 자도록 해."

엘리베이터가 열리고 지후를 태운 수현이 다시 엘리베이터 밖으로 몸을 돌리려다, 자신을 끌어당겨 안는 지후의 손길에 그만 그의 가슴에 얼굴을 묻었다.

"정수현."

"……선생님이 빠졌잖아."

"선생님."

자신을 꼭 안은 채 이름을 부르는 지후의 목소리에 가슴이 두근거린 수현이 얼른 그의 품에서 얼굴을 떼어 내었다. 흔들리는 눈으로 자신을 보는 지후의 비틀거리는 모습에 수현이 낮은 목소리로 내뱉었다.

"도대체 나한테 이러는 이유가 뭐야?"

"……."

"난 서 선생보다 나이도 많고 직급도 위야. 정수현이라고 이름을 불러야 되는 사이는……."

"몰라."

자신의 말을 자르며 입을 여는 지후의 시선을 피하는 수현의 가슴이 쿵 하고 떨어졌다. 그런 수현의 어깨에 얼굴을 묻은 지후가 입을 열었다.

"나도 모르겠다고. 왜 당신만 보면 가슴이 이렇게 미칠 듯이 아파 오는지. 왜 사정없이 방망이질해 대는지 나도 모르겠어. 나보다 높은 자리에 있는 선생님에 나이도 많고 날 짐승만도 못한 놈으로 보고, 내 옆에 서 있는 것도 안 하려고 하는 여자가 왜 계속 머리에서 떠나지가 않는지 나도 모르겠단 말이야."

"……."

"당신이 좀 가르쳐 줘 봐. 왜 당신이 내 마음에 들어와서 이러고 있는지 당신이 좀 가르쳐 줘 봐요."

그리곤 쓰러지는 지후의 몸을 받쳐 안으며 수현은 가슴이 먹먹해져 왔다. 술에 취해 천근만근인 지후의 몸을 끌다시피 오피스텔로 데리고 들어온 수현이 그를 소파에 눕히곤 가쁜 숨을 내쉬었다.

[나도 모르겠다고. 왜 당신만 보면 가슴이 이렇게 미칠 듯이 아파 오는지. 왜 사정없이 방망이질해 대는지 나도 모르겠어. 나보다 높은 자리에 있는 선생님에 나이도 많고 날 짐승만도 못한 놈으로 보고, 내 옆에 서 있는 것도 안 하려고 하는 여자가 왜 계속 머리에서 떠나지가 않는지 나도 모르겠단 말이야.]

[제가 벽입니까? 왜 자꾸 절 없는 사람 취급이십니까?]

[신경이 쓰인단 말입니다. 선생님이 계속 신경이 쓰여서 눈을 못

떼겠단 말입니다!]

소파가 불편한지 이리저리 몸을 뒤척이며 잠이 든 지후를 보고 있던 수현이 자신에게 한 그의 말들을 떠올렸다.

처음부터 지석을 떠올리게 하는 남자. 지후를 떠올리면 생각나는 지석의 모습들에 수현은 자신도 모르게 그를 멀리하려고 했었다.

지후의 얼굴을 가만히 쳐다보던 수현이 조심스럽게 지후의 머리를 쓸어내렸다.

"나한테 다가오지 말라는 말을 새겨듣지 그랬어, 서 선생."

자신의 마음에 노크를 하려는 그를 알면서 모른 척해 왔었던 수현은 자신 때문에 술에 취해 무너져 자고 있는 지후가 안타깝고 가슴이 뻐근해져 왔다.

"부디 서 선생한테 내가 그냥 신경 쓰이는 사람 정도이기를 바래."

◆

숙취에 머리가 아파 눈을 뜬 지후가 벌떡 몸을 일으켰다. 지난밤 자신이 수현에게 했던 행동과 말들을 떠올리며 두 눈을 질끈 감은 채 얼굴을 쓸어내렸다. 그리곤 자신의 집이 아닌 수현의 집이라는 사실에 지후가 소파 한쪽에 있는 정장 재킷을 들며 일어났다.

[전에 신세 진 걸 갚았다고 생각할게. 꿀물 마시고 가, 문은 그냥 닫고 나가면 돼.]

정장 재킷 위에 놓여 있던 작은 쪽지에 간결하게 적혀 있는 수현의 글을 보며 지후가 지난밤 자신이 수현에게 했던 말들을 떠올렸다. 길게 한숨을 내쉰 지후가 수현이 남겨 놓은 쪽지를 손에 쥐며 조용히 오피스텔을 나섰다.

병원에 도착해 그녀의 방으로 걸어가던 지후가 반대쪽에서 함께 걸어오는 진영과 수현을 보며 걸음을 멈추었다. 진료실로 걸어오던 수현이 저만치서 자신을 보고 서 있는 지후의 시선을 느끼곤 걸음을 멈추고 진영에게로 고개를 돌렸다.

"한 선생, 나 중환자실 좀 갔다 온다는 걸 깜박했다."

"그래, 수고해."

진영의 말에 수현이 고개를 끄덕이곤 지후를 지나쳤다. 지후를 발견하곤 웃으며 다가가려던 진영이 걸음을 멈췄다. 자신을 보지 못한 듯 수현을 따라 몸을 돌리는 지후의 모습에 진영의 표정이 파랗게 굳어졌다.

[형 있잖아. 정수현 선생 말이야.]

[수현이가 왜?]

[아니야, 아무것도.]

[설레는 게 아니라 아파, 형.]

[그런데 그 여자가 자꾸 나를 밀어내. 다가오지 말래. 날 마주치는 것조차 안 하려고 해.]

[두 사람 사귀는 거야?]

지후가 자신에게 했던 말들을 떠올린 진영이 이미 사라지고 없는 수현과 그의 빈자리를 보며 애써 고개를 젓고는 걸음을 돌렸다.

아니겠지, 설마 두 사람이⋯⋯.

중환자실 비상계단으로 내려가던 수현이 뒤따라오는 지후의 그림자에 걸음을 세웠다.

"선생님."

그의 목소리에 수현은 가슴이 시큰거려 두 눈을 감았다 뜨며 지후에게로 몸을 돌렸다.

"방금 뭐라고 불렀지?"

"선생님이라고 불렀습니다."

"그래. 난 1년차 서지후 선생보다 높은 전문의야. 서 선생이 나를 선생님이라고 부르는……. 지난밤 서 선생이 했던 말들은 못 들은 걸로 할게."

수현은 굳어지는 지후의 얼굴을 애써 피해 고개를 돌렸다.

"취해서 한 말이니 크게 신경 쓰지 않으니까 서 선생도 실수한 거라면 신경 쓰지 않아도……."

"실수 아닙니다."

자신의 말을 막으며 하는 지후의 말에 수현의 표정이 굳어졌다.

"실수로 한 말도 아니고, 술 취해서 한 말도 아닙니다. 그리고 전 바로 위 선배님한테도 선생님이라고 하고, 간호사 선생님들한테도 선생님이라고 합니다."

"서 선생."

"실수…… 아니라는 말입니다."

자신을 똑바로 보며 하는 지후의 말에 수현이 짧은 한숨을 내쉬었다.

"있습니다, 제 마음에 선생님. 그냥 신경 쓰이는 게 아니라 제 마음에 선생님 들어와 있습니다. 저도 아니라고 생각하려고 했는데 아니라고 생각할수록 더 명확하게 보였습니다. 제 마음에 들어와 있는 선생님이."

"서지후 선생."

"네, 정수현 선생님."

"정 선생이 나한테 가지고 있는 감정은 학생들이 선생을 좋아하는 마음 같은 거야. 잠시 잠깐 그냥 두근거리는 그런 감정······."

"선생님!"

시선을 돌리며 잇는 수현의 말을 끊으며 지후가 그녀의 어깨를 잡고 소리쳤다.

"그런 감정 하나 구분 못 하는 바보로 보이십니까?"

"서 선생."

"밀어내지 마세요. 제 마음 밀어내지 마시란 말입니다!"

자신의 어깨를 잡은 손에 힘을 주며 소리치는 지후의 목소리에 수현은 가슴이 먹먹해져 왔다.

"미안한데, 서 선생."

"······."

"난 서 선생 마음을 아는 척하고 싶지가 않아."

수현의 아픈 눈빛에 지후의 가슴이 바닥으로 떨어졌다.

"지금 난 내 마음에 누군가를 들여놓을 여유가 없어."

"······."

"그리고 설사 내 마음에 누군가가 들어올 수 있을 공간이 생긴다 해도 서 선생은 아니야."

"선생님."

떨리는 목소리로 자신을 부르는 지후를 돌아본 수현이 그의 어깨에 조용히 손을 올렸다.

"서 선생이 나에게 가지고 있는 그 감정이 어떤 건지 난 몰라. 하지만 금방 지나가는 바람 같은 걸 거야. 그 바람 때문에 서 선생 마음에 생채기가 남기게 되는 일은 없었으면 좋겠어. 누군가를 담을 수 있는 그 마음에 잠시 스쳐 가는 바람 같은 거 말고, 서 선생 마음에 들어가고 싶어 오랫동안 기다리는 사람을 담아."

그리곤 돌아서는 수현의 모습에 지후는 가슴이 아려 왔다. 힘없이 돌아서는 지후의 모습과 이미 멀어진 수현의 모습을 바라보던 진영의 표정이 심하게 굳어져 있었다.

◆

의국에 들어오는 지후에게 가운을 입고 있던 호연이 물었다.

"너 갈수록 얼굴이 왜 그러냐? 누가 보면 너 엄청 부려 먹는 줄 알겠다."

"치프 선생님이 저 부려 먹으시잖아요."

"이 자식이…… 내가 언제 너 부려 먹었다고 그러냐? 더 쉽게 해 주려면 했지 내가 언제?"

"그렇게 정색을 하시니까 더 수상하시네. 사실은 저 부려 먹을 궁리만 하고 계시는 거 아니세요?"

지후의 말에 호연의 이마가 반으로 접혔다.

"너 오늘 응급실 당직이지? 한 달 동안 응급실 당직 서 볼래?"

"선생님!"

"어디서 까불고 있어. 얼른 튀어 내려가!"

자신의 말을 채 듣지도 않고 쌩하니 의국을 나가는 지후의 모습에 호연이 피식 웃고는 고개를 저으며 청진기를 들고 따라나섰다.

"서 선생, 여기 잠시만!"

응급실로 들어서는 지후를 보며 시은이 손을 들어 불렀다. 호흡곤란을 호소하는 환자를 본 지후가 얼른 청진기를 환자의 가슴에 갖다 대었다.

"산소 공급해 주시고 혈압 재 주세요."

급하게 산소통을 달고 혈압을 재는 간호사들을 보며 지후가 환자의 가슴에 심전도를 연결했다. 그리곤 심전도 모니터를 체크한 지후가 굳은 표정으로 시은을 보았다.

"카디악 탐폰 같아요."

"탐폰이요?"

지후의 진단명에 시은의 눈이 커졌다. 망설이는 지후를 보던 시은이 심전도 모니터를 보고 놀란 표정으로 지후에게 말했다.

"심박 올라가요, 선생님!"

"수간호사님, 16게이지 니들 주세요."

"예, 선생님."

시은이 말하기도 전에 어느새 니들을 준비해 온 하영에게 지후가 니들을 건네받았다.

"하실 수 있으시겠어요? 치프 선생님 부를까요?"

"그럼 늦어서 안 돼요, 지금 당장 피 빼야 해요. 일단 호출은 해 주세요."

니들을 받으며 시은에게 오더를 내린 지후가 길게 심호흡을 하곤 환자의 가슴을 두드리며 청진기를 갖다 대었다. 걱정스럽게 지후를 보고 있던 하영이 조심스럽게 입을 열었다.

"너 하기 힘들면 선생님 오실 때까지 기다려."

"그럼 환자 죽어."

"그렇지만 환자가 잘못……."

자신의 말이 채 끝나기도 전에 환자의 가슴에 니들을 박는 지후를 보며 하영이 놀란 표정을 지었다. 재빨리 주사기를 연결해 피를 뽑아내는 지후의 모습에 하영이 심전도 모니터로 시선을 돌리며 말했다.

"심박 내려가요."

하영의 말에 지후가 모니터를 확인하곤 환자에게로 고개를 돌렸다. 컥 하고 기침을 내뱉는 환자를 보며 지후가 길게 한숨을 내쉬며 바늘을 빼내었다.

"이명기 씨, 괜찮으세요?"

자신의 말을 알아들었는지 고개를 끄덕이는 환자를 보며 지후가 미소를 지었다. 그리곤 시은에게로 고개를 돌렸다.

"출혈 원인을 알아야 하니까 지금 방사선과에 호출해서 올라간다고 말씀드려 주시고 우리 인턴 좀 불러 주세요."

"네, 선생님."

그의 오더에 스테이션으로 몸을 돌리는 하영을 보며 지후가 환자의 이마에 흐르는 땀을 닦아 주곤 미소를 지었다.

"이제 괜찮으실 거예요, 너무 겁먹지 마세요."

자신의 말에 힘들게 미소를 보이는 환자를 살피던 지후가 응급실로 들어서는 진영과 창호를 향해 고개를 끄덕였다.

"카디악 탐폰이라고?"

"네, 갑자기 호흡곤란이 와서 제가 허락도 없이 응급처치를 했습니다."

지후의 말에 진영이 잘했다는 표정으로 웃으며 고개를 끄덕였다.

"수고했다, 서 선생."

"아닙니다."

지후의 어깨를 툭툭 치곤 응급실을 나가는 창호를 보고 진영이 웃으며 말했다.

"카디악 탐폰인 거 용케 알았네?"

"뭐가 이상해서 가슴 두드려 보니까 둔탁한 소리가 나서. 바로 어제 카디악 탐폰 공부해서 알았습니다. 운 좋게."

"그래, 수고했다. 오늘 당직이라며?"

"네. 교수님은 퇴근 안 하세요?"

"해야지, 이제. 그럼 퇴근한다, 수고해."

"들어가세요, 교수님."

응급실을 나가려 몸을 돌리던 진영이 고개를 돌려 지후를 보았다.

"하실 말씀 있으세요?"

"지후야, 정수현 선생 말이야."

"네?"

"아니다, 아무것도. 수고해라."

자신을 보고 웃는 지후의 얼굴에 진영은 가슴이 먹먹해져 왔지만 애써 밝게 웃어 주곤 응급실을 나왔다. 스테이션에 앉아 차트를 보던 지후가 차트를 덮곤 의자에 기대어 두 눈을 쓸어내리며 고개를 뒤로 젖혔다.

[설사 내 마음에 누군가가 들어올 수 있을 공간이 생긴다 해도 서 선생은 아니야.]

수현의 말을 떠올린 지후가 뻐근해지는 가슴에 의자에 기대고 있던 몸을 세웠다.

"제대로 차였네, 서지후."

아프게 웃는 지후의 눈가가 서늘해졌다. 멍하니 허공을 쳐다보다 이내 고개를 저으며 일어나 응급실을 나가는 지후의 뒷모습에 치료실에서 나오던 하영이 먹먹해지는 가슴에 차트를 꼭 껴안았다.

수현이 빨간색으로 적혀 있는 응급실이라는 글자를 올려다보며 저미어 오는 가슴에 두 눈을 감았다.

[지석 씨! 이렇게 가는 게 어딨어? 인사도 없이 이렇게 가 버리는 게 어딨어?]

지석을 보냈을 때를 떠올린 수현이 가늘게 떨리는 감은 눈에 천천히 힘을 주었다.

"지석 씨, 이제 괜찮아, 라고 말해 줄 거지?"

지석을 보냈던 응급실 앞에 선 수현이 애써 미소를 보이며 응급실 문을 크게 열었다. 지석이 실려 왔던 자리에 시선을 멈춘 수현이 두 눈을 감았다 뜨곤 옅게 미소를 지었다.

고마워, 송지석.

"정수현 선생님!"

응급의학과에 속해 있는 우진이 환하게 웃으며 수현을 맞았다.

"오셨다는 소식은 들었습니다. 정말 반가워요, 선생님."

"오랜만이에요, 이 선생님. 응급의학과로 전향하셨다는 소식 들었어요. 잘 지내셨어요? 결혼하셨다면서요?"

"결혼만 했게요? 세 살 먹은 딸도 있어요."

우진의 말에 수현이 생긋 웃으며 답했다.

"이 선생님 닮았으면 미인이겠다."

"기회되면 밥 한번 해요. 전에는 우리 자주 밥도 먹고 했잖아요."

"네, 오프 날짜 겹치면 제가 쏠게요. 선생님."

수현의 말에 우진이 웃으며 고개를 끄덕였다.

"내일 ARF(Acute renal failure-급성신부전) 수술할 환자 어디 있어요? 상태 좀 보러 왔어요. 브이텍 왔었다던데, 괜찮아요?"

"네, 다행히 심박은 돌아왔는데 아직 맥박은 좀 약해요. 내일 수술 전까지 비상이죠, 뭐. 이쪽으로 오세요."

우진을 따라 환자에게로 가려 몸을 돌린 수현이 응급실로 들어서는 지후를 보며 걸음을 멈추었다. 무표정한 얼굴로 고개를 꾸벅이는 지후에게 고개를 끄덕여 보이곤 수현이 환자에게로 몸을 돌렸다.

환자의 곁에서 우진과 이야기를 나누는 수현의 모습을 스테이션에서 지켜보는 지후의 표정이 흔들렸다. 수현의 말을 떠올리면서 고개를 젓고 있지만 시선은 그녀에게서 떠나지 않는 지후였다. 수현 역시 자신을 향한 지후의 시선을 느끼고 있었지만 애써 외면하며 환자의 상태를 체크했다. 그런 두 사람을 보고 있던 하영이 굳은 표정으로 아랫입술을 깨물었다.

환자의 상태를 체크한 후 응급실을 나가는 수현을 따라 나오며 하영이 수현을 불렀다.

"정수현 선생님."

고개를 돌린 수현이 자신을 향해 고개를 숙이는 하영을 따라 고개를 꾸벅였다.

병원 밖으로 나와 벤치에 앉은 하영에게 수현이 커피를 내밀었다. 하영의 옆에 앉아 커피를 마신 수현이 먼저 입을 열었다.

"할 말 있으면 해요."

무언가 할 말이 있으면서도 망설이는 듯 종이컵을 만지작거리는 하영에게 수현이 작은 미소를 지어 주었다.

"우리 지후…… 바보 같은 놈이에요. 어수룩하고 실수도 많고 덤벙대고…… 그래서 늘 선생님들께 야단맞고 그래요. 그렇지만 마음은 또 무지 약해요. 다른 사람 아픈 거 못 보고 힘들어하는 것도 못 보고…… 그래서 늘 손해만 봐요, 그 바보는."

"주 선생."

"지후가 선생님에 대해 가지고 있는 마음, 딱 그만큼일 거예요. 그러니까 선생님……."

결국 말을 다 마치지 못하고 식어 버린 커피를 마시는 하영을 보며 수현이 말했다.

"주 선생이 무슨 말 하는지 잘 알았어요. 어떤 뜻으로 내게 그런 말을 하는 건지도 알겠고. 어떻게 해 줬으면 좋겠다는 건지도 알았어요. 그 말에 대한 내 답 역시 주 선생도 알 거라고 믿어요."

"죄송해요, 선생님."

하영의 표정에 수현이 아무렇지 않다는 듯 애써 미소를 보이며 일어났다.

"이제 이야기 끝났으니 일어날까요?"

모니터를 보고 있던 지후가 황급히 응급실로 들어서는 침대와 구급 대원들을 보곤 벌떡 일어나 환자에게로 걸어갔다. 배가 남산만 하게 부른 산모가 고통스럽게 신음을 하자 구급대원이 지후에게로 고개를 돌리며 말했다.

"예정일이 이 주일이나 남았다는데 진통이 갑자기 와서 전화를 하셨더라고요. 집에서 양수가 터진 거 같다던데 괜찮을까요?"

"양수 터진 지 얼마나 되셨죠?"

"30분 정도 된 거 같습니다."

환자에게 묻던 지후가 환자를 대신해 답하는 구급대원을 향해 고개를 돌렸다.

"아, 제가 환자 남편 되는 사람입니다."

머리를 긁적이며 하는 구급대원의 말에 지후가 짧은 미소로 답하곤 환자에게로 고개를 돌렸다.

"초산이십니까?"

"네, 첫 아이입니다."

환자의 손을 꼭 잡으며 구급대원이 말했다. 그러자 지후가 고개를 끄덕이곤 장갑을 꼈다.

"자궁 문이 얼마나 열렸는지 확인하겠습니다. 너무 불편하지 마시구요. 숨 조절 잘하시구요. 넣겠습니다."

환자의 자궁에 손을 넣은 지후가 잠시 후 장갑을 벗으며 간호사에게 말했다.

"40프로 정도 열린 거 같아요. 에네마(Enema-관장)랑 태동 검사하고 산부인과로 트랜스포(transpo-다른 과로 옮김)해요."

"네, 선생님."

지후의 오더에 간호사가 스테이션으로 몸을 돌리자, 지후가 환자와 구급대원을 향해 시선을 돌리며 미소를 지었다.

"순산하실 겁니다. 산부인과 선생님이 오시면 더 정확하게 말씀해주시겠지만 40프로 정도 자궁 문이 열린 거 같습니다. 진통이 심해질수록 호흡이 중요하니까 들이마셨다가 내쉬었다가 하시구요. 초산이라 진통 시간이 길어질 수도 있으니 너무 걱정 마시구요."

"고맙습니다. 산부인과 선생님이 아니십니까?"

"네, 전 흉부외과입니다. 아, 죄송합니다. 진통이 심하신 거 같아서 전문의가 아니면서 검사를 했습니다. 무례했다면 용서하십시오."

지후의 말에 구급대원이 고개를 저으며 웃었다.

"무슨 별말씀을 다 하십니다. 구급대원 생활 몇 년에 이렇게 친절하신 응급실 선생님은 처음 뵈었습니다. 고맙습니다, 선생님."

"이런, 제가 친절한 게 아니라, 아마도 제일 바쁜 곳이 응급실이라 자세히 설명드릴 시간들이 없어서 간략히 설명드리고 다음 환자를 봐야 해서 그랬을 겁니다. 순산하세요."

그리곤 몸을 돌려 응급실을 나온 지후가 자신을 보고 서 있는 하영의 모습에 걸음을 멈추었다.

"할 말 있어."

자신의 말에 먼저 몸을 돌려 휴게실로 향하는 하영을 지후가 따라 걸었다. 휴게실에 앉아 커피를 내미는 지후를 보며 하영이 말없이 커피를 받아 들었다. 조용히 커피를 홀짝이는 하영을 보며 지후가 차마 떨어지지 않는 입을 떼었다.

"하영아, 나는 니 옆에 있어 줄 수가 없어."

"지후야."

"날 향한 니 마음이 어떤 마음인지, 얼마나 오래됐는지 안다. 하지만 난 아는 척을 할 수가 없었어. 니 마음에 대답을 해야 하는데 그럼 니가 아플 거 같아서. 그래, 처음에는 니가 여자로 보였어. 도도하고 항상 당찬 니가 참 예뻤어. 그런데 딱 거기까지였어. 더 이상은 아니더라. 미안하다, 하영아. 좀 더 일찍 이 말을 했어야 하는데 나는……."

"나쁜 자식."

눈물이 가득 고인 눈으로 자신을 노려보는 하영의 얼굴에 지후가 말없이 고개를 떨구었다.

"실은 나도 아는 척할 수가 없었어. 니 마음에는 내가 없는 걸 알아. 내 마음에 니가 들어 있는 걸 니가 알고 있다는 것도 알아. 알고 있었는데 아는 척할 수가 없었어. 아니, 하기 싫었어. 니가 아니라고 할까 봐, 안 된다고 할까 봐 겁이 나서 말 못 했어. 그러면서 시간이 가면 니 마음에도 내가 들어갈 수 있을 거라고 생각했어. 니 옆에 여자, 나밖에 없었으니까. 서지후, 너 늦어도 많이 늦었어."

자신의 말에 숙이고 있던 고개를 들어 보는 지후를 바라보며 하영이 결국 눈물을 떨어뜨렸다.

"넌 10년 전에 그 말을 했어야 했어."

"하영아."

"이젠 못 접어, 나. 니가 포기해."

니 마음에 들어가려고 하는 그 사람 니가 포기해. 난 절대 포기 안 해, 서지후.

일어나 돌아서려는 하영의 손목을 잡아 세우며 지후가 일어났다.

"내 마음에 니가 들어올 자리가 없어. 하영아."

"알아, 안다고 했잖아. 상관없어. 내 마음에 니가 있으니까 니 마음에 내가 없는 거 정도는 괜찮아."

"너만 힘들어질 거다, 너만 아플 거다. 하영아."

지후의 말에 하영이 잡은 그의 손을 뿌리치며 말했다.

"니 마음에 내가 없다는 말을 들은 순간부터, 아니 니 시선이 누군가를 향한 순간부터 난 아프기 시작했어."

굳어지는 지후의 표정에 다시 눈물이 차올랐지만 하영은 아랫입술을 깨물며 몸을 돌렸다. 멀어지는 하영의 모습에 지후는 두 눈을 질끈 감으며 괴로운 듯 얼굴을 쓸어내렸다.

수술실에 들어선 수현이 수술 준비를 마치고 대기하고 있는 지후를 보며 굳은 표정으로 시선을 돌렸다.

"준비 다 됐어?"

"예, 이상 없습니다."

마취과 레지던트의 대답에 수현이 고개를 끄덕인 후 환자에게로 걸어갔다.

"박지은 환자분, 너무 긴장하지 마세요. 작은 종양 하나만 떼면 되는 수술이니까 금방 끝날 거예요. 마취 시작하겠습니다. 김 선생."

수현의 신호에 마취과 레지던트가 고개를 끄덕이며 환자의 얼굴에 산소마스크를 씌웠다. 수술이 시작되고, 환자의 상태를 체크하는 수현을 보며 지후는 애써 상념을 떨쳐 내려 고개를 저었다. 잠시 후 수술이 끝나고, 마무리 정리를 하는 지후의 모습에 수현이 잠시 시선을 멈추었다. 간호사들에게 시켜도 될 일을 직접 하는 지후의 모습을 보던 수현은 자신을 보던 지후의 시선을 떠올렸다. 가슴이 뻐근해져 오자 지후에게서 시선을 거두고 수술실을 나섰다.

"수술 끝났어?"

수술실 앞에 서 있던 진영이 웃으며 물어오자 수현이 말없이 고개를 끄덕이며 미소를 지었다.

"점심 안 먹었지? 먹으러 가자."

"한 선생은 여태 점심 안 먹고 뭐했어?"

"수술 스케줄 체크하고, 환자 상태 보러 갔다 왔더니 때를 놓쳐서. 오늘 식당 점심 맛있다더라, 얼른 가자."

수현이 조용히 웃으며 진영을 따라나섰다. 멀리서 두 사람의 모습에 지후가 욱신거리는 가슴을 쓸어내리곤 의국으로 몸을 돌렸다.

7화
기다림

　오피스텔에 도착한 수현이 차에서 내리는 지후를 보고 열려던 차
문을 다시 닫았다. 그런 자신을 보고 걸음을 멈추는 지후의 시선에
수현이 짧은 한숨을 내쉬곤 차에서 내렸다. 고개를 꾸벅이는 지후에
게 말없이 고개를 꾸벅인 수현이 그대로 돌아서는 그를 뒤따라 주차
장 엘리베이터로 걸음을 향했다.

　말없이 엘리베이터 앞에 서 있던 두 사람이 서로 먼저라고 할 것도
없이 열리는 엘리베이터 안으로 몸을 실었다. 엘리베이터가 올라가
고, 화면에만 시선을 고정시키는 그녀의 모습에 지후는 굳은 표정으
로 수현이 했던 말을 떠올렸다.

　[그리고 설사 내 마음에 누군가가 들어올 수 있을 공간이 생긴다
해도 서 선생은 아니야.]

　그러자 가슴의 시큰거림을 느낀 지후가 수현에게로 시선을 돌렸다.
자신을 향한 지후의 시선을 알면서도 수현은 엘리베이터 화면에서 시선을 떼지 못하고 핸드백을 잡고 있는 손에 힘을 주었다. 엘리베이터 문이 열리고 급하게 내리기 위해 발걸음을 내딛던 수현이 자신의 팔을 잡아끄는 지후의 힘에 그대로 엘리베이터에 몸을 실었다.

"뭐하는 짓이야?"

엘리베이터 벽에 두 팔을 짚어 자신을 가둔 채 굳은 표정으로 보는 지후의 시선에 수현이 애써 시선을 돌리며 물었다.

"하나만 묻겠습니다."

"……."

"제가 선생님보다 나이 적은 거 말고, 선생님보다 아랫사람인 거 말고 서지후라는, 그냥 저 하나만 보신다고 해도 선생님한테 저 안 되는 겁니까?"

그 말에 수현이 고개를 돌려 지후를 보았다. 지후의 눈동자에 비치는 자신의 모습에 수현은 가슴이 두근거려 와 아래로 시선을 떨구었다.

"안 되는 겁니까?"

"그래."

시선을 아래로 향한 수현의 대답에 지후는 두 눈을 감았다 뜨며 벽에 기대고 있던 몸을 일으켜 세웠다.

"알겠습니다."

그리곤 고개를 꾸벅이고 엘리베이터에서 내리는 지후의 모습에 수현은 벽을 짚은 손에 힘을 주었다.

[제가 선생님보다 나이 적은 거 말고, 선생님보다 아랫사람인 거 말고 서지후라는, 그냥 저 하나만 보신다고 해도 선생님한테 저 안 되는 겁니까?]

지후의 말을 되새긴 수현이 두근거리는 가슴에 애써 고개를 떨구

140

며 목에 걸고 있는 목걸이를 만지작거렸다.

"지석 씨."

도와줘, 내 마음에 문을 두드리는 저 사람…… 들어오지 못하게 지석 씨가 꼭꼭 닫아 걸어 줘.

◆

중환자실로 들어서는 창호와 진영, 수현을 보며 호연과 지후가 고개를 꾸벅였다. 뇌파기기를 향해 시선을 옮기는 세 사람을 보며 호연이 입을 열었다.

"코마(Coma-의식 불능)로 자발 호흡이 불가합니다. 양안 동공 확대 고정, 광반사, 각막 반사, 안구두 반사, 전정안 반사, 모양체 척수 반사, 구역 반사, 기침 반사, 자발 운동, 제뇌강직, 제피질 강직, 경련 모두 반응이 나타나지 않습니다."

호연의 말에 수현이 창호를 보며 말을 이었다.

"임상과에서도 자발 호흡 불가로 판명되었답니다."

"뇌파는?"

"어제오늘 계속 평탄 뇌파가 지속되고 있습니다. 어제 결과와 오늘 결과가 같습니다."

지후의 말에 창호가 말을 이었다.

"신경과 과장 호출했어?"

"네, 노티파이했습니다. 곧 내려오신다고 합니다."

지후의 말이 끝나기가 무섭게 중환자실 문이 열리며 신경과 과장이 들어왔다.

"노티받았지?"

창호의 물음에 신경과 과장이 환자의 상태를 살피곤 고개를 끄덕였다.

"네, 이대로라면 뇌사 판정을 내려야 될 거 같습니다."

두 눈 가득 눈물이 고인 채 환자의 손을 꼭 쥐고 있는 환자 보호자를 보며 창호가 낮은 목소리로 말했다.

"한 교수, 보호자분께 잘 말씀드려라."

"네, 선생님."

"가자, 정 선생."

돌아서는 창호와 수현의 모습에 진영이 환자 보호자를 돌아보며 입을 열었다.

"지금 강우석 환자는 뇌사 상태입니다. 뇌세포가 모두 죽어 정상적인 기능이 불가능하다는 판명을 내렸습니다."

진영의 말에 환자 보호자가 눈물을 떨구며 고개를 끄덕이곤 입을 열었다.

"저기 선생님, 이이가 의식이 돌아왔을 때 장기를 기증하겠다고 했어요. 보호자 동의도 필요하다고 하던데 어떻게 하면 되나요?"

울먹이는 보호자의 말에 진영이 지후에게로 고개를 돌렸다.

"저번 주 의식 돌아오셨을 때 장기기증서를 작성하셨습니다."

지후의 낮은 목소리에 진영이 보호자에게 고개를 숙여 보이곤 말했다.

"고맙습니다, 쉽지 않은 결정이셨을 텐데 정말 감사합니다."

진영을 따라 호연과 지후도 환자 보호자에게 고개를 숙였다.

"네? 의료봉사요?"

두 눈이 동그래진 지후를 보며 호연이 대수롭지 않게 차트로 시선을 옮겼다.

"그래, 의료봉사. 우리 과에서는 너 혼자 간다고."

"아니, 거길 왜 제가 갑니까? 2년차, 3년차 선배님들 다 놔두시고."

"잔말 말고 가라면 가라. 너 요즘 정신 못 차리고 있어서 내가 추천했으니까."

"치프 선생님."

"공기 좋고 물 맑은 곳이라니까 가서 머리나 좀 식히고 와."

호연의 말에 지후가 길게 한숨을 내쉬며 그의 옆에 의자를 당겨 앉았다. 가만히 자신을 보는 지후의 모습에 호연이 이마에 주름을 그리며 물었다.

"뭘 봐?"

"치프 선생님, 저한테 뭐 죄진 거 있으세요?"

"뭐야?"

"저한테 왜 이렇게 잘해 주세요? 인턴 때는 못 잡아먹어서 난리셨는데."

피식 웃으며 말하는 지후의 머리를 호연이 차트 모서리로 내려쳤다.

"하여튼 좀 잘해 줬다 하면 기어오르지? 의료봉사 갔다 와서도 정신 못 차리면 죽는다, 아주."

그리곤 일어서는 호연의 뒷모습에 지후가 진심 어린 목소리로 답했다.

"고맙습니다, 치프 선생님."

그의 목소리에 의국을 나서는 호연의 얼굴에 미소가 걸려 있었다. 의국 이층 침대에 누워 휴식을 취하고 있던 지후가 눈을 감자 떠오르는 수현의 모습에 인상을 찌푸리며 일어나 앉았다. 수현을 떠올리자 연이어 욱신거리는 가슴에 지후가 두 손으로 머리를 쳐 대며 고개를 저었다.

"뭐하는 거야? 싫다는데 그만하자, 서지후."

애써 욱신거리는 가슴을 쓸어내리며 중얼거리던 지후가 울리는 호출 소리에 짧은 한숨을 내쉬곤 일어나 의국을 나섰다.

판독실에서 필름 사진을 판독하던 지후와 호연, 진영, 창호가 심각한 표정으로 필름을 보았다.

"많이 진행됐네."

"수술되겠습니까? 이미 다른 장기에도 많이 퍼져 있는 거 같은데."

"이미 다른 장기에도 퍼져 있을 거라고 말씀드려 놨는데도 환자 가족들이 수술을 원하고 있습니다."

호연의 말에 창호가 잠시 생각하는 듯 턱에 손을 괴더니 이내 고개를 끄덕이며 말했다.

"열어 보자, 한번. 일단 보이는 건 다 제거하고 항암치료, 방사선 치료 같이해 보자."

"예, 과장님."

"환자 보호자한테 크게 기대 갖지 않게 수술 성공 가능성은 높지 않다는 거 말씀드리고."

"네."

"다음 환자."

진영의 말에 지후가 씨티를 넘기며 말했다.

"나이는 42세, 아오틱 다이섹션(aortic dissection-대동맥이 찢어지는 병)으로 응급수술한 환자입니다. 현재까지는 수술 후 바이탈은 혈압이 조금 낮은 거 말고는 괜찮습니다."

"이번 주가 고비니까 시간마다 잘 체크해 둬. 혹시라도 심실세동이 오면 큰일이니까."

"예."

"중환자실 돌러 가자."

검사실을 나서는 창호의 뒤를 호연과 지후, 몇 명의 외과 의사들이 뒤따라 나섰다. 외과중환자실로 향하던 진영이 맞은편에서 걸어오는 수현을 보며 미소를 머금은 채 걸음을 멈추었다. 창호 역시 미소를 지으며 수현의 어깨를 토닥이곤 중환자실로 향했다.

"어디 갔다 오는 길이야?"

"응, 내일 수술 퍼미션 낸 환자 좀 보고 오느라. 바쁜가 봐."

"조금, 있다가 보자."

얼굴 가득 미소를 담은 채 다시 발걸음을 옮기는 진영을 보며 웃던 수현이 굳은 표정으로 자신을 보는 지후의 시선에 미소를 거두었다. 말없이 고개를 꾸벅이곤 진영을 따라나서는 지후를 보며 수현은 먹먹해지는 가슴에 짧은 한숨을 내쉬며 진료실로 발걸음을 옮겼다.

중환자실을 들어서자마자 울리는 기계음 소리에 지후와 호연이 놀란 표정으로 기계음이 들이는 환자에게로 뛰어갔다. 호흡곤란으로 괴로운 표정을 짓고 있던 환자를 본 호연이 급하게 환자의 입에 튜브를 끼웠다. 잠시 후 안정된 환자의 표정에 호연이 지후를 향해 이마에 주름을 그리며 나중에 보자는 입 모양을 내보이며 고개를 숙였다.

"가래 안 뺐어?"

"죄송합니다, 선생님."

"주치의 누구야?"

창호의 목소리에 지후가 두 눈을 질끈 감았다 뜨며 조용히 손을 들었다.

"서지후, 요새 정신을 어디다 놓고 일하는 거야?"

"죄송합니다, 과장님."

"이놈의 자식, 전에 수술방에서는 한눈을 팔고 있지를 않나. 넌 인턴이 아니라 레지던트야. 정신 바짝 차려."

"예, 과장님."

고개를 푹 숙인 채 답하는 지후를 보며 창호가 조용히 그의 어깨를 토닥여 주곤 환자들을 둘러보았다. 창호가 나가고, 머리를 긁적이는 지후를 그제야 호연이 노려보며 말했다.

"너 뭐하는 짓이야? 니가 인턴이야? 가래 뽑는 시간도 못 맞춰? 니가 못 하겠으면 인턴 시키든가 해야 할 거 아니야!"

"죄송합니다."

"너 계속 이런 식으로 하면 정말 레지던트 생활 힘들어진다. 환자 BP(혈압) 체크해!"

"예."

환자의 혈압과 맥박을 체크하는 지후의 모습에 호연이 한숨을 내쉬었다.

진료실을 나오던 수현이 저만치서 힘들게 걸어오는 지후의 모습에 걸음을 멈추었다. 그러나 고개만 숙인 채 지나쳐 가는 지후를 보고 수현은 욱신거리는 가슴을 쓸어내리며 병원을 나섰다. 멀어지는 수현의 발자국 소리에 뒤돌아선 지후는 슬픈 눈으로 그녀의 뒷모습을 바라보며 길게 한숨을 내쉬었다.

"큰일 났다, 서지후. 뛰어가서 잡고 싶어지면 어쩌자는 거야."

그렇게 수현은 이미 사라지고 없는 곳에 지후만이 덩그러니 남아 있었다.

병원을 나온 수현이 자신의 차 맞은편에서 손을 흔들고 있는 진영을 보며 미소를 지었다. 작은 레스토랑으로 들어온 두 사람은 요리와 함께 나온 와인 잔을 부딪쳤다.

"수현아."

"응?"

"니 마음에 지석이 아직도 그대로니?"

와인 잔을 놓으며 묻는 진영의 말에 수현 역시 말없이 와인 잔을 놓았다. 자신을 보는 진영의 눈빛에서 수현은 언젠가 보았던 그의 눈빛을 떠올리며 두 눈을 감았다 떴다.

"한 선생."

"정말 눈치 빠르다, 정수현. 내 마음 벌써 눈치챈 거지? 그래서 이름 부르기 싫은 거지?"

"진영아."

"그래, 맞다. 나 오늘 너한테 내 마음 고백하려고."

말을 마친 진영이 양복 안주머니에서 작은 상자를 꺼내어 내밀며 말했다.

"지석이랑 니가 얼마나 사랑했는지 얼마나 소중하게 아껴 왔는지 옆에서 봐 와서 잘 알아. 그 마음을 지우라는 거 아니야, 아니 잊지 마. 니 가슴에 지석이 잊지 말고 지우지 말고 살아. 그냥 지석이로 가득 찬 니 마음, 그 마음 작은 한편에 내 자리 하나만 내주면 돼. 시간이 지나서 지석이 자리를 누군가가 대신 채워야 한다면 그게 나였으면 좋겠어, 수현아."

"진영아 난……."

"나 말이야. 대학 들어오자마자 너한테 고백을 하고 니 마음에 지석이가 있다는 걸 알았을 때 내게는 기회가 없을 줄 알았어. 서로 사랑하는 두 사람 마음을 내가 따라갈 수 없겠구나, 라고 생각해서 포기했었어. 그런데 수현아…… 지석이에게는 정말 죽을죄를 짓는 거 같지만, 절대 없을 거라고 생각했던 그 기회가 나한테 왔어."

자신의 말을 들으며 조용히 와인 잔을 드는 수현을 향해 진영이 물잔을 들어 입을 축이고는 다시 말을 이었다.

"그런데 그 기회를 또 잃을 거 같아서 나…… 겁이 난다, 수현아."

니 마음에 내가 아닌 다른 사람이 이미 들어가 버린 건 아닌가 싶어서 겁이 난다, 수현아.

열두 시가 다 되어 오피스텔에 들어서던 지후는 진영의 차에서 내리는 수현을 보며 굳은 표정으로 차를 세웠다. 웃으며 진영에게 손을 흔들고 돌아서는 수현의 모습에 지후가 핸들을 낮게 내려치곤 주차장으로 차를 몰았다. 엘리베이터를 기다리고 있던 수현이 1층에 도착하는 기계음 소리에 문 앞으로 한 걸음 다가섰다. 문이 열리고 엘리베이터에 몸을 기대고 있는 지후를 보며 수현이 표정 없이 몸을 돌려 버튼을 눌렀다.

"어째서……."

등 뒤에서 들리는 지후의 목소리에 가슴이 뻐근해진 수현이 핸드백을 꼭 쥔 채 엘리베이터가 올라가는 숫자를 쳐다보았다.

"어째서 저 아닌 다른 사람들에게는 그렇게 잘 웃는 겁니까?"

"……."

"다른 사람들한테는 그렇게나 예쁘게 웃어 주면서 어째서 저한테는 한 번도 웃어 주질 않으십니까?"

금방이라도 울 것만 같은 지후의 목소리에 수현이 몸을 돌려 바라보았다.

"아…… 아니다. 있긴 있네요. 첫 출근하던 날. 참 예쁘게도 웃어줬는데, 선생님 저한테."

"서 선생."

"계속 그렇게 웃는 얼굴만 보여 주지 그랬어요. 자꾸만 우는 모습들키지 말지. 그러면 이렇게 당신을 보는 게 가슴 시리지도 않았을거고, 당신을 여기에 담지도 않았을 거 아냐. 당신 책임도 있어, 이렇게 돼 버린 거 당신 탓도 있다고."

젖은 목소리로 말하는 지후를 보며 수현은 가슴이 뻐근해지는 걸느꼈다. 땡 하고 엘리베이터가 열리자 몸을 돌려 나가는 수현을 잡아어깨를 잡은 지후가 낮은 목소리로 물었다.

"아니에요? 정말 나는, 나는 아니에요?"

그 물음에 수현이 고개를 들어 지후를 보았다. 한참 동안 지후와시선을 마주친 수현이 곧은 목소리로 답했다.

"아니야."

"아니에요?"

지후가 수현의 어깨를 잡은 손에 힘을 주며 재차 물었다. 자신의얼굴 가까이로 다가오는 지후의 얼굴을 보면서도 수현은 고개를 돌리지 않은 채 그의 눈빛을 받아 내고 있었다. 입술이 거의 닿을 정도임에도 어떤 행동도 하지 않는 수현의 모습에 지후가 피식 웃으며 허리를 세웠다.

"정말 아닌가 보네."

슬픈 목소리로 내뱉은 지후가 몸을 돌려 엘리베이터에서 내렸다.

엘리베이터가 다시 닫히고 움직이는 화면을 올려다보며 수현은 터질 듯 두근거리는 가슴에 벽에 몸을 기대었다.

◆

"다녀오겠습니다."

"그래, 가서 정신수양 제대로 하고 와."

호연의 말에 지후가 피식 웃으며 고개를 끄덕였다. 병원 앞에 서 있는 관광버스를 본 지후가 메고 있는 가방을 내리며 버스 앞에 서 있는 전문의들에게 고개를 숙였다.

"오늘 봉사활동 책임을 맡은 내과 김 선생이 긴급 수술이 잡혀서 못 가게 되는 바람에 마취과 정 선생이 가게 될 거야."

창호의 말에 지후가 굳은 표정으로 수현에게 고개를 꾸벅였다.

"우리 꼴통 잘 부탁해, 정 선생."

지후의 어깨를 잡으며 웃는 창호에게 수현이 애써 미소를 지어 보이며 고개를 끄덕였다. 버스가 출발하고, 맨 뒷좌석에 앉은 지후가 앞자리에 앉아 창밖을 바라보는 수현의 모습에 고개를 젖힌 후 눈을 감았다.

버스가 봉사활동 장소에 도착하자 의료진들이 준비해 온 장비들과 약품을 가지고 버스에서 내렸다. 이미 제휴병원인 청아병원 쪽에서 먼저 와 진료를 시작하고 있자 수현이 버스에 내리고 진료 준비 중인 의사들을 돌아보며 말했다.

"6시에 진료 마감하겠습니다. 각자 맡은 자리에 앉아 진료 시작해 주세요."

수현의 말이 끝나고, 지후가 가운을 입고 의자에 앉았다.

"안녕하세요, 할아버지. 어디 편찮으세요?"

지후의 물음에 노인이 대답 대신 입을 쩍 하고 벌렸다. 동그란 눈으로 노인을 보던 지후가 이내 미소를 지으며 노인의 앞에 의자를 당겨 앉았다.

"할아버지 목이 아프시구나?"

고개를 끄덕이는 노인의 목 안을 살피곤 지후가 미간을 찌푸렸다.

"목이 부으셨네요. 편도가 좀 부으셨어요. 제가 흉부외과는 아니지만 요 정도는 처방해 드릴 수 있으니까 약 꼬박 잘 챙겨 드시구요. 차가운 거 먹지 마시고, 미지근한 물 많이 드시구요."

크게 고개를 끄덕이는 노인의 대답에 지후가 웃으며 노인의 팔을 주물렀다.

"건강하세요, 할아버지."

마을 사람들과 금세 친해져 진료에 집중하는 지후의 모습에 수현이 말없이 미소를 지었다. 그리곤 지후의 모습 뒤로 떠오르는 지석의 얼굴에 수현은 미소를 거두며 고개를 돌렸다. 진료를 마치고 저녁 식사를 한 지후가 마을 사람들에게 다가갔다.

"제가 뭐 도와 드릴 거 없어요? 이래 봬도 저 힘쓰는 거 잘하니까 시키실 일 있으면 말씀하세요."

"그래? 안 그래도 회관이 오래돼서 여기저기 손볼 데가 많아."

마을 이장으로 보이는 분의 말에 지후가 옷을 걷어붙였다.

"뭐든 말만 하세요."

방에서 의료봉사일지를 작성하고 거실에 나온 수현은 마당에서 뭔가를 뚝딱뚝딱 만들어 내는 지후와 그 모습을 물끄러미 쳐다보고 있는 할아버지를 보았다.

책상이고 의자고 말끔히 고쳐 내고 있는 지후의 남자다운 모습에 수현이 옅게 웃어 보이곤 방으로 들어갔다.

"할아버지, 제가요. 요즘 스트레스를 너무 받았는데 풀 데가 없었거든요. 이런 거라도 하면서 좀 풀고 가야겠어요. 이거 좀 꽉 잡고 계세요."

망치질을 하며 지후가 연신 할아버지에게 말을 붙였다.

"할아버지, 이 못이요. 못은 열 번 찍으면 이렇게 쏙 들어가는데 사람 마음도 열 번 찍으면 넘어갈까요? 어떡하면 그 마음에 들어갈 수 있을까요? 할아버지."

길게 한숨을 내쉬며 할아버지를 향해 씩 웃던 지후가 카디건을 챙겨 입고 나온 수현의 모습에 의자에서 일어섰다.

"할아버지, 식사하셨어요?"

수현이 입고 있던 카디건을 벗어 고개를 끄덕이는 할아버지의 무릎에 덮어 주었다.

"너무 오래 계시지 마시고 얼른 댁에 가세요. 밤엔 쌀쌀해요."

웃으며 고개를 끄덕이는 할아버지의 미소에 수현이 고개를 꾸벅이곤 회관을 나섰다. 수현의 뒷모습을 물끄러미 쳐다보고 서 있던 지후가 자신의 옷을 잡아당기는 손에 고개를 돌려 할아버지를 보았다. 수현이 간 곳을 향해 손짓을 하는 할아버지에게 지후의 눈이 동그래졌다.

"네? 따라가라고요?"

자신의 말에 고개를 끄덕이며 연신 손짓을 하는 할아버지에게 지후가 옅게 웃었다.

"할아버지 눈치 되게 빠르시네. 날이 추워요. 모셔다 드릴게요."

할아버지를 댁에 모셔다 드린 지후가 회관 앞 강가 바위에 혼자 앉아 있는 수현의 모습에 조용히 다가섰다.

"서 선생."

자신을 부르는 수현의 목소리에 지후가 굳은 표정으로 고개를 돌렸다.

바위 위에 나란히 앉아 강가를 향해 시선을 던지고 있던 수현이 무릎에 팔을 괴며 입을 열었다.

"고등학교 입학식 날 지각을 했었어. 입학 첫날이라 지각한 사람이 많지 않았는데 옆에서 나란히 설교를 듣고 있던 아이와 같은 반이 된 거야. 그 날 그 아이를 처음 만났어. 그리고 3년 내내 같은 반을 했었고 같은 동아리 활동을 했었고 같은 대학까지 왔어. 서로 누가 사귀자라는 말을 먼저 한 적은 없었는데 언젠가부터 그 아이가 나를 소중하게 여겨 주고, 내 마음에도 이 아이가 아주 커다랗게 자리 잡고 있구나, 라는 걸 알게 되었어. 사랑했어, 정말 모든 걸 다 주어도 아깝지 않겠다는 것이 어떤 건지 가르쳐 준 사람이었어. 그런 사람의 사랑을 받았고, 그 사랑만큼 내 힘껏 사랑해 주자 했었어. 항상 날 위해 먼저 웃어 주고, 날 위해 먼저 손 내밀어 주고, 나보다 먼저 아파해 주고, 나보다 먼저 기뻐해 주고 그 사람에겐 늘 그 어떤 것보다 내가 우선이었었어. 그런 사랑을 받았어, 내가."

어느새 눈가가 촉촉해진 수현이 입술을 적시곤 다시 말을 이었다.

"그런데 그 사람이 죽었어. 그렇게 내게 무한한 사랑을 주었던 그 사람을 난 너무도 쉽게 잃었어. 그 사람을 잃고 난, 웃음을 잃었고, 눈물을 잃었고, 심장을 잃었고, 세상을 잃었어."

"선생님."

자신을 보는 지후의 아픈 시선에 수현은 눈물이 가득 고인 얼굴로 애써 미소를 지으며 고개를 돌린 채 말을 이었다.

"인사도 못 하고, 잘 가라는 말도, 사랑한다는 말도 제대로 못 해 주고 보냈어. 아직도 그 사람이 병원 어딘가에 있을 것 같아. 전화하면 금방이라도 받을 거 같고, 내가 부르면 어딘가에서 나타날 것만 같아. 아직 그 사람을 잊고 싶지가 않은데 잊어 주고 싶지 않은데……조금씩 흐려지는 그 사람 모습에 겁이 나. 아직은 그 사람 내 가슴에서 살게 해 주고 싶어. 보내고 싶지 않아. 이게 내가 서 선생 마음에 답해 줄 수 있는 최대한이야."

수현의 말에 지후가 먹먹해지는 가슴을 쓸어내리며 고개를 떨구었다.

"이게 내가 서 선생 마음을 받아 줄 수 없는 이유이자 서 선생 마음에 답해 줄 수 있는 최대한이야."

수현의 말을 듣는 내내 바늘로 심장을 찌르는 통증에 지후가 말을 잇지 못하고 고개를 떨구고 있었다.

"서 선생이 그랬지, 왜 서 선생만 그렇게 차갑게 대하냐고……. 그래, 서 선생만 유독 멀리했던 거 인정해. 그랬었어. 그건……."

그 사람을 닮아서.

목 끝까지 찼지만 차마 하지 못하고 입을 다문 수현이 짧은 한숨을 내쉬곤 말을 이었다.

"어찌 되었건 병원 내에서 불편한 관계 만들고 싶지 않아. 그러니 이런 감정싸움 그만하자. 아직은 그 사람 때문에 좀 더 아프고, 좀 더 힘들어도 좋아. 그러고 싶어, 그래 줘야 할 거 같아."

"선생님."

"더 이상 얼굴 보기 껄끄러운 관계로 지내지 말자고 말하는 거야. 서 선생 마음에 들어 있다는 내가 빨리 비워졌으면 하고. 그만 일어나자."

바지를 툭툭 털며 몸을 돌리는 수현의 팔목을 잡으며 지후가 일어
섰다.

"기다리겠습니다."

그 말에 수현이 몸을 돌려 지후를 보았다.

"기다리겠습니다. 선생님 마음에서 그분이 좀 더 옅어질 때까지.
아니, 옅어지지 않아도 좋습니다. 선생님 마음에 작은 자리가 생길 때
까지만이라도……."

"그러지 마. 서 선생은 얼마든지 더 좋은 사람 만날 수 있어. 나이
도 많고, 과거도 있는 여자한테 마음 주려고 하지 마."

"선생님."

"만약, 내 마음에 누군가의 자리가 생기게 된다면 그건 서 선생의
자리가 아닐 거야."

돌아서 가는 수현의 뒷모습에 가슴이 아려 오던 지후가 길게 한숨
을 내쉬었다. 형이 생각난 지후가 고개를 들어 하늘을 올려다보았다.

"형."

형은, 그 사람을 알아? 저 여자 가슴에 사는 사람, 저 여자 가슴에
서 저토록 가슴 시리게 살아 있는 사람, 같은 곳에 살면서 혹시라도
만난 적 없어? 만약 만나면 형…… 저 여자 나한테 올 수 있게 도와
달라고 말해 줘. 형이, 저 여자 마음에 내가 들어갈 수 있게 그 사람
한테 말 좀 잘해 줘.

하늘을 올려다보는 지후의 마음이 조금씩 어두워지는 하늘만큼이
나 까맣게 타들어 가는 것만 같았다.

"선생님요, 선생님요, 아무도 안 계십니꺼?"

의사들이 하루 민박하는 마을회관 문을 두드리는 남자의 목소리에 수현이 일어나 방을 나와 문을 열었다.

"선생님요, 우리 마누라가요……."

남자의 목소리에 수현이 등에 업혀 있는 여자에게로 시선을 돌렸다. 흠뻑 젖은 채 식은땀을 흘리는 여자를 보며 수현이 얼른 남자와 남자의 아내를 회관 안으로 들여놓았다. 그리곤 응급실에서 쓰는 침대에 눕히곤 청진기를 꺼내어 들었다. 가슴에 청진기를 갖다 댄 수현이 남자의 아내가 손으로 잡고 있는 배 부위를 보며 놀란 표정으로 물었다.

"배가 아프세요?"

자신의 말에 고개를 끄덕이는 여자를 보며 수현이 여자의 손을 내리곤 자신의 손으로 여자의 배를 천천히 눌렀다.

"아!"

맹장 부근을 누르자 소리를 내지르는 여자를 보며 수현이 굳은 표정으로 청진기를 목에 걸었다.

"아무래도 맹장이 터진 거 같습니다. 잠시만 기다려 주세요, 담당의 불러 드릴게요."

그리곤 수현이 급하게 남자 의사들이 자고 있는 방문을 두드렸다.

"응급이에요, 마을 아주머니 한 분이 맹장이 터졌어요. 수술 들어가야 할 거 같은데."

수현의 말에 의사들이 일어나 앉으며 방에 불을 켰다.

"압빼(Appendicitis-충수돌기염[일명-맹장염]) 수술해 주실 분……. 흉부, 서 선생 수술 가능해?"

"네?"

"아직 집도 안 해 봤지? 내과 장 선생님, 선생님이 해 주시면……."

"제가 해 보겠습니다."

일어나 가운을 입으며 하는 지후의 말에 수현이 가만히 고개를 끄덕이며 방을 나섰다. 회관 안에 차려진 치료실 침대에 누워 있는 여자를 본 지후가 얼른 다가가 상태를 살폈다. 그리곤 지후가 수현에게 고개를 돌리며 물었다.

"마취 준비해 주세요."

"준비 다 됐어, 수술 준비해. 주희 씨, 서 선생 수술 준비시켜 줘."

수현의 말에 지후가 세면대에서 손을 씻곤 주희가 내미는 수건에 손을 닦은 후 수술용 장갑을 꼈다. 그사이 몇 개의 혈액과 마취 준비를 마친 수현이 마스크를 쓴 채 물었다.

"할 수 있겠어?"

"맹장 수술 어시스트만 여덟 번 했었습니다. 자신 있습니다."

"어시스트할게, 하다가 힘들면 나한테 넘겨, 나 맹장 경험 있으니까."

말없이 고개를 끄덕인 채 숨을 크게 들이쉰 지후가 수현을 보았다. 긴장한 표정의 지후에게 수현이 옅게 미소를 그리며 고개를 끄덕였다.

"잘할 거야, 서 선생."

수현의 말에 고개를 끄덕인 지후가 수현을 향해 손을 내밀었다.

"메스."

수술에 집중하는 지후를 보며 수현이 석션이 준비되지 않아 거즈로 나오는 피를 닦아 내었다. 맹장이 있는 부위를 가른 채 피를 닦아 내던 수현이 맹장을 찾는 지후를 보며 말했다.

"배꼽이 있는 위치에서 2~3cm 오른쪽 뒤쪽을 찾아봐."

그녀의 말에 지후가 수현이 가르쳐 준 위치에서 다시 포셋으로 맹장을 찾았다.

"찾았습니다. 맹장 떼어 내겠습니다."

빠른 손놀림과 집중력을 보여 주는 지후의 모습에 수현이 미소를 지었다.

"수고했어, 이제 슈처(suture-봉합)하면 돼."

굳게 다문 얼굴로 고개를 끄덕이곤 마무리를 하는 지후의 모습에 수현은 가슴이 떨리는 소리를 애써 떨쳐 내며 환자의 바이탈을 체크하기 위해 시선을 돌렸다.

수술을 마치고 누워 있는 아내의 손을 꼭 잡고 있는 남자를 보며 지후가 미소를 지었다.

"괜찮으실 겁니다, 맹장 큰 병 아니니까 일주일 정도 뒤면 거뜬히 나으실 거예요."

"예. 고맙습니더, 선생님요."

"별말씀을 다하십니다. 보호자분도 힘드셨을 텐데 옆 침대에서 눈 좀 붙이세요."

"오데예, 우리 마누라 깨어나면 얼굴 봐야지예."

남자의 말에 지후가 웃으며 고개를 끄덕인 채 회관을 나왔다.

"네, 괜찮습니다. 다행히 혈액 몇 개 챙겨 왔구요. 장비가 조금 모자라긴 했지만 대체용품들로 했습니다. 서 선생이 잘했어요. 네, 내일 올라가서 뵐게요."

통화를 마친 수현이 말없이 자신을 보고 있는 지후를 보며 핸드폰을 주머니에 넣었다.

"수고 많았어, 첫 수술이었을 텐데 병원이 아닌 곳에서 하게 돼서 유감이야."

"괜찮습니다."

"레지던트로서의 첫 수술 축하해."

미소가 깔린 얼굴로 말하고 돌아서는 수현을 보며 지후가 지끈거리는 가슴에 주먹을 쥐었다 펴곤 방으로 몸을 돌렸다. 날이 밝고 점심시간이 되어 진료를 마친 의사들에게 마을 사람들이 고기와 음료수를 가득 든 고무대야를 들고 왔다.

"의사 선상들 수고 많았어. 이거라도 좀 먹고 가."

마을 사람들의 정성이 담긴 음식들과 찬들을 보며 수현이 미소를 지었다.

"감사히 잘 먹겠습니다."

마을 사람들과 함께 식사를 하며 웃는 수현의 모처럼 밝은 모습에 지후의 입에도 미소가 지어졌다. 밥을 다 먹고 간단히 공놀이를 하는 의사들 뒤로 수현이 개울에 신발을 벗고 발을 넣었다. 작게 발을 첨벙이며 경치를 보고 있던 수현이 자신의 옆에 와 앉는 지후에게 옆자리를 내어 주며 물었다.

"서 선생은 축구 안 해?"

"전 구기종목과는 별로 안 친해서 말입니다."

자신의 말에 피식 웃으며 발을 첨벙이는 수현을 향해 지후가 씩 웃곤 손끝으로 물을 튕겼다.

"앗! 차거!"

얼굴에 물을 튕긴 지후를 노려본 수현이 일어나 두 손 가득 물을 모으자, 지후가 얼른 일어났다.

"잘못했습니다, 선생님."

두 손을 모아 비비며 짓는 지후의 표정에 수현이 함박웃음을 터트렸다. 수현의 웃는 모습이 더 보고 싶은 지후가 그녀를 개울에 서게

했다. 물장구를 시작하는 지후에게서 달아나는 수현은 지석이 떠나고 아주 오랜만에 즐거운 시간을 보냈다.

옷을 갈아입으러 마을회관 안 작은 방에 들어간 수현이 수건으로 머리를 털었다. 문득 지석과 함께 의료봉사를 갔던 추억을 떠올렸다.

이곳과 비슷한 시골의 논길을 지석이 한 손으로는 수현의 허리를 감싸고 다른 한 손으로는 수현의 손을 잡으며 걸었다.

"우리 늙어서 이런 곳에다가 병원 하나 지을까?"

"아이고, 송지석 씨 참아 주세요. 매일 무료 진료하다가 병원 거덜 내시게요?"

"그런가?"

팔을 풀며 머리를 긁적이는 지석의 허리를 감싸 안으며 수현이 말했다.

"응, 그래도 좋아. 그런 지석 씨가 좋아."

"나도 그러자 하는 정수현보다 이렇게 튕기는 정수현이 좋아."

"그래도 무료 진료는 안 돼."

자신의 가슴을 툭 치며 하는 수현의 말에 지석이 큰 소리를 내어 웃었다. 지석의 허리를 감싸 안은 수현은 세상에서 가장 행복한 여자의 미소를 짓고 있었다.

지석과의 추억이 떠오른 수현이 시큰거리는 가슴에 손을 얹었다.

눈물을 참으려 아랫입술을 깨문 수현이 길게 숨을 들이마셨다 내쉬며 목에 걸려 있는 반지에 시선을 내렸다.

지석 씨, 나 이제 참으려고 하면 참아지네. 당신을 생각하면 자꾸만 나던 눈물이 이제 조금씩 참으려고 하면 참아져. 이렇게…… 조금

씩 당신, 나한테서 무디어지는 걸까.

반지를 손으로 만지작거린 수현이 물을 흠뻑 맞으며 환하게 웃는 지후의 모습을 떠올렸다.

당신을 많이 닮았어. 웃는 모습도, 말투도. 그런 사람이…… 내가 좋대. 나를 좋아한다네. 그래도 아직은 나 괜찮은가 봐. 그렇지?

"당신보다 어리고 젊은 아인데 나 같은 여자한테 마음 주게 하지 마."

커피를 들고 수현의 방문을 두드리려던 지후가 그 목소리에 노크를 하려던 손을 내렸다.

[당신보다 어리고 젊은 아인데 나 같은 여자한테 마음 주게 하지 마.]

수현의 말에 지후는 저미어 오는 가슴에 굳은 얼굴로 고개를 숙였다. 문을 열고 나오던 수현이 고개를 들어 자신을 보는 지후를 보곤 밖으로 나가려 걸음을 옮겼다.

"선생님."

"할 말 있어?"

"저는…… 기다릴 겁니다."

자신의 말에 돌아서는 수현을 보며 지후가 다짐한 듯, 한 걸음 다가섰다.

"그만하자고 했잖아. 더 이상 껄끄러운 관계 만들고 싶지 않다고. 서 선생 나는……."

"선생님 마음에 그분이 비워질 때까지, 비워지지 않는다면 그 자리에 작은 틈이라도 생길 때까지 기다릴 겁니다. 그 자리가 제 자리가 될지 다른 사람의 자리가 될지는 두고 보십시오. 제 자리가 되게 할 겁니다."

"바보 같은 짓이야. 얼마나 더 서 선생 가슴이 헐고 다쳐야 접을 거니? 내가 서 선생을 얼마나 더 아프게 하고 상처 주는 말을 해야 포기할 거야? 더 이상 나 모진 사람 만들지 말고……."

말을 하던 수현이 자신의 팔을 당겨 안는 힘에 의해 지후의 가슴에 얼굴을 묻었다.

"들리십니까? 제 심장 소리. 이렇게 뛰는 게 선생님 때문입니다. 달리기를 한 것도 아니고, 귀신을 본 것도 아닌데, 이렇게 세차게 뛰는 게 선생님 때문이란 말입니다."

벗어나려는 수현의 손을 잡아 막으며 지후가 말을 이었다.

"선생님한테 마음을 달라는 게 아닙니다. 그냥 선생님 옆에 제가 있을 수 있게 절 놔둬 달라는 말씀입니다."

"……."

"선생님보다 나이도 어리고, 젊고, 연애도 제대로 못 해 본 제가 이렇게 가슴이 뛸 만큼 선생님을 좋아한답니다. 선생님 때문에 뛰는 가슴인데 절대로 포기 안 할 겁니다. 저, 흉부외과 의삽니다. 제 심장 포기 못 합니다."

천천히 자신의 손을 놓고 한 걸음 물러서는 지후를 보며 수현의 눈에 물기가 차올랐다. 지석이 떠난 후로 누군가가 자신에게 이렇게 아낌없이 주는 마음에 수현은 가슴이 설레면서도 칼날에 벤 것처럼 쓰려 와 눈물이 날 것 같았다. 지후의 가슴에 손을 얹은 수현이 자신으로 인해 상처받을 게 안타깝고 미안해 토닥이듯 두드렸다.

"서 선생 가슴에…… 빨리 내 자리를 비워 내길 바래. 이 건강한 심장에, 이 젊은 심장에, 더 좋은 사람을 담아. 더 예쁜 사람 얼마든지 있을 거야. 서 선생만을 위하고, 가슴 가득 서 선생만을 담을 수 있는 그런 사람."

"선생님!"

"서 선생만 아플 거야. 나중엔 서 선생만 상처받을 거야. 나는……
서 선생의 마음을 끝까지 받을 수가 없을 거야."

돌아서 회관을 나가는 수현의 뒷모습에 지후가 힘줄이 드러나도록
두 주먹을 불끈 쥐었다.

◆

"야, 서지후. 너 압빼 수술했다며?"

의국으로 들어서는 지후를 보며 호연이 의자에서 일어나 맞았다.

"실수 안 했어?"

"잠깐 맹장 위치 찾는 데 헤매긴 했습니다."

지후의 말에 호연의 옆에 있던 진영이 웃으며 그의 어깨를 잡았다.

"수고 많았다. 병원에서 첫 집도를 했어야 하는데 아쉬워서 어떡하
나?"

"괜찮습니다, 전 더 좋았습니다."

"첫 수술 기념으로 한잔해야지? 오늘 어때?"

자신의 어깨를 잡은 채 웃으며 묻는 진영의 말에 지후가 고개를 끄
덕이며 말없이 웃었다.

"너무합니다, 교수님. 저 첫 수술했을 때는 맥주 한 캔이 다 셨잖
습니까?"

"그랬나? 그때는 나도 전문의가 아니었잖아."

"그래도 섭섭합니다."

미간을 찌푸리며 말하는 호연의 어깨를 두르며 진영이 말을 이었다.

"그래도 넌 지석이한테 메스 선물받았잖아. 지석이 자식, 지후 섭

163

섭하게 너한테만 주고 갔잖아."

"우리 형이 치프 선생님께 메스도 선물드렸습니까?"

애써 웃으며 묻는 지후의 얼굴을 보며 호연은 먹먹해지는 가슴에 고개를 끄덕이며 서랍에 있던 상자를 꺼내어 들었다.

"이거 너 가져라."

"싫습니다. 선생님께 드린 건데 제가 어떻게 받습니까?"

"첫 수술 기념으로 주는 거니까 받아. 나한테는 더도 없이 소중했던 분이 준 거라 많이 아꼈던 물건이니, 너도 소중히 다뤄라."

메스가 담긴 상자를 내밀며 말하는 호연에게서 상자를 받은 지후가 미소를 거둔 채 고개를 숙이며 말했다.

"고맙습니다, 치프 선생님."

수술을 마치고 자신의 진료실로 향하던 수현이 문 앞에 우두커니 서 있는 지후를 보곤 걸음을 멈추었다. 수현이 말없이 고개를 끄덕이곤 진료실을 향해 가기 위해 지후를 지나쳐 걸었다.

"제 마음에서 선생님을 빨리 비워 내 버리라고 하셨습니까?"

"……."

"누군가를 가슴에 담았다 내었다 하는 게 제 마음대로 되는 거였다면 선생님을 제 맘에 들여놓지도 않았습니다."

자신의 눈을 똑바로 본 채 말하는 지후의 모습에 수현이 시선을 피해 고개를 돌렸다.

"처음부터 들여놓질 말지 그랬어."

"그게 제 마음대로 되지 않았단 말입니다."

돌아서려는 수현의 팔을 잡으며 지후가 말했다. 자신의 팔을 잡은 채 말하는 지후의 목소리에 수현이 짧은 한숨을 내쉬며 말을 이었다.

"그것까지 내가 어떻게 해라고 말해줘야 하나?"

"선생님."

"그만하자, 서 선생. 지치지도 않아?"

자신의 팔을 뿌리치고 돌아서려는 수현의 앞으로 간 지후가 얼른 그녀의 어깨를 감싸 안았다. 자신을 거세게 안은 채 어깨에 얼굴을 묻는 지후의 숨소리에 수현은 가슴이 두근거려 얼른 그를 밀어내곤 진료실로 들어가 문을 닫았다. 진료실로 들어서는 수현을 뒤따라 왔지만, 잠겨 있는 진료실의 문고리를 잡은 채 지후가 고개를 떨구었다.

"제 마음을 받아 달라고 말씀드린 적 없습니다. 그냥 제 마음에 선생님이 들어와 계시다는 말씀을 드리고 싶었을 뿐입니다. 선생님 마음 한 자락에 저 담아 달라는 욕심 안 부리겠습니다. 그냥 옆에만 있겠다고요, 옆에만 있게 해 달라고요!"

진료실 문을 두드리며 울부짖는 지후에 수현의 눈가가 촉촉해졌다. 지석이 아닌 다른 사람에게서 두근거리는 자신의 심장 소리에 수현은 쏟아질 것 같은 울음을 애써 참으며 문에 기댄 채 두 눈을 감았다.

지석 씨…… 내 마음에 저 사람이 들어올 자리 만들어 주지 마. 싫어, 지석 씨가 내 마음에서 작아지는 거 싫어.

"그러지 마, 내 안에서 지석 씨 나가려고 하지 마."

두 손을 막은 채 주저앉은 수현의 눈에서 굵은 눈물이 흘러내렸다.

의국으로 가던 지후가 자신을 보고 서 있는 진영의 모습에 길게 한숨을 내쉬었다.

"형."

휴게실에 앉은 지후가 커피를 뽑아 내미는 진영에게 힘없는 웃음을 흘렸다.

"형, 열 번 찍어 안 넘어가는 나무 없다는데 그 여자는 백 번을 찍어도 안 넘어올 것 같애. 엄청 못됐어."

뜨거운 커피를 단번에 마시는 지후를 보며 웃던 진영이 걱정스러운 얼굴로 조심스레 운을 뗐다.

"지후야."

"응."

"혹시 말이야. 니가 마음에 두고 있는 사람. 너 이렇게 힘들게 하고 있는 사람이 내가 아는 사람이니?"

진영의 물음에 지후가 고개를 들어 진영을 보았다. 아니길 바라는 마음으로 종이컵을 꼭 쥐고 있던 진영이 지후의 말에 두 눈을 감았다.

"맞아, 정수현."

지후의 대답에 가슴이 덜컥 내려앉은 진영이 종이컵에 있던 커피를 한 번에 마시곤 종이컵을 구겼다.

"지후야, 수현이는 안 된다."

"형."

"수현이는 안 돼. 포기해."

자신의 말에 굳어지는 지후의 어깨에 진영이 손을 얹었다.

"안 되는 이유가 뭐야?"

"지후야."

"정 선생님하고 나 안 되는 이유가 뭐냐고?"

자신의 말에 안타까운 표정을 짓는 진영을 본 지후가 길게 한숨을 내쉬었다.

"나보다 나이가 많아서? 아니면 지위 때문에? 그런 것 때문에 안 된다고 하는 거라면……."

"아니야, 지후야 사실은……."

말을 하다 말고 고개를 저으며 눈을 질끈 감았다 뜨는 진영에게 지후가 굳은 표정으로 물었다.

"뭐야? 형. 하려다 마는 말이 뭐야?"

"지후야…… 수현이는……."

차마 말을 잇지 못한 진영이 한 손으로 입을 쓸었다.

"너희 두 사람은, 힘들 거다, 지후야. 많이 힘들 거야. 더 깊어지기 전에 너 혼자만의 감정일 때 포기해."

진영의 말에 지후가 욱신거리는 가슴을 쓸어내리곤 자리에서 일어섰다.

"힘들 거라는 건 나도 알아, 형. 하지만 이미 시작해 버려서 어쩔 수가 없어. 멈춰지지가 않아, 마음이."

"지후야."

"그러니까 형까지 안 된다고 하지 마. 자꾸만 안 된다고 밀어내는 그 여자 때문에 나 충분히 돌아 버릴 거 같으니까 형은, 형만은 안 된다고 하지 마."

종이컵을 던지다시피 버리고 의국으로 들어가는 지후를 보며 진영이 길게 한숨을 내쉬었다.

8화
엇갈린 마음

수술실에서 나오던 수현이 옆방 수술실에서 나오는 진영을 보고 걸음을 멈추었다.

"잘했어?"

"응. 넌?"

"여기도 잘 끝냈어. 커피 한 잔 할래?"

수현의 말에 진영이 눈썹을 휘며 고개를 끄덕였다. 병원 밖 벤치에 앉은 진영이 말없이 커피를 마시는 수현을 보았다.

"수현아."

"응?"

"나 더 기다려야 하는 거야?"

"한 선생."

커피 잔을 두 손으로 쥐는 수현에게 진영이 씁쓸하게 웃어 보였다.

"더 기다릴 수 있어. 얼마든지. 하지만 수현아……."

지후의 마음에 네가 흔들릴까 봐 겁난다.

뒷말은 하지 못한 진영이 수현의 어깨를 토닥였다.

"천천히 해. 되도록 좋은 쪽으로."

다 마신 컵을 구겨 휴지통에 넣곤 병원 안으로 들어가는 진영의 모습에 수현이 길게 한숨을 내쉬었다. 두 사람의 모습을 꽤 오래 지켜보고 있던 지후가 굳은 채 돌아섰다.

수술을 마치고 나오던 진영이 수술실 입구에 서 있는 지후를 보며 마스크를 벗었다.

"수술 들어가는 거야? 나오는 거야?"

"나오는 겁니다."

"그래? 수고했다."

지후의 어깨를 툭 치고 가려는 진영을 지후가 불러 세웠다.

"형."

"어."

"하나 물어볼 게 있어서."

굳은 표정으로 말하는 지후를 보며 진영이 말없이 고개를 끄덕였다.

"나랑 정수현 선생님이 안 되는 이유."

"……."

"형…… 때문이야?"

"지후야."

"형이 정 선생님을 좋아하니까. 맞아?"

"지후야."

"맞아? 아니야? 그것만 말해."

지후의 물음에 진영이 길게 한숨을 내쉬었다.

"그래, 맞아."

진영의 대답에 지후는 두 눈을 감았다 뜨며 고개를 돌렸다. 그런 지후의 표정에 진영이 굳은 표정으로 말을 이었다.

"오래됐어, 지후야. 니가 수현이를 만나기 전부터…… 내가 의사가 되기 전부터…….."

수현이가 지석이의 연인이기 전부터.

"그전부터 내 마음에는 수현이가 있었어. 그러니까 지후야, 니가 포기해라."

말을 마치고 수술실을 나가는 진영의 뒷모습을 보며 지후는 가슴이 쓰려 와 길게 한숨을 내쉬며 천천히 수술실을 나섰다.

진료실에 앉은 수현이 책상 서랍에서 상자를 꺼내어 책상 위에 올렸다. 진영이 주었던 상자를 연 수현이 반지를 꺼내어 만지작거렸다.

[기다리겠다고 하면…… 그분이 선생님 마음에서 흐려질 때까지 선생님 마음에 조그마한 자리가 생길 때까지 기다리겠다고 하면…….]

자신을 애타게 바라보던 지후의 눈빛에 가슴이 욱신거려 온 수현이 말없이 반지를 꼭 쥔 채 두 눈을 감았다. 한참 만에 눈을 뜬 수현이 상자를 들고 진료실을 나섰다. 진영의 방 앞에 선 수현이 길게 한숨을 토해 내곤 노크를 했다.

"네, 들어오세요."

문을 열고 들어서는 수현의 모습에 진영이 일어나 그녀를 맞았다.

"진영아."

소파에 앉아 자신을 보는 수현에게 진영이 고개를 끄덕여 주곤 다음 말을 기다렸다.

"나, 이 반지를 건네는 네 마음은 받을 수 없어."

"수현아."

"하지만 이 반지만은 낄까 해."

말없이 보는 수현의 표정에 진영은 반지로 시선을 옮겼다.

"내 마음은 받을 수 없는데 이 반지를 끼겠다는 말은, 누군가가 다가오게 하는 걸 막기 위해서⋯⋯겠지?"

씁쓸하게 반지를 내려다보며 하는 진영의 말에 수현의 눈이 커졌다.

"그래. 그 반지를 낀다는 건 그 사람은 아니라는 거니까 그렇게 해. 대신 언젠가 네 마음에 자리가 생기게 된다면 내가 그 자리 주인이 된다는 전제하에 끼기. 오케이?"

부러 밝게 웃는 진영의 표정에 가슴이 뻐근해진 수현이 천천히 그를 안았다.

"미안해, 진영아. 예전이나 지금이나 나는 너한테 미안하다는 말밖에 해 줄 수가 없어서 미안."

◆

창호가 노크를 하고 방으로 들어서는 진영을 보며 고개를 끄덕이곤 소파로 와 앉았다.

"다음 달 초에 컨퍼런스 있는 거 알지? 준비하고 있어?"

"예, 장 선생이 맡아서 하고 있습니다."

"제주도 세미나는 누가 갈 거야?"

"서 선생이랑 제가 갈까 생각 중입니다. 장 선생은 작년에 다녀왔거든요."

진영의 말에 창호가 고개를 끄덕이며 커피 잔을 들었다.

"진영아."

"예, 과장님."

"수현이 말이다."

"네."

"선을 좀 보일까 하는데 니 생각은 어때?"

창호의 말에 진영의 표정이 굳어졌다. 그리곤 앞에 놓인 물컵을 들었다.

"아주대 흉부외과 스텝인데 나이는……."

"과장님, 정 선생이랑 저 사귀기로 했습니다."

진영의 말에 창호가 놀란 표정으로 입에 가져다 대려던 커피 잔을 내려다 놓았다.

"두 사람이? 언제부터?"

"전 오래됐습니다. 수현이 처음 만났을 때부터였습니다."

옅은 미소를 지으며 말을 잇는 진영을 보며 창호는 가슴 한구석이 아파 왔다. 수현을 처음 만났을 때부터 좋아했다면 지석과 수현의 사이를 알면서도 그녀를 가슴에 담고 있었다는 뜻인데……. 두 사람의 사이를 오랫동안 봐 오면서 수현을 가슴에 담고 살았을 진영의 마음을 생각하니 또 가슴이 먹먹해져 오는 창호였다.

"너도 마음고생이 많았겠구나."

"아니에요, 선생님. 수현이를 두고 간 지석이의 마음에 비하면, 지석이를 보내고 혼자 아팠을 수현이 마음에 비하면 제 마음은 아픈 것도 아니에요."

"그래, 그랬구나. 두 사람이 그렇게 됐구나. 난 그것도 모르고 큰일 저지를 뻔했네. 진작 말하지 그랬어."

"수현이 마음에 지석이가 아직 완전히 비워지지 않았다는 것도 알고, 어쩌면 평생 그게 안 될지도 모른다는 거 알지만 제가 옆에 있어 주고 싶어서요. 그런데 수현이가 아직 마음을 완전히 먹은 게 아니라서 조금 더 있다가 말씀드리려고 했습니다."

말을 마치는 진영의 손을 잡으며 창호가 말했다.

"그래, 니가 수현이 옆에 있으면 내가 안심이다. 너희 두 사람이 그렇게 됐다니 이제 수현이 걱정은 안 해도 되겠구나."

창호의 말에 진영은 욱신거리는 가슴을 쓸어내리며 애써 미소를 지었다.

"그랬으면 좋겠습니다, 선생님. 수현이 마음은 바라지도 않습니다. 그저 수현이 옆에만 있어도 좋은데, 수현이 마음이 다치지 않았으면 좋겠는데 제가 너무 늦은 건 아닌지 몰라서 겁이 납니다."

뜻 모를 말을 하며 아픈 미소를 지은 채 시선을 돌리는 진영의 얼굴에 창호는 웃음을 거두며 커피 잔을 들어 올렸다.

환자의 상태를 보기 위해 병실을 둘러보고 나오던 지후가 스테이션에 앉아 있는 하영의 모습에 걸음을 멈추었다. 멍하니 허공을 보는 하영의 모습에 수현을 향한 자신의 모습을 보는 것 같아 가슴이 시려와 고개를 돌렸다.

"서지후."

의국으로 몸을 돌리는 자신을 부르는 하영의 목소리에 지후가 걸음을 멈추었다. 자신을 돌아보는 지후의 굳은 표정을 보며 하영이 스테이션에 함께 앉아 있던 주희에게 시선을 돌렸다.

"나 10분만 쉬고 올게."

고개를 끄덕이는 주희를 뒤로하고 스테이션을 나오는 하영을 보며 지후가 짧은 한숨을 내쉬곤 몸을 돌렸다. 병원 앞 공터로 나온 하영이 지후를 향해 돌아보며 말했다.

"나하고 눈도 안 마주칠 작정이야? 너?"

자신의 말에 그제야 고개를 돌려 자신을 보는 지후를 향해 하영이 젖은 목소리로 말했다.

"힘들어?"

"……."

"거울 좀 봐. 너 얼굴이 말이 아니야."

"하영아."

"어디까지 가려고 그래? 너 더 힘들어지기 전에 그만해."

"주하영."

굳은 표정으로 몸을 돌리는 지후의 등에 대고 하영이 말을 이었다.

"너한텐 벅찬 사람이야. 니가 감당하기에는……."

"상관없어, 각오하고 시작했어."

"나쁜 놈."

"미안하다, 하영아. 나 너한테 안 가."

고개를 돌려 자신을 보는 지후의 눈빛에 하영은 눈물을 참기 위해 아랫입술을 깨물었다.

"하영아."

"정 선생님, 너한테 안 와."

하영의 말에 지후가 길게 한숨을 내쉬며 담배를 꺼내어 물었다. 길게 담배 연기를 뿜어낸 지후가 하영을 보며 물었다.

"어떻게 알았어?"

"……."

"정 선생님인 줄 어떻게……."

"니 눈이 정 선생님을 보고 있었으니까. 나는 널 보는데 니가 보고 있는 건 내가 아니었으니까. 그 눈을 따라갔는데 그 길 끝엔 정 선생님이 있었어."

"하영아."

"너 그거 사랑 아니야. 정 선생님이 그냥 안쓰럽고 안돼서……."

"맞아. 사랑……."

자신의 말을 막으며 내뱉는 지후의 목소리에 하영은 가슴이 쿵 하고 내려앉았다.

"사랑……. 그래, 하영아. 사랑이야. 나 그 여자 사랑한다, 하영아."

"서지후."

"그러니까 니가 포기해. 하영아, 나 그 사람 옆에 있고 싶어. 그 사람 마음엔 내가 아니라도 나…… 그 사람 옆에 있고 싶다, 하영아."

지후의 말에 하영의 눈에서 참았던 눈물이 떨어져 내렸다.

"나쁜 자식."

"하영아."

"어떻게 사랑이야? 그게 어떻게 사랑이야! 아니야! 아니라고!"

눈물을 떨구며 자신의 가슴을 주먹으로 내려치며 울부짖는 하영의 어깨를 끌어안았다. 그런 지후의 품에서 울음을 터트린 하영이 자신의 어깨를 감싸고 있는 그의 팔을 풀며 눈물로 젖은 얼굴로 노려보았다.

"아니라는 거 가르쳐 줄 거야. 그거 사랑이 아니라는 거 내가 가르쳐 줄 거라고!"

그리곤 돌아서 뛰어가는 하영의 뒷모습을 보며 지후가 길게 한숨을 내쉬었다.

힘없이 중환자실로 들어서던 지후가 중환자실 가득 울리는 기계음

소리에 놀란 표정으로 뛰어 들어갔다.

"어레스트예요, 선생님."

시은의 말에 지후가 모니터를 보며 체스트튜브(chest tube-기흉 등의 치료를 위해 가슴에 꽂는 관)를 확인하곤 급하게 시은을 향해 말했다.

"가슴 열어야겠어요. 장 선생님, 한 교수님 빨리 불러 주시고 개흉 준비해 주세요."

"네."

주희가 호연을 호출하러 간 사이 시은이 급하게 지후를 보며 말했다.

"출혈이 심해요. 선생님들 오시기 전에 일 나겠어요!"

시은의 말에 지후가 잠시 망설이더니 이내 재빨리 장갑을 끼며 말했다.

"베타딘 주세요."

"선생님!"

놀란 표정으로 자신을 보는 시은을 향해 지후가 의미심장한 표정으로 말을 이었다.

"환자 죽일 수 없습니다, 빨리 주세요."

굳은 표정으로 말하는 지후의 표정에 시은이 고개를 끄덕였다. 시은이 내미는 베타딘을 환자의 가슴에 부은 후 지후가 메스로 환자의 가슴을 열었다. 중환자실을 들어서던 수현이 환자의 가슴을 열고 있는 지후를 보며 놀란 표정으로 걸음을 멈추어 섰다. 메스를 받은 시은이 다시 와이어 컷을 건네자 지후가 받아 들며 말했다.

"리트렉터(Retractor-개흉 시 가슴을 벌려 주는 기구) 넣으실 수 있으세요?"

"내가 할게."

어느새 맞은편으로 가 리트렉터를 쥐고 있는 수현을 보며 지후가 고개를 끄덕이곤 와이어 컷으로 가슴을 벌렸다. 지후가 벌려 놓은 공간을 수현이 리트렉터로 더 벌리자 환자의 심장이 드러났다.

"선생님은요?"

"오시고 계십니다. 마사지할 수 있으시겠어요?"

시은의 말에 지후가 크게 심호흡을 하곤 환자의 심장에 손을 넣었다. 한껏 굳은 표정으로 조심스럽게 환자의 심장을 쥐었다 놓았다 하는 지후를 보며 수현이 마른침을 삼켰다. 급하게 중환자실로 달려온 호연과 진영이 심장마사지를 하고 있는 지후를 보며 행동을 멈추었다. 지후에게 말을 건네려는 호연의 팔을 잡은 진영이 굳은 표정으로 모니터로 고개를 돌렸다. 심장마사지를 하고 있던 지후 역시 심장을 살며시 쥐었다놓았다 하며 모니터를 보았다.

"돌아옵니다."

시은의 목소리에 지후가 고개를 들어 모니터를 보곤 길게 한숨을 내쉬었다. 지후가 손을 빼내자 호연이 거즈로 출혈 부위를 막았다.

"잘했어, 바로 수술장으로 옮겨. 정 선생, 수술 퍼미션 바로 내줄 수 있지?"

자신의 말에 고개를 끄덕이며 몸을 돌려 나가는 수현의 모습에 진영이 고개를 돌려 지후를 향해 말을 이었다.

"서 선생은 쉬어도 좋아."

그리곤 중환자실을 나서는 진영을 보며 호연이 지후의 어깨를 토닥이곤 뒤따라 나갔다. 땀이 흥건하게 젖은 이마를 닦으며 의자에 털썩 앉는 지후를 향해 시은이 미소를 지어 보였다.

"대단하세요, 선생님. 1년차에 오픈 카디악(Open Cardiac-개흉 심장마사지)을 다하고."

"심장 떨려 죽는 줄 알았습니다."

피식 웃으며 말하던 지후가 중환자실로 들어서는 창호를 보고 일어나 고개를 꾸벅였다.

"서 선생이 오픈 카디악 마사지를 했다고?"

"네, 과장님."

"대단한데? 서지후. 오픈 카디악을 1년차에 했단 말이야?"

창호의 말에 지후가 멋쩍은 듯 말없이 머리를 긁적이며 웃었다. 그런 지후의 어깨를 두드리며 창호가 말을 이었다.

"잘했다, 아주."

"고맙습니다, 과장님."

"가자, 손 떨릴 텐데 커피나 한 잔 마시러 가자."

휴게실에 앉은 창호는 지후가 내미는 종이컵을 받으며 물었다.

"할 만하니?"

"네. 인턴 때보다 더 힘들긴 하지만 즐겁습니다."

맞은편 의자에 앉으며 미소를 지은 채 말하는 지후에게 창호가 고개를 끄덕였다.

"즐겁다. 역시 피는 못 속이는구나."

"네?"

"네 형도 똑같은 말을 했었어. 힘들지 않냐는 내 물음에 몸은 피곤하지만 마음은 아주 즐겁다고."

"형이 그랬어요?"

자신의 말에 웃으며 커피 잔을 드는 지후의 어깨에 창호가 인자한 미소를 지으며 손을 얹었다.

"지후야."

"네, 삼촌."

자신의 어깨를 잡으며 안타까운 표정으로 보는 창호에게 지후가 말없이 미소를 지으며 고개를 숙였다.

"네 형 생일 다 되어 가지?"

"네, 기억하고 계셨어요?"

지후의 물음에 창호가 웃으며 고개를 끄덕였다.

"그럼, 생일날 맞추어 가지 못해서 그렇지 매년 그놈 보고 왔었는데 모를 리가 있어. 너도 다녀와야지?"

"그럼요, 오프 못 받으면 잠깐 외출이라도 해서 갔다 와야죠. 형, 보고 싶으시죠?"

"나보다야 니가 더 보고 싶을 거 아니냐. 5년이나 지났는데도 그놈이 이승에 미련이 많이 남는가 보다. 이렇게 못 잊어 주는 사람들이 많아서……."

"원래 인기 많았잖아요, 형은."

웃으며 말하는 지후의 표정에 창호가 껄껄 웃음을 터트렸다.

"니가 내 옆에 있으니까 든든하다, 지후야. 너희 두 놈을 내 옆에 두는 게 소원이었는데, 그놈 몫만큼 해 주는 니가 있어서 든든해."

"삼촌."

"진영이한테 열심히 배워. 그놈 대신이라고 생각하고. 알았어?"

"네."

"진영이 이놈, 그동안 선 자리 소개시켜 주려고 그렇게 애를 써도 싫다고 하더니 정 선생이랑 사귄다는구나."

창호의 말에 지후가 미소를 거두었다.

"왜 진작 생각을 못 했을까. 두 사람만큼 서로 잘 아는 사이도 없을 텐데. 내가 너무 먼 곳에서 찾았어."

가슴이 시큰거려와 지후가 굳은 채 커피 잔을 내려놓았다.

"5년이면 참 긴데 정 선생 그 자식이……."

커피를 마시며 말을 잇는 창호를 보며 지후는 자리에서 일어났다.

"그만 내려가 봐야 될 거 같습니다."

"그래, 그래. 수고하고. 집에 전화 좀 자주 드려, 녀석아. 니 엄마너 보러 올라오신다고 벼르고 계시더라."

"네. 가 볼게요. 삼촌."

고개를 꾸벅이고 돌아서는 지후를 보며 창호는 먹먹해지는 가슴에 말없이 커피 잔을 들었다.

"그만 퇴근하시래요, 서 선생님."

스테이션으로 오는 지후를 보며 차트 정리를 하고 있던 주희가 일어나 말했다.

"장 선생님 지금 응급수술 다시 들어가셨는데, 서 선생님 그만 퇴근해도 좋다고 하시던데요?"

"그래요? 알겠습니다."

웃으며 의국으로 가는 지후의 뒷모습에 주희가 짧은 한숨을 내쉬며 조제실을 향해 고개를 돌렸다.

"갔어, 기지배야."

주희의 목소리에 조제실에 있던 하영이 스테이션으로 나왔다. 의국으로 걸어가는 지후의 뒷모습에 가슴이 먹먹해진 하영이 굳은 표정으로 차트로 시선을 돌렸다.

의국에 들어온 지후가 가운을 벗어 로커에 넣곤 창가를 향해 고개를 돌렸다. 병원 마당에서 진영과 커피를 든 채 미소를 짓고 있는 수현을 본 지후의 표정이 차갑게 굳어졌다.

[왜 진작 생각을 못 했을까. 두 사람만큼 서로 잘 아는 사이도 없을 텐데. 내가 너무 먼 곳에서 찾았어.]

미소를 지은 채 서로를 보는 두 사람을 노려보던 지후가 욱신거리는 가슴에 눈을 감았다 뜨며 한 손으로 주먹을 쥔 채 창문을 내려쳤다. 활짝 웃으며 진영을 보는 수현의 미소에 지후가 그대로 웃옷을 들고 의국을 나왔다.

"과장님한테 너랑 교제 중이라고 말씀드렸어."

병원 앞 공원으로 나온 수현이 진영의 말에 놀란 표정으로 고개를 돌렸다.

"나더러 선보라고 계속 독촉을 하시더니 이제는 니 선 자리 알아본다고 하시잖아. 그래서 나도 모르게 에라, 하는 심정으로 그랬어. 잘못한 거 아니지?"

자신의 말에 말없이 웃는 수현을 보며 진영이 활짝 웃었다.

"수현아."

"응?"

"나 니 마음에 있는 지석이 자리 뺏을 생각 없어. 그냥 옆에라도 있을 수 있으면 좋겠다고 생각했어. 정말 그럴 거라고 생각했었는데, 수현아……."

말을 다 잇지 않고 자신의 손을 잡는 진영을 보던 수현이 지후가 했던 말이 생각나 두 눈을 감았다.

[제 마음을 받아 달라고 말씀드린 적 없습니다. 선생님 마음 한 자락에 저 담아 달라는 욕심 안 부리겠습니다. 그냥 옆에만 있겠다고요, 옆에만 있게 해 달라고요!]

지후의 목소리가 떠올라 고개를 저으며 감았던 눈을 뜬 수현은 자신의 손을 잡고 애틋하게 보는 진영의 눈빛에 가슴이 먹먹해져 왔다.

"옆에만 있어도 좋겠다고 생각했는데 막상 옆에 있으니까 욕심이 난다. 그래서 사람은 간사하다는 건가 보다."

"진영아."

"안 부려, 더 욕심 안 부릴게. 수현아."

수현이 젖은 눈으로 자신의 손을 꼭 잡고 있는 진영의 손을 내려다보았다. 그리곤 자신의 손에 있는 반지를 돌려 빼며 입을 열었다.

"진영아, 아무래도……."

삐삐— 울리는 호출기 소리에 진영이 호주머니에 있던 호출기를 꺼내어 들었다. 그리곤 수현의 어깨를 잡으며 미소를 지었다.

"들어가 봐야겠다, 퇴근하는 거지?"

자신의 물음에 고개를 끄덕이는 수현의 어깨를 두어 번 토닥인 진영이 고개를 끄덕이며 말을 이었다.

"그럼 내일 보자. 들어가."

병원으로 다시 들어가던 진영이 몸을 돌려 수현을 보았다. 힘없이 걸어가는 수현의 모습에 진영은 짧은 한숨을 내쉬곤 병원 건물로 다시 발걸음을 옮겼다. 주차장으로 향하던 수현이 입구에서 자신을 노려보고 있는 지후를 보곤 걸음을 멈추었다.

"이거 놔. 서 선생!"

무작정 자신의 팔을 끌어 자신의 차로 끌고 오다시피 한 지후를 보며 수현이 소리쳤다. 그리곤 차 안으로 자신을 넣으려는 지후의 팔을 뿌리쳤다.

"뭐하는 거야!"

"타십시오."

"서지후 선생!"

"한 마디라도 더 하시면 여기서 입 맞추겠습니다. 타세요."

표정 없는 얼굴로 낮게 내뱉는 지후의 말에 수현이 짧은 한숨을 내쉬곤 차에 올라탔다. 병원을 나서는 수현의 차를 보고 있던 진영의 모습에 호연이 조용히 옆에 가 섰다. 수현의 차에 타 있는 지후를 보곤 호연이 놀란 표정으로 병원 안으로 걸음을 돌렸다.

"수술 끝났어?"

"네, 가벼운 종양이라 금방 끝났습니다. 그나저나 저 두 사람 서로 아는 사이였습니까? 전 지후가 지석 선배님과 정 선생님 사이 모르고 있는 줄 알았는데……."

"몰라, 지후."

수현과 지후의 사이를 묻는 호연의 말에 답하며 진영이 걸음을 멈추었다.

"장 선생."

"예, 교수님."

"정 선생이랑 지석이 사이, 지후가 모르게 해."

"예?"

"지석이랑 정수현 선생 사이 지후는 모르도록 하라고. 지후는 두 사람 사이 몰라."

"그런데 어떻게 두 사람이……."

두 번째 자신의 물음에 대답 없이 진료실로 향하는 진영을 보며 호연이 순간 놀란 표정으로 병원 밖으로 고개를 돌렸다.

"서지후, 너 연애한다는 사람……! 설마 아니겠지, 아닐 거야. 에이, 무슨 생각을 하는 거야? 장호연. 워이, 워이."

두 손으로 허공을 휘휘 젓은 호연이 가운 주머니에 손을 넣곤 고개를 저으며 의국으로 걸음을 옮겼다. 그런 호연의 뒷모습을 보며 진영과 호연의 대화를 듣고 있던 하영이 굳은 표정으로 몸을 돌렸다.

◆

무작정 자신을 차에 태우고 한강 둔치에 도착해 차에서 내리는 지후를 보며 수현이 말없이 따라 내렸다.

자신의 옆에 서서 한강을 내려다보는 수현의 왼쪽 손가락에 끼워진 반지를 본 지후의 가슴이 내려앉았다. 항상 끼고 있던 반지와는 다른 반지를 한참 동안 노려보는 지후의 시선에 수현이 오른손으로 반지를 가리곤 고개를 돌렸다.

"그 반지 한진영 교수님이 주신 겁니까?"

상처받은 듯 보는 지후의 시선에 수현이 감정이 섞이지 않은 목소리로 답했다.

"그래."

수현의 짧은 대답에 지후가 두 눈을 감은 채 고개를 떨구었다.

"왜 하필 한 선생님입니까?"

"……."

"어째서 한 선생님이냔 말입니까?"

흐린 눈빛으로 자신을 향해 묻는 지후를 보며 수현은 아랫입술을 깨물어 보이곤 답했다.

"오랫동안 날 많이 좋아해 준 사람이야. 그 마음에 대답도 해 주지 않은 채 차갑게 모른 척하고 돌아섰던 사람인데도 아직 그 사람 마음엔 내가 있대. 그렇게 오래 날 가슴에 담고 있었대. 내 마음에 다른 사람이 있을 땐 그 마음을 모른 척 외면했지만 이제 더는 그 사람 마음 아프게 하고 싶지 않아."

[오래됐어, 지후야. 니가 수현이를 만나기 전부터…… 내가 의사가 되기 전부터…….]

수현의 말에 진영의 고백을 떠올린 지후가 심장을 찌르는 통증에 핏줄이 보일 정도로 주먹을 꽉 쥐었다.

"선생님이 그 반지를 끼면 한 교수님한테 상처가 될 걸 모르십니까?"

고개를 들어 자신을 보는 수현에게 지후가 낮은 목소리로 으르렁거렸다.

"왜 마음에도 없는 사람 마음까지 받아 가면서 저를 밀어내는 겁니까?"

자신의 마음을 꿰뚫은 듯 말하는 지후를 보는 수현의 시선이 흔들렸다.

"그렇게 다른 사람 뒤에 숨으면서까지 저를 밀어낼 만큼 흔들리고 계시는 거죠? 저한테 흔들리고 계시잖아요!"

자신의 어깨를 잡아 안으려는 지후에게서 한 걸음 떨어진 수현이 그의 뺨을 세차게 내려쳤다.

"멋대로 넘겨짚지 마. 흔들려? 내가? 너 같은 애송이한테 흔들려서 뭐하게? 이 나이에 소꿉장난 같은 연애질이라도 하게? 내가 분명히 말했지? 서 선생의 자리는 없다고. 설사 내가 서 선생한테 흔들린다 하더라도 서 선생의 자리는 없어. 내가 만약 그 사람의 자리를 비워 내고 누군가를 담게 된다면 진영이가 될 거야. 더 이상은 서 선생 마음 강요하지 마."

수현의 말 한 마디 한 마디가 지후의 가슴에 박혀 피를 내었다. 벌건 뺨의 아픔은 느껴지지도 않은 듯, 가슴이 쩍 하고 갈라지는 듯해

185

지후가 수현을 노려보았다.

"그래요? 해 봐요, 그럼. 밀어낼 수 있으면 힘껏 밀어내 봐요. 당신 마음에 절대 내가 들어갈 수 없게 있는 힘을 다해야 할 겁니다. 그렇지 않으면 당신 가슴에 있는 그 사람 자리 다 들어내 버릴 테니까."

9화
사랑합니다

주차장에 차를 세운 지후가 엘리베이터 입구에 서 있는 하영을 보고 걸음을 멈추었다.

"하영아, 너까지 피곤하게 하지 마. 나 너 아니어도 충분히 피곤하다."

두 손으로 얼굴을 쓸어내리며 하는 지후의 말에 하영이 그를 쏘아보았다.

"미리 경고해 두는데 너 여기서 그만두는 게 좋아."

"주하영."

"분명히 말했다. 나중에 죽을 만큼 아프기 싫으면 정 선생님한테 가진 니 감정 이쯤에서 접어."

차갑게 자신을 노려보며 하는 하영의 말에 지후가 안타까운 표정으로 고개를 저었다.

"이미 나 아프다, 하영아. 더 가면 정말 죽을 수도 있을 것처럼 아파. 그래도 나, 포기 못 해. 접어지지가 않아. 그게 안 된다, 하영아."

말을 마친 지후의 고개가 세차게 돌아갔다. 지후의 뺨을 때린 하영이 독기를 품은 채 눈물이 가득 고인 얼굴로 말했다.

"후회할 거야, 너. 분명히 후회할 거야. 나중에 나 원망하지 마."

그리곤 돌아서는 하영의 모습에 지후는 길게 한숨을 내쉬곤 병원으로 향했다. 의국 문을 열고 들어온 지후가 호연에게 고개를 꾸벅였다. 모니터를 보고 있던 호연이 의자에 털썩 앉는 지후에게로 의자를 돌리며 물었다.

"어디 갔다 오냐?"

"퇴근하라고 하셨다면서요?"

"아, 그렇지. 근데 퇴근하라고 했는데 왜 다시 와?"

"그냥…… 집에 가면 잠 못 잘 거 같아서 무료 봉사하려고요."

"잠을 못 자? 왜?"

"그게…… 치프 선생님 커피 드시고 싶으세요? 커피 뽑아 올게요, 기다리세요."

자신의 물음에 말을 돌리곤 얼른 가운을 입으며 다시 의국을 나가는 지후의 뒷모습에 호연이 고개를 갸웃거리며 중얼거렸다.

"설마 정 선생님이랑 그런 사이는 아니겠지?"

혼자 중얼거리며 고개를 젓던 호연이 굳은 표정으로 지후가 나간 자리를 한참 동안 쳐다보았다.

자판기 앞에 선 지후가 검사실에서 나오는 진영을 보며 고개를 꾸벅였다.

종이컵을 하나씩 든 채 병원 밖을 내려다보고 선 지후가 말없이 커피를 마시는 진영에게 망설이듯 시선을 돌렸다.

"지후야."

"내가 먼저 말할게, 형."

자신의 말을 막으며 입을 여는 지후에게 진영이 고개를 끄덕이며 다시 커피를 삼켰다.

"나 정 선생님 포기 못 해."

"지후야."

"형한테는 정말 미안해. 형 생각하면 포기해야 하는 게 맞는 건데, 내 마음 접어야 하는 게 맞는 건데, 그게 안 될 거 같아. 형, 그 여자 손에 끼고 있는 그 반지…… 빼게 할 거야, 내가."

굳은 표정으로 자신을 보는 진영의 시선에 지후가 뻐근해지는 가슴을 쓸어내리며 말을 이었다.

"나 용서하지 마, 형. 형한테 죽을죄를 짓게 될 걸 알지만 그 여자…… 나한테 와."

"서지후."

"그만 가 보겠습니다, 교수님."

그리곤 돌아서는 지후를 진영이 굳은 표정으로 돌아보았다.

"놓고 싶지 않아도 놓을 수밖에 없어, 넌."

지후를 위해서라도, 수현이를 위해서라도 내가 나쁜 사람이 되어야 겠다, 지석아. 아니 사실은 두 사람 마음 같은 건 상관없어. 내 마음에도 수현이가 있어. 지석아, 지후를 힘들게 하더라도, 수현이 마음의 빈자리가 내 것이 아니라고 하더라도 나…… 수현이 내 곁에 둘 거다.

"나 미워하지 마라, 송지석."

멀어지는 지후의 모습에 진영이 하늘을 올려다보며 두 눈을 감았다.

◆

수현의 방 앞 의자에 앉아 있던 지후가 출근 시간이 한참 지나도 그녀가 오지 않자 핸드폰을 꺼내어 들었다.

─전원이 꺼져 있어…….

수화기 너머로 들리는 기계음 소리에 지후가 굳은 표정으로 폰을 닫으며 몸을 일으키려다 건너편에서 걸어오는 진영의 모습에 걸음을 멈추었다. 고개를 꾸벅이곤 의국으로 가려던 지후가 자신의 어깨를 잡는 진영의 손에 고개를 돌렸다.

"지후야."

자신의 어깨를 잡은 채 고개를 떨구는 진영의 얼굴에 지후 역시 뻐근해지는 가슴을 쓸어내리며 고개를 숙였다.

"수현이 아프단다. 오늘 못 나올 거래."

자신의 말에 고개를 들어 보는 지후의 눈빛에 진영이 두 눈을 감았다 뜨며 말을 이었다.

"안 그래도 많이 아프고 지친 아이야. 이제 겨우 다시 일어서려고 하는데 수현이 흔들지 마라, 지후야."

"형."

"너희 두 사람은 안 돼. 내 마음에 수현이가 있는 거 말고도 너희 두 사람은……."

"미안한데, 형."

진영의 말을 끊은 지후는 자신을 향한 그의 아픈 표정에 가슴이 먹먹해져 와 고개를 돌리며 말했다.

"우리가 절대 안 되는 그 모든 이유 불문하고 나 그 여자 선택해."

"지후야."

"미안해, 형. 정말 미안해. 먼저 가 볼게."

그리곤 돌아서가는 지후의 뒷모습에 진영이 길게 한숨을 내쉬며 입을 열었다.

"그 이유가 지석이라도 수현일 택할 수 있겠니?"

지후와 수현, 지석을 떠올린 진영의 눈가가 가늘게 떨렸다.

의국으로 들어선 지후를 보며 침대에 누우려던 호연이 고개를 들어 가운을 벗는 지후를 향해 물었다.

"어디 가냐?"

"잠시 나갔다 오겠습니다."

"어딜?"

"집에요. 저 밤새 봉사했으니까 점심시간 전까진 들어올게요."

호연이 고개를 끄덕이곤 다시 침대에 머리를 대며 지후를 불렀다.

"서 선생."

"네."

"힘든 길은 가지 마라."

호연의 말에 의국을 나가려던 지후가 발걸음을 멈추고 호연에게로 몸을 돌렸다. 여전히 침대에 누운 채 팔에 얼굴을 괴며 호연이 말을 이었다.

"힘든 길은 가는 게 아니다, 지후야."

"선생님."

"내가 눈치가 좀 빠르다. 너 힘든 길 가려는 거 다 보여서 하는 말이야."

말을 마치고 벽 쪽으로 돌아눕는 호연을 보며 지후가 아픈 표정으로 미소를 지었다.

"치프 선생님은 눈치 엄청 느리신 겁니다."

자신의 말에 일어나 쳐다보는 호연을 향해 지후가 옅은 미소를 지었다 거두며 고개를 떨구었다.

　"이미 한참이나 왔습니다."

　"서 선생."

　"그래서 돌아가지도 못하겠습니다. 돌아가고 싶지도 않아요."

　"지후야."

　"다녀오겠습니다, 올 때 선생님 좋아하는 도넛 사 올게요."

　미소를 짓곤 의국을 나가는 지후의 뒷모습에 호연은 마음이 아파와 고개를 젓곤 다시 침대에 누웠다.

　수현의 집 앞에 선 지후가 크게 심호흡을 하곤 초인종을 눌렀다.

　"누구세요?"

　"서지후입니다."

　인터폰 너머로 들리는 지후의 목소리에 수현이 현관문을 놓았다.

　"무슨 일이야?"

　"아프다고 하셔서 왔습니다. 문 좀 열어 주세요."

　"돌아가."

　"선생님."

　"서 선생 얼굴 보고 싶지 않아. 그만 가 줘."

　그리곤 돌아서던 수현이 등 뒤로 들리는 지후의 목소리에 걸음을 멈추었다.

　"선생님 마음에 저를 담는 게 그렇게 두려우십니까?"

　"……."

　"선생님 마음에 그분의 자리가 작아지는 게 두려우십니까?"

　"……."

"그렇다면 그분의 자리, 욕심내지 않을게요. 욕심내지 않아. 그냥 보기만 해 줘요. 옆에만 있어 줘요. 그것뿐이라면 할 수 있잖아요. 할 수 있잖아요."

지후의 말에 수현은 가슴이 시려 와 두 눈을 감은 채 현관에 등을 기대고 고개를 떨구었다.

"아무것도 바라지 않을 테니까, 욕심내지 않을 테니까 이 문 좀 열어 봐요! 겨우 흔들리고 있는 마음 다시 꼭꼭 걸어 잠그지 말라는 말입니다!"

주먹을 꼭 쥔 채 수현의 답을 기다리던 지후가 다시 문을 두드렸다.

"문 좀 열어 봐요, 정수현! 문 열어! 문 좀 열어 봐!"

문을 두드리며 소리치던 지후가 문 너머로 들리는 수현의 목소리에 행동을 멈추었다.

"그래, 인정해. 솔직히 처음엔 부담스럽고 신경 쓰였어. 그러다가 나도 모르게 서 선생에게서 그 사람을 보려고 했나 봐. 흔들렸어. 서 선생에게서 계속 그 사람을 보고 싶다는 생각도 들었어. 그 마음이 전부야. 그러니까 이제 그만 가."

"거짓말. 정말 그 마음뿐이라면 문 열고 말해요. 내 눈 보고 하란 말이야! 정수현 선생님!"

지후의 외침에 침실로 들어온 수현이 한 손으로 입을 막은 채 바닥에 주저앉았다. 그리곤 협탁 서랍에 놓여 있던 지석의 사진을 꺼내어 들고 울음을 속으로 삼켰다. 몇 시간이 지나도 끝내 문을 열어 주지 않는 수현의 오피스텔 앞에 한참 동안 서 있던 지후가 힘없이 몸을 돌렸다. 엘리베이터 앞에 서 몇 번이나 문이 열리고 닫히는 걸 보면서 걸음을 떼지 못하던 지후가 현관문이 열리는 소리에 놀란 표정으로 고개를 돌렸다.

얇은 카디건 차림에 힘없이 시선을 바닥을 향한 채 오피스텔을 나
오던 수현이 어느새 자신의 앞에 서 있는 지후를 올려다보며 비틀거
렸다. 자신의 어깨를 잡아 세우곤 그대로 안으려는 지후의 팔을 뿌리
친 수현이 고개를 저으며 소리쳤다.

"없다고 했잖아. 내 마음에 니가 들어올 자린 없다고 했잖아! 이제
그만 흔들어. 나 좀 가만히 내버려 두란 말이야!"

"이미 들어갔잖아요."

지후의 목소리에 수현이 고개를 들어 지후를 보았다. 눈물이 가득
고인 얼굴로 자신을 보는 수현을 향해 지후가 아픈 미소를 지으며 말
을 이었다.

"당신 눈에 나 보이잖아. 당신 가슴에 나 담고 있잖아."

자신의 말에 눈물을 흘리는 수현의 얼굴을 두 손으로 꼭 감싸며 말
했다.

"이제 더는 모른 척하지 마요. 그렇게 안 내버려 둘 거야. 두려워
하지 말고 그냥 당신 마음 가는 대로, 당신 가슴이 시키는 대로 내 손
잡아."

두 손으로 입을 막고 고개를 숙여 버리는 수현을 가슴에 품은 채
지후가 그녀의 허리를 꼭 감싸며 두 눈을 감았다.

"사랑해요. 정수현, 당신을 사랑해."

애틋하면서 가슴 아프게 들려오는 지후의 고백에 수현이 결국 울
음을 터트렸다.

"흑."

"울어요. 소리 내서 울어. 당신 마음에 내가 들어가서 그 사람에게
미안한 거라면 소리 내서 울어야죠. 그래야 저 위에서 그 사람이 들

194

을 수 있잖아요."

자신의 말이 끝나기가 무섭게 자신의 옷깃을 잡은 채 가슴에 안기어 서럽게 울음을 터트리는 수현에 지후 역시 먹먹함을 느끼며 두 눈을 감은 채 하늘을 향해 고개를 들었다.

들립니까? 이 여자 울음소리. 이젠 당신 떠올리면서 이 여자 이렇게 서럽게 울게 안 할 겁니다. 당신에겐 미안하지만 내가 이 여자 마음에 들어가야겠습니다.

한참을 이어지던 수현의 울음소리가 잦아들자, 지후가 조용히 수현의 얼굴을 두 손으로 감싸 자신의 시선에 가두었다. 빨개진 눈으로 올려다보는 수현을 지후 역시 젖은 눈으로 바라보며 미소 지었다.

"처음이에요, 사랑한다는 말. 누군가에게 사랑한다는 말을 하게 만든 사람, 당신이 처음이라고요."

자신의 얼굴을 꼭 감싼 채 이마를 맞대며 하는 지후의 말에 가슴이 설렌 수현이 두 손으로 그의 손을 내리며 고개를 숙였다. 한참 동안 자신의 손을 잡은 채 고개를 떨구고 있는 수현을 보며 지후가 잡은 손에 힘을 주었다.

"나…… 서 선생보다 여섯 살이나 많아."

"알아요."

"나…… 그 사람 못 잊어."

"……알아요."

"왜 하필 나니? 서 선생보다 나이도 많고, 첫사랑도 잊지 못하고, 서 선생에게 마음 전부를 줄 수도 없는 내가 왜……."

말을 다 마치지 못한 수현이 자신의 입술에 입을 맞추는 지후를 느끼며 눈을 감았다. 자신의 어깨에 손을 얹은 채 키스에 응하고 있는 수현의 어깨를 꼭 감싸 안으며 지후가 미소 지었다.

"그래서 사랑해. 당신이 그런 사람이니까. 한 사람을 가슴에 담으면 전부를 내어 줄 수 있는 사람이니까 그런 당신이라서 사랑해. 당신 전부를 이미 다른 사람에게 내어 주고 내 자린 없다고 해도 상관없어. 내 마음엔 정수현, 당신이 전부니까. 그거 하나면 돼."

눈물을 떨어트리는 수현의 손을 자신의 가슴에 얹은 지후가 환하게 미소를 지으며 말했다.

"여기엔 당신뿐입니다, 정수현 선생님."

◆

출근을 위해 주차장에 내려온 수현이 자신의 차 앞에 서서 웃고 있는 지후를 보며 걸음을 멈추었다.

"좋은 아침입니다."

활짝 웃으며 고개를 꾸벅이는 지후의 미소에 수현의 입가에 작은 주름이 생겼다.

[그래서 사랑해. 당신이 그런 사람이니까. 당신 전부를 이미 다른 사람에게 내어 주고 내 자린 없다고 해도 상관없어. 내 마음엔 정수현, 당신이 전부니까. 사랑해요.]

자신에게 했던 지후의 고백을 떠올린 수현은, 자신을 보며 웃는 지후의 미소에 가슴이 두근거려 고개를 돌렸다. 말없이 미소를 지으며 차 문을 여는 수현의 팔을 잡아 세운 지후가 그녀의 왼쪽 손가락에 끼워져 있는 반지를 내려다보았다. 반지를 향해 시선을 두고 있는 지후를 보며 수현이 말없이 반지를 빼어 핸드백에 넣었다.

"됐어?"

씩 웃는 그의 미소에 돌아서려는 수현의 팔을 지후가 얼른 낚아챘다.

"내 차 타고 가요."

"아니야. 내 차가 편해. 마치는 시간도 다르고. 각자 타고 가자."

"그럼 선생님 차 타고 가요, 같이 있고 싶어요. 매일매일 선생님 차 타고 출근하고 싶다는 생각 얼마나 많이 했었는데요."

지후의 말에 수현이 작은 미소를 지으며 어쩔 수 없이 보조석으로 몸을 돌렸다. 차에 시동을 켜고 CD를 밀어 넣은 지후가 언젠가 수현의 차를 탔을 때 들어 보았던 음악에 미소를 지으며 수현을 보았다. 하지만 오피스텔 주차장을 나와 병원으로 가는 내내 똑같은 음악만 흘러나오자 지후가 궁금한 듯 물었다.

"같은 노래가 몇 번이나 나오네요?"

백미러로 시선을 향하며 묻는 지후의 말에 수현은 웃으며 CD를 준 지석을 떠올리며 창밖으로 고개를 돌렸다.

"그 노래만 녹음되어 있어, 이 CD에는."

"정말 이 노래 좋아하시나 보다."

"내가 아니라 그 사람이 좋아했어. 멜로디가 슬프지만 애틋하다고…… 슬픈 건 싫다고 했었는데 나도 모르게 그 사람의 취향을 닮아 버렸나 봐."

애써 웃으며 말하는 수현의 손을 잡으며 지후가 말했다.

"난 선생님 취향 닮을 건데, 그럼 나도 그분을 닮게 되는 건가?"

자신의 손을 꼭 잡으며 짓는 지후의 미소를 보며 수현은 뻐근해져 오는 가슴에 애써 고개를 돌렸다.

"닮았어, 그 사람."

자신의 말에 고개를 돌려 보는 지후의 표정에 수현이 자신의 손을 잡은 그의 손을 놓으며 말했다.

"서 선생, 그 사람이랑 참 많이 닮았어."

수현의 목소리에 지후는 가슴의 아픔을 애써 억누르며 미소를 지었다.

그래서 절 그렇게 밀어내신 겁니까. 그래서 그 마음에 절 담는 게 그렇게 두려워하셨던 겁니까?

"그래요? 절 닮았으면 정말 잘생겼겠네요. 아니다, 저보다 나이가 많으실 테니 제가 그분을 닮은 거네요."

웃으며 말하는 지후의 목소리에 수현 역시 미소를 보이며 고개를 끄덕였다. 그리곤 창밖으로 고개를 돌리던 수현의 시선에 지후가 도로 한쪽 귀퉁이에 차를 세웠다. 그리곤 자신을 보는 그녀의 어깨를 잡아 자신의 가슴에 당겨 안으며 말했다.

"그분을 잊으라는 말 안 해요. 그분의 자리를 비워 내고 날 담으라는 말 안 해요. 그냥 옆에만 있게 해 달라는 말, 빈말 아니에요. 옆에만 있어도 좋아요. 그러다 나중에 선생님 마음에 있는 그분 자리 옆에 아주 조그마하게 내 자리쯤 비워 주면 더 좋구요."

"서 선생."

"지금은 이대로도 좋아요, 나. 이렇게 선생님 내 옆에 있고, 선생님 손 잡을 수 있고, 이렇게 안을 수 있는 걸로 나 너무 설레어서 가슴이 터질 것만 같아요."

그 말에 수현이 가슴이 저미어 와 지후의 가슴에 얼굴을 묻었다.

지석 씨, 이제 나 애쓰지 않을래. 괜찮은 거지? 이 사람 마음 받아줘도 괜찮지? 그만큼 나 당신을 비워도 되는 거지?

지석을 떠올리며 두 눈을 감은 수현은 눈물이 날 것 같아 아랫입술을 깨물었다. 그런 자신의 어깨를 토닥이는 지후의 손길에 수현이 자신을 안고 있던 그의 팔을 풀며 말했다.

"서 선생에게도 내가 전부가 아니었으면 좋겠는데."

"선생님."

"서 선생한테 나 아무 약속도 못 해 줘. 내 마음에 서 선생만 담는다는 약속도, 그 사람을 완전히 잊어 주겠다는 약속도 못 해. 나중에 이런 내 마음 때문에 서 선생이 힘들 날이 분명……."

"상관없어. 당신만 있으면 그런 거 따위 아무 상관없어요. 없다고 했잖아."

자신의 손을 잡으며 말하는 지후를 향해 수현이 조용히 고개를 저었다.

"지금은 그렇게 말하지만 시간이 지나면 분명 힘들 거야. 그래서 서 선생 마음 밀어내려고 노력했지만, 이제 내 마음도 힘들대. 서 선생 마음 뿌리치기 더는 힘들어서 못 하겠대. 그동안 인정하기 싫어서 무던히도 애썼지만 그래, 내 마음에 서 선생, 있어. 시간이 지나 서 선생만 담지 못하는 내 마음 때문에 힘든 날이 오겠지만, 노력할게. 내 마음에 그 사람 보다 서 선생을 더 많이 담기까지 시간은 좀 걸리겠지만…… 내 마음 가득 서 선생을 담을 수 있게 노력할게. 그때까지 서 선생이 괜찮겠다면…… 옆에 있어 줘."

수현의 말에 지후가 환한 미소를 보이며 그녀를 안았다 놓았다.

"미치겠어요."

"……."

"너무 좋아서 눈물이 날 거 같아. 정말 하루 종일 밥 안 먹어도 배부를 거 같아요."

자신의 말에 피식 웃는 수현을 보며 지후가 얼굴 가득 미소를 머금은 채 말했다.

"그 약속, 잊으면 안 돼요. 난 얼마든지 기다릴 수 있으니까 선생님 마음 가득 날 담아 보겠다는 약속 잊지 마세요."

자신의 두 손을 꼭 잡으며 하는 지후의 말에 수현이 말없이 고개를
끄덕이며 웃었다.

병원에 도착한 지후가 차에서 내리는 수현을 따라 내리며 그녀의
손에 차키를 건넸다.

"수고해."

차키를 건넨 지후가 수현의 말에 고개를 끄덕이며 웃었다. 돌아서
는 수현의 어깨에 얼굴을 묻고 지후가 말했다.

"나 이제 애쓰지 않아도 되는 거죠? 선생님 보고 싶은 거, 안고 싶
은 거 이제 참지 않아도 되는 거죠? 도망치거나 멀어지거나 하지 않
을 거죠?"

자신의 등을 꼭 안은 채 말을 건네는 지후의 아픈 목소리에 수현이
그의 손을 잡으며 고개를 끄덕였다. 그런 두 사람의 모습을 차에서
지켜보던 진영의 표정이 굳어졌다.

중환자실에서 회진을 돌던 진영을 향해 호연이 환자의 차트를 내
밀며 말했다.

"폐섬유화(폐가 점점 굳어 숨이 막혀 죽는 병)증으로 1주일 전 로
컬(Local-타 병원으로부터의 이송)된 환잡니다. 인공호흡기의 에프아
이오투(FiO2-산소 농도)를 최대로 올렸으나 산소포화도 90이 겨우
유지됩니다."

호연의 말에 진영이 짧은 한숨을 내쉬었다.

"에크모(ECOM-인공폐) 달아야겠다."

"예."

"보호자 분께는 설명해 드렸어?"

"예. 말씀드렸는데 보호자분이 받아들이기 힘들어하세요. 이식할 폐를 꼭 찾을 거라고⋯⋯."

"회진 끝나고 환자 보호자 분 진료실로 모셔 와. 내가 설명드릴 테니. 서 선생은 장기센터에 한 번 더 연락해 보고."

"예, 교수님."

그리곤 다음 환자에게로 걸음을 옮기는 진영을 일별한 지후가 중환자실로 들어서는 수현을 보며 미소를 지었다. 자신을 보며 웃는 지후의 시선에 수현 역시 미소를 보여 주곤 시은에게로 몸을 돌렸다. 두 사람의 모습에 호연과 진영이 굳은 표정으로 환자에게 고개를 돌렸다. 회진을 마치고 의국으로 들어선 호연이 가운을 벗고는 냉장고 문을 열어 물을 마시는 지후를 가만히 쳐다보았다.

"뭘 그렇게 쳐다보십니까?"

멀뚱히 자신을 보는 호연의 시선에 지후가 이마를 찌푸렸다.

"너 말이다."

"네, 말씀하세요."

"아니, 아니다. 오늘 인테스티날 옵스트럭션(Intestinal obstruction-장폐색증. 장이 막히는 병) 환자 수술 어시스트 들어가야겠다. 준비해."

"예, 알겠습니다. 몇 시 수술이에요?"

"2시."

고개를 끄덕이며 자신에게 커피를 내미는 지후에게 컵을 받아 든 호연이 무슨 말을 하려다 이내 고개를 저으며 커피를 들이켰다.

"치프 선생님."

커피를 마시며 논문자료를 체크하던 호연이 지후의 부름에 고개를 돌렸다.

"저 다음 주 화요일 오후에 잠시 외출 좀 하고 와도 되겠습니까?"

"다음 주 화요일? 왜?"

달력을 보던 호연을 보며 지후가 웃으며 머리를 긁적였다.

"형 생일이라서 말입니다."

"아…… 그래. 선배 생일이 이맘때쯤이었지. 그래, 다녀와. 나중에 수술 스케줄 나오는 거 보고 오프 줄 수 있음 줄게."

"고맙습니다, 선생님. 그럼 저 병실 돌고 오겠습니다."

가운을 걸치며 걸음을 옮기는 지후를 호연이 불러 세웠다.

"지후야."

자신의 부름에 고개를 돌리는 지후를 보며 굳은 표정으로 호연이 말했다.

"정수현 선생님 말이야……."

[지석이랑 정수현 선생 사이 지후는 모르도록 하라고. 지후는 두 사람 사이 몰라.]

진영의 말을 떠올린 호연이 말을 멈추고 고개를 저었다.

"치프 선생님?"

"어?"

"정수현 선생님 뭐요?"

"응? 그게…… 혹시 니 마음 답답하게 했던 사람, 너 힘든 길 가게 만든 사람이……."

차마 수현의 이름을 꺼내지 못하고 고개를 돌린 호연을 보며 지후가 미소를 지었다.

"네, 맞습니다, 정수현 선생님. 정 선생님 맞아요. 그럼 다녀오겠습니다."

휘파람까지 불며 의국을 나가는 지후의 뒷모습에 호연은 가슴이 먹먹해져 와 긴 한숨을 내쉬었다.

"어떡하냐. 서 선생."

환자를 수술실에 이동시키고 나오던 하영이 건너편 수술실에서 나오는 수현을 보며 걸음을 멈추었다. 굳은 표정으로 고개를 꾸벅이는 하영을 보며 수현 역시 굳은 얼굴로 고개를 끄덕여 보이곤 시선을 아래로 내렸다.

수술실 앞 대기실에 앉은 하영이 종이컵을 쥐곤 원망스러운 표정으로 수현을 보며 말했다.

"지후가 선생님을 사랑한다고 하네요."

"주 간호사."

"사랑이 아닌데, 그 바보 같은 게 사랑을 안 해 봐서 그게 사랑이라고 착각하고 있어요. 그래서 그거 사랑이 아니라는 거, 제가 가르쳐 주려고요."

자신의 물음에 말없이 고개를 떨구는 수현을 보며 하영은 가슴이 욱신거렸다.

"그러니까 지후 흔들지 말아 주세요, 선생님."

"주하영!"

지후의 목소리에 하영과 수현이 굳은 표정으로 고개를 돌렸다. 어느새 성큼 수현의 앞으로 걸어와 차갑게 그녀의 팔목을 잡아 세운 지후가 하영을 노려보았다.

"너 월권이야. 니가 무슨 자격으로 이 여자한테 그런 말을 해."

"서지후."

"내가 분명히 말했지. 너만 힘들어질 거니까 그쯤에서 포기하라고. 이 여자랑 나……."

"내게 말할게."

그의 말을 막으며 수현이 표정 없이 자신의 팔을 잡고 있는 지후의 손을 놓았다. 그리곤 젖은 얼굴로 지후를 노려보는 하영을 돌아보며 말했다.

"미안해, 주 간호사. 나 서 선생 마음 받아들이기로 했어."

"……"

"주 간호사가 서 선생에게 가졌던 마음을 생각하면 나 주 간호사한 테 많이 미안해. 주 간호사 말대로 서 선생이 내게 가지고 있는 감정 이 사랑이 아닐지도 몰라. 연민이나 동정…… 동정 같은 거래도 서 선생 내 옆에 두려고 해."

"선생님."

"이제 내 감정은 전했으니까 주 간호사 마음은 서 선생이 정리해."

그리곤 돌아서는 수현의 모습에 지후가 굳은 표정으로 하영을 보 며 말했다.

"미안하다, 하영아. 니 마음 이렇게까지 되게 만든 거 미안해. 그 렇지만 나 이제 저 여자 포기 못 해. 이제 겨우 잡은 저 여자 마음이 야. 너 때문에 다시 잃을 순 없어. 정말 미안하다, 하영아."

"두 사람 안 돼! 안 된다고 했잖아! 안 된단 말이야! 정 선생님은……!"

지석의 연인이었다는 말을 하려던 하영이 차갑게 굳은 표정으로 입을 앙다물었다. 멀어지는 수현의 모습과 그런 수현의 뒷모습을 보 고 있는 지후의 모습에 하영은 터질 듯이 아픈 가슴이 차갑게 식어 갔다. 그리곤 두 사람의 모습에 아랫입술을 깨물었다.

"나중에 후회해도 난 몰라. 두 사람 가슴에 피멍이 들어서 두 사람 마음 되돌리지 못한 거 뼈저리게 후회하는 거 똑똑히 지켜볼 거야. 난 분명 너한테 기회를 줬어. 그 기회를 차버린 건 너라는 거 잊지 마."

젖은 눈으로 차갑게 돌아서는 하영을 보며 지후는 먹먹해지는 가슴을 쓸어내렸다.

널 독하게 만들어 버린 것도 나겠지. 니 마음을 알면서 차갑게 뿌리치지 못한 나 때문에 너도 나만큼 아픈 거지? 그런데 하영아……니 아픈 마음을 알면서도 난 아는 척해 줄 수가 없다. 이제 겨우 잡은 이 사람 다시 놓을 자신이 없어. 미안하다, 하영아.

병원 앞 벤치에 앉은 수현은 진영이 자신에게 내미는 음료수 캔을 받아 들며 고개를 떨구었다. 그런 자신의 옆에 앉아 음료수 캔을 따는 진영을 보며 수현이 주머니에 들어 있던 작은 상자를 꺼내어 그의 손에 쥐여 주었다.

"수현아."

"미안해, 진영아."

수현의 말에 진영은 시려 오는 가슴에 물끄러미 상자를 내려다보았다.

"한 선생, 나……."

"기다릴 수 있어, 나. 지금 당장이 아니라고 해도 상관없다고 했잖아. 시간이 얼마나 걸려도 좋다고 니 마음에 빈자리가……."

"생기지 않을 거 같아서 그래, 그 빈자리가."

흐린 눈으로 자신을 보는 진영의 표정에 수현은 가슴이 먹먹해져 왔지만, 이내 다시 진영에게로 고개를 들며 말을 이었다.

"다른 사람이…… 들어와 버렸어."

"수현아."

"미안해, 진영아. 나…… 니 반지 그 사람을 떼어 내기 위해서 낀 거였어. 그런데 그게 잘 안 됐어. 아무리 밀어내도 더 깊이 들어와. 밀어내려고 안간힘을 썼다고 생각했는데 나도 모르게 마음에 담았나 봐. 한 선생…… 나…… 요즘 그 사람 때문에 지석 씨를 생각하는 시간들이 적어지는 거 같아. 그런데 한 선생, 지석 씨를 잊는 게 분명 가슴 아픈 일 일 텐데 나…… 그런데도 그 사람 마음 받아 주고 싶어.

결국 한 줄기 눈물을 흘려 내는 수현의 얼굴을 훔치며 진영이 말했다.

"그 사람이 누군지 아는 척하고 싶지 않은데 수현아…… 지후는 안 돼."

그의 말에 수현이 젖은 눈으로 진영을 올려보았다.

"지후는 안 돼, 수현아. 너 또 다쳐. 니가 다치는 거 나 또 보고 싶지 않다."

"진영아."

"내가 아니라도 좋아. 니 마음에 내가 아니라도 좋으니까 지후는 담지 마. 지후는……."

"늦었어, 진영아."

이미 시작해 버렸는걸.

자신의 시선을 피한 채 고개를 떨구는 수현의 모습에 진영은 명치 끝이 아려 오는 아픔에 두 주먹을 쥔 채 하늘을 올려다보았다.

송지석, 어쩌자는 거냐.

◆

"선생님!"

응급실로 들어선 지후가 급하게 자신을 부르는 인턴의 목소리에 걸음을 서둘렀다.

"맥이 안 잡히는데, 저체온증 같습니다."

인턴의 말에 지후가 굳은 표정으로 환자의 맥을 짚어 보곤 인턴에게 말했다.

"치프 선생님은 호출했어? 인투베이션(intubation-기관 내 호흡관을 집어넣는 행위. 인공호흡기를 연결하고 가래 등을 제거할 수 있음) 준비해 주시고 엠브 열심히 짜."

"네."

어느새 엠브를 넣은 지후가 간호사에게 엠브를 건네고, 인투베이션 셋팅 준비를 마친 주희에게서 후두경을 건네받았다. 그리곤 튜브를 건네받은 지후가 환자의 목에 삽관을 시도했다. 응급실로 급하게 들어서는 호연을 보며 지후가 행동을 멈추고, 고정 중인 튜브를 호연이 잡자 손을 빼내었다.

"내가 할게, 엠브 짜."

자신의 말에 인턴이 비켜서자 지후가 환자의 가슴을 마사지하기 시작했다. 삽관을 마친 호연이 모니터상의 온도를 보며 인턴에게 말했다.

"엠브 부지런히 짜."

"안 움직입니다. 아트로핀 원 엠플 주세요."

"안 돼. 아직 25도밖에 안 돼. 30도 되기 전엔 안 돼, 아이브이(IV-혈관 내 주사) 잡아서 따뜻한 생리식염수 넣어 주세요."

"그럼 엘튜브(Levin-tube-위에 넣는 고무 관) 넣고, 계속 따뜻한 식염수 넣었다 뺐다 해 주세요."

지후의 말에 호연이 고개를 끄덕이며 주희에게 지시를 내렸다. 그리곤 모니터를 보던 지후가 여전히 심장마사지를 하며 호연에게 말했다.

"엑티브리워밍은 없죠? 그럼 웜브라켓(warm blanket-더운 공기를 이용해 체온을 올리는 기계)이라도 돌려요."

지후의 말에 호연이 고개를 끄덕이더니 이내 시은을 향해 말했다.

"제세동기 준비해 주세요. 심실세동입니다."

호연의 말에 시은이 제세동기를 밀고 오자 지후가 환자의 가슴에서 떨어졌다.

"200줄 차지. 물러서. 샷."

패들을 든 호연이 환자의 가슴에 충격을 주곤 패들을 시은에게 건네며 말했다.

"됐다, 돌아온다."

호연의 말에 지후가 환자의 가슴을 계속 마사지하며 모니터를 보았다. 모니터에 표기되는 체온의 숫자가 올라가자 지후가 환자의 가슴에서 손을 떼며 이마에 맺힌 땀을 닦았다.

"수고했다."

"수고하셨습니다."

고개를 꾸벅이는 지후를 보며 호연이 고개를 끄덕이곤 따라오라는 손짓을 하며 몸을 돌렸다. 시은에게 고개를 숙이곤 응급실을 나오던 지후가 빠른 발걸음으로 호연의 옆으로 서자 그가 말했다.

"화요일 오프 줄 테니까 천천히 다녀와라."

"고맙습니다, 선생님. 저 그럼 병동 다녀오겠습니다."

"서 선생."

걸음을 돌리던 지후가 호연의 목소리에 고개를 돌려 그를 보았다.

"혹시 송 선배한테서 여자 이야기 들은 적 없어?"

10화
같은 사람

"여자 이야기요? 어떤 여자요?"

"그냥 뭐 사귀는 여자라든가, 좋아하셨다던 여자라든가……."

호연의 말에 지후의 표정이 굳어졌다. 그러나 곧 옅은 미소를 지어 보이며 답했다.

"사귀던 분 말씀이세요?"

"어!"

크게 고개를 끄덕이며 자신을 보는 호연의 표정에 지후가 그날을 떠올리며 아픈 미소를 지었다.

"이야기야 많이 들었습니다. 눈이 크고 자존심도 세고 공부도 형보다 훨씬 잘하고 어디 흠 잡을 데 하나 없다고. 사귀는 내내 얼굴 한번 보여 준 적 없었는데, 저 대학 들어오고 처음 소개시켜 준다고 했던 날…… 가 버렸잖아요. 사람 실컷 기대하게 만들어 놓고."

"이름이랑 무슨 과 레지던트인지는 못 들었어?"

"못 들었는데요. 제 앞에서는 통화한 적이 없어서 말입니다, 부끄럽다고. 아, 통화한 적은 한 번 있구나. 그리고 보니, 고등학교랑 대학 때 같은 반, 같은 과라는 것만 들었지 인턴 마치고 어느 과 갔는지는 못 들었습니다."

지후의 말에 호연이 말없이 고개를 끄덕이며 시선을 돌렸다.

"그런데 그건 왜 갑자기 물어보세요?"

"아니, 그냥……. 병동 간다면서? 가라. 난 의국 가서 논문마저 써야겠다."

"예, 갈 때 커피 뽑아 가겠습니다."

중환자실로 걸음을 옮기는 지후의 뒷모습에 호연은 길게 한숨을 내쉬며 의국으로 몸을 돌렸다.

병동 스테이션에 들어서는 지후를 보며 시은이 필름 사진을 내밀었다.

"스토막캔서(CAStomach cancer-위암)네요. 많이 진행됐네. 치프 선생님은 보셨어요?"

"아니요, 아직. 지금 막 받았어요."

"게스트렉토미(Gastrectomy-위절제술)해야겠는데, 이거 다 들어내면 거의 토탈개스트렉토미(Total Gastrectomy-위전절제술, 위를 모두 절제하는 수술)이나 다를 거 없겠는데요."

"김 과장님께서 수술하실 거예요. 그럼 아마 써브토탈게스트렉토미(위아전절제술-위를 2/3 정도 절제하는 수술)하고 레이저랑 항암치료 병행하실 거 같은데요?"

필름을 힐끗 보며 말하는 시은을 본 지후가 고개를 끄덕이며 웃었다.

"의사인 저보다 아는 게 더 많으십니다, 수간호사님은."

"경험에서 비롯된 거죠."

시은의 말에 지후가 의자에 앉아 책상에 팔을 얹고 턱을 괴며 말했다.

"우리 수간호사님은 얼굴도 예쁘시지, 몸매도 좋으시지 머리도 좋으시지. 왜 간호사 하십니까?"

"서 선생님, 말 이상하게 하네. 얼굴 예쁘고 몸매 좋고 머리 좋으면 간호사 하면 안 돼요? 안 그래요? 정 선생님?"

시은의 말에 지후가 놀란 표정으로 고개를 돌렸다. 시은을 보며 웃는 수현에 지후의 얼굴이 환해졌다. 자신을 향한 지후의 미소에 수현이 말없이 미소를 지으며 고개를 돌려 시은에게 말했다.

"내일 김 과장님 수술 환자 차트 좀 보러 왔어요."

"누구요?"

"박창식 환자요."

"그거 의국에 있는데…… 치프 선생님께서 잠시 가져가셨어요."

"네, 알겠어요. 수고하세요."

시은에게 웃어 보이곤 의국으로 몸을 돌리는 수현을 보며 지후가 벌떡 일어나 시은을 향해 고개를 돌리고 말했다.

"저도 의국 갑니다, 무슨 일 있으시면 호출하세요."

엘리베이터 앞에 서 있던 수현이 자신의 손을 잡으며 비상구로 데리고 가는 지후를 따라가며 낮은 목소리로 말했다.

"어디 가는 거야?"

"의국이요."

"그런데 왜 여기로 와?"

그 말에 지후가 활짝 웃으며 수현의 어깨를 잡았다.

"계단으로 가자구요, 같이. 그래야 좀 더 있을 수 있잖아요."

지후가 피식 웃으며 시선을 돌리는 수현의 팔을 당겨 안았다.

"좋다. 이렇게 안고 있다는 게 꿈같아."

생긋 웃는 수현의 미소가 너무 예뻐 지후의 심장 소리가 빨라졌다.

"얼른 가자. 나 좀 있다 수술 있어."

천천히 안고 있는 팔을 풀고 손을 꼭 잡고 웃는 지후를 못 말린다는 얼굴로 보며 수현이 활짝 웃었다. 말없이 수현의 손을 꼭 잡은 채 계단을 오르던 지후가 비상구 문 앞에 도착하자 손을 놓으며 수현에게 말했다.

"힘들었죠?"

"응."

짧은 대답에 지후가 피식 웃곤 수현의 머리에 손을 얹었다. 조용히 자신의 머리를 쓸어내리는 지후의 손에 수현은 두근거리는 가슴을 느끼며 고개를 돌렸다.

"거짓말이라도 아니, 해 주면 안 돼요?"

"그런 거짓말 못 해."

"피. 나 오늘 당직이에요."

"응."

"응, 이 다예요?"

자신의 물음에 무슨 뜻이냐는 표정으로 두 눈을 깜박이며 쳐다보는 수현을 향해 지후가 입가에 미소를 지어 보였다.

"정말 멋있다. 하다못해 고생해, 한마디 해 줘야 하는 거 아니에요?"

"수고해."

"진짜 너무하다. 엎드려 절 받기예요, 정말."

이마에 주름을 그리며 말하는 지후의 모습에 수현이 픽- 웃음을 터트렸다. 그런 수현의 미소에 가슴이 먹먹해진 지후가 웃으며 수현의 손을 잡았다.

"미치겠어요, 나. 어떡하지?"

"……."

"너무 좋아서. 많이 좋아서요. 내가 좋은 만큼 선생님도 좋았으면 좋겠는데, 아직 내가 좋아하는 반의반도 선생님은 나 안 좋아하는 거 같아요."

말없이 웃기만 하는 수현의 모습에 지후가 졌다는 듯 두 손을 올리며 말을 이었다.

"됐어요. 정말 아무것도 바라면 안 되겠다. 그만 가요, 수고하세요."

자신의 손을 꼭 잡았다 놓으며 비상구 문을 열고 나가는 지후의 뒷모습에 수현이 미소를 지으며 따라 걸음을 옮겼다.

"참, 나 우리 치프 선생님 커피 뽑아 와야 하는데……."

지후의 말에 수현이 피식 웃으며 고개를 끄덕였다.

"먼저 들어가요."

"그래."

휴게실로 다시 총총걸음으로 가는 지후의 모습에 수현이 미소를 지으며 의국으로 향했다.

의국에 들어서는 수현의 모습에 논문 정리를 하고 있던 호연이 벌떡 몸을 일으켰다. 고개를 꾸벅이는 그의 모습에 수현이 미소를 지으며 말했다.

"장 선생 바빠?"

"아니요, 저희 의국에는 어쩐 일이세요?"

"박창식 환자 차트 좀 보러 왔어."

"아…… 여기 있습니다. 내일 수술 정 선생님이 들어오시죠?"

"응, 김 과장님 수술에는 다 내가 들어가야 한다는 어명이 있으셔서 말이야."

웃으면서 환자의 차트를 넘겨 보는 수현의 모습에 호연이 미소를 지으며 고개를 끄덕였다.

"정 선생님."

자신의 부름에 차트에서 시선을 떼고 바라보는 수현의 얼굴에 호연이 망설이듯 고개를 숙이더니, 이내 다시 수현을 향해 고개를 들었다.

"선생님, 저희 병원 다시 오셨을 때보다 지금이 많이 좋아 보이십니다."

"고마워. 장 선생이랑 이렇게 있는 것도 오랜 만이네. 그지?"

"네. 그때 지석 선배님이랑 자주 밥도 먹고 했었는데 말입니다."

호연의 말에 수현이 말없이 옅은 미소를 지으며 고개를 끄덕였다.

"선생님."

"응?"

"선생님 마음에 지석 선배님, 이제는 떠올려도 눈물 나지 않으십니까? 상처…… 다 나으신 겁니까?"

굳은 표정으로 자신을 향해 묻는 호연을 보며 수현이 환자의 차트를 덮었다.

"지석 씬, 내게 상처인 적이 없어. 장 선생."

"……"

"그렇게 말없이 떠나 버리긴 했지만 나…… 그 사람이 한 번도 내게 상처였던 적은 없어, 상처를 주고 떠났다는 생각도 한 적 없고. 그저 내가 받았던 사랑만큼 다 주지 못해서, 받기만 하고 보낸 거 같아서, 한 번도 내 마음을 그 사람에게 제대로 다 보여 준 적이 없는 것 같아서, 그게 가슴 아파서 오랫동안 그 사람을 놓지 못하고 살았었던 거 같아. 그래서 그 사람을 떠올리면 가슴이 시리고, 눈물이 나긴 했지만 그게 상처는 아니었어, 장 선생."

어느새 젖은 눈으로 한 수현에게 호연이 고개를 꾸벅이며 말했다.

"죄송합니다, 선생님."

"죄송할 것까진 없어. 난 장 선생이 고마워. 아직 그 사람을 잊지 않고 있어 줘서."

수현의 말에 호연이 말없이 미소를 지으며 고개를 숙였다. 반쯤 열린 문 사이로 두 사람의 말을 들은 지후가 수현의 말에 가슴이 뻐근해져 왔지만, 아무렇지도 않다는 듯 남은 문을 마저 활짝 열고 의국을 들어서며 말했다.

"커피 가져왔습니다, 치프 선생님."

그의 목소리에 호연이 놀란 표정으로 수현과 지후를 번갈아 보았다. 생긋 웃으며 커피를 내미는 지후에게 호연이 애써 미소를 지어 보이곤 종이컵을 받아 들었다.

"장 선생은 차트 다 본 거야?"

"아, 네."

"그럼 이거 내가 스테이션에 가져다줄게, 수고해."

"벌써 가시게요?"

"응? 응."

지후의 말에 수현이 호연의 눈치를 살피며 그에게 고개를 저었다.

그런 수현의 얼굴에 지후가 씩 웃음을 지어 보이며 고개를 꾸벅 숙였다.

"수고하십시오, 정 선생님."

"서 선생도 수고해, 장 선생도 고생하고."

"네, 수술실에서 뵙겠습니다. 선생님."

자신의 말에 고개를 끄덕이며 의국을 나가는 수현을 본 호연이 지후의 옆구리를 찌르며 말했다.

"너무 티 내지 마라, 서지후."

이마에 주름을 그리며 말하곤 다시 의자에 앉는 호연을 향해 지후가 활짝 웃으며 그의 옆자리에 앉았다.

"티 많이 났습니까? 선생님?"

"그래, 인마. 근데 너 정말 정수현 선생님 맘에 있는 거 아니지? 그냥 호기심에……."

"호기심 아닙니다."

자신의 말에 웃는 얼굴을 거두며 차갑게 하는 지후의 말에 호연의 표정 역시 굳어졌다.

"호기심으로 사람 사귈 만한 나이 지났습니다. 치프 선생님."

"난 그냥……."

"알고 있습니다, 치프 선생님이 어떤 마음으로 그런 말씀 하시려고 하는 건지. 저 장난도 잘 치고, 농담도 잘하니까 뭐든 장난같이 느껴지시는 거. 그런데 저 그 여자에게만큼은 장난이 안 돼요. 죽어라 저 밀어내기만 하고 뿌리치기만 하는데 이상하게 놓아지지가 않았어요. 심장 다루는 의사가 자기 마음 하나 컨트롤하지 못한다는 게 부끄럽긴 하지만 그 여자에게만큼은 그게 잘 안 돼요, 선생님."

수현이 떠올라 얼굴에 미소를 그린 채 말하는 지후를 보며 호연은 가슴이 먹먹해져 왔다.

"저 많이 가르쳐 주십시오. 장 선생님만큼, 아니 한 선생님만큼 실력을 쌓고 싶습니다. 그래야 그 여자 옆에 서도 부족하다는 말을 듣지 않을 거 아닙니까? 저 드레싱할 시간입니다. 다녀오겠습니다, 치프 선생님."

미소를 머금은 채 돌아서는 지후를 호연이 한참을 쳐다보다 머리를 긁적이며 중얼거렸다.

"그래, 안 될 건 뭐야. 지석 선배가 살아 있는 것도 아니고 두 사람이 좋다는데……. 아, 머리 아퍼."

◆

응급실 스테이션에서 꾸벅꾸벅 졸고 있던 지후가 주머니에서 울리는 소리에 일어나 기지개를 펴곤 핸드폰을 꺼내어 들었다.

[시간 되면 잠시 주차장으로 와.]

수현의 문자 메시지에 지후의 표정이 밝아졌다.

"저 잠깐 화장실 좀 다녀올게요."

"천천히 오세요."

시은의 말에 지후가 이마에 손을 붙이며 응급실을 나갔다. 뛰다시피 주차장으로 들어서는 지후의 모습에 수현이 차에서 내렸다.

"어떻게 왔어요?"

"이거. 새벽에 배고플 테니 먹으라고."

종이가방을 두 개 내밀며 말하는 수현을 지후가 놀란 표정으로 보았다. 그리곤 이내 활짝 웃으며 종이가방에 든 것들을 확인하며 말했다.

"이게 다 뭐예요? 와, 이걸 다 나 먹으라고 한 거예요?"

"뭘 좋아하는지 몰라서 할 줄 아는 거 몇 가지 만들어 봤어. 수고해, 그럼."

그리곤 차 문을 열려는 수현의 팔목을 잡으며 지후가 놀란 표정으로 말했다.

"이것만 주고 가게요?"

그럼 어쩌라는 얼굴로 수현이 동그랗게 눈을 뜨고 지후를 보았다. 그녀의 표정에 지후가 생긋 미소를 지은 채 수현의 손에 있는 열쇠를 받아 들곤 차를 잠갔다.

"안 돼, 나 내일 오전에 수술 있어서……."

"이거 먹는 거만 보고 가요. 나 혼자 먹어야 하는데, 세상에서 제일 싫은 게 혼자 밥 먹는 거란 말이에요."

자신의 손을 등 뒤로 꼭 잡으며 가는 지후의 말에 수현이 피식 웃곤 그를 따라 걸음을 옮겼다. 어두운 휴게실로 간 지후가 수현을 맞은편에 앉히곤 자신도 의자를 당겨 앉으며, 종이가방에 들어 있는 것들을 모조리 꺼내어 나열하며 감탄사를 질러 대었다.

"이거 전부 선생님이 만든 거예요?"

"응."

"우와, 안 믿어지네. 난 선생님 밥도 못 해 먹고 살 줄 알았는데."

"서른넷이나 됐는데 이런 건 정도는 할 줄 알아야지."

수현의 말에 지후가 젓가락질을 멈추었다.

"서른넷이라…… 딱 여섯 살 차이네요, 궁합도 안 본다는."

"궁합도 안 본다는 나이는 네 살 차이로 알고 있는데."

수현의 말에 김말이를 입에 쏙 넣은 지후가 목에 걸렸는지 기침을 해 댔다. 그런 자신에게 피식 웃으며 물을 내미는 수현을 향해 지후가 인상을 찌푸리며 말했다.

"아니에요, 21세기가 되면서 여섯 살로 바뀐 거 몰라요? 여섯 살이
에요, 여섯 살."

"서 선생, 우기기가 특기구나."

"뭐예요?"

다시 김말이를 입에 넣은 지후가 입을 삐죽 내밀자 수현이 웃음을
터트렸다. 얼굴 가득 미소를 지으며 자신을 보는 수현에 지후는 더
밝게 웃으며 김말이를 씹었다.

"서 선생 김말이 좋아하나 봐?"

"네, 무지요. 그래서 저희 엄마가 제일 잘하는 음식이 김말이였어
요. 형이랑 저랑 김말이라면 자다가도 벌떡 일어나거든요."

"형? 형이 있구나."

말에 지후가 젓가락질을 멈추곤 수현에게서 물컵을 건네받았다.

"네, 2남 중에 차남이에요. 지금은 형이 없어 장남 아닌 장남이 되
어 버렸지만."

자신의 말에 무슨 뜻이냐는 듯한 수현의 표정에 지후가 옅은 미소
를 지으며 답했다.

"저기 위에 있어요, 우리 형도. 그래서 형 떠나고 나서는 엄마한테
김말이 해 달라는 말을 못 하겠더라고요."

아무렇지도 않다는 듯 김말이를 다시 입에 넣은 지후가 자신을 보
며 웃자, 수현은 뻐근해져 오는 가슴을 쓸어내리며 지후에게 미소를
지어 보였다.

"자주 해 줄게, 김말이."

"횡재했다, 하하. 그런데 우리 엄마표 김말이 같아요. 정말 맛있어.
김말이 좋아해요?"

연신 김말이에만 젓가락질을 하며 묻는 지후의 말에 수현이 지석을 떠올리며 말없이 고개를 끄덕였다.

"그 사람이 좋아했어, 김말이."

수현의 대답에 지후가 젓가락을 멈추고 그녀를 올려보았다. 젖은 눈이긴 하지만 여전히 미소를 짓고 있는 수현의 얼굴에 지후가 미소를 지으며 고개를 끄덕였다.

"그분이랑 저 참 많이 닮았네, 좋아하는 것도 같고."

"그러게."

애써 미소를 지으며 고개를 끄덕이는 수현의 손을 꼭 잡으며 지후가 말을 이었다.

"있잖아요, 그런 생각이 들어요. 그분이 우리를 만나게 해 주신 건 아닌지."

"······."

"그분 때문에 선생님 운 거만큼 웃게 해 주라고 날 대신 보낸 거라고 생각해요. 잘할게요. 당신 그동안 울었던 거만큼, 아니 그거보다 더 많이 웃게 해 줄게."

자신의 손을 꼭 잡으며 말하는 지후를 본 수현이 어느새 가득 고인 눈으로 미소를 지으며 고개를 끄덕였다.

"나 당직 때마다 이렇게 해 줬으면 정말 좋겠다."

"못 들은 걸로 할게."

"뭐예요?"

"자신 없어. 1년차가 당직이 얼마나 많은데 그때마다? 불가능해, 절대로."

"멋대가리 없어, 정말. 누가 보면 몇 년은 사귄 사람 같네. 우리 이제 막 시작한 연인이거든요? 못해도 응, 그렇게, 하는 게 맞다구요."

어느새 도시락 한 통을 다 비우고 과일 도시락을 여는 지후를 보며 수현이 포크를 꺼내어 건넸다.

어두운 휴게실에서 웃으며 마주 보고 앉아 있는 두 사람의 모습에 진영이 가운 주머니에 손을 넣은 채 주먹을 꼭 쥐었다. 지후를 향해 밝게 웃는 수현의 미소에 진영은 가슴을 바늘로 찌르는 듯한 아픔을 느끼며 굳은 표정으로 자신의 방으로 몸을 돌렸다.

응급실로 급하게 들어선 호연이 고개를 꾸벅이는 지후에게 고개를 끄덕여 주곤 환자의 심초음파 모니터를 향해 고개를 돌렸다. 그리곤 지후에게서 건네받은 씨티를 보곤 이마를 찌푸리며 물었다.

"뭐 같냐?"

"헤마토마(Hematoma-혈액과 응고인자들로 만들어진 종괴)는 아닌 거 같고, 심장종양인 듯해요. 하지만 확신하진 못하겠습니다."

"나도 종양 같다. 경계가 불분명해 보이는 게 아무래도 육종(Sarcoma-뼈, 근육, 결합 조직 등 중간엽 조직에서 기원한 암 종류) 같은데? 종양이면 종양 떼려다 좌심방, 좌심실 다 망가지겠는데……. 위치가 상당히 애매하다. 병리과에서는 뭐래?"

"조직 검사는 결과 안 나왔습니다."

지후의 말에 호연이 고개를 끄덕이곤 환자에게로 시선을 향하며 말했다.

"종양이 아니길 기도해 드려라, 서 선생."

"네, 선생님."

지후의 대답에 호연이 환자의 손을 쥐었다 놓고는 몸을 돌렸다.

"병리과에서 연락 오면 바로 나한테 콜하고 한 교수님한테 노티해."

"네. 어디 가세요?"

"김 과장님 수술 들어간다. 한 교수님도 지금 수술 중이시니까 무슨 일 있으면 수술방으로 바로 호출해."

"예, 수고하십시오."

응급실을 나가는 호연을 보며 지후가 환자에게로 고개를 돌렸다. 한참 동안 환자의 바이탈 모니터를 쳐다보던 지후가 길게 한숨을 내쉬며 스테이션으로 걸음을 옮겼다. 의자에 앉아 차트를 뒤적거리다 문득 달력을 보던 지후의 눈이 동그랗게 커졌다. 달력에 빨갛게 표시가 되어 있는 지석의 생일날을 보던 지후가 고개를 들어 시은을 찾았다. 마침 조제실에서 나오던 시은이 자신을 보며 의자에서 일어나는 지후에게 다가가며 말했다.

"왜 그러세요? 무슨 일 있으세요?"

"이거요, 이 표시. 누가 해 놓은 겁니까? 이날 형 생일인데 전 한 기억이 없어서요."

지후의 물음에 시은이 애써 미소를 지은 채 그에게서 달력을 받아 들어 시선을 옮기며 말했다.

"한 교수님이요. 이번 주 내내 수술이 많이 잡혀 있어서 혹시나 잊어버리면 안 되신다고 저한테 하루 전날 이야기 좀 해 달라고 신신당부를 하셔서요."

시은의 말에 가슴이 먹먹해진 지후가 말없이 고개를 끄덕이곤 스테이션을 나가며 말했다.

"저 병리과 다녀오겠습니다."

응급실을 나와 병리과로 향하던 지후가 수술실에서 나오는 진영을 보며 걸음을 멈추곤 고개를 꾸벅였다. 말없이 고개를 끄덕인 채 몸을

돌리는 진영의 모습에 지후가 잠시 망설이더니, 이내 그를 불러 세웠
다.

"한 교수님."

수술실 앞 자판기로 와 나란히 커피를 들고 병원 복도에서 창밖을
쳐다보던 진영이 조용히 커피를 마시는 지후를 향해 말했다.

"할 말 있으면 해."

"할 말 없어. 그냥 커피 한 잔 하고 싶어서. 할 말 있어야 만나는
사이 아니잖아, 우리."

지후의 말에 진영이 남은 커피를 마저 마시곤 종이컵을 구겼다.

"그런 사이를 이렇게 만들어 버린 건 내가 아니야, 지후야."

"그래, 맞아. 내가 그렇게 만들어 버렸어. 그래서 형한테 나 어떤
말도 할 말이 없어."

"왜 하필 수현이니? 왜 하필 수현이야? 내가 안 된다고 했잖아, 힘
들 거라고 안 될 거라고······."

"그 이야긴 하지 말자, 형."

진영의 말을 막은 지후 역시 어느새 비어 버린 종이컵을 구겨 쥐곤
말을 이었다.

"나, 형이랑 그 여자 이야기하려고 하는 거 아니야. 그냥······ 아직
형 생일 잊지 않고 있어 줘서. 수간호사님한테 들었어. 고마워, 형 생
일 잊지 않아 줘서."

지후의 말에 진영이 작게 고개를 끄덕였다.

"그 여자 때문에 형 잃고 싶지 않은데, 그 말은 내가 해야 할 말이
아닌 거 같아서. 형 마음에 그 여자 있는 거 아니까 내가 형한테 할
수 있는 말은 미안하다는 말뿐이야."

"······그래. 나만 털어 내면 문제없는 거겠지. 너희 두 사람 이미

서로 마음속에 들어와 있다는데, 나만 포기하면 너랑 내 사이도, 수현이랑 내 사이도 전처럼 형 동생 사이로, 친한 친구 사이로 돌아갈 수 있겠지. 하지만 지후야…… 난 막을 수 있다면 막고 싶어. 그래서 너희 두 사람이 나 때문에 상처를 입더라도 막고 싶어. 내가 나쁜 놈이 되어서라도 막고 싶다. 지후야……."

자신을 향한 진영의 표정에 지후는 가슴이 욱신거려 와 굳은 표정으로 물었다.

"이유가 뭐야? 형이 나쁜 사람이 되어서까지 우리 두 사람을 막고 싶은 이유가 뭐야? 형이 정 선생님 좋아하는 거 말고도 다른 이유 있어?"

"지후야……."

"다른 이유가 있는 거야? 그래?"

지후의 말에 진영이 길게 한숨을 내쉬며 몸을 돌렸다.

"이 말을 해야 할지 말아야 할지 많이 생각하고 망설였어. 이 말을 해서 너와 수현이를 덜 아프게 해야 할까, 아니면 내 입으로는 끝까지 말하지 말고 숨겨야 할까. 그럼 나중에 너희 두 사람이 많이 아픈 모습을 지켜봐야 하는데, 그걸 내가 할 수 있을까…… 하는 생각. 너희 두 사람을 생각하면 말해 줘야 하는 게 옳은데, 그래야 하는데…… 나 후자를 택하기로 했어."

"형."

"다른 이유가 있어. 아니, 있었어. 그것만 알아 둬. 난 분명 너한테 여러 번 말했었어. 그 기회를 버린 건 너고, 수현이야. 시간이 지나 너희 두 사람이 받을 상처…… 난 이제 모르겠다. 욕해도 좋고 비난해도 좋아. 오랜 시간 동안 내 마음에 있었던 수현이를 내보내게 만든 니 마음에 대한 복수라고 해도 상관없어. 나중에 알게 돼서 두 사

224

람 마음이 미치게 아파도 그 아픔, 내 탓이 아니라 너희들이 선택한 거야."

그런데 어쩌면…… 너희들은 그럼에도 불구하고 서로를 곁에 둘 수 있을 것 같다.

굳은 채 자신을 보는 지후의 어깨를 툭 치며 진영이 옅게 웃었다.

"다만 내게도 잘못이 있다면 내 마음에 수현이를 내보내야 하는 대가로 그 이야기를 숨긴 것, 그거 하나야. 그건 너네 형제 둘 다 나 용서 해 줘야 돼, 자식들아."

돌아서는 진영의 모습에 지후는 이마를 찌푸리며 종이컵을 집어 던졌다.

◆

"코드블루 흉부외과, 코드블루 흉부외과."

급하게 중환자실로 뛰어 들어온 호연이 폐에 칼이 찔려 있는 경찰을 보며 놀란 표정으로 지후를 향해 물었다.

"조직폭력배들 자리싸움 소탕하러 갔다 칼에 찔리셨다고 합니다."

"씨티는 나왔어?"

"예, 그런데 출혈 때문인지 많이 번졌습니다. 판독 불가입니다."

"빨리 가서 수술장 어렌지해, 웨지 리섹션(wedge resection-폐의 일부를 쐐기 모양으로 자름) 해야 될지도 모르니까 준비시키고."

"예!"

급하게 중환자실을 나가던 지후가 맞은편에서 걸어오는 수현을 향해 가며 말했다.

"수술장 어렌지하러 가요, 마취과 퍼미션도 필요해요."

"응급수술이야?"

"네, 급해요. 선생님."

지후의 말에 수현이 얼른 고개를 돌리고 진료실로 빠르게 걸음을 옮겼다. 수현의 모습에 지후 역시 수술실로 몸을 돌렸다. 수술 준비를 마친 지후가 수술장으로 들어서는 진영의 모습에 말없이 고개를 꾸벅였다.

"장 선생 곧 들어올 테니 서 선생은 그만 나가 봐. 내일 오프라면서 퇴근해."

"괜찮습니다, 선생님. 수술 마치고 퇴근해도 상관없습니다."

"나가 봐."

굳은 표정으로 장갑을 끼고 간호사가 씌워 주는 마스크를 하는 진영을 보며 지후가 말없이 고개를 꾸벅이곤 수술실을 나섰다. 길게 한숨을 내쉬며 수술실을 나가던 지후가 수술실로 들어서는 수현을 보곤 걸음을 멈추었다.

"왜 나와?"

"퇴근하라고 하셔서요."

지후의 대답에 수현이 말없이 고개를 끄덕이며 웃었다.

"수고했어, 조심해서 들어가."

그리곤 수술장으로 걸음을 옮기려던 수현이 어깨를 돌려 세워 안는 지후의 팔에 놀란 표정으로 말했다.

"나 수술 들어가야 해."

"레지던트 있잖아요. 잠시만 이러고 있어요."

자신을 꼭 안은 채 말없이 고개를 숙이고 있는 지후의 허리를 안은 수현이 그의 등을 쓸어내렸다. 자신의 손길에 안았던 팔을 풀며 미소를 짓는 지후의 표정에 수현 역시 말없이 따라 웃어 주었다.

"이 수술만 끝나면 퇴근해요?"

"응, 왜?"

"그럼 나 선생님 퇴근할 때까지 기다릴까요? 같이 퇴근할까?"

"뭐 하러 그래. 피곤할 텐데 가서 쉬어."

"나 내일 오프예요. 잠 실컷 잘 수 있는데요, 뭐. 나랑 같이 있기 싫어요? 난 조금이라도 더 같이 있고 싶은데."

입을 삐죽이며 말하는 지후를 보며 수현이 여전히 미소를 지은 채 답했다.

"나도 내일 오프야."

"그래요? 와— 잘됐다, 라고 하고 싶은데 아쉽다. 내일은 나 갈 곳이 좀 있어서요."

지후의 말에 수현이 고개를 끄덕여 보였다.

"나도 내일은 약속이 있어."

"무슨 약속? 남자 만나는 거 아니지?"

자신의 말에 피식 웃는 수현의 어깨를 지후가 활짝 웃으며 잡았다 놓았다.

"요즘 당신 웃는 거 자주 봐서 너무 좋아요. 웃는 거 참 예뻐."

"고마워."

"약속 언제 있어요?"

"점심때 즈음? 그건 왜?"

"그럼 나 어디 좀 갔다 와서 저녁 같이 먹을래요? 나가서 외식해도 좋고, 김말이 또 해 줘도 좋고."

씩 웃으며 말하는 지후를 보며 수현이 잠시 생각하는 듯 고개를 돌리더니, 이내 지후를 향해 고개를 끄덕였다.

"김말이 해 놓을게."

"그래요. 그럼 나 먼저 퇴근할게요."

웃으며 수술장을 나가는 지후의 뒷모습에 수현이 말없이 미소를 지으며 수술실로 들어갔다. 병원 주차장을 나선 지후가 차에 올라타며 시동을 걸기 위해 차키를 꺼내어 들었다. 차키를 꽂은 지후가 창문을 열곤 울리는 진동 소리에 가방에서 핸드폰을 꺼내어 들었다.

[조심해서 들어가, 내일 연락할게.]

수현의 문자에 지후가 생긋 웃으며 잠시 생각하더니 시동을 끄곤 차키를 뽑았다.

수술을 마치고 수술실을 나오던 수현이 뒤따라 나오는 진영을 돌아보며 말했다.

"수고했어."

자신의 말에 말없이 고개를 끄덕이곤 지나치는 진영을 향해 수현이 짧은 한숨을 내쉬었다.

"수현아."

뒤돌아보며 자신의 이름을 부르는 진영의 목소리에 수현이 고개를 들어 그를 보았다.

"내일 지석이 생일이야."

"알아."

"지석이한테 갈 거지? 같이…… 갈래?"

자신의 물음에 대답 없이 고개만 끄덕이는 수현을 보며 진영이 애써 미소를 지어 보이곤 말을 이었다.

"그런 표정 짓지 마라, 수현아."

"……."

"나 너 좋아하기 전에 지석이 친구야. 지석이한테 가는 길, 불편하게 가지 말자."

"진영아."

"내일 아침에 연락할게, 들어가."

그리곤 돌아서 수술장을 나가는 진영이 사라질 때까지 한참 동안
서 있던 수현이 조용히 수술장을 나왔다. 옷을 갈아입고 진료실을 나
와 주차장으로 들어선 수현이 자신을 향해 비추는 헤드라이트에 놀란
표정으로 고개를 돌렸다. 차 안에서 자신을 향해 웃으며 손을 흔드는
지후를 본 수현의 입가에 주름이 생겼다.

차에 올라타는 수현을 향해 지후가 활짝 웃으며 물었다.

"이제 끝난 거예요? 뭐 이렇게 오래 걸려? 힘들었어요?"

"아니, 환자 상태 좀 보고 오느라. 먼저 가라니까 왜 여태까지 안
가고 있어?"

"가려고 했는데 선생님 문자 보고 나니까 또 보고 싶어서."

자신의 말에 수줍은 듯 웃는 수현의 미소에 지후가 그녀의 얼굴을
두 손으로 감싸고 입을 맞췄다. 따뜻하게 자신의 얼굴을 감싼 채 입
을 맞춰 오는 지후에 수현이 살며시 그의 허리를 감싸 안았다. 오랜
키스가 이어지고, 지후가 못 참겠다는 듯 입술을 떼곤 두 손으로 얼
굴을 쓸어내렸다.

"이러면 안 되는데. 아직은 안 되는데…… 그죠?"

"뭐가?"

다짜고짜 인상을 찌푸리며 말하는 지후의 말에 수현이 되물었다.
그녀의 물음에 지후가 활짝 웃으며 답했다.

"자꾸만 안고 싶어지잖아, 당신이."

"서 선생!"

"농담이에요, 농담."

"그런 농담은 하나도 안 재밌거든요? 피곤할 텐데 얼른 가자."

그리곤 돌아서는 수현을 뒤에서 꼭 안으며 지후가 말했다.

"사랑해요."

"응."

"언제쯤 당신한테 나도, 라는 말을 들을 수 있을까요?"

자신의 말에 돌아서 바라보는 수현에게 지후가 미소를 지었다.

"아니, 아니에요. 취소야, 취소. 아무것도 안 바란다고 했는데 계속 욕심이 생기네."

"서 선생."

"천천히, 기다릴 수 있어요, 나. 당신 마음에 내가 더 많아질 때까지 기다릴 테니까 천천히 와요."

"……고마워, 서 선생."

눈물이 고인 눈으로 자신을 보는 수현의 얼굴을 쓸어내리며 지후가 미소를 지은 채 고개를 끄덕였다.

당신 눈에 고인 이 눈물까지도 없애고 싶은데, 아직은 나 그만큼은 아닌 거죠? 그래도 기다릴 수 있어, 기다릴게요. 당신 마음에 그 사람보다 내가 더 많아질 때까지…….

회색바지에 검은색 정장을 입은 지후가 거울 앞에 섰다. 그리곤 화장대에 있는 로션 뚜껑을 열었다. 손바닥에 로션을 부어 얼굴에 바르던 지후가 울리는 알람 소리에 탁자에 놓아두었던 핸드폰을 들었다.

[형 생일.]

매년 이 시각 울리는 알람소리. 지후가 피식 웃으며 핸드폰 액정을 엄지손가락과 집게손가락으로 튕겼다.

"알았어, 안 잊어버렸다고. 형, 지금 가."

한참 동안 핸드폰 속에 새겨진 형의 이름을 들여다보던 지후가 미소를 지은 채 핸드폰을 닫았다. 한 시간가량 차를 달려온 지후가 납골당 앞 주차장에 차를 세웠다. 백합 한 다발을 든 채 차에서 내렸다.

　"형, 나 가고 있는 거 보여? 오랜만이네, 여기."

　납골당을 한 바퀴 둘러본 지후가 얼굴에 미소를 머금은 채 형의 유골이 안치되어 있는 건물로 들어섰다. 엘리베이터에서 내린 지후가 저만치서 보이는 진영의 표정에 옅은 미소를 지으며 걸었다. 그러나 진영의 모습 앞으로 보이는 수현의 옆모습에 지후가 굳은 표정으로 걸음을 멈추었다. 젖은 눈으로 형의 유골이 담긴 단을 애틋하게 만지는 수현을 본 지후는 가슴이 철렁 내려앉았다.

　[나도 사랑하는 사람이 좋아했던 노래였었어.]

　[결혼까지 약속할 정도로 오래 사귀신 분이 계셨는데 레지던트 2년 차였을 때 사고로 죽었어. 사랑했어, 정말 모든 걸 다 주어도 아깝지 않겠다는 것이 어떤 건지 가르쳐 준 사람이었어. 그런 사람의 사랑을 받았고, 그 사랑만큼 내 힘껏 사랑해 주자 했었어. 항상 날 위해 먼저 웃어 주고, 날 위해 먼저 손내밀어 주고, 나보다 먼저 아파해 주고, 나보다 먼저 기뻐해 주고, 그 사람에겐 늘 그 어떤 것보다 내가 우선이었었어. 그런 사랑을 받았었어, 내가.]

　수현의 말을 떠올리던 지후의 눈동자가 커졌다.

　[아직 그 사람을 잊고 싶지가 않은데, 잊어 주고 싶지 않은데……조금씩 흐려지는 그 사람 모습에 겁이 나. 아직은 그 사람 내 가슴에서 살게 해 주고 싶어. 보내고 싶지 않아.]

　[나…… 그 사람 못 잊어.]

　[그렇게 말없이 떠나 버리긴 했지만 나…… 그 사람이 한 번도 내게 상처였던 적은 없어, 상처를 주고 떠났다는 생각도 한 적 없고. 그

저 내가 받았던 사랑만큼 다 주지 못해서, 받기만 하고 보낸 거 같아서, 한 번도 내 마음을 그 사람에게 제대로 다 보여 준 적이 없는 것 같아서, 그게 가슴 아파서 오랫동안 그 사람을 놓지 못하고 살았었던 거 같아.]

명치끝이 아려 오는 통증에 지후가 떨리는 두 눈을 감았다 떴다.

형이야? 저 여자 마음에서 그렇게 질기게 살아 있던 사람이 형이었어? 저 여자 마음에 들어가 있는 사람이 형이라는 거야?

11화
미안합니다

   진영과 함께 납골당에 도착한 수현이 자신을 향해 웃어 주는 그의 미소에 말없이 웃으며 차에서 내렸다. 납골당 주위를 둘러보는 수현을 향해 진영이 미소를 머금었다. 그리곤 지석의 유골이 안치되어 있는 건물로 발걸음을 옮겼다. 진영을 뒤따라 걸어 들어간 수현이 건물 안에서 자신을 기다리고 있는 그를 보며 걸음을 멈추었다.

   "너 먼저 가라고. 지석이가 나보다 니가 더 보고 싶어 할 거 같아서."

   진영의 말에 수현이 말없이 미소를 지은 채 지석이 있는 곳으로 걸음을 옮겼다. 어느새 지석이 있는 단까지 걸어온 수현이, 활짝 웃고 있는 지석의 사진을 보며 미소를 지었다.

   "나 왔어, 지석 씨. 생일 축하해. 지석 씨가 좋아하는 케이크로 사 왔어. 맘에 들어? 보고 싶었어. 자주 못 와서 미안해. 자주 시간 내지 못하는 거 지석 씨도 알지? 진영이도 같이 왔어. 이렇게 같이 오는 건 처음이다, 그지?"

어느새 눈물이 글썽이는 얼굴로 자신을 보며 웃는 수현에게 진영이 애써 미소를 지었다.

"나왔다, 자식아. 생일 축하한다. 거기서 생일상은 제대로 차려 주나?"

밝은 목소리로 말하던 진영이 자신을 향해 웃고 있는 지석의 표정에 가슴이 저려 와 고개를 돌렸다. 그리곤 하얗게 질린 얼굴로 뒷걸음질을 치는 지후의 모습에 진영이 놀란 표정으로 수현에게로 고개를 돌렸다. 여전히 지석을 향해 시선을 던지고 있는 수현을 보며 진영이 놀란 가슴을 달래며 그녀에게 말했다.

"나 화장실 좀 다녀올게."

자신의 말에 고개를 끄덕이는 수현의 어깨를 쥐었다 놓으며 진영이 빠른 걸음으로 지후를 뒤따라갔다. 다리에 힘이 풀려 비틀거리던 지후가 등 뒤에서 자신의 어깨를 잡는 진영의 손길에 천천히 고개를 돌렸다.

"지후야."

"형."

흐린 눈으로 자신을 보는 진영의 표정에 지후가 놀란 표정으로 몸을 꼿꼿이 세웠다.

[포기해라, 지후야. 수현이는 안 돼.]

[너희 두 사람은 안 돼. 내 마음에 수현이가 있는 거 말고도 너희 두 사람은…….]

[왜 하필 수현이니? 왜 하필 수현이야? 내가 안 된다고 했잖아, 힘들 거라고 안 될 거라고…….]

[이 말을 해야 할지 말아야 할지 많이 생각하고 망설였어. 이 말을

해서 너와 수현이를 덜 아프게 해야 할까, 아니면 내 입으로는 끝까지 말하지 말고 숨겨야 할까.]

[난 분명 너한테 여러 번 말했었어. 그 기회를 버린 건 너고, 수현이야. 시간이 지나 너희 두 사람이 받을 상처…… 난 이제 모르겠다.]

한참 동안 차가운 얼굴로 자신을 노려보는 지후가 그대로 주차장으로 몸을 돌렸다. 차를 타고 납골당을 빠져나가는 지후의 모습에 진영이 길게 한숨을 내쉬며 수현에게로 걸음을 옮겼다.

진영이 멀어져 가는 모습에 수현이 피식 웃으며 지석에게로 다시 고개를 돌렸다.

"한진영 화장실 엄청 급하나 보다, 지석 씨."

농담을 건넨 자신에게 답이라도 하듯 환하게 웃고 있는 지석의 사진에 수현이 먹먹해지는 가슴을 쓸어내리며 말을 이었다.

"오랜만에 와서 지석 씨 마음 아픈 소리 해야 하네. 그래도 내 마음에 다른 사람이 들어오기 시작했다는 말…… 해 줘야 할 거 같아서. 말 안 해도 지석 씨는 알고 있겠지만, 그래도 내 입으로 직접 말해야 할 거 같아서. 미안해, 지석 씨. 내 마음에서 지석 씨 자리를 그 사람에게 나눠 주게 돼서……."

괜찮아, 수현아. 진작 그랬어야 했어. 미안해하지 마. 그렇게 예쁘게 웃는 거 오랜만이다, 정수현.

자신의 말에 환하게 웃는 지석의 사진이 아니라고, 잘된 거라고 꼭 지석이 수현에게 말하고 있는 것 같아 수현의 눈에 눈물이 차올랐다.

"그 사람이 그러더라. 지석 씨가 나한테 그 사람을 보낸 거라고. 지석 씨 못 잊고 힘들어한다고 지석 씨가 당신이랑 닮은 그 사람 나한테 보내 준 거라고. 정말 그런 거야?"

나, 그런 거라고 생각해도 돼? 나 당신 조금씩 지워 가도 되는 거야?

"지워지긴 하겠지만 잊지는 못할 거 같다는 어떤 사람 말, 이제는 무슨 뜻인지 알 것도 같아."

시간이 지나서 그 사람으로 인해 당신이 내 마음에서 지워진다 하더라도 평생 잊지는 못할 거야. 첫사랑은…… 그런 거잖아.

"감사하고 있어, 내 첫사랑이 송지석이라는 거."

첫사랑이자 마지막 사랑으로 남겨 주지 못해서 미안해, 지석 씨.

"이제, 자주는 못 올 거야. 그 사람 마음을 받아 주기로 했으니까 그 사람이 날 생각하는 마음 따라가려면 한참 멀었지만 내 마음에 그 사람을 조금씩 채워 가려고."

멀리서 지석의 사진을 쓸어내리며 글썽이는 눈으로 웃는 수현의 모습에 진영은 저민 가슴을 쓸어내렸다.

수현아, 니 마음에 들어가려는 그 사람이 니가 지금 보고 있는 그 사람의 동생이라는 걸 넌 아니? 그걸 알게 되면 넌…… 어떤 선택을 할까? 지석아, 두 사람 힘들게 하지 마라.

◆

쾅!

의국 문이 거세게 열리자 논문 정리를 하고 있던 호연이 놀란 표정으로 문으로 시선을 돌렸다.

"서지후."

하얗게 질린 얼굴로 자신을 보는 지후를 본 호연이 벌떡 일어나 그에게 다가갔다.

"왜 그래? 너? 무슨 일 있어?"

호연의 물음에 지후가 떨리는 눈을 감았다.

[힘든 길은 가지 마라, 힘든 길은 가는 게 아니다. 지후야.]

[난 장 선생이 고마워, 아직 그 사람을 잊지 않고 있어 줘서.]

파리한 입술을 깨문 채 눈을 감았다 뜨는 지후를 보며 호연은 가슴이 먹먹해져 왔다.

"치프 선생님, 여쭤 볼 게 있습니다."

떨리는 눈동자로 자신을 보는 지후가 하려는 말을 알 것만 같아 호연은 말없이 고개를 숙였다.

"혹시 말입니다. 정수현 선생님이 사귀셨다는 그분 알고 계십니까? 이 병원에서 일하다 돌아가셨다는 그분이요, 결혼 약속까지 하셨다는 분 말입니다. 혹시 누군지 알고 계십니까?"

그 말에 호연이 가슴 아픈 표정으로 고개를 들어 지후를 보았다.

"서 선생."

"그럼 우리 형이 사귀었다는 사람 누군지 알고 계시죠?"

"지후야."

"그 사람이 혹시…… 정 선생님이십니까? 치프 선생님은 알고 계시죠? 정 선생님의 그분이 저희 형이 맞아요?"

자신의 말에 고개를 떨군 채 아무 대답이 없는 호연의 어깨를 잡으며 지후가 목소리를 높였다.

"저희 형이 맞냐구요! 정말 송지석이 맞아요?"

금방이라도 눈물이 떨어질 것처럼 흔들리는 지후의 눈동자에 고개를 들어 그를 본 호연이 두 눈을 감으며 고개를 끄덕였다.

"그래, 지석 선배가 맞아."

"치프 선생님!"

"맞아. 지석 선배가, 너희 형이 죽기 전까지 사랑했던 사람 정수현 선생님이 맞아. 정수현 선생님이 그렇게 못 잊어하시던 그분이 너희 형이 맞다, 지후야."

안타까운 표정으로 자신을 보며 말하는 호연의 어깨를 놓으며 지후가 고개를 저었다.

"아니야, 아니에요. 치프 선생님이 뭔가 잘못 알고 있는 거예요. 아니야, 아닐 거야."

"어디 가? 지후야? 서 선생!"

뒤돌아 의국을 나가는 지후를 따라 나간 호연이 이미 저만치 뛰어가는 지후의 뒷모습에 가슴이 시큰거려 길게 한숨을 내쉬었다.

"어뜩하냐. 서 선생."

의국을 도망치다시피 뛰쳐나온 지후가 1층 응급실을 보곤 걸음을 멈추었다.

[형, 일어나 봐, 나 왔어. 눈 떠 봐, 형!]

지석이 떠나던 날을 떠올린 지후가 두 눈을 질끈 감았다 뜨며 응급실을 향해 뛰어 들어갔다. 벌컥 열리는 문을 돌아본 하영과 시은이 창백한 얼굴로 응급실을 뛰어 들어오는 지후를 보며 의자에서 일어났다.

"수간호사님."

숨을 헐떡이며 묻는 지후의 표정에 시은이 걱정스런 표정으로 물었다.

"무슨 일 있으세요, 선생님?"

"저희 형 사고 난 날이요, 형 간 날."

"네."

"혹시 그날 형의 그 여자…… 그러니까 정수현 선생님은 어디 계셨었습니까?"

지후의 말에 하영이 놀란 표정으로 그에게로 고개를 돌렸다.

"송지석 선생님 붙들고 우시다가 쓰러지셔서 과장님이 업어 병실에 옮기셨었어요. 그날 정 선생님 오프받은 날이셨는데 두 분 만나러 가시다 사고를 당하셨다는 소식에 얼마나 우시던지, 울다가 죽을 수도 있을 것 같더라구요."

그날이 떠올랐는지 가슴 아픈 표정으로 말하는 시은을 본 하영이 굳은 표정으로 지후를 쳐다보았다.

"그러니까, 정말 정수현 선생님. 정수현 선생님이라는 말이죠? 형이 사귀었던 사람이 정말 정수현 선생님이 맞다는 거죠?"

"네? 네. 왜요? 선생님? 무슨 일……."

시은의 말이 채 끝나기도 전에 돌아서 응급실을 뛰어나가는 지후를 보며 하영이 급하게 걸음을 옮겼다.

"서지후! 수간호사 선생님 저 잠시 만요. 서지후!"

지후를 따라나가는 하영의 모습에 시은이 고개를 갸웃거리며 차트를 펼쳐 들었다. 병원을 뛰쳐나가던 지후가 어느새 자신을 쫓아와 팔을 잡는 하영의 손길에 걸음을 멈추었다.

"지후야…… 알았니?"

안타까운 표정으로 자신을 보는 하영에게 지후가 놀란 표정으로 물었다.

"너도 알고 있었어?"

"……."

"너도 알고 있었냐고!"

"그래, 알고 있었어. 한진영 선생님이랑 너희 치프 선생님이랑 하는 말 들었어. 그래서 내가 포기하라고 했잖아. 너 더 아프기 전에……

서지후!"

자신의 팔을 뿌리치고 병원을 나서는 지후의 모습에 하영은 가슴이 뻐근해져 와 고개를 떨구었다.

이제 어떡하니, 지후야.

병원을 나선 지후가 다시 지석이 묻혀 있는 곳으로 차를 몰았다. 가는 내내 떠오르는 지석과 수현의 생각에 지후가 연신 핸들에 주먹을 내려치며 고개를 저었다. 단숨에 지석의 유골이 있는 건물까지 뛰어온 지후가 굳은 표정으로 사진을 노려보았다.

"송지석."

자신의 마음은 새까맣게 타들어 가는데 활짝 웃고 있는 지석의 사진에 지후의 눈에 눈물이 차올랐다.

"정말 그 여자야? 정수현…… 정말 그 여자냐고. 형이 간 날 소개시켜 주기로 했던 그 사람이, 형이 나보다 더 사랑할 거 같다 했던 그 여자가 정말 정수현이냐고……."

그 여자가 지금까지 잊지 못하고 그리워하고 있는 사람이, 그 여자 얼굴에서 눈물부터 보게 만든 사람이, 그 여자가 죽을 때까지 잊지 못할 거 같다고 했던 사람이, 그 여자 마음에서 질기게 살아 있던 사람이…… 형이었어?

"왜 진작 말 안 했어? 말해 줬어야지. 송지석, 이 나쁜 새끼야."

심장을 칼날로 도려내는 듯 시려 오는 아픔에 지후가 눈물을 참으려 입술을 깨물었다.

진작 이 여자는 내 여자다, 그러니까 건들지 말라고 말을 해 줬어야 할 거 아니야? 이렇게 되기 전에…… 여기까지 오기 전에 말을 해야 할 거 아니야. 꿈에서라도 말을 하든가, 아님 신호라도 보내 주든가! 나더러 어쩌라고 여기까지 오게 한 거야, 어쩌라고!

쾅!

지석의 유골이 들어 있는 단을 손바닥으로 내려친 지후의 눈에서 눈물이 떨어졌다.

"송지석!"

자신의 울부짖음에도 여전히 미소를 짓고 있는 지석의 사진을 보며 지후는 고개를 떨군 채 소리 없이 흐느꼈다.

집에 도착한 수현이 김말이와 과일 몇 종류를 담은 비닐을 식탁 위에 내려놓았다.

[저녁 같이 먹을래요? 나가서 외식해도 좋고 김말이 또 해 줘도 좋고.]

지난밤 지후가 했던 말을 떠올린 수현이 작은 미소를 지어 보이곤 옷을 갈아입기 위해 방으로 들어섰다. 방으로 들어선 수현이 자신의 방 서랍장 위에 올려져 있는 지석의 사진을 보며 미소를 거두곤 액자를 들었다.

[정수현, 니가 해 주는 김말이가 세상에서 제일, 아니 두 번째로 맛있어.]

[피- 두 번째?]

[응, 두 번째. 첫 번째는 누군지 말 안 해도 알지? 그래도 이제 평생 같이 살려면 정수현 김말이에 적응해야 하니까 앞으로는 니가 해 주는 김말이만 먹을게.]

[치, 누가 평생 김말이 해 준대? 국물도 없어, 송지석.]

지석과의 추억을 떠올린 수현은 가슴이 아파 왔지만 이내 고개를 저으며 웃었다.

"당신, 이제 정말 나한테 과거가 되려나 봐. 전엔 당신 사진만 봐도 눈물이 났었는데……."

이제 정말 내 마음에 다른 사람을 담기 시작했나 봐.

한참 동안 지석의 사진을 쓸어내린 수현이 다시 액자를 세워 두곤 방을 나왔다.

◆

납골당 주차장에 차를 세워 둔 채 핸들에 얼굴을 묻고 있던 지후가 진동 소리에 천천히 고개를 들었다. 주머니에서 핸드폰을 꺼내어 든 지후가 굳은 표정으로 폴더를 열었다.

[어디니? 지후야, 연락해. -하영-]

하영의 메시지에 지후가 두 눈을 감으며 폴더를 내렸다. 그리곤 부재중으로 화면에 뜬 수현의 이름에 지후의 눈동자가 젖어 들었다. 그러나 이내 다시 진동이 울리자 지후가 젖은 눈으로 액정에 뜬 수현의 이름을 보고는 통화키를 눌렀다.

-여보세요?

핸드폰 너머로 들리는 수현의 목소리에 지후는 이를 악물며 의자에 몸을 맡긴 채 고개를 뒤로 젖혔다.

-서 선생?

"네, 선생님……."

-바빠? 통화하기 곤란해?

"아니에요, 어디예요?"

-집이야, 서 선생은 어디야?

"아직 밖이에요."

-응. 늦나 봐. 기다리지 말까?

수현의 물음에 지후가 눈물이 날 것만 같아 아랫입술을 깨물며 겨우 목소리를 짜내었다.

"네, 미안해요."

-그래, 알았어. 나중에 연락해. 끊을게.

수현의 목소리가 끊기자 폴더를 닫은 지후가 떨리는 두 눈을 감으며 다시 핸들에 얼굴을 묻었다.

우리…… 어떡하면 좋을까요.

의국에 들어선 진영이 자신의 등장에 벌떡 일어서는 호연을 보며 굳은 표정으로 물었다.

"서 선생은?"

"오픕니다."

"아…… 그렇지. 알았어."

"교수님."

그리곤 돌아서는 진영이 자신을 부르는 호연의 목소리에 고개를 돌렸다.

"아까 서 선생 왔었습니다."

"그래?"

"예. 하얗게 질린 얼굴로 와서는 지석 선배와 정수현 선생님 관계 물어보더니 대답하기가 무섭게 뛰쳐나갔습니다."

걱정스러움이 가득한 호연의 표정을 보며 진영이 말없이 고개를 끄덕이곤 핸드폰을 꺼내어 들었다.

"안 받습니다."

호연의 목소리에도 지후에게 전화를 한 진영이 굳은 표정으로 고개를 끄덕였다.

"서 선생 오면 연락해."

"예, 교수님."

힘없이 의국을 나서는 진영의 뒷모습에 호연이 길게 한숨을 내쉬며 의자에 앉았다.

"이제 어떻게 되는 거야……."

의자에 앉은 수현이 식탁 위에 놓인 김말이와 예쁜 접시에 차려진 과일들을 보며 짧은 한숨을 내쉬었다.

"전화라도 한 통 해 보고 만들 걸 그랬나 보다."

그리곤 일어나 김말이를 랩에 싼 수현이 지후의 목소리를 떠올리며 다시 자리에 앉았다.

[미안해요.]

어딘가 불안정했던 지후의 목소리에 수현이 다시 핸드폰을 꺼내어 들었다. 통화키를 누른 수현이 몇 번 울리다 넘어가는 기계음 소리에 종료 버튼을 누르곤 잠시 망설이더니 이내 메시지 모양의 버튼을 눌렀다.

[서 선생 무슨 일 있어? 목소리가 안 좋던데…… 늦어도 좋으니 집에 도착하면 연락해.]

문자를 작성한 수현이 전송 버튼을 내려다본 채 잠시 망설였다.

딩동.

초인종 소리에 놀란 수현이 전송 버튼을 누른지도 모르고 핸드폰을 식탁 위에 둔 채 현관으로 걸어 나갔다.

"누구세요?"

현관문을 연 수현이 말없이 미소를 지으며 서 있는 진영의 모습에 놀란 표정으로 물었다.

"어쩐 일이야?"

"그냥, 아까 저녁도 안 먹고 헤어진 게 맘에 걸려서."

진영의 말에 수현이 미소를 지은 채 답했다.

"내가 안 먹겠다고 했는데 뭘."

"혹시…… 서 선생, 지후 여기 왔었어?"

자신의 물음에 대답 없이 고개를 젓는 수현을 보며 진영이 짧게 한 숨을 내쉬었다.

"왜? 무슨 일 있어?"

"아니, 그냥. 저녁 먹으러 갈래?"

"미안해서 어쩌지? 한 선생. 나 생각 없는데."

미안한 듯한 표정의 수현을 보며 진영이 애써 밝게 웃었다.

"괜찮아, 다음에 먹자. 나 그만 가 볼게, 쉬어."

"그래, 조심해서 가."

진영이 엘리베이터에 몸을 싣는 것까지 보고 돌아선 수현이 울리 는 벨소리에 빠른 걸음으로 식탁 위에 놓인 핸드폰을 집어 들었다. 액정에 뜨는 지후의 이름에 수현이 통화 버튼을 눌렀다.

―나예요.

"응."

―보고 싶어요.

낮은 지후의 목소리에 가슴이 욱신거린 수현이 손으로 가슴팍을 쓱쓱 문지르며 말했다.

"무슨 일 있어? 목소리가 안 좋아."

―없어요, 아무 일도. 정수현 선생님.

"응?"

-정수현.

이름을 부르는 지후의 목소리가 수현의 가슴을 울렸다. 조용히 식탁에 앉은 수현이 지후의 다음 말을 기다리며 고른 숨을 내쉬었다.

-미안해요.

"……."

-전에 내가 했던 말…… 당신 마음에 그 사람을 다 들어내 버리겠다는 말……. 그런 말 했던 거 미안해요.

"서 선생?"

-정말 미안해요.

"무슨 일 있지? 서 선생? 송……."

지후를 부르는 자신의 목소리에도 그냥 끊어져 버린 핸드폰을 닫으며 수현이 굳은 표정으로 한참 동안 핸드폰을 내려다보았다.

[무슨 일 있지? 서 선생? 송…….]

수현의 집 앞 복도 벽에 몸을 기댄 지후가 그녀의 목소리를 뒤로한 채 핸드폰을 닫고는 굳은 표정으로 엘리베이터에 몸을 실었다. 다시 오피스텔을 나온 지후가 오피스텔 입구 바로 앞에 세워 둔 차에 올라타 시동을 걸었다. 요란한 소리와 함께 오피스텔을 빠져나간 지후의 차가 있던 자리에는 한 움큼 쌓인 담배꽁초들로 가득했다.

◆

"오늘도 서지후 연락 없어?"

"예, 과장님."

아침 회진을 돌던 창호의 물음에 진영이 굳은 표정으로 대답했다. 지후가 연락 없이 무단결근한 지 일주일째였다. 진영의 대답에 창호가 짧게 한숨을 내쉬곤 다시 걸음을 옮겼다. 과장실에 들어선 창호가 자신을 뒤따라 들어서는 진영을 돌아보며 인상을 찌푸리고 물었다.

"도대체 이 자식 어떻게 된 거야!"

자신의 말에 굳은 표정으로 고개를 떨구고 있는 진영을 향해 창호가 다시 물었다.

"뭐 아는 거 없어?"

"예."

여전히 고개를 떨군 채 짧게 대답하는 진영을 보며 창호가 짧은 한숨을 내쉬곤 다시 물었다.

"지후, 연애하냐?"

뭘 알고 묻는 듯한 창호의 물음에 진영이 놀란 표정으로 고개를 들었다. 그런 진영의 모습에 창호가 고개를 저으며 소파에 앉았다.

"이놈의 자식, 레지던트 끝날 때까지는 연애고 뭐고 하지 말라고 그렇게 말했는데……."

"너무 걱정 마십시오. 곧 연락 올 겁니다."

말없이 고개를 끄덕이며 소파에 팔을 기댄 채 얼굴을 갖다 대는 창호가 진영에게 앉으라는 손짓을 하며 물었다.

"제주도 세미나 지후 참석한다고 안 했어?"

"예, 맞습니다."

"이 자식, 다음 주까지도 안 나타나면 대신 갈 사람은?"

창호의 말에 진영이 잠시 생각하더니, 이내 창호를 향해 고개를 돌리며 말했다.

"2년차 선생들 중에 한 명 데리고 갈까 합니다. 장 선생은 제가 자리를 비우기 때문에 병원에 남겨 두려고요."

"그래, 지후 이 자식 연락될 만한 데 계속 좀 찾아봐. 내 이놈의 자식을 그냥……."

"연락되는 대로 보고드리겠습니다. 이만 나가 보겠습니다, 과장
님."

고개를 꾸벅이곤 과장실을 나가는 진영의 모습에 창호가 길게 한
숨을 쉬곤 몸을 일으켜 책상에 앉았다.

과장실을 나오던 진영이 걸음을 멈추고 창밖으로 고개를 돌렸다.
지석이 있는 납골당에서 본 지후의 표정에 진영은 가슴이 아려 와 고
개를 저으며 담배를 입에 물었다.

"금연입니다, 한 교수님."

하영의 말에 진영이 얼른 입에 물고 있던 담배를 손에 쥐곤 뒤돌아
보았다. 무표정한 얼굴로 자신에게 고개를 꾸벅이는 하영에게 진영이
담배를 호주머니에 넣곤 고개를 끄덕였다. 그리곤 억지 미소를 만들
어 보이며 몸을 돌리려는 진영을 하영이 불러 세웠다.

"선생님."

휴게실로 온 지 꽤 시간이 지났음에도 두 손을 모은 채 고개를 숙
이고 앉아 있던 하영이 말없이 자신에게 커피를 내미는 진영을 올려
다보며 종이컵을 받아 들었다.

"주 선생, 지후 걱정돼서 그러죠?"

자신의 말에 눈물이 가득 고인 얼굴로 고개를 끄덕이는 하영을 보
며 진영이 커피를 한 모금 넘기곤 말을 이었다.

"곧 돌아올 거예요, 지후. 그렇게 약한 아이 아니니까…… 너무 걱
정 말고 기다려 줘요. 그리고 만약 지후가 돌아오면……."

"지후…… 정수현 선생님과 지석 오빠 관계 알고도 정 선생님 못

놓을 거예요."

눈물이 고이긴 했지만 자신을 똑바로 쳐다보는 하영의 눈을 피해 진영이 고개를 돌렸다.

"아마 지후…… 정 선생님 안 놓을 거예요. 우리가…… 한 선생님과 제가 포기해야 될지도 몰라요."

"하영 씨."

"포기하겠다는 거 아니에요. 포기 안 해요. 정 선생님한테 지후 양보할 수 없어요. 다른 사람 마음에 가득 차 있는 사람한테 지후…… 못 줘요."

하영의 말에 진영이 이미 식어 버린 커피를 들이켜곤 입을 열었다.

"주 간호사, 하영 씨. 사람의 마음이란 양보를 해서 되는 게 아니에요. 지후에 대한 하영 씨 마음이 정말 진심이라면, 아마 하영 씨 지후 끝까지 잡고 있지 못할 거예요. 지후가 이 사실을 알게 되어서도 수현일 놓지 않는다면 난…… 두 사람을 응원해 줄 생각이에요."

말을 마치고 일어나 돌아서는 진영이 하영의 말에 걸음을 멈추었다.

"선생님은…… 한 선생님은 정 선생님을 놓으신 건가요?"

하영의 물음에 진영은 가슴이 지끈거려 왔지만 이내 옅은 미소를 지으며 답했다.

"아직은 아니지만, 아마도 미련 없이 놓을 수도 있을 거 같아요. 난 이미 한 번 해 봤거든요."

"……."

"내 곁에서 수현이가 행복해지면 좋겠는데, 그게 길이 아니라면 놓아줘야죠. 수현이가 행복해질 수 있는 길이면 난 어디든 상관없어요. 굳이 내 곁이 아니라도……."

그리곤 웃으며 돌아서 가는 진영의 모습에 하영이 어느새 빈 종이 컵을 구기며 고개를 저었다.

전요, 선생님. 지후가 행복해지는 건 제 옆이었으면 좋겠는 걸요. 그래서 지후를 그냥 놓을 수가 없어요. 내 곁에 올 수 있도록 있는 힘 껏 해 볼 거예요.

응급실에 들어서는 수현을 보며 시은과 주희가 일어나 고개를 꾸 벅였다. 수현 역시 두 사람에게 고개를 숙이곤 시은에게 다가가 물었 다.

"내일 판막수술 환자 상태 보러 왔어요. 어때요?"

"펄스(Pulse, heart rate-심박동수)가 좀 낮아서 유심히 지켜보고 있습니다."

환자에게 다가가 상태를 살피던 수현이 시은의 말에 고개를 끄덕 이며 환자의 모니터를 향해 고개를 돌리며 말했다.

"내일 수술 전까지는 이 상태 그대로 유지 부탁드려요, 주치의는?"

"그게…… 서지후 선생님인데…….."

시은의 말에 수현의 표정이 굳어졌다.

"내일 수술에는 서 선생 대신 누가 들어와요?"

"치프 선생님이 들어가실 겁니다."

시은의 대답에 수현이 말없이 고개를 끄덕이곤 응급실을 나섰다. 일주일 전 전화 한 통 이후 소식이 없는 지후였다. 수현은 걱정과 불 안에 마음이 조여 왔지만 이내 고개를 저으며 의국으로 향했다. 에스 컬레이터에 몸을 실은 수현이 위에서 자신을 향해 웃고 있는 진영을 보며 애써 미소를 지었다.

"점심은?"

"했어."

"너 10시부터 좀 전까지 수술이었다면서? 언제 먹었어?"

"아까 수술하다 잠깐 나와서 간단히 때웠어."

"그 환자 아리스미아(Arrhythmia-부정맥, 맥박이 일정치 않은 것) 있어서 수술 중에 못 나왔을 텐데 어떻게 나와서 먹었어?"

이마를 찌푸리며 묻는 진영의 말에 수현이 졌다는 듯 피식 웃으며 답했다.

"그냥 좀 대충 넘어가 주면 안 돼?"

"왜 밥을 굶어. 의사한테 끼니가 얼마나 중요한데…… 점심 먹으러 가자. 오늘 식당에……."

"미안, 한 선생. 나 밥 생각 없어."

"정수현."

화가 난 듯 자신을 보는 진영의 표정에 더 이상 수현이 아무 말 못하고 고개를 숙였다.

"나 화날 거 같다, 수현아."

"진영아."

"너 밥 생각 없는 거 알고, 그 이유도 아는데 밥 굶지 마. 의사가 한 끼 굶으면 그만큼 환자에게 쏟아 내는 에너지가 적을 텐데……."

"그래, 진영아. 먹자, 밥. 먹으러 가."

미소를 지으며 자신의 어깨를 툭툭 치고 지나가는 수현의 모습에 진영이 짧은 한숨을 내쉬며 뒤따랐다.

◆

부산의 바닷가 앞에 널브러져 있던 지후가 한참 만에 몸을 일으켜 앉았다. 멀리 보이는 대교 너머로 지는 해를 보며 지후가 힘들게 일어나 걸음을 옮겼다. 호텔로 들어온 지후가 침대에 누워 서랍에 넣어 두었던 핸드폰을 꺼내었다.

[이 자식, 너 어디야? 빨리 못 와? -호연-]

[지후야, 어디야? 과장님 걱정하신다. 연락해. -진영-]

[서 선생, 어딨는 거니? 무슨 일 있는 거야? 연락해, 기다릴게 -수현-]

마지막 메시지에서 수현의 이름을 보며 지후는 가슴을 적시는 지석의 목소리가 떠올라 두 눈을 감은 채 이불을 뒤집어썼다.

[이 형님이 평생 같이 살고 싶은 여자가 생겼다, 아우야.]

[여자? 언제? 여자 사귈 시간이 있었어?]

[사귈 시간 같은 거 없어도 됐었어. 늘 같이 있거든, 고등학교 때부터 지금까지 옆에 있었어.]

[아…… 그 공부 잘하고 눈 큰 여자?]

[응. 엄마한테는 얼굴 꽤 드렸고, 너 소개시켜 줄게, 기다려. 너 제대할 때까지 얼마나 기다렸는지 알아?]

[나 면회 올 때 데리고 올 수도 있었거든요?]

[그럼 어떡하냐? 쉬는 날이 같이 안 잡히는 걸.]

[에이, 송지석 솔직히 불어 봐. 내가 너무 잘생겨서 나 보면 반할까 봐 겁나서 소개 안 시켜 주는 거지?]

[그래, 그렇다. 생각 같아서는 결혼식 날까지 안 보여 주고 싶다, 어쩔래?]

[뭐? 하하, 송지석. 그 정도야? 그렇게까지 그 여자 사랑하는 거야? 나한테 뺏길까 봐 소개시켜 주기 싫을 만큼?]

[사랑하는 거 아니야. 그 아인, 나야. 난 그 아이고. 우린 또 다른

자신이야. 사랑이라는 단어로 이야기하기엔 그 아이를 향한 내 마음을 다 표현하기가 힘들어. 그 아이가 없으면 나도 없어, 지후야.]

[오, 송지석 좀 멋진데?]

[자식이, 형을 놀리고 있어. 우리 땅콩 곧 소개시켜 줄 테니까 조금만 기다려라, 아우야.]

[땅콩? 또 그새 땅콩으로 바뀌었어? 전에는 뭐라고 했더라…….]

[아롬이. 실습 나가서 땅콩으로 바꿨어. 병실에 별명이 아롬인 아이가 있어서.]

[맞다, 아롬이. 눈이 크댔지. 근데 땅콩은 왜 땅콩이야?]

[땅콩처럼 작게 만들어서 호주머니에 넣어 다니고 싶어서 그렇게 부른다, 왜?]

[아, 송지석, 어쩌다 그렇게 됐냐? 정말 눈꼴시어서 못 봐 주겠네.]

자신이 제대를 한 날 지석과 집 앞 포장마차에서 술잔을 기울이며 했던 말들을 떠올렸다. 몇 번이나 수현과의 만남이 취소되곤 했던 것이 생각난 지후가 얼굴까지 덮고 있던 이불을 걷어치우며 일어나 앉았다. 두 손으로 얼굴을 쓸어내린 지후의 눈에 가득 고여 있던 눈물이 한 방울 떨어져 내렸다. 그러나 이내 웃옷을 들고 호텔을 나선 지후가 차에 몸을 실은 채 부산을 빠져나왔다.

[전에 내가 했던 말…… 당신 마음에 그 사람을 다 들어내 버리겠다는 말……. 그런 말 했던 거 미안해요.]

멍하니 진료실에 앉아 있는 수현이 지후가 사라지기 전 했던 말을 떠올리며 굳은 표정으로 핸드폰을 꺼내어 들었다. 여전히 꺼져 있는 지후의 핸드폰에서 나오는 기계음에 수현이 마른 입술을 적시며 버튼을 눌렀다.

"서 선생, 나야. 연락도 없고 어디 있는 거니? 그날 서 선생이 했던 말. 무슨 뜻으로 한 말인지…… 나 궁금해. 잘 있는 거야? 밥은 잘 챙겨 먹고 다니니? 걱정돼. 연락 줘……."

음성을 남긴 수현이 길게 한숨을 내쉬며 가운을 벗고 일어나 진료실을 나왔다. 의국에서 나오던 진영이 자신을 보며 걸음을 멈추는 수현을 향해 옅은 미소를 지으며 걸어갔다.

"퇴근하는 거야?"

"응, 한 선생은?"

"난 좀 더 있다 하려고. 지후…… 서 선생, 연락 없지?"

"응."

"혹시 지후 연락 오면……."

"걱정 마, 바로 한 선생한테 연락 줄게."

자신의 말이 끝나기도 전에 말하는 수현의 어깨를, 진영이 애써 미소를 지으며 토닥였다.

"조심해서 가."

"한 선생도 얼른 퇴근해."

고개를 끄덕이는 자신을 뒤로한 채 병원을 나서는 수현을 보며 진영은 먹먹해져 오는 가슴에 길게 한숨을 내쉬며 의국으로 몸을 돌렸다.

얼마를 달렸는지 쉬지 않고 운전을 한 지후가 지석의 납골당에 차를 세웠다. 유골이 있는 단을 보고 있던 지후가 지석을 원망스러운 얼굴로 보며 불렀다.

"송지석."

형, 그 여자 결혼식할 때까지 얼굴 보여 주기 싫다고 했던 말……

그래서였어? 내가 이 여자를 사랑하게 될 거라는 걸 알아서, 이 여자를 가슴에 담게 될 거라는 걸 알아서 그래서…… 그렇게나 많은 기회들이 미루고 미뤄졌던 거야?

"어떡하라는 거야, 송지석. 당신 여자 나한테 오게 한 이유가 뭐야. 왜……."

결국 그 여자 마음에서 형은 절대로 지워질 수 없다는 사실을 알게 하는 이유가 뭐야, 송지석. 진작 알려 줬어야 했잖아. 이렇게 깊어지기 전에 알게 해 줬어야 하잖아.

금방이라도 눈물이 떨어질 것 같은 얼굴로 지석을 보던 지후가 진동이 울리는 핸드폰 소리에 주머니에서 핸드폰을 꺼내어 들었다.

[음성 메시지 1건]

액정에 떠 있는 글자에 지후가 음성 메세지를 듣기 위해 통화키를 눌렀다.

—서 선생, 나야. 연락도 없고 어디 있는 거니? 그날 서 선생이 했던 말. 무슨 뜻으로 한 말인지…… 나 궁금해. 잘 있는 거야? 밥은 잘 챙겨 먹고 다니니? 걱정돼. 연락 줘…… 보고 싶어.

수현의 목소리에 지후가 떨리는 가슴에 두 눈을 질끈 감은 채 고개를 떨구었다.

[보고 싶어…… 보고 싶어…….]

나도 미치게 당신 보고 싶어.

지후가 가슴을 할퀴는 통증에 주먹으로 두세 번 가슴을 내려치곤 고개를 들어 웃고 있는 지석의 사진을 노려보았다.

이제 막 나한테 손 내민 여자를, 이제 겨우 나를 가슴에 담는다는 여자를 나더러 어떻게 밀어내라는 거야. 어떻게 놓으라는 거야.

"형! 형!"

날더러 이 여자를 어떻게 놓으라고. 내 마음에 이 여자 어떻게 비우라고. 이렇게 깊어지게 한 거야.

결국 지후가 볼을 타고 흐르는 눈물을 닦을 생각도 하지 않고 주저앉아 고개를 숙인 채 한참 동안 소리 없이 흐느꼈다.

집에 도착해 옷을 갈아입은 수현이 진동 소리에 서둘러 가방에서 핸드폰을 꺼내어 들었다. 그러나 곧 진동이 끊기자 수현이 폴더를 열어 액정을 보았다. 지후의 이름이 떠 있는 액정에 수현이 통화키를 눌렀다. 길게 울리는 기계음에도 지후의 목소리가 들리지 않자 한숨을 내쉰 수현이 폴더를 닫았다. 그러나 다시 울리는 진동 소리에 폴더를 연 수현이 액정에 뜬 병원 전화번호에 급히 통화키를 눌렀다.

"정수현입니다. 네? 아…… 네, 알겠습니다. 지금 갈게요. 저희 당직 선생 좀 바꿔 주세요."

잠시 후 통화를 마친 수현이 얇은 카디건을 하나 걸친 채 오피스텔을 나섰다. 오피스텔을 나와 차 문을 열려던 수현이 뒤에서 자신을 안아 오는 지후의 손길에 놀란 가슴을 쓸어내리며 고개를 돌렸다.

"서 선생."

"돌아보지 마요."

돌아서려는 자신을 꼭 안은 채 깍지를 끼는 지후의 손길에 수현이 말없이 그의 손을 잡았다. 한참 동안 뒤에서 수현을 안고 있던 지후가 그녀의 어깨에 얼굴을 묻으며 말했다.

"당신도…… 그 사람 없인 당신도 없을 만큼 그 사람이 많이…… 소중했어요?"

지후의 물음에 수현의 표정이 굳어졌다. 자신을 감싸고 있는 손을 풀어 뒤돌아본 수현이 몰라보게 헐쑥해진 지후의 모습에 놀란 표정을 지었다.

　"서 선생."

　"말해 봐요. 당신도 그만큼 그 사람이 소중했어요?"

　그 사람은…… 형은 당신 없으면 자신도 없다고 할 정도로 당신을 사랑했는데, 당신은…… 당신도…… 그랬어요? 당신이 응, 이라고 대답하면 난…… 어떡해야 하는 거예요?

　지후의 물음에 수현이 대답 없이 고개를 떨구자, 지후가 수현의 어깨를 잡은 채 고개를 들게 했다. 자신의 대답을 기다리는 지후의 표정에 수현이 고개를 끄덕이며 입을 열었다.

　"소중했어. 서 선생이 한 말처럼 그 사람 없이는 나도 없을 만큼, 그만큼 소중했어. 그 사람이 없으면 나도 없고, 내가 없으면 그 사람이 없을 만큼…… 그렇게 사랑했어. 소중한 사람……."

　"그만, 그만됐어요. 더 말하지 말아요."

　"서 선생."

　젖은 눈으로 자신을 보는 지후의 말에 수현이 자신의 어깨를 잡고 있는 그의 손을 내려 잡았다. 자신의 손을 꼭 잡아 주는 수현의 손을 놓은 지후가 굳은 표정으로 그녀에게 말했다.

　"그 사람 잊지 말아요. 비우지 마."

　그 말에 수현 역시 굳은 표정으로 지후를 보았다.

　"잊지 말아요. 당신 없으면 자신도 없다고 했던 그 사람 잊어버리지 마."

　그리곤 돌아서는 지후였다. 수현은 시려 오는 가슴에 멍하니 지후의 모습을 보다 차에 몸을 실었다.

12화
비워지지 않는 마음

다음 날, 새벽에 응급수술로 인해 의국에서 잠든 수현이 환자의 상태를 확인하기 위해 중환자실로 향했다. 맞은편에서 중환자실로 걸어오던 지후를 본 수현이 걸음을 멈추며 그를 보았다. 그렇게 마주 선 지후가 말없이 수현에게 고개를 꾸벅이곤 차갑게 중환자실로 들어갔다. 굳은 표정으로 자신을 뒤로한 채 중환자실로 들어가 버리는 지후의 모습에 수현은 지후가 했던 말을 떠올렸다.

[그 사람 잊지 말아요. 비우지 마. 당신 없으면 자신도 없다고 했던 그 사람 잊어버리지 마.]

굳은 얼굴로 자신을 향해 내뱉던 지후의 말이 생각난 수현이 가슴에 손을 얹었다. 저려 오는 가슴을 쓸어내린 수현이 나오려는 눈물을 참으며 중환자실 문을 열었다.

"어서 오세요, 선생님. 피곤하시죠? 잠도 제대로 못 주무셨을 텐데 왜 이리 일찍 나오세요?"

"잠 좀 잤어요. 환자 바이탈은 좀 어때요?"

"아까 호흡곤란이 와서 흉부 장 선생님이 인튜베이션(intubation-기관 내 호흡 관을 집어넣는 행위)했습니다."

"네, 환자분이 연세가 좀 많으시니까 의식 돌아올 때까지 바이탈 좀 잘 봐 주세요."

"예, 선생님."

시은의 대답에 수현이 미소를 지으며 지후를 돌아보았다. 굳은 얼굴로 환자의 드레싱(dressing-상처나 외상 부위를 소독하는 행위)을 하고 있는 지후를 보고 있던 수현이 비틀거리는 그를 보고 놀란 표정으로 다가가 물었다.

"괜찮아?"

핀셋을 떨어트리며 중심을 잃은 자신의 팔목을 잡으며 묻는 수현의 말에 지후가 그녀의 팔을 뿌리치며 답했다.

"괜찮습니다. 수간호사님, 여기 드레싱 세팅 다시 좀 해 주세요."

"예, 선생님."

"내가 할게. 서 선생은 가서 쉬어."

수현의 말에 지후가 차마 거절하지 못한 채 고개를 꾸벅이곤 몸을 돌려 중환자실을 나갔다. 그런 지후의 모습에 수현은 애써 미소를 지으며 환자에게로 시선을 돌렸다.

중환자실을 나온 지후가 가슴을 부여잡으며 중환자실 앞에 놓여 있는 의자에 앉았다. 자신의 팔을 잡았던 수현의 손이 닿은 부위를 잡은 지후가 괴로운 표정으로 두 눈을 감았다 뜨며 고개를 저었다.

"서지후!"

자신을 부르는 호연의 목소리에 지후가 자리에서 일어나 고개를 숙였다. 인상을 찌푸리며 지후에게 걸어가던 호연은 몰라보게 야윈 얼굴에 마음이 아파 왔지만, 이내 지후의 어깨를 사정없이 내려치며 말했다.

"너 이 자식, 뭐 하는 짓이야! 일주일 동안 어디서 뭐했어!"

"죄송합니다, 치프 선생님."

"지후야……."

호연은 고개를 푹 숙인 채 미동 없는 지후의 어깨에 손을 얹었다. 조용히 자신의 어깨를 토닥여 주는 호연을 보며 애써 미소를 짓던 지후가 굳은 표정으로 시선을 돌렸다.

중환자실을 나오는 수현을 보곤 고개를 돌려 버리는 지후의 모습에 호연의 표정도 굳어졌다. 고개를 꾸벅이는 자신에게 고개를 끄덕여 준 수현이 지후에게 시선을 잠시 던지곤 이내 마취과 의국으로 몸을 돌리자 호연이 지후에게로 고개를 돌렸다. 애틋한 눈으로 수현의 뒷모습을 보던 지후가 자신을 보며 작게 웃자, 호연이 안타까운 표정으로 지후의 등을 토닥였다.

"지후야."

가운에 넣고 있던 손을 빼며 걸어오는 진영을 향해 지후와 호연이 고개를 꾸벅였다. 그리곤 몸을 돌리는 호연을 보며 진영이 걱정스러운 표정으로 물었다.

"어디 아팠던 건 아니지?"

"예."

"어디 있었던 거야?"

그의 물음에 지후가 굳은 표정으로 진영을 노려보았다.

"이렇게 될 걸 알고 있었지?"

"……"

"사실을 알게 되면 내가 놓을 수밖에 없다는 걸 형은 알고 있었지?"

"지후야."

자신에게 다가가려는 진영의 모습에 지후가 한 걸음 물러서며 말을 이었다.

"형 마음에 정수현 선생님을 내보내게 만든 복수…… 아주 멋지게 성공했어."

"서지후."

"그래, 그 여자 형이 가져. 두 형제가 나란히 한 여자를 사랑하게 된 이 말 같지도 않은 드라마 이제 끝낼 테니까 형이 그 여자 가지라고. 하지만……."

"……."

"그 여자는 모르게 해."

수현의 진료실 앞에 선 진영은 반쯤 열린 문틈 사이로 보이는 그녀의 모습에 방금 전 지후가 했던 말을 떠올렸다.

[그 여자는 모르게 해. 서지후 형이 송지석인 거 그 여자한테는 죽을 때까지 비밀로 하라고. 그 여자가 이 사실을 알게 되면 형, 정말 송지석 친구 자격 박탈이야.]

"한 선생?"

자신이 부르는 소리에도 멍하니 진료실 앞에 서 있는 진영을 보며 수현은 일어나 진료실 문을 활짝 열었다.

"어? 어, 정 선생."

"무슨 생각하기에 몇 번이나 불러도 몰라?"

"아니야, 아무것도. 지후, 왔어."

진영의 말에 수현이 고개를 숙이며 답했다.

"응, 알아."

"만나…… 봤니?"

"응. 근데 어쩐 일이야?"

고개를 들며 자신에게 애써 웃으려는 수현의 어깨를 당겨 안은 진영이 두 눈을 감았다 뜨며 입을 열었다.

"니 마음에 너무 깊이 들어가 있지 않았길 바란다, 수현아. 이번엔 좀 덜 아팠으면 좋겠어."

자신의 어깨를 꼭 감싸 안으며 말하는 진영의 손을 풀며 수현이 한 걸음 물러섰다.

"한 선생."

"힘들면 기대, 언제든지. 여긴 항상 니 자리였어."

"진영아."

"더 가지 마, 수현아. 니 마음에 지후…… 더 깊이 담지 마. 말했지, 나 니가 아픈 거……."

"진영아, 나 괜찮아."

자신을 보며 미소를 지으며 고개를 젓는 수현을 본 진영이 고개를 떨구었다.

"나 강해. 그 사람이 없어도 이렇게 잘 살잖아. 니가 걱정하는 거 나 알아. 근데 진영아 나 이제 서 선생이 조금씩 보여. 지석 씨에게는 조금 미안하지만 나 이제 서 선생이 보이는 만큼 보려고."

"수현아."

"두려워하지 않을 거야. 내 마음에서 보이는 만큼만 그 사람 담을 거야, 진영아."

주먹으로 자신의 가슴을 가볍게 치며 웃는 수현이 안타까워 진영이 말없이 미소를 지었다. 그런 두 사람의 모습을 과장실로 향하던 지후가 굳은 표정으로 지켜본 채 걸음을 돌렸다.

◆

똑똑.

"들어와."

자신의 말에 웃으며 들어서는 지후를 향해 창호가 옆에 놓여 있던 사각휴지를 던지며 소리쳤다.

"웃음이 나와! 이놈의 자식아!"

화가 잔뜩 난 듯 자신을 노려보며 소리치는 창호의 얼굴에 지후가 여전히 미소를 띤 채 말했다.

"에이, 우리 과장님 또 혈압 올라가시게 왜 소리를 지르고 그러세요."

"그래도 이 자식이……."

자신의 넉살에도 여전히 인상을 찌푸린 채 손을 번쩍 치켜드는 창호를 보며 지후가 미소를 거두며 그의 손을 잡아 내렸다.

"죄송해요, 삼촌. 때리지 마세요. 과장님이 안 때리셔도 저, 지금 무지 아파요."

아픈 표정이 역력한 지후의 낮은 목소리에 창호가 짧게 한숨을 내쉬며 고개를 저었다.

"그러니까 내가 레지던트 마칠 때까지 연애는 하지 말라고 하지 않았냐!"

"그러게요, 삼촌. 삼촌 말씀 새겨들을 걸 그랬어요."

창호를 보며 웃는 얼굴로 말하던 지후의 눈에 어느새 눈물이 가득 고였다. 눈물을 글썽이며 고개를 떨구는 지후를 본 창호가 놀란 표정으로 그의 어깨를 잡았다.

"지후야."

걱정스런 표정으로 자신을 부르는 창호의 말에 고개를 든 지후의 얼굴에서 눈물이 떨어져 내렸다.

"아파요, 삼촌. 너무 아파. 심장이 녹아내릴 거같이 아파."

눈물을 뚝뚝 떨구며 말하는 지후의 울먹임에 창호가 마음이 아파와 그의 어깨를 토닥였다. 한참 동안 흐느끼던 지후가 눈물을 닦으며 애써 미소를 짓자, 창호는 애잔해져 오는 마음을 달래며 애써 무뚝뚝한 목소리로 물었다.

"누구야? 우리 병원 사람이야? 주 간호사야?"

"아니에요."

"그럼 누구야?"

창호의 물음에 지후가 말없이 고개를 떨구었으나 이내 창호를 보며 말했다.

"삼촌."

자신의 부름에 말하라는 듯 고개를 끄덕이는 창호에게 지후가 말을 이었다.

"혹시 형이랑 사귀었던 사람…… 아세요?"

"수현이? 우리 마취과 전문의 말하는 거 아니냐?"

창호의 입에서 나오는 자연스러운 수현의 이름에 지후는 가슴이 먹먹해져 왔지만 이내 고개를 끄덕이며 다시 물었다.

"두 사람 알고 계셨어요?"

"그럼, 대학 강의 나갈 때 지석이가 수현이 소개시켜 주던데? 둘이 아주 죽고 못 살았어. 레지던트 1년차들이 어찌나 몰래 숨어서 데이

트하려고 하던지 내가 다 민망해서……."

"삼촌, 저 그만 나가 볼게요."

더 이상 창호의 말을 듣고 있기 힘든 지후가 굳은 표정으로 일어나며 말했다.

"서 선생."

"네, 과장님."

"흉부외과 레지던트는 말이야, 더구나 심장 파트는 말이야. 자신의 마음을 컨트롤할 수 있는 능력을 길러야 해. 주치를 맡던 환자를 잃었을 때도 의사는 속으로는 아파하고 눈물 흘릴지언정 겉으로는 의연해야 하고, 또 누군가를 사랑하고, 그 사랑에 아프고 상처가 나 어레스트가 왔을 때도 강인하게 이겨 낼 줄 알아야 해. 자기 자신의 마음을 다스릴 줄 알아야 환자의 심장도…… 살릴 수가 있는 거다. 난 니가 그런 의사가 되었으면 좋겠구나, 지후야."

"삼촌."

"그만 나가 봐. 일주일 무단결근에 대한 징계는 각오하고 있도록 해라."

창호의 말에 지후가 고개를 꾸벅이곤 과장실을 나왔다. 과장실 복도를 힘없이 걸어가던 지후가 다른 과 중환자실에서 나오는 수현을 보며 걸음을 멈추었다. 자신을 보는 지후의 모습에 맞은편에서 걸어오던 수현 역시 걸음을 멈추고 그를 보았다.

병원 옥상에 올라온 지후가 병원 밑을 내려다보다 조용히 수현에게로 고개를 돌렸다. 말없이 병원 아래를 바라보는 수현의 모습에 지후는 가슴이 미어져 와 애써 차갑게 고개를 돌리며 말했다.

"하실 말씀 있으시면 하십시오."

그러자 수현이 마른 입술을 적시며 입을 열었다.

"어제 주차장에서 서 선생이 한 말…… 나 어떻게 받아들여야 되는 걸까?"

수현의 물음에 지후가 주먹을 꽉 모아 쥐었다. 한참 동안 등을 보이고 서 있던 지후가 몸을 돌려 수현을 보았다. 놓아야 한다고 머릿속으로는 수천 번도 넘게 외쳤는데, 수현의 얼굴을 보고 서 있으니 마음이 놓을 수 없다고, 놓아서는 죽을 것 같다고 자꾸만 외쳤다. 천천히 수현에게 다가간 지후가 수현을 안으려 손을 내밀다 이내 다시 거두었다.

당신을 안으면 절대로 놓지 않을 겁니다. 아마도 나는. 하지만 당신은 절대로 나를 잡으려고 하지 않겠죠. 그래서 당신이 먼저 놓을 기회를 주는 겁니다.

"죄송합니다, 선생님."

한참 만에 나온 지후의 목소리에 수현이 고개를 들어 그를 보았다.

"저 이제 레지 1년차입니다. 연애보다는 공부를 많이 하고 싶습니다. 선생님이 싫어져서도 아니고 다른 여자가 생겨서도 아닙니다."

자신을 보는 내내 흔들리는 지후의 눈동자를 보면서 수현이 그에게 다가갔다. 다가가는 자신에게서 한 발자국 멀어지는 지후를 보며 수현의 가슴이 쿵 하고 떨어졌다.

"서 선생."

"선생님께 첫눈에 반했던 건 사실입니다. 더구나 저 봐도 콧방귀도 안 뀌어 주신 선생님한테 오기가 생겨서 어디 누가 이기나 해 보자 싶은 마음으로 시작했는데, 막상 정말 선생님을 좋아하게 되니까 겁이 나서요. 죽은 분 닮았다는 것도 솔직히 기분이 좋진 않고, 사랑한다는 말 듣고는 끝까지 가 볼까도 싶었는데 그건 또 선생님한테도 못

할 짓 같고……."

힘줄이 튀어나올 정도로 주먹을 꼭 쥔 채 하는 지후의 말이 수현의 가슴에 박혔다. 장난스런 말투지만 떨리는 지후의 목소리를 느끼며 수현이 고개를 잠시 숙였다가 들었다.

"그만하면 무슨 뜻인 줄 알았어. 힘든 말 더 하지 않아도 돼."

고개를 끄덕이는 수현의 얼굴에 지후가 시선을 돌렸다.

"나이를 먹으면 무슨 말을 하고 싶은지 앞에만 들어도 알게 돼. 서 선생도 나이가 들면 알게 될 거야. 무슨 말인지 알았어."

시선을 돌린 지후의 눈동자가 가늘게 떨렸다. 여전히 자신에게서 시선을 돌리고 있는 지후를 보며 수현은 가슴이 아려 왔다.

"말하기 힘들었을 텐데 애썼네. 처음부터 이렇게 되지 않았으면 좋 았겠지만 그래도 제대로 시작하기 전에 이야기해 줘서 고마워. 선생 이 조금 더 미적거렸다면 정말 서 선생이 미웠을 텐데……. 마음 이…… 조금 따끔하긴 하지만 괜찮을 거야. 마취과 의사잖아."

옅은 수현의 미소가 지후의 심장을 베었다.

놓지 말라고 해 주지, 그럼 절대로 놓지 않을 자신 있었는데. 다시 한 번 생각하라는 말이라도 해 주지, 그럼 두말 않고 장난이라고 말 하면서 웃었을 텐데.

자신을 보는 지후의 시선에 수현이 먼저 고개를 돌렸다.

"그만 내려가자. 곧 수술이 있어."

수현이 사라질 때까지 한참 동안 그녀의 뒷모습을 쳐다보고 있던 지후가 눈물이 날 것 같아 애써 고개를 저으며 옥상 난간으로 몸을 돌렸다.

미안해요, 미안해요. 그런데 형 때문에 많이도 힘들었던 당신 삶에 나까지 보탤 수는 없잖아요. 형 때문에 당신이 나를 놓는 거 나는…… 못 보겠어요. 그건.

옥상을 내려와 진료실에 들어선 수현이 욱신거리는 가슴을 진정시키려 오른쪽 손을 가슴에 대고 토닥였다.

"괜찮아, 수현아. 괜찮을 거야. 지석 씨까지 보내 놓고 이 정도로 뭘 그래."

옅게 웃던 수현의 볼에 결국 한 줄기 눈물이 뚝 하고 떨어졌다.

괜찮아, 정수현. 이번에도 씩씩하게 잘 이겨 낼 거야. 더 힘든 일도 겪었는데 뭘 이 정도 가지고 우니.

두 손으로 볼을 감싸 물기를 닦아 낸 수현이 노크 소리에 목소리를 가다듬었다.

"네, 들어오세요."

캔 커피 두 개와 함께 모습을 드러내는 진영을 보고 수현이 피식 웃으며 자리에서 일어났다. 수현의 눈을 본 진영이 캔 커피를 그녀의 손에 쥐여 주었다.

"울었구나. 너?"

"아니야. 잘됐다. 안 그래도 커피 마시고 싶었는데."

뚜껑을 따 목으로 커피를 넘기는 수현에게 진영이 걱정스러운 얼굴로 물었다.

"괜찮아?"

무슨 뜻으로 묻는 건지 진영의 표정으로 알 것 같은 수현이 고개를 끄덕이며 웃었다.

"괜찮아. 나 씩씩하잖아."

"수현아."

"잘할 거야. 지석 씨도 보냈는데 이제 겨우 마음에 담은 사람 내보내는 거쯤 뭐……."

부러 밝은 목소리로 자신을 향해 웃는 수현이 안타까워 진영이 말 없이 어깨를 토닥였다.

◆

"어디 갔다 와?"

"과장실에 좀……."

"잘한다. 많이 깨졌냐?"

퉁명스럽지만 걱정스레 묻는 호연에게 지후가 고개를 저었다.

"아니요. 욕이라도 하고 때려 주시기라도 했음 좋았을 텐데 안 그 러시더라고요."

"내가 수술 끝나고 나와서 실컷 패 주마. 나 수술 들어간다. 1시간 있다가 내일 캐비지(CABG-막힌 관상동맥을 다른 혈관으로 대치하 는 수술)할 환자 바이탈 체크 좀 해."

"예, 수고하십시오."

호연이 의국을 나가고, 지후가 의자에서 일어나 침대에 누웠다. 팔 로 얼굴을 가린 채 누운 지후는 수현의 얼굴을 떠올리곤 가슴을 부여 잡았다. 몇 번을 뒤척이던 지후가 침대에서 일어나 냉장고에서 찬물 을 꺼내어 얼굴에 뒤집어썼다.

[고마워, 제대로 시작하기 전에 끝내 줘서. 마음이…… 조금 따끔 하긴 하지만 괜찮을 거야.]

젖은 눈으로 말하는 수현의 모습이 뇌리에 남아 지후의 가슴을 후 벼 파고 있었다.

중환자실로 들어서던 지후가 순간 중심을 잃고 비틀거리자 스테이션에 앉아 있던 하영이 놀란 표정으로 일어나 다가갔다.

"괜찮아?"

자신의 팔을 잡은 채 묻는 하영의 팔을 지후가 고개를 끄떡이며 떼어 놓았다.

"괜찮아. 수간호사님은?"

"산부인과 잠시 올라가셨어. 너 입술이 파래. 어디 아픈 거 아니야?"

"괜찮습니다, 주 간호사님. 내일 캐비지 수술할 환자 어디 있어요? 차트 좀 주세요."

스테이션으로 향하며 묻는 지후를 걱정스럽게 보던 하영이 차트를 내밀었다. 차트를 보던 지후가 환자에게로 걸음을 돌리자, 하영이 짧은 한숨을 내쉬며 정리 중이던 차트를 집어 들었다. 잠시 후 중환자실로 문을 열리자 고개를 돌린 지후가 수현을 업고 들어서는 호연을 보며 놀란 표정으로 일어섰다. 수현을 침대에 눞힌 호연이 스테이션에 서서 굳은 표정으로 수현을 보는 지후의 얼굴에 짧게 한숨을 내쉬며 스테이션으로 걸어갔다.

"수술 중에 쓰러지셨어. 회복실에서 바이탈 체크해 봤는데 별문제 없어. 수면부족에 피로누적이신 거 같다. 나 다시 수술 들어가야 하니까 정 선생님 포도당 하나 놔 드려."

자신의 어깨를 두드리곤 급하게 중환자실을 나가는 호연의 모습에 지후가 하영에게 고개를 돌렸다.

"포도당 하나 갖다 주세요."

지후의 말에 하영이 고개를 끄덕이며 조제실로 들어갔다.

"제가 할게요."

"내가 할게, 하영아."

하영에게서 링거를 받아 들은 지후가 수현의 침대로 걸어갔다. 수현의 왼쪽 팔에 바늘을 넣은 채 테이프로 고정시킨 지후가 링거의 수액을 조절한 후 의자에 앉았다. 핏기 하나 없는 얼굴로 누워 있는 수현의 모습에 지후는 그녀의 머리를 쓸어내리려 손을 내밀다, 이내 고개를 저으며 주먹을 쥔 채 손을 내렸다.

정신이 드는지 눈썹을 찌푸리며 눈을 뜬 수현이 지후가 보이자 다시 눈을 감았다. 자신을 보지 않으려 수현이 눈을 감자 먹먹해지는 가슴에 지후 역시 고개를 바닥으로 떨구었다.

"수술실에서 쓰러지셨답니다."

먹먹해지는 가슴을 쓸어내리고 눈을 뜬 지후가 어느새 일어나 링거를 뽑으려는 수현의 손을 막았다.

"뭐하시는 겁니까?"

"놔. 링거 맞을 필요 없어."

지후가 링거를 뽑으려는 수현의 손을 잡아 내리며 외쳤다.

"선생님!"

빼려는 자신의 손을 꼭 잡은 채 던지는 지후의 시선에 수현이 고개를 돌렸다.

"제가 나갈게요. 마저 다 맞으세요, 선생님."

돌아서던 지후가 중환자실로 들어오는 진영에게 고개를 꾸벅이곤 중환자실을 나갔다.

"괜찮아?"

"나 이거 좀 빼 줘, 한 선생."

"너 얼굴이 말이 아니다. 좀 쉬어."

링거를 맞은 팔 밑을 주무르며 하는 진영의 말에 수현이 한쪽 팔로 눈을 가렸다.

"진영아."

"응."

"아주 짧았는데, 짧은 시간이었는데 꽤 많이 들어왔나 봐. 힘드네, 조금."

눈을 가린 채 고개를 돌린 수현을 보며 진영이 시려 오는 가슴에 할 말을 잃었다.

병원 밖으로 나가 담배를 입에 물던 지후가 뒤따라와 자신을 멀뚱히 보고 있는 하영을 향해 고개를 돌리며 물었다.

"할 말 있어?"

"어떡할 거야? 정 선생님."

냉랭한 목소리지만 걱정이 묻어 있었다. 그런 하영에게 지후가 애써 미소를 지으며 답했다.

"어떡할 거냐. ……글쎄, 어떡해야 하는 거야? 정말 어떡해야 하는 걸까, 하영아."

"서지후."

"하영아, 난 어떤 선택도 할 수가 없어. 아마, 내가 그 여자, 그 여잘 놓지 못해도 그 여잔 분명 내 손 못 잡을 거야. 내가 송지석과 닮았다는 이유만으로 그렇게 밀어내던 여잔데, 내가 송지석 동생인 걸 알면, 아마 날 보는 것도 안 하려고 할지도 몰라."

"지후야."

"형이 그랬어. 그 여자 없이 자긴 아무것도 아니라고, 그 여자도 자기 없인 안 될 거라고……. 두 사람 갈라놓는 사람이 내가 되는, 이 웃기지도 않는 드라마……. 더는 안 가야지. 이 말을 듣고 싶은 거였지?"

그 말에 하영은 가슴이 아파 와 지후의 시선을 피해 고개를 돌렸다. 중환자실로 들어온 지후가 수현의 팔을 주무르고 있는 진영을 보고 걸음을 멈췄다.

"처음부터 정 선생님 자리는 저기였어. 그랬어야 하는데 그걸 니가 망쳤어. 너만 아니었으면 저 두 사람 지금쯤 잘되고 있었을지도 몰라."

하영의 말에 지후가 굳은 표정으로 다시 중환자실을 나섰다. 지후가 중환자실을 나가자 하영이 눈물이 날 것 같아 눈에 힘을 주며 그의 빈자리를 노려보았다.

"나쁜 놈."

니 마음에 정 선생님 지워지지 않아도 상관없어. 그래, 그 마음 다 내 것이 아니어도 상관없어. 결국 니 옆에 있는 건 내가 될 테니까.

의국 안에 들어선 지후가 의자에 앉아 테이블에 팔을 놓고 얼굴을 묻었다. 자신을 보는 수현의 표정에 지후는 가슴이 시큰거려 와 고개를 들었다.

[처음부터 정 선생님 자리는 저기였어. 그랬어야 하는데 그걸 니가 망쳤어. 너만 아니었으면 저 두 사람 지금쯤 잘되고 있었을지도 몰라.]

하영의 말을 떠올린 지후가 침대에 누웠다. 수술을 마치고 기지개를 펴며 의국에 들어서던 호연이 침대에 누워 있는 지후의 모습에 팔을 내리며 입을 열려다, 조금씩 떨려 오는 지후의 어깨에 조용히 몸을 돌려 의국을 나왔다. 의국 문 앞에 기대어 담배를 물었다 뺐다 하던 호연이 잠시 후 의국 문을 열고 자신을 보며 웃는 지후의 얼굴에 담배를 호주머니에 넣으며 멋쩍은 듯 시선을 돌렸다.

"이제 들어오셔도 됩니다, 치프 선생님."

"흐음. 뭐 너 혼자 있고 싶어 하는 거 같아서 나와 준 건 아니고……
그냥 담배 생각이 나서 나온 건데……."

그리곤 의국을 들어가던 호연이 지후의 말에 걸음을 멈추었다.

"고맙습니다, 치프 선생님."

"지후야."

"네, 선생님."

"술 한잔하러 갈까?"

가운을 벗으며 자신에게 웃는 호연을 보며 지후가 고개를 끄덕이
곤 가운을 벗었다. 병원 앞 포장마차에 나란히 앉은 호연이 소주잔을
들었다.

"한 잔 안 주나?"

"아, 예."

소주잔을 들고 말하는 호연의 잔에 지후가 소주병을 열어 술을 채
웠다. 그리곤 자신의 잔에 술을 따르는 지후의 손을 호연이 붙들었다.
지후의 잔을 마저 채운 호연이 그의 잔에 자신의 잔을 부딪치곤 술을
넘겼다.

"자기 술잔에 술 따르면 3년이 재수 없다는 말 몰라?"

"하하. 그래서 제가 재수 없나 봐요, 선생님."

아무렇지도 않게 말하며 소주잔을 비우는 지후에게 호연이 소주잔
을 비우곤 말했다.

"니 마음 정리……한 거야?"

호연의 물음에 지후는 수현이 생각나 소주잔에 술을 채우곤 다시
비웠다.

"정리해야 할 마음 없었습니다. 정리해야 할 마음을 가져서는 안 되는…… 사람이에요."

"왜 안 되는데? 정 선생님이랑 너, 안 되는 이유가 뭐야?"

"치프 선생님."

"안 되는 이유가 어딨어? 지석 선배가 살아 있다면 몰라도 문제 될 게 뭐야, 대체?"

호연의 말에 지후가 미소를 지으며 어느새 채워져 있는 소주잔을 비웠다. 아프게 웃는 지후의 얼굴에 호연이 굳은 표정으로 소주잔을 비워 내곤 말을 이었다.

"지석 선배한테는 미안하지만, 이미 이 세상에 없는 사람 때문에 산 사람이 사는 것 같지 않게 살면 어떻게."

"치프 선생님."

"그러니까…… 마음 가는 대로 해. 니 마음이 시키는 대로 해라, 지후야."

슬쩍 웃으며 술잔을 기울이는 호연의 모습에 지후가 먹먹해지는 가슴을 쓸어내렸다.

병원 입구까지 나온 진영에게 수현이 몸을 돌려 세웠다.

"곧 수술 있다면서 뭐 하러 내려와. 올라 가, 얼른."

"괜찮겠어?"

"괜찮아. 나 튼튼하다고. 한진영 씨."

웃으며 고개를 끄덕이는 수현의 어깨를 진영이 토닥였다.

"그래, 그럼. 들어가서 푹 좀 자."

진영이 다시 병원 안으로 들어서자 몸을 돌린 수현이 택시 문을 열었다. 택시를 타려다 잠시 망설인 수현이 택시 문을 닫으며 택시기사에게 말했다.

"죄송해요, 아저씨."

호연이 가고 혼자 소주잔을 채우던 지후가 포장마차 비닐 문이 움
직이자 고개를 들었다. 굳은 표정의 수현이 들어서자 지후가 놀란 눈
으로 그녀를 보았다. 포장마차에 들어서 고개를 들어 테이블에 앉으
려던 수현이 저만치서 자신을 보는 지후의 시선에 두 눈을 부릅떴다.

"주문하시겠어요?"

"아니요, 다음에 다시 올게요. 죄송합니다."

그리곤 그대로 일어서 나가는 수현을 보며 지후가 뒤따라 일어나
계산을 마치고 포장마차를 나섰다. 멀찌감치 오피스텔을 향해 가는
수현을 따라가 잡은 지후가 그녀의 앞으로 다가가 섰다. 고개를 들어
자신을 보는 수현의 시선을 피하려 지후가 고개를 돌리며 말했다.

"술…… 마시러 오신 거예요?"

"응."

"그런데 왜 그냥 가요?"

자신의 물음에 대답 없이 고개를 숙이는 수현을 보며 지후가 한 발
자국 다가갔다. 수현의 몸에서 약하게 풍기는 알코올 냄새에 지후가
두 눈을 감았다 뜨곤 다시 물었다.

"술 마셨구나. 어디서 마셨어요?"

"요 앞 바에서."

"그럼 집에 들어가지 무슨 술을 또 마시러 와요? 여자가 이 늦은
시간에 겁도 없이."

그제야 고개를 들어 자신을 보는 수현의 표정에 지후가 입을 다물
었다. 수현의 표정에 다시 고개를 돌려 버리던 지후가 그녀의 팔목을

잡으며 말했다.

"술 많이 마셔서 좋을 거 없어요, 몸도 안 좋으시면서. 편의점 가서 맥주 사 들고 가지 말고 그냥 가요."

"서지후 선생."

차가운 수현의 목소리에 지후가 고개를 돌려 그녀와 눈을 맞췄다.

"술을 마셔도 내가 마시고, 몸이 안 좋아도 내 몸이 안 좋아. 놔, 이거."

자신의 팔을 뿌리치고 걸음을 옮기는 수현의 팔을 다시 잡은 지후가 고개를 돌려 그녀를 보았다. 지친 표정이 역력한 수현의 얼굴에 지후가 아랫입술을 깨물더니 입을 열었다.

"이런 모습 보려고 당신 놓은 거 아니란 말이야. 당신 이런 모습 안 보려고 놓은 건데 이렇게 또 아픈 모습 보이면 어쩌자는 거야!"

"서지후."

굳은 얼굴로 지후를 올려다보며 수현이 짧게 한숨을 쉬었다.

"그만 좀 거치적거려. 이제 더 이상 니 장난 받아 줄 만한 기력 없어. 비켜."

"정수현."

"그렇게 내 이름 부르지 마!"

수현의 고함 소리에 지후는 시려 오는 심장을 쓱쓱 쓸어내리며 고개를 떨구었다. 그런 지후의 모습에 수현은 힘겹게 다시 발걸음을 내딛으려다 눈을 감은 채 그대로 쓰러졌다. 바닥에 넘어지려는 수현의 어깨를 잡아 안은 지후가 그녀를 업고 오피스텔로 걸음을 옮겼다. 자신의 집으로 들어선 지후가 침대에 누워 몸을 돌리는 수현의 모습에 조용히 이불을 덮어 주었다. 감은 수현의 눈에서 떨어지는 눈물을 본 지후가 젖은 눈으로 수현의 눈물을 닦아 내며 말했다.

"이 눈물이 나 때문이었으면 좋겠는데."

당신 눈에서 흐르는 눈물이 송지석 때문이 아니라 나 때문에 흐르는 거라면 나…… 용기를 낼 수 있을 것도 같은데. 형을…… 형 마음을 모른 척하고 당신한테 갈 수 있을 것도 같은데.

그리곤 일어서던 지후가 놀란 표정으로 수현을 향해 돌아보았다. 흐릿한 눈으로 자신을 보던 수현의 눈에서 눈물이 떨어져 내렸다.

"서 선생……."

자신의 이름을 부르곤 다시 눈을 감아 버리는 수현의 모습에 지후의 가슴이 덜컹 내려앉았다. 수현에게 다가간 지후가 조용히 그녀의 손을 잡은 채 다른 한 손으로 그녀의 얼굴을 쓰다듬었다. 자신의 손길에 등을 돌리는 수현의 손을 꼭 잡으며 지후가 젖은 눈으로 미소를 지었다.

"미안하다, 송지석."

아무래도 나 힘들 거 같다, 형.

13화
송지석, 그리고 서지후

　지끈거리는 머리를 짚으며 눈을 뜬 수현이 자신의 방이 아닌 천장에 놀란 표정으로 침대에서 몸을 일으켰다. 부엌에서 죽을 끓이던 지후가 방에서 나오는 수현을 향해 미소를 지으며 말했다.

　"잘 잤어요?"

　국자를 든 채 자신에게 웃으며 묻는 지후의 말에 수현이 굳은 표정으로 소파에 있는 자신의 가방과 재킷을 집어 들었다. 현관으로 나가려는 수현을 지후가 얼른 다가가 팔목을 잡았다.

　"놔."

　"싫어요."

　"서지후 선생."

　"죽 먹고 가요. 수산시장 가서 비싼 전복 사서 끓인 거예요. 덕분에 나 잠 한숨 못 자고 오전에 수술 들어가게 생겼어요."

　자신의 팔목을 잡고 있는 지후의 손을 뿌리치며 수현이 그를 노려보았다.

"뭐하자는 거야? 내가 우스워? 만만하지? 더 가지 말자고 한 건
서 선생이야."

차갑게 내뱉는 수현의 말에 지후가 웃음을 거두었다.

"우스워 보이지 않아요. 만만하게 보이는 건 더더욱 아니구요. 그
러니까 나……."

자신의 말을 끝까지 듣지도 않고 돌아서 현관문을 열고 나가는 수
현의 등을 그대로 감쌌다.

"뭐하는 짓이야! 이거……."

수현의 어깨를 돌려 자신을 보게 한 지후가 그녀의 어깨를 잡은 손
에 힘을 주었다.

"못 놔요. 못 놓겠어. 못 놓겠으니까 내 말 잘 들어요."

그제야 손을 떨구며 자신의 품에서 나와 고개를 돌리는 수현에게
지후가 옅은 미소를 지었다.

"놓으려고 했어요. 내가 당신 옆에 있으면 당신 더 상처받을 거 같
아서! 더 아플 거 같아서! 당신 마음에서 내가 더 깊어지기 전에, 당
신이 날 더 가슴에 담기 전에 놓으려고 했는데, 정말 매몰차게 놔 보
려고, 지우려고 했는데 안 되네요. 안 돼."

"……."

"미안한데요, 나 당신 안 놔요. 내 마음에서 당신이 안 나가겠대."

지후의 말에 수현의 눈에서 눈물이 흘러내렸다. 눈물을 닦을 생각
도 않은 채 고개를 떨구는 수현의 얼굴을 두 손으로 감싼 지후가 젖
은 눈으로 미소를 지었다.

"보름 사이에 얼굴이 반쪽이 됐네, 우리 정 선생님."

"서 선생."

"아무것도 묻지 말아 주세요, 그래 주면 안 될까? 왜 당신 손을 놓으려고 했는지, 왜 당신을 포기하려고 했는지 묻지 말아 줬으면 좋겠는데……. 다른 거 아무것도 생각하지 말고, 결국은 내가 당신 손 놓지 못하고 이렇게 당신한테 온 거 그거만 봐 주면 안 될까요?"

말없이 자신을 보는 수현의 시선에 지후는 울컥 눈물이 날 것만 같았다.

"나 사실은 겁나요. 죽을 거 같이 겁나. 나중에 당신이……."

이 사실을 알게 되면 분명 날 포기할 테니까. 날 잡고 있으려는 것도 안 할 테니까.

차마 말을 잇지 못한 지후가 수현을 안은 채 두 눈을 꼭 감았다.

"이젠 절대 안 놓을게요, 죽어도 안 놓을 거야. 나중에 당신이 나와 같은 이유로 내 손을 놓겠다고 해도, 날 떠나겠다고 해도 나, 죽어도 당신 손 안 놔줄 거예요."

지후의 품이 따뜻해 그대로 안긴 채 눈을 감아 버린 수현이 그의 뜻을 헤아리지도 못한 채 그의 허리를 안았다.

"그러니까 당신도 내 손 놓지만 마. 절대 놓지 마요."

병원 앞에 나란히 선 지후가 수현의 손을 꼭 잡은 채 미소를 지었다.

"이 병원 나한테 추억이 많은 곳이에요. 즐겁고 행복한 추억들도 있고, 가슴 시리게 아픈 추억들도 있어요. 당신도 그렇죠?"

자신의 말에 고개를 끄덕이는 수현에게 지후가 잡은 손에 힘을 주었다.

당신한테 가슴 시리게 아픈 추억…… 아마 내게도 같은 추억일 거예요. 그렇지만 나…… 결심했어요. 그 추억마저도 당신과 함께 담고 갈 거라고. 그러니까 당신도…… 그래 줬으면 좋겠어. 나중에 당신이 내 손을 놓고 싶어지는 일이 생기더라도 절대 내 손 놓지 말아 줬으면 좋겠어. 뭐 그때 가서 당신이 내 손을 놓아도 절대 놓을 수도 없게 꽁꽁 붙들고 있을 거지만.

"들어갈까요?"

병원으로 걸음을 내딛던 지후가 자신의 손을 잡아당기는 수현의 힘에 고개를 돌렸다.

"만약 내가 서 선생 손을 놓고 싶어지는 일이 생기게 되면…… 그래서 내가 서 선생 손을 놓는다고 하게 되면 내 손…… 놓지 말고 꼭 잡아 줘. 결국엔 내가 지쳐 떨어져 서 선생 손 놓을 수 없게 꼭 잡아 줘, 내 손."

수현의 말에 지후가 터질 것 같이 시려 오는 가슴을 애써 감추며 밝게 미소를 지었다.

"꼭 그럴게요."

병원 안에서 두 사람을 지켜보던 하영이 글썽이는 눈으로 아랫입술을 깨문 채 울음을 애써 참으며 몸을 돌렸다.

과장실 앞에 걸음을 멈춰 선 하영이 노크를 하려던 손을 다시 내렸다. 그러나 이내 차갑게 표정을 굳히곤 노크를 했다.

"네, 들어오세요."

방 안에서 들리는 창호의 목소리에 하영이 짧은 한숨을 내쉬곤 과장실로 들어갔다.

"어서 들어와요."

"실례하겠습니다, 과장님."

고개를 꾸벅인 하영이 소파에 앉으라는 손짓을 하며 책상에서 일어서는 창호에게 미소를 보이곤 소파로 가 앉았다.

"어쩐 일이야? 식사는 했어?"

"네, 과장님은 식사하셨어요?"

"난 우리 마누라가 아침 안 먹으면 출근 안 시켜."

커피를 내밀며 말하는 창호의 표정에 하영이 미소를 지으며 고개를 떨구었다. 할 말이 있는 얼굴로 자신을 보며 웃는 하영에게 창호가 먼저 웃으며 입을 열었다.

"우리 지후가 속 많이 썩이지? 녀석, 이리 예쁜 아가씨를 두고 다른 사람한테 한눈이나 팔고 말이야."

"아셨어요?"

웃음을 거둔 하영이 고개를 들고 묻자 창호가 애써 웃으며 고개를 끄덕였다.

"누군가를 가슴에 담는 게 마음먹는 대로만 되는 거라면 얼마나 좋겠니? 하지만…….."

"그래도 정 선생님은…… 안 되는 거잖아요, 과장님."

하영의 말에 창호가 놀란 표정으로 잡으려던 커피 잔을 놓았다. 그리곤 굳은 얼굴로 자신을 보는 창호에게 하영이 고개를 숙였다.

"주 간호사 지금 뭐라고 했어? 누구? 정 선생?"

"네, 과장님."

"정 선생이 누구야? 마취과 정수현이 말하는 거야?"

이미 알면서도 확인하는 듯 다시 묻는 창호의 말에 하영이 천천히 고개를 끄덕였다.

"네, 그 정수현 선생님이 맞습니다. 과장님."

"어떻게 그런…….."

"말렸는데, 안 된다고……. 정 선생님은 안 된다고 그렇게 말했었는데 누군가를 가슴에 담는 게 마음먹은 대로 되지가 않았나 봐요, 지후가."

자신의 말에 굳은 표정으로 말없이 커피 잔을 드는 창호를 보며 하영이 젖은 눈으로 말을 이었다.

"그래도 두 사람 안 되는 거잖아요, 과장님. 정 선생님은…… 지후는…… 안 되는 거잖아요. 말려 주세요, 과장님께서 두 사람 좀 말려 주세요."

결국 눈물을 보이며 고개를 떨구는 하영이었다. 그리고 창호는 지끈거리는 가슴에 남아 있는 커피를 한 번에 들이켰으면서도 커피 잔을 내려놓지 못하고 두 눈을 감으며 길게 한숨을 내쉬었다.

하영이 과장실을 나가고 책상에 앉은 창호가 서랍에 있던 책을 꺼내었다. 책 사이를 펼친 창호가 굳은 표정으로 사진을 들었다.

[아파요, 삼촌. 너무 아파. 심장이 녹아내릴 거 같이 아파.]

[혹시 형이랑 사귀었던 사람…… 아세요? 두 사람 알고 계셨어요?]

무단결근 후 복귀했던 지후가 자신에게 묻던 말을 떠올린 창호가 많은 의대생들과 함께 찍은 사진 한쪽에 나란히 웃으며 서 있는 지석과 수현을 보았다. 한참 동안 그 사진을 쓸어내리며 짧은 한숨만을 푹푹 내쉬던 창호가 생각을 굳힌 듯 책을 덮어 서랍장에 넣고는 수화기를 집어 들었다.

"한 선생 어디 있어?"

수술을 마치고 나오던 진영이 수술실 앞에 서 있는 창호를 보며 고개를 꾸벅였다. 수술실 앞 휴게실에서 커피를 뽑은 진영이 창호에게 커피를 내밀곤 마주 보고 앉으며 물었다.

"하실 말씀 있으세요?"

진영의 말에 창호가 고개를 끄덕이더니 커피 잔을 들었다. 말없이 커피를 마시는 창호를 보며 진영 역시 커피 잔을 들었다.

"진영아."

"네, 과장님."

"지후가 연애한다는 여자 알고 있나?"

굳은 표정으로 자신을 보며 묻는 창호에게 진영이 놀란 표정으로 되물었다.

"어떻게 아셨어요? 과장님?"

창호가 길게 한숨을 내쉬었다.

"어쩌다 보니 알게 됐어. 정말 정 선생 맞아?"

"……네."

자신의 물음에 굳은 표정으로 고개를 숙이는 진영을 보며 창호 역시 굳은 표정으로 다시 물었다.

"수현이는? 수현이도 알아? 지후가……."

창호가 아픈 표정으로 자신을 보는 진영의 눈을 보며 하려던 말을 멈추었다. 놀란 자신을 보는 창호의 표정에 진영이 아프게 웃으며 고개를 끄덕였다.

"설마……."

"네, 과장님. 수현이도…… 수현이도 같은 마음이랍니다."

"진영아."

"두 사람 같은 마음이랍니다, 과장님."

"어떻게 그런……."

길게 한숨을 내쉬며 넥타이를 느슨하게 푼 창호가 고개를 숙인 진영의 모습에 마음이 아파 왔다. 오랫동안 좋아했었다고 웃으며 수현과의 교제 사실을 말하던 진영의 얼굴이 떠올라 창호가 입에 담배를 물었다.

"안 된다고 했었는데, 힘들 거라고 했었는데 그래도 가겠답니다. 사람 마음, 막으려고 한다고 막을 수 있는 게 아니라는 걸 두 사람 때문에 알게 됐어요, 과장님."

"진영아."

"서 선생은…… 지후는 지석이와 수현이 관계 알고 있어요, 선생님."

진영의 말에 창호가 굳은 표정으로 고개를 끄덕이며 답했다.

"이제 알겠어. 이놈이 왜 일주일 동안 잠수 타고 연락도 없었는지……. 어쩌겠대? 정리하겠대?"

"제가 아는 지후는 정리 못 할 겁니다."

"후…… 넌 어쩔 거야? 수현이 지후 놈한테 보낼 거야?"

창호의 물음에 진영이 옅은 미소를 지으며 답했다.

"과장님, 저 수현이…… 못 보냅니다."

"진영아."

"한 번도 온 적 없어요. 수현이…… 저한테 왔던 적 없습니다. 그러니 보낼 수도 없어요, 과장님."

그리곤 진영이 일어나 고개를 꾸벅이곤 돌아서 나갔다. 그에 창호는 먹먹해지는 가슴에 길게 한숨을 내쉬며 이미 식어 버린 커피를 들이켰다.

똑똑.

"네, 들어오세요."

수현의 목소리에 지후가 활짝 웃으며 방문을 열고 들어섰다. 두 손을 뒤로 모으며 고개를 꾸벅이고 들어오는 지후에게 수현이 미소를 지었다.

"어쩐 일이야?"

"보고 싶어서. 나 안 보고 싶었어요? 난 무지 보고 싶던데."

장난스런 지후의 표정에 수현이 피식 웃으며 고개를 저었다. 소파에 앉아 커피를 타 내미는 수현을 보던 지후가 미소를 머금곤 커피잔을 잡은 그녀의 손을 잡아 옆에 앉혔다.

"오프 날 언제예요? 우리 놀러 가요. 나 당신이랑 가고 싶은 곳 있는데."

"가고 싶은 곳? 어디?"

"음. 혹시 침대에 하얀 커버가 깔려 있구요, 갈색 테이블에 의자는 딱 두 개 있구요, 1단짜리 조그만 냉장고 안은 음료수, 물, 커피 이렇게 들어 있구요, 욕실은 거품이 보글보글 나는 월풀……."

"서 선생!"

인상을 찌푸리며 소리치는 수현에게 지후가 두 손을 모아 비벼 보였다.

"장난이에요, 장난."

"장난? 1년차가 전문의 방에 와서 장난 칠 시간도 있고, 요즘 흉부외과 일이 많이 없나 봐? 한 선생한테 말해서……."

그 말에 지후가 얼른 옆자리에 숨겨 놓았던 종이를 내밀며 말했다.

"퍼미션받으러 왔습니다, 선생님."

씩 웃으며 퍼미션 용지를 내미는 지후에게 수현이 인상을 찌푸리며 일어섰다.

"안 해 줄 거야. 담당 과장님 오시라고 하든지 아님 수술 연기해."

자신의 말에 놀란 표정으로 따라 일어나는 지후의 얼굴에 수현이 피식 웃으며 말했다.

"1년차가 전문의한테 장난치면 어떻게 되는지 이제 알겠지? 과장님 호출할까?"

"잘못했어요. 장난이었어. 당신 웃으라고⋯⋯."

수화기를 집으며 말하는 자신의 손에서 수화기를 빼앗아 내리는 지후를 보곤 수현이 웃음을 터트렸다.

"나도 장난이야."

자신의 손을 놓으며 하는 수현의 말에 지후의 이마에 선명하게 두 줄이 그어졌다.

"나 의대 차석으로 입학해서 수석으로 졸업했어. 나는 장난도 못 치는 줄 알았지? 나 원래 장난 되게 잘 쳐. 내가 서 선생 머리 위에 있다는 말이지. 자, 가져가."

책상에 앉아 사인을 하고 일어나 퍼미션 용지를 내미는 수현에게서 지후가 미소를 지으며 퍼미션 용지를 받아 들었다. 그리곤 수현의 앞으로 다가간 지후가 말을 이었다.

"이제 정말 여기에 내가 있나 보다. 이렇게 웃는 거 나 처음 봐요."

자신의 손을 잡아 가슴에 가져다 대며 말하는 지후의 표정에 수현이 말없이 미소를 지었다. 수현의 미소에 지후는 설레면서도 따끔거려오는 통증을 느끼며 그녀의 어깨를 당겨 안았다. 가만히 자신을 안은 채 고개를 숙이고 있는 지후의 품에서 수현은 떨리는 가슴을 쓸어내리며 그의 허리를 감싸 안았다.

삐빅.

주머니에서 들리는 문자 소리에 지후가 핸드폰을 열곤 피식 웃으며 다시 닫았다.

[퍼미션받는 데 30분이 넘게 걸리냐? 죽을래? -호연-]

"치프 선생님이세요. 가 봐야겠어요."

웃으며 고개를 끄덕이는 수현의 이마에 지후가 짧게 입을 맞췄다. 수줍은 듯 고개를 숙이는 수현이 너무 예뻐 지후가 크게 한숨을 내쉬며 말을 이었다.

"정말 어디 아무도 모르는 데 가둬 두고 매일매일 안고 싶다."

"또……."

"알았어요, 갈게요. 수고해요."

안은 자신의 어깨를 힘을 주어 꼭 안아 주곤 진료실을 나가는 지후의 뒷모습에 말없이 웃던 수현이 울리는 전화 소리에 수화기를 들었다.

"네, 마취통증의학과 전문의 정수현입니다."

─……

"여보세요? 마취괍니다. 말씀하세요."

─수현이니?

수화기 너머로 들리는 중년 여성의 목소리에 입가에 짓고 있던 수현의 미소가 사라졌다.

─나, 지석이 어미다.

의자에 앉아 씨티를 보고 있던 호연이 서둘러 의국으로 뛰어 들어오는 지후를 보고 인상을 찌푸리며 일어섰다.

"공과 사는 구분 좀 하지?"

"네? 저만큼 공사 구분 잘하는 의사가 어디 있다고 그러십니까?"

"공사 구분 잘하는 놈이 퍼미션받아 오는 데 30분이냐 걸려? 적당히 해라."

"에이, 왜 그러세요."

"왜 그러세요? 몰라서 묻냐? 너 계속 이런 식으로 하다간 마취과 출입 금지하는 수가 있다."

"치프 선생님!"

울상을 짓는 지후의 표정에 호연이 나오려는 웃음을 감추며 씨티를 그의 가슴에 던지며 말을 이었다.

"이거나 빨리 한 선생님 갖다 드리고 와. 퍼미션 용지 수술방에 노티하고 오고."

"네, 금방 다녀오겠습니다."

"서 선생."

의국을 나가는 지후가 호연의 목소리에 걸음을 멈추었다.

"이제 맘 결정한 거야?"

호연의 물음에 지후가 옅은 미소를 지으며 답했다.

"네. 선생님 말씀대로 마음 가는 대로 하려고요. 나중에 저기 갔을 때 형이 뭐라 그럼 몇 대 맞아 주죠, 뭐. 다녀오겠습니다."

그리곤 의국을 나가는 지후의 뒷모습에 호연이 미소를 지어 보이곤 일어나 청진기를 주머니에 넣고 의국을 나갔다.

병원 맞은편 커피숍으로 들어간 수현이 자신을 보며 손을 들어 보이는 은숙의 모습에 고개를 숙였다.

"오랜만이구나."

인자하게 웃으며 고개를 들어 자신을 보는 은숙에게 수현 역시 얼굴에 옅게 미소를 만들어 보였다.

"건강해 보이세요."

"그러게 말이다. 사는 게 사는 거 같지가 않더니, 시간이 지나가니 또 이렇게 살아지는구나. 전문의가 됐다고?"

"네. 이번에 전문의 따고 왔습니다."

"지석이만 아니었어도 너도 스텝이 되었을 텐데……."

"아니에요, 어머니. 그런 말씀 마세요. 식사는 하셨어요?"

웃으며 묻는 수현의 물음에 은숙이 그녀의 손을 두 손으로 모아 잡으며 손등을 쓸어내렸다.

"사는 게 뭔지, 한시라도 없으면 안 될 것 같던 우리 지석이가 이제는 문득 문득 생각이 나. 그래도 한 번씩 우리 새끼 떠올릴 때면 너도 같이 떠오르더구나."

자신의 손등을 천천히 쓸어내리며 말하는 은숙의 손을 잡은 수현이 고개를 떨구었다.

"죄송해요, 어머니."

"니가 뭐가 죄송할 일이야. 다 부모 놔두고 간 내 새끼 죄지."

"그런 게 아니라……."

고개를 숙인 채 들 줄을 모르는 수현을 보며 은숙이 잠시 생각하더니, 이내 수현의 손을 놓았다. 그런 은숙에게 고개를 들며 수현이 젖은 눈으로 입을 열었다.

"죄송해요, 어머니. 다른 사람이 마음에 들어오려고 해요."

수현의 말에 은숙은 지석이 생각나 가슴이 아파 왔지만 이내 고개를 끄덕이며 찻잔을 들었다 놓았다.

"그게 뭐가 죄송할 일이라고…… 당연히 생겨야지. 진작 생겼어야했는데, 잘됐구나. 정말 잘됐어."

애써 웃으며 고개를 끄덕이는 은숙을 보던 수현의 눈에서 결국 눈물이 흘러내렸다. 따뜻하게 웃으며 은숙이 그런 수현의 손을 다시 잡아 쓸어내렸다.

"나한테도 물론이고 지석이한테도 미안해할 필요 없다, 수현아. 니가 다른 사람이 생겼다니 이제야 내 마음의 짐이 좀 덜어지는 것 같구나. 지금까지 우리 아들을 못 잊고 있는 건 아닌가 싶어 내가 늘 마음이 안 좋았는데…… 잘됐어. 지금까지 혼자 널 놔둔 게 미안해서 우리 지석이가 드디어 너한테 좋은 사람 하나 이어 줬나 보다. 좋은 사람이지?"

"……네."

"그래, 그럼 됐다. 좋은 사람이면 됐어. 행복해라, 수현아. 꼭 행복해야 한다."

"왜 다시는 안 볼 것처럼 그러세요. 전 오래오래 어머니 뵐 거예요."

자신의 손을 꼭 잡으며 말하는 수현의 미소에 은숙의 눈가가 작게 젖어 들었다. 한참 동안 손을 잡은 채 미소를 짓던 은숙이 수현의 핸드백에 들어 있던 호출기 소리에 놀란 표정으로 그녀의 손을 놓았다.

"병원에서 부르는 거지? 어서 들어가야지. 일어나자."

가방을 들고 일어나는 은숙을 따라 일어서며 수현이 미소를 지었다. 카페를 나온 수현이 택시를 잡으려고 하자 은숙이 수현의 손을 당기며 고개를 저었다.

"아니야, 나도 병원 들어갈 거야. 지석이 작은아빠도 만나고 우리 작은아들도 보려고."

"네, 그럼 같이 가세요."

병원 앞까지 손을 잡고 걸어온 은숙이 입구에 도착하자 수현의 손을 놓으며 어깨를 토닥였다.

"들어가. 수고하고. 또 연락하자꾸나."

"네, 어머니. 연락 자주 드릴게요."

"그래그래."

"그럼 먼저 들어가 보겠습니다."

고개를 꾸벅이고 병원으로 들어서는 수현의 뒷모습에 은숙이 미소를 거두고 핸드폰을 들었다.

"삼촌, 저 병원 입구 앞이에요."

◆

판독실에서 씨티와 MRI를 판독하던 진영과 창호의 표정이 좋지 않았다.

"오늘 아주대학병원에서 로컬(Local-타 병원으로부터의 이송)된 환잡니다. 심장종양환자인데 생각보다 심각합니다."

씨티를 보며 하는 진영의 말에 창호가 굳은 표정으로 말했다.

"수현이 불러."

"이미 호출했습니다. 오고 있을 겁니다."

진영의 말이 끝나자마자 수현이 문을 열고 들어섰다. 자신에게 고개를 꾸벅이는 수현에게 창호가 고개를 끄덕여 보이곤 환자의 씨티를 넘겨주며 말했다.

"상태 어때 보여?"

창호의 물음에 씨티를 살피며 수현의 미간에 주름이 생겼다. 그리곤 잠시 말이 없던 수현이 씨티를 내리며 창호를 향해 시선을 옮기며 답했다.

"혹시 과장님 오토트란스플란테이션(autotransplantation-자가심장이식수술:자기 심장을 떼어 내어 병변을 치료한 후 다시 이식하는 방법)하시려고요?"

"맞아. 잘 봤어. 가능하겠어? 환자 나이가 좀 많아. 수술 중 익스

파이어(expire-치료, 수술 중인 환자)의 사망 가능성은 얼마나 되겠어?"

"솔직히 말씀 드리자면 50대 50입니다. 환자 바이탈 상태와 심전도 상태도 썩 좋지 않을뿐더러 그렇게 크게 수술 후 호흡곤란이라도 오게 되면……."

"그래서 마취과 전문의 소견으로 이 수술, 불가능하다는 소리야?"

자신의 말을 끝까지 듣지도 않은 채 굳은 표정으로 묻는 창호에게 수현이 잠시 망설이더니 이내 다부진 표정으로 답했다.

"해 보고 싶습니다."

"해 보고 싶다 가지고는 안 돼."

고개를 젓는 창호의 말에 수현이 옅은 미소를 지으며 다시 대답했다.

"살려 보고 싶습니다. 아니, 살리겠습니다. 과장님."

"좋아. 한 선생, 정 선생이랑 상의해서 최대한 빨리 수술 날짜 잡아. 내 수술 중에 긴급 수술 없으면 보호자들 양해 구해서 이번 주 내에 잡아도 좋고. 수술받기 전에 브이텍이라도 오면 큰일이니까 한시가 급해, 그 환자는."

"네, 과장님."

씨티를 집어넣으며 대답하는 진영에게 고개를 끄덕인 창호가 울리는 진동 소리에 핸드폰을 꺼내었다.

—삼촌, 저 병원 입구 앞이에요.

"예, 형수님. 올라오세요."

과장실에서 마주 보고 앉은 은숙에게 창호가 커피 잔을 내밀며 물었다.

"수현이는 만나 보셨어요?"

"네."

"형수, 저는……."

"제가 먼저 말씀드릴게요."

커피 잔을 들었다 놓는 은숙에게 창호가 미소를 지으며 고개를 끄덕였다.

"처음에 삼촌한테 연락받고 며칠을 곰곰이 생각해 봤어요. 이게 무슨 마른하늘에 날벼락인가 싶어서 당장 지후 녀석 잡아 앉혀 놓고 안된다고 호통을 칠까도 생각했는데……. 도련님, 이게 우리 지석이가 바라던 건 아닌가 하는 생각도 드네요."

"형수님."

"수현이가 여태껏 제 짝을 못 만난 것도 그렇고…… 두 사람 지석이 살아 있었을 때 그렇게 만날 기회가 많았는데도 못 만났던 거 보면 두 사람이 이루어지려고 그랬나 싶기도 하고. 이게 지석이 뜻인가 싶은 게……."

은숙의 말에 창호가 커피 잔을 들었다.

"괜찮으시겠어요? 수현이 보면서 힘들지 않으시겠어요?"

"처음엔 조금 힘들겠죠. 수현이 보면 지석이 생각이 날 텐데, 우리 지후 옆에 있는 수현이를 감당할 수 있을까 싶기도 한데……. 좋게 생각하려고요, 도련님. 우리 지석이가 자기 잊지 말라고 두 사람 이뤄 주나 봐요."

피식 웃은 창호가 고개를 끄덕였다.

"형수님이 그렇다면 저는 됐습니다."

"그래도 제가 먼저 나서서 허락은 안 할 거예요. 삼촌도 모르는 척해 주세요. 허락한다는 말씀도 하지 마시구요. 두 사람이 죽고 못 살

295

겠다고 저한테 오면 허락해 줄 생각이에요. 지석이가 두 사람에게 칼날이 되어 있을 텐데, 우리 지석이가 그런 존재가 되는 걸 보고 싶지 않네요."

옅게 웃는 은숙에게 창호 역시 미소를 지어 보였다.

"두 사람이 제풀에 나가떨어지면 인연이 그뿐일 거고, 아니라면 오겠죠."

은숙을 배웅하고 응급실에 들른 창호가 스테이션에 있는 진영과 수현을 보고 걸음을 멈추었다.

"너희들은 왜 각자 방들 놔두고 여기 있어?"

주머니에 손을 넣은 채 스테이션으로 오는 창호에게 인사를 하며 진영이 물었다.

"교수님은 어쩐 일이세요?"

"누가 좀 와서 이야기 좀 하다가 배웅해 주고 오는 길이다. 정 선생은 잠깐 나 좀 보자."

"네, 선생님."

창호와 수현이 나가는 모습에 진영은 불안해져 짧은 한숨을 내쉬며 주머니에서 핸드폰을 꺼내어 들었다. 조제실에서 나와 세 사람의 모습을 지켜보고 있던 하영이 진영의 핸드폰을 손바닥으로 막으며 입을 열었다.

"하지 마세요, 과장님. 정 선생님도 아셔야 할 일이잖아요."

무표정한 얼굴로 차갑게 내뱉는 하영의 말에 진영이 놀란 표정으로 물었다.

"혹시 과장님께 말씀드린 게 주 간호사에요?"

"네, 제가 말씀드렸어요. 두 사람 어차피 안 될 사이라면 지금 이쯤에서······."

"아니."

자신의 말을 자르며 차가운 눈으로 보는 진영의 표정에 하영이 고개를 돌렸다.

"주 간호사가 잘못 생각했어요. 하영 씨가 과장님께 던진 그 한마디로 아마도 지후는 수현이를 더 놓지 못하게 될 거예요. 결국 지후를 하영 씨 곁에서 떠나게 만든 건 하영 씨 본인이라는······."

말을 하다 만 진영이 놀란 표정으로 어딘가 시선을 돌리자, 하영이 진영의 시선을 따라 고개를 돌렸다. 언제 왔는지 굳은 표정으로 자신을 보는 지후를 발견한 하영은 가슴이 철렁 내려앉았다.

"자리 비켜 줄게."

하영에게 다가오는 그를 보며 돌아서려는 진영에게 지후가 걸음을 멈추며 말했다.

"형 있어도 상관없어. 주하영 잘 들어. 그동안 나, 너한테 많이 미안했어. 니 마음 알면서 내 마음은 아니라는 대답을 너무 늦게 해 줘서, 니 마음에 나 너무 크게 만든 거 같아서. 그래서 날 내려놓기 힘들어하는 거 같아서, 니가 어떤 말을 해도 다 참았어. 그런데 이제 그만해도 될 거 같다. 이젠 나 정말 니 손 놓고 맘 편하게 그 여자한테 갈 수 있을 거 같다."

그리곤 돌아서는 지후의 뒷모습에 진영이 하영의 어깨를 토닥이곤 그를 뒤따라 걸었다. 멀어지는 두 사람의 모습에 하영은 흐르는 눈물을 닦을 생각도 하지 않은 채 그 자리에 주저앉아 울음을 터트렸다.

과장실 소파에 앉은 창호가 수현이 내미는 커피 잔을 받아 들며 앉으라는 손짓을 했다. 미소를 지으며 자기가 앉은 오른쪽 소파에 앉아 커피 잔을 입에 가져다 대는 수현을 보자 마음이 아파 와 창호 역시 묵묵히 커피만 홀짝였다.

"과장님."

"어?"

"하실 말씀 있으시죠?"

커피 잔을 내려놓으며 자신을 보는 창호의 표정에 수현이 옅은 미소를 지으며 물었다.

"무슨 말씀이신데요?"

"수현아."

"네."

자신의 말에 미소를 거두며 보는 수현에게 창호가 짧게 한숨을 내쉬곤 다시 말을 이었다.

"난 니가 지석이를 아직도 잊지 못하는 게 마음이 아팠다. 이미 가고 없는 사람 흔적 잡고 사는 니가 빨리 좋은 사람 만나기를 바랬다. 그런데 왜 하필 서지후야, 왜 하필 서 선생이니? 수현아."

"과장님……."

"지석이가 내 조카인 거 알지?"

안타까운 표정으로 자신을 보며 묻는 창호의 말에 수현이 천천히 고개를 끄덕였다.

"잘 들어라, 수현아. 서 선생, 지후도……."

벌컥 문을 열고 들어서는 지후를 보며 창호가 놀란 표정으로 말을 멈추었다. 굳은 표정으로 고개를 꾸벅인 채 성큼 걸어와 수현의 팔을 잡고 일어서는 지후를 보며 창호는 먹먹해지는 가슴을 감추기 위해 두 사람들을 피해 시선을 돌렸다.

"왜 이래?"

"죄송합니다, 과장님. 정 선생님 데리고 나가겠습니다."

"지후야."

창호의 부름에도 돌아보지 않은 채 자신의 손을 잡고 과장실을 나오는 지후를 따라나선 수현이 그의 팔을 뿌리치며 걸음을 멈추었다.

"서 선생."

자신이 손을 뿌리쳤음에도 불구하고 돌아보지 않은 채 앞을 향해 있는 지후의 등을 보며 수현이 그의 앞으로 가 섰다.

"서 선생?"

수현의 부름에 그제야 고개를 들어 보는 지후의 표정에 수현이 놀란 표정으로 물었다.

"무슨 일이야?"

"아무 일 없어요. 밥 먹었어요? 배 안 고파요? 나 배고픈데 우리 밥 먹으러 가요. 선생님은 뭐 좋아해요? 밖에 나가서 먹고 올래요?"

자신의 물음에도 대답 하지 않은 채 다시 자신의 손을 잡고 돌아서려는 지후의 손을 당기며 수현이 굳은 표정으로 물었다.

"서 선생."

"아무것도……."

"또 묻지 말라고? 도대체 내가 묻지 말아야 할 일이 뭐야?"

자신을 손을 놓고 묻는 수현의 얼굴에 지후가 두 손으로 얼굴을 쓸어내리며 말했다.

"당신이 몰랐으면 좋겠어."

"……."

"할 수만 있다면 죽을 때까지 당신이 몰랐으면 좋겠어."

"서 선생."

"말했잖아요. 당신이 내 손을 놓게 될 일이 생기더라도 내 손 절대 놓지 말아 달라고. 나는 절대 당신 안 놓을 거니까, 죽어도 안 놓을 거니까 당신도 그랬으면 좋겠다고. 그러니까 그때까지는 몰랐으면 좋겠어. 궁금해하지도 말고, 알려고도 하지 말고. 응?"

수현의 어깨를 잡으며 묻던 지후가 대답 없이 자신을 보는 그녀의 시선에 가슴이 아려 와 조용히 그녀를 당겨 안았다. 자신을 안은 손에 힘을 주는 지후를 느끼며 수현이 두 눈을 감고 마주 안았다.

내가 널 놓을지도 모르게 되는 그 일이 뭘까. 이렇게 날 아프게 보게 만드는, 내가 몰라야 하는 그 일이 뭘까.

"서 선생."

그 부름에 눈을 떠 자신을 보는 지후에게 수현이 작은 미소를 지었다.

"안 물을게. 서 선생이 이렇게 날 이렇게 힘들게 보는 이유가, 과장님 앞에서 그렇게 날 끌고 나온 이유가 나 너무 궁금한데 이번에도 나…… 안 물어볼게. 묻고 싶은 것도, 알고 싶은 것도 너무 많은데 안 물을게. 그러니까 이렇게 아프게 나 보지 마. 내 마음에 생각보다 서 선생이 많은가 봐. 그렇게 날 쳐다보니까 여기가 아프네."

"선생님."

"그러니까 아프지 말았으면 좋겠어. 밥 먹으러 가자고 했었지? 가자, 밥 먹으러."

웃으며 자신의 손을 잡는 수현을 보며 지후가 미소를 지었다.

병원을 나서려던 지후가 울리는 호출 소리에 울상을 지으며 걸음을 멈추자 수현이 피식 웃음을 터트렸다.

"가 봐."

"가기 싫다."

"얼른 가. 어디 호출이야?"

"응급실이요. 그럼 진료실에서 잠시만 기다려요. 금방 갔다 올게요."

자신의 말에 고개를 끄덕이며 웃는 수현의 뺨에 입을 맞춘 지후가 손을 흔들며 응급실로 몸을 돌렸다. 멀어지는 지후의 모습에 진료실로 향하던 수현이 잠시 망설이더니, 그가 간 길을 따라 걸음을 옮겼다. 응급실로 걸어가던 지후가 응급실 앞에 서 있는 진영과 은숙을 보며 놀란 표정으로 뛰어갔다.

"엄마!"

커진 눈으로 자신에게 뛰어오는 지후를 본 은숙이 그를 노려보았다.

"너 연락도 자주 안 하고 정말 이럴 거야?"

"어쩐 일이세요? 혼자 오셨어요? 아버지는? 식사는 하셨어요?"

"한 가지만 물어봐라. 네 삼촌만 보고 가려다가 진영이 볼 겸 다시 들어왔다. 이놈의 자식, 너 일주일 무단결근했다며? 어디 갔었어? 집에도 안 내려오고?"

"그냥 좀…… 가요. 의국 가서 차 한 잔 드릴게요."

"진영이도 같이 가자. 오랜만에 봤는데 얼굴 좀 더 보고 가자."

"네, 어머니."

서로 팔짱을 끼고 의국을 향하는 세 사람을 응급실 코너 한쪽 편에 숨어 보던 수현이 그 자리에 주저앉았다.

[그런데 서 선생 김밥이 좋아하나 봐?]

[네, 무지요. 그래서 저희 엄마가 제일 잘하는 음식이 김밥이였어요. 형이랑 저랑 김밥이라면 자다가도 벌떡 일어나거든요.]

[네, 2남 중에 차남이에요. 지금은 형이 없어 장남 아닌 장남이 되어 버렸지만.]

[그 사람이 누군지 아는 척하고 싶지 않은데 수현아…… 지후는 안 돼.]

[내가 아니라도 좋아. 니 마음에 내가 아니라도 좋으니까 지후는 담지 마. 지후는…….]

지후와 진영의 말들을 떠올린 수현은 칼날이 가슴을 파고드는 듯한 통증에 가슴을 부여잡고 고개를 떨구었다. 그리곤 주머니에서 핸드폰을 꺼내어 들어 진영의 이름을 찾아 통화키를 눌렀다.

-어, 정 선생.

"한 선생, 혹시 지석 씨 동생이 서지후 선생이야?"

-수현아.

"방금 전에 어머니랑 같이 걸어가던 서 선생이 지석 씨 동생 맞아?"

-어디야? 내가 갈게, 수현아. 너 어딨어?

"맞는지 아닌지 그것만 말해! 맞아?"

-……맞아.

진영의 한숨 섞인 대답에 수현이 체념한 듯 두 눈을 감으며 울음을 터트렸다.

14화
형제

　은숙과 함께 걸어가는 지후를 뒤따라가던 진영이 울리는 핸드폰 소리에 걸음을 멈추었다.

　"어, 정 선생."

　자신의 목소리에 고개를 돌려 보는 지후에게 먼저 가라는 손짓을 하며 다시 통화에 집중했다.

　-한 선생, 혹시 지석 씨 동생이 서지후 선생이야?

　"수현아."

　-방금 전에 어머니랑 같이 걸어가던 서 선생이 지석 씨 동생 맞아?

　"어디야? 내가 갈게, 수현아. 너 어딨어?"

　-맞는지 아닌지 그것만 말해! 맞아?

　수현의 고함 소리에 진영이 가슴이 무너져 내려 두 눈을 감았다 뜨며 차마 떨어지지 않는 입을 열었다.

　"맞아."

자신의 대답에 소리 없이 흐느끼는 수현을 느낀 진영이 걱정스러운 듯 핸드폰을 잡은 손에 힘을 주며 물었다.

"수현아, 너 어디야? 내가 금방……."

자신의 말이 채 끝나기도 전에 통화가 끊기자 진영이 의국으로 들어간 지후와 은숙을 확인하곤 급하게 몸을 돌렸다.

"한 교수님."

등 뒤에서 지후가 부르자 진영이 걸음을 멈추며 고개를 돌렸다.

"왜 안 들어와? 어디 가요? 무슨 일 있어요?"

문을 잡고서 묻는 지후에게 진영이 고개를 저었다.

"어. 아니야. 어머니한테 잠깐 일이 생겨 응급실 간다고 말씀드려줘."

그리곤 서둘러 몸을 돌려 뛰어가는 진영의 모습에 지후가 고개를 갸웃거리곤 의국 문을 닫았다. 수현의 진료실로 뛰어온 진영이 비어 있는 방을 보곤 다시 응급실로 몸을 돌렸다. 서둘러 응급실로 내려가던 진영이 휘청거리며 걸음을 내딛는 수현을 보곤 놀란 표정으로 뛰어가 그녀의 어깨를 잡아 일으켰다.

"괜찮아?"

"어떻게…… 어떻게 서 선생이 지석 씨 동생이야? 성도 다르고……."

"지석이 부모님이 이혼을 하셨었어. 지후랑 지석이가 어릴 때 헤어져 서지후가 새아버지 성으로 바꾸는 바람에…… 미안하다."

지후에게서 지석이 떠올랐던 게 생각난 수현이 두 눈을 질끈 감았다.

알려고 하지 않았구나, 정수현. 사실 성만 달랐을 뿐이지 말투도, 좋아하는 음식도 다 같았었는데…… 생각도 못 했어. 멍청하게.

눈을 뜬 수현이 원망스러운 얼굴로 진영을 보았다.

"왜 진작 말 안 했어? 왜 진작 말 안 했냐구! 처음부터 말해 줬어야지!"

"······."

"멍청하게 내가 눈치조차 채지 못하고 있으면 너라도 말해 줬어야 하잖아. 말해 줘야 하잖아!"

두 눈 가득 눈물을 철철 쏟으며 자신의 가슴을 치는 수현의 울먹임에 진영이 그녀의 어깨를 당겨 안았다.

"미안해, 수현아. 미안해."

한참 동안 진영의 품에 안겨 울던 수현이 문득 생각난 듯 진영의 팔을 뿌리쳐 내리곤 몸을 돌렸다.

"따라오지 마."

돌아서는 수현의 모습에 진영이 길게 한숨을 내쉬며 핸드폰을 꺼내어 들었다.

-네, 선생님.

"어머니는?"

-조금 전에 가셨어요.

"그래? 놀라지 말고 들어라. 지후야."

-무슨 일이에요?

"수현이가 알았어."

자신의 말에 대답이 없자 진영이 다시 말을 이었다.

"지후야."

-정 선생님 어디 있어요?

"모르겠어. 지금 막 응급실 가는 길에 있었는데 어디 갔는지 모르 겠다. 병원을 나갔을지도······ 지후야!"

자신의 말이 채 끝나기도 전에 통화가 끊기는 핸드폰 기계음 소리에 진영은 길게 한숨을 내쉬곤 폴더를 닫았다. 앞으로 다가올 두 사람의 아픔이 그대로 느껴지는 것 같아 진영은 시려 오는 가슴에 떨리는 눈을 감았다 뜨며 외롭게 걸음을 돌렸다.

과장실로 급하게 뛰어온 수현이 막 책상에서 일어서려는 창호를 향해 눈물로 얼룩진 얼굴로 물었다.

"오전에 저한테 하려다 못 하신 말씀해 주세요."

"정 선생."

"아까 저한테 말씀하시려던 거, 서지후 선생 때문에 못 한 말씀 지금 해 주세요, 과장님."

떨어지는 눈물을 닦으려는 생각도 하지 않으며 자신을 향해 묻는 수현에게 창호가 안타까운 표정으로 다가갔다.

"수현아."

"말씀해 주세요, 과장님. 과장님한테 확인해야 할 거 같아서 그래요. 지석이가 내 조카인 건 알지? 그 뒤에 하려고 하셨던 말씀해 주세요."

수현의 애타는 목소리에 창호가 두 눈을 감았다 뜨곤 그녀의 어깨를 잡아 소파에 앉혔다. 그리고 자신도 맞은편 소파에 앉았다.

"수현아, 난 니가 지석이의 그늘에서 벗어나길 바랬다. 하지만 아직도 이렇게 오랫동안 내 조카를 잊지 않고 있어 줘서 고맙기도 했어. 그런데 수현아…… 지후 옆에 있으면 지석이를 놓지 못하고 살 거야. 지석이를 보면서 지후 옆에 있을 수 있겠니?"

"과장님."

"지후도…… 내 조카다, 수현아."

창호의 말에 수현은 심장이 내려앉는 아픔에 고개를 숙였다.

"수현아."

"죄송해요, 과장님. 저 먼저 일어서겠습니다."

"수현아! 수현아!"

이미 과장실을 뛰쳐나간 수현의 빈자리에 창호가 한숨을 내쉬곤 소파에 앉아 몸을 기대었다. 잠시 후 과장실로 뛰어 들어오는 지후의 모습에 창호가 굳은 표정으로 소리쳤다.

"너 이놈의 자식!"

"삼촌, 정 선생님은요? 정 선생님 안 왔어요?"

"서지후!"

"정수현 안 왔냐구요!"

흔들리는 눈빛으로 자신을 보는 지후의 얼굴에 창호가 굳은 표정으로 입을 열었다.

"왔다가 갔다. 네가 내 조칸 거 알고 갔다."

"삼촌!"

"수현이를 먼저 생각해, 이 녀석아!"

"삼촌!"

"수현이한테 어떻게 그렇게 큰 짐을 지게 할 거야? 너 엄마는 또 어쩌고!"

자신의 말에 굳은 표정으로 시선을 돌려 버리는 지후를 향해 창호가 말을 이었다.

"왜 그 아이야! 왜 하필 수현이야, 지후야……."

"삼촌, 나 그 여자 못 놔. 포기 안 해요. 죄송해요, 가 볼게요."

"지후야!"

자신을 부르는 창호의 목소리에도 과장실을 뛰어나온 지후가 서둘러 병원 주차장으로 뛰어 내려갔다. 주차장에 세워 둔 수현의 차가 보이지 않자 지후가 핸드폰을 꺼내어 들었다.

"치프 선생님 저 오늘 조퇴 좀 하겠습니다."

―무슨 소리야? 너 미쳤어?

"정 선생님이 알았습니다. 저 정 선생님 찾으러 가요. 다녀와서 말씀드릴게요, 죄송해요. 무단조퇴 벌받으라면 다녀와서 받겠습니다."

―뭐야? 서 선생, 야!

호연의 대답을 듣지도 않은 채 폴더를 닫은 지후가 차에 올라타곤 핸들에 얼굴을 묻었다. 그리곤 다시 핸드폰을 꺼낸 지후가 단축번호 1번을 길게 눌렀다. 신호는 가는데 수현의 목소리가 들리지 않자 지후가 다시 통화 버튼을 눌렀다.

―전원이 꺼져 있어…….

방금 전까지만 해도 신호가 가던 휴대폰의 전원이 꺼져 있다는 기계음 소리에 지후가 신경질적으로 핸들을 내려쳤다.

◆

지석의 유골이 있는 납골당으로 들어선 수현이 그의 유골이 있는 단으로 걸어가 섰다. 자신을 향해 활짝 웃고 있는 지석을 보며 수현의 눈에서 눈물이 떨어졌다.

"지석 씨."

어떡하니? 당신 동생이야? 그 사람 당신 동생이었어?

"말해 주지…… 진작 좀 말해 주지."

닮은 거라고만 생각했었는데, 많이 닮았다고만 생각했는데 당신 동생이라고는 생각 못 했었어. 바보같이, 정말 바보같이…….

한참 동안 지석의 단을 쓸어내리며 울던 수현이 힘없이 몸을 돌려 납골당을 나왔다. 차로 걸어가는 수현을 보곤 지후가 급하게 차를 세웠다. 차에 올라타려는 수현을 돌려 세운 지후가 눈물 가득한 눈을 보고 따끔거리는 가슴에 그녀의 어깨를 당겨 안았다.

"아는데 당신 무슨 생각 하는지 나 너무 잘 아는데…… 칼로 무 자르듯 그렇게 결정하지 말고……."

그렇게 나 쉽게 놓으려고 하지 말고. 하지…… 말아요.

목석처럼 서 있는 수현의 마음이 전해져 지후가 저미어 오는 가슴에 그녀를 안은 손에 힘을 주었다.

"천천히 생각해요. 열 번 생각하고 안 되면 백 번, 백 번 생각하고 안 되면 천 번, 그것도 안 되면……."

"그것도 안 되면 수천 번, 수만 번을 생각해도 안 되면?"

천천히 자신의 손을 떼어 놓는 수현의 말에 지후가 그녀의 어깨를 꼭 잡았다.

"또 생각해요."

"언제까지?"

"당신이 내 손 놓을 수 없다는 생각이 들 때까지."

그 대답에 수현이 고개를 저으며 지후의 손을 잡아 내렸다.

"그럼 평생 생각만 하다 죽어야겠네."

"선생님!"

"그만."

자신에게서 뒷걸음질 치는 수현의 모습에 지후가 주먹을 쥐었다.

"죽을 때까지 숨기고 싶다던 이유가 이렇게 될 걸 알고 있어서였잖아."

"그래요, 그랬어요. 내가 지석 형의 동생이라는 걸 알면 분명 당신 이렇게 나올 거니까, 그래서 그전에 내가 먼저 정리하자, 그랬었어요.

그런데 그게 안 됐어. 결국엔 안 됐어. 그러니까 당신도……."

"했어야 했어. 그때 모질게 끊어 냈어야 했어. 정말 내가 알지 않길 바랬다면 이렇게 되기 전에…… 그냥 모질게 돌아섰어야 했어."

말을 하는 수현도, 듣는 지후도 묵직해지는 가슴에 서로에게서 시선을 거두었다.

[그 사람 잊지 말아요. 비우지 마. 당신 마음에 나 안 들어갈래요. 당신 마음에 나 담지 마. 잊지 말아요. 당신 없으면 자신도 없다고 했던 그 사람 잊어버리지 마.]

[아무것도 묻지 말아 주세요, 그래 주면 안 될까? 왜 당신 손을 놓으려고 했는지, 왜 당신을 포기하려고 했는지 묻지 말아 줬으면 좋겠는데……. 다른 거 아무것도 생각하지 말고, 결국은 내가 당신 손 놓지 못하고 이렇게 당신한테 온 거 그거만 봐 주면 안 될까요?]

[당신한테 가슴 시리게 아픈 추억…… 아마 내게도 같은 추억일 거예요. 그렇지만 나……결심했어요. 그 추억마저도 당신과 함께 담고 갈 거라고. 그러니까 당신도…… 그래 줬으면 좋겠어. 나중에 당신이 내 손을 놓고 싶어지는 일이 생기더라도 절대 내 손 놓지 말아 줬으면 좋겠어. 뭐 그때 가서 당신이 내 손을 놓아도 절대 놓을 수도 없게 꽁꽁 붙들고 있을 거지만. 들어갈까요?]

자신에게 말하지도 못하고 혼자 마음 아팠을 지후가 가여워 수현의 가슴에서 울컥하고 설움이 올라왔다.

그때였구나. 그래서 그렇게…….

금방이라도 눈물이 떨어질 것 같은 얼굴로 자신을 보는 수현의 모습에 지후가 가늘게 떨고 있는 그녀의 어깨를 다시 잡았다.

"정수현."

고개를 들어 자신을 보는 수현의 시선에 지후가 후회스런 눈빛으로 말을 이었다.

"흔들리는 건 좋아. 얼마든지 기다릴 수 있어. 그러니까…… 쉽게 나를 놓는다고 하지 말……."

고개를 저으며 울음을 터트리는 수현 때문에 지후가 더 이상 말을 잇지 못했다.

"결국은 놓아야 하는 거야. 지금 여기서 놓질 못해도, 수천 번을 더 생각하고 또 생각해도 결국은 놓아야 하는 거야. 나는 자신 없어. 처음부터 너에게서 지석 씨를 봤는데, 지석 씨 동생인 걸 안 이상 널 보면 지석 씨를 떠올리지 않을 자신 없어, 나는."

"정수현!"

"한 사람이었던 거야. 출근할 때 매일 듣던 음악을 좋아한 사람도, 김말이를 좋아한 사람도, 내 옆에서 날 향해 웃어 주던 그 미소도, 따뜻하게 내 손을 잡아 주던 그 손도…… 전부 한 사람이었어."

"무슨 말을 하는 거예요……."

"내 마음에 들어와 있던 사람이랑 내 마음에 들어오려고 했던 사람이 같은 사람이었던 거야."

두 손으로 눈물을 감추며 하는 수현의 말에 지후의 표정이 일그러졌다.

"서지후가 아니었어. 막연히 송지석을 닮은 사람이 아니라…… 서지후에게서 송지석을 봤던 거야, 난."

툭 하고 수현의 어깨에 손을 올렸던 지후의 팔이 떨어졌다.

"그러니까 그만하자, 여기서."

그리곤 돌아서는 수현을 뒤따라가 지후가 앞을 막아섰다.

"놓지 말라고 했었잖아요. 내 손 놓게 될 일 있게 되더라도 절대 놓지 말아 달라고 했었잖아요! 나 안 놓는다고 했었잖아!"

눈물을 떨구며 소리치는 지후의 말에 수현이 떨리는 입술을 꾹 다물었다. 그런 수현의 어깨를 잡은 지후가 눈물 섞인 목소리로 말을 이었다.

"안 놓는다면서, 절대 안 놓겠다면서! 형 여자였던 거? 그게 걸려요? 그런 거라면……."

"마음만 준 게 아니야."

"선생님."

"그래도 괜찮아?"

수현의 말에 지후가 잡고 있던 그녀의 어깨에 힘을 주었다. 힘주어 잡고 있지만 떨리는 지후의 손이 수현의 어깨에 스며들어 가슴까지 울렸다.

"이제 더 할 말 끝났니? 나 그만 가도 되지? 여기서 알게 된 걸 다행이라 생각하자. 여기서 우리만 힘들어지고 마는 걸 다행이라 생각하고 정리해."

돌아서는 수현이 흐르는 눈물을 닦을 생각도 않은 채 한 손으로 입을 막으며 울음을 참았다. 힘없이 고개를 떨구고 있던 지후가 고개를 들어 이미 가고 없는 수현의 빈자리를 보며 눈물을 흘렸다. 뺨을 타고 흐르는 눈물 사이로 파고드는 아픔에 지후는 입을 꾹 다문 채 소리 없이 울음을 터트렸다.

◆

의국으로 들어서는 지후를 보며 호연이 벌떡 일어나 그에게로 걸어갔다.

"어떻게 된 거야?"

"죄송합니다, 치프 선생님. 죄송합니다. 죄송합니다."

"서지후!"

허리를 굽혀 연신 죄송하다는 인사만 하는 지후의 어깨를 들어 세운 호연이 젖은 그의 눈을 보자 가슴이 욱신거려 와 시선을 돌렸다. 말없이 지후의 어깨를 토닥이던 호연이 문을 열고 들어서는 창호를 보며 굳은 표정으로 고개를 꾸벅이곤 의국을 나갔다. 자신이 왔음에도 고개를 숙인 채 미동 없는 지후에게 창호가 짧은 한숨을 내쉬곤 입을 열었다.

"고개 들어."

"……."

"고개 들어!"

"삼촌."

"이제 어쩔 거야?"

"삼촌!"

그제야 고개를 들어 자신을 보는 지후의 뺨을 세차게 내려치며 창호가 소리쳤다.

"수현이 감당할 자신 있어? 니 엄마는? 감당할 자신 있어!"

"삼촌."

"시끄러워! 이 녀석아! 네 마음 아픈 게 중요한 게 아니야! 네 옆에 있는 사람들도 생각하란 말이다. 수현이, 네 엄마, 네 아빠 다 감당할 자신 있어? 그 사람들은 무슨 죄야? 네 마음 때문에 왜 그 사람들이 모진 짐을 져야 돼! 이 녀석아!"

창호의 고함 소리에 지후가 힘없이 털썩 의자에 주저앉았다. 순간 놀래서 지후에게 한 걸음 다가간 창호가 자신을 향해 올려보는 그의 시선을 피해 입에 담배를 물었다.

"나 정 선생 포기 못 해, 삼촌."

"이놈의 자식이……!"

"포기할 거였으면 그때 했어. 마음 접었을 거였으면 형 여잔 거 알았을 때 벌써 했다구. 근데 안 돼. 안 되는 걸 어쩌라고."

"지후야."

결국 창호가 입에 물었던 담배를 도로 주머니에 넣곤 지후의 어깨에 손을 얹었다. 자신의 어깨에 손을 올린 채 한숨을 계속 내쉬는 창호의 손을 잡으며 지후가 젖은 눈으로 울먹였다.

"삼촌, 나, 엄마 이길 자신 없어. 그런데 그 여자 놓을 자신은 더 없어. 그러니까 삼촌이 도와줘. 삼촌, 그 여자 좋아하잖아. 나한테 오게 해 줘, 그 여자 나한테 올 수 있게 삼촌이 나 좀 도와줘."

"지후야."

"나 살려 주는 셈치고 삼촌이 좀 도와줘."

결국 소리 없이 흐느끼는 지후의 떨리는 어깨를 붙잡은 창호가 시린 가슴을 쓸어내리며 그의 어깨를 잡은 손에 힘을 주었다. 말없이 지후의 어깨를 토닥인 창호의 눈에도 눈물이 고여 있었다. 한참 후 의국을 나온 창호가 의국 앞에 서 고개를 꾸벅이는 호연을 보며 굳은 표정으로 입을 열었다.

"정리될 동안 지후 수술 잡지 마라, 지후가 주치의인 환자들 명단 가지고 오고."

"제가 맡겠습니다, 과장님."

"치프 선생은 지금 환자들만으로도 벅찰 텐데 1년차 주치까지 어떻게 맡아? 가지고 와."

"예, 과장님."

자신의 어깨를 두어 번 토닥이고 걸어가는 창호를 일별하고 혼자 남아 있는 지후의 뒷모습을 슬쩍 본 호연이 짧은 한숨을 내쉬며 스테이션으로 발걸음을 옮겼다.

◆

오피스텔로 들어선 수현이 겉옷을 벗을 생각도 않은 채 그대로 침대로 가 누웠다. 그리고 두 팔로 얼굴을 가린 채 누운 수현이 자신의 옆에 던져 둔 핸드폰이 울리자 액정에 뜬 지후의 이름에 눈물을 떨구었다.

1997년, 봄. 떠들썩한 고등학교 입학식이 거의 끝날 무렵에 담장을 넘으려 다리를 올리던 수현이 자신의 엉덩이를 밀어 올려 주는 지석의 손에 놀란 표정으로 얼른 담장을 뛰어넘었다.

"여자애가 뭐 그리 굼뜨냐? 담장이 높은 것도 아니구만. 도와줘서 고맙다는 말은 받은 걸로 칠게."

뒤따라 담장을 뛰어넘어 바지를 털던 지석이 황당한 표정으로 자신을 보는 수현에게 윙크를 하곤 가방을 어깨 뒤로 둘러멨다. 그리곤 돌아서는 지석을 보며 수현이 어이없는 표정으로 뒤따라 일어나 가방을 들었다. 교실로 들어서려던 수현이 자신의 가방을 툭툭 치는 손길에 인상을 찌푸리며 뒤돌아보다 놀란 표정으로 뒷걸음질을 쳤다.

"이놈의 자식, 입학 첫날부터 지각을 해? 너 이름이 뭐야?"

"정수현입니다."

"정수현? 너도 저기 가서 손들고 서 있어!"

선도부 선생님의 고함 소리에 입을 삐죽 내밀며 몸을 틀던 수현이 자신을 향해 손짓을 하며 웃는 지석을 보곤 걸음을 멈추었다.

"얼른 안 가!"

"예, 예. 갑니다, 가요."

지석의 옆으로 가 손을 들던 수현이 자신의 손을 탁 치며 씩 웃는 그의 미소에 어이없는 표정으로 쳐다보다 피식 웃음을 터트리며 고개를 저었다.

3년 뒤, 나란히 한 손에 졸업장을 끼고 교문을 나선 지석이 수현을 향해 한 손을 내밀었다.

"졸업 축하해, 정수현."

"졸업 축하해, 송지석."

서로 잡은 손을 흔들며 교문을 나선 수현의 얼굴에 미소가 가득했다.

"우리 같은 친구 또 있을까? 3년 내내 같은 반에 같은 대학, 같은 과까지 가는……. 우와, 정말 대단하다, 그지?"

지석이 걸음을 멈추곤 잡고 있던 수현의 손을 놓았다.

"친구야?"

"응?"

"우리가 친구냐고."

"무슨 말이야?"

"난 니가 친구라고 생각했던 적 없었는데 너한테 나…… 친구야?"

굳은 표정으로 자신의 얼굴을 보며 묻는 지석의 눈빛은 사랑하는 여자에게 고백한 후 대답을 기다리는 남자의 눈빛이었다. 입을 꼭 다문 채 자신의 대답을 기다리는 지석을 향해 수현이 말없이 미소를 지으며 고개를 저었다.

"아니야, 나한테 송지석 친구 아니야."

수줍게 고개를 숙이며 하는 수현의 대답에 그제야 지석의 얼굴에 환한 웃음꽃이 피었다.

그렇게 대학 생활을 시작하고 4년이 흘러 졸업을 앞둔 그해 첫날 정동진 바닷가 앞 모래사장에 누운 지석이 자신의 팔을 베고 누운 수현을 보며 말했다.

"수현아."

"응?"

"나 꿈이 생겼어."

"꿈? 무슨 꿈?"

"흉부외과 서전(surgeon-외과의사)이 되는 꿈."

지석의 말에 수현이 지석을 보며 돌아누웠다.

"분명 훌륭한 서전이 될 거야, 송지석 군은."

"또 하나는……."

말을 멈춘 지석이 주머니에서 주섬주섬 무언가를 꺼내어 수현의 손바닥에 놓아 주며 말을 이었다.

"또 하나는 정수현 손에 나랑 같은 반지 끼고 웨딩드레스 입고 나랑 행진하는 꿈."

"지석 씨."

눈물을 글썽이며 자신의 손에 놓인 반지를 내려다보고 있던 수현을 일으켜 앉힌 지석이 그녀의 손가락에 반지를 끼우며 말했다.

"결혼식장에 들어갈 땐 더 예쁜 반지 끼워 줄게. 레지던트 마치면 결혼하자, 수현아."

"지석아."

"평생 행복하게 해 주겠다는 약속은 못 해도 평생 혼자 울지 않게 할게. 니가 웃을 때, 울 때 내 어깨에 기대어 울 수 있게…… 평생 등대 같은 사람이 되어 줄게."

자신의 말에 행복한 미소를 지으며 눈물을 글썽이는 수현의 두 눈을 닦아 낸 지석이 말을 이었다.

"울게 만드는 일 자주 없게 할 테지만, 울게 되더라도 슬픈 일보다는 행복한 일들로 울 수 있게 할게. 정수현의 평생 엔돌핀이 되어 줄게. 사랑한다, 정수현."

활짝 웃으며 말을 마친 지석이 자신의 어깨를 꼭 안는 수현의 손길에 벅찬 가슴을 쓸어내리며 그녀의 어깨에 얼굴을 묻었다.

"사랑해, 송지석."

대학을 졸업하고, 인턴 생활을 마치고, 레지던트 생활을 시작한 지석이 마취과로 간 수현을 찾아 마취과 의국으로 뛰어갔다. 발목에 얼음찜질을 하며 자신을 향해 손을 흔들어 인사를 하는 수현을 보며 지석이 오만 가지 인상을 다 쓰며 의국으로 들어섰다.

"정수현! 어떻게 된 거야?"

"소리 지르지 마. 방사선과에서 씨티 받아 들고 계단 내려가다가 발목을 삐끗했나 봐. 정형외과에서 뼈엔 이상 없다니까 찜질하고 있는 중이야. 걱정 마세요, 서 선생님."

"또 계단 세 개씩 내려가다 그랬지?"

"어떻게 알았어?"

놀란 표정으로 묻는 수현의 말에 지석이 그녀의 머리에 꿀밤을 먹이며 답했다.

"내가 올라가는 건 몰라도 내려올 땐 두세 칸씩 한꺼번에 내려오지 말라고 그렇게 말했는데 너 정말……."

"피. 내가 무슨 어린애도 아니고."

"우물에 내놓은 여섯 살짜리 어린애도 너보단 낫겠다. 그러게 엘리베이터 타고 다니라니까!

"또! 잔소리, 잔소리!"

"정말 하루 종일 붙어 다닐 수도 없고. 그렇다고 24시간 감시할수도 없고. 정수현, 아주 나를 피를 말려 죽이려고 하는 거지? 그냥."

"송지석!"

"알았어. 알았다구. 나 수술 있어서 가 봐야 해. 꼼짝 말고 찜질하고 있어. 수술 끝나면 바로 연락할 테니까. 알았지?"

지석과 알콩달콩 행복한 추억들을 만들며 레지던트 생활을 하던수현이 어느 날 자신을 데리고 어디론가 향하는 그를 따라가며 물었다.

"어디 가? 나 밥만 먹고 금방 들어간다 그랬는데……."

"잠시만 손가락 호수만 재고 들어가자."

그리곤 지석이 수현을 데리고 간 곳은 병원 근처 쥬얼리샵이었다. 처음 본 게 아닌 듯 웃으며 지석을 맞는 직원이었다. 그에 수현이 놀란 표정으로 지석에게 고개를 돌렸다.

"뭐하는 거야?"

수현의 말에 말없이 씩 웃기만 한 지석이 그녀의 손을 테이블에 턱올리며 말했다.

"전에 봤던 걸로 호수 재어 주세요."

"네. 잠시만 기다려 주세요."

"지석 씨. 반지는 갑자기 왜. 나 지석 씨가 준 반지 아직 끼고……."

"결혼반지야."

지석의 말에 수현이 놀란 표정으로 지석을 보았다.

"레지던트 마칠 때까지 기다리려고 했는데 못 기다리겠어. 아직 3년이나 남았잖아."

"지석 씨."

"청혼은 이 반지 완성되면 그때 멋들어지게 해 줄게. 지원군도 곧 제대할 테니까 기대하고 있어, 정수현."

"제대? 동생 제대해?"

"응. 다음 주에 제대한대. 제대하면 제일 먼저 소개시켜 줄게. 아마 녀석 만나자마자 타박부터 줄 거야. 오프 날짜 맞춰서 면회 오라고 잔소리 엄청 했었거든."

지석의 말에 수현이 피식 웃으며 고개를 끄덕였다.

"반지 호수 좀 재어 볼게요."

직원의 말에 왼쪽 손을 내밀고 있는 수현을 본 지석이 뒤에서 그녀의 허리를 끌어안았다.

"뭐하는 짓이야? 사람들 다 보는데……."

"뭐 어때? 내 색시 내가 안아 보는데."

"누가 지석 씨 색시야? 나 아직 결혼한다는 말 안 했거든?"

피식 웃으며 말하는 수현의 장난에 지석 역시 안고 있던 그녀의 팔을 풀며 장난스런 목소리로 말했다.

"나랑 결혼 안 하면 너 평생 시집 못 가."

"뭐야?"

"우리 병원에 너랑 나랑 사귀는 거 모르는 사람이 어딨어? 병원장님, 과장님, 의사, 간호사, 환자들, 하다못해 청소부 이모님들도 전부 너랑 내 사이 다 아는데 나랑 결혼 안 하면 누가 너 데리고 가?"

"피. 그렇다고 다 결혼하는 건 아니지."

"그래서 결혼 안 해 주시겠다고요? 정수현 씨?"

"음, 글쎄. 청혼하는 거 보고 결정하지 뭐."

씩 웃는 수현의 머리를 비비적거리며 지석 역시 미소를 지었다.

"세상에서 가장 행복한 하루를 만들어 줄게. 기다려."

따뜻하게 자신의 두 손을 잡으며 말하는 지석의 손을 꼭 잡은 수현이 환하게 미소를 지으며 고개를 끄덕였다.

"응, 기다릴게."

그리곤 정확히 보름 후, 세상에서 가장 행복한 날로 만들어 준다던 날, 세상에서 가장 멋진 모습으로 지석은 세상을 떠났다. 그렇게 수현에게 남은 건 지석과 함께했던 8년간의 추억들과 반지였다.

침대에 누운 채 지석과의 추억을 떠올리던 수현이 힘겹게 몸을 일으켜 일어나 화장대 앞에 앉았다. 화장을 하려고 퍼프를 든 수현의 눈에서 또 눈물이 흘러내렸다.

[나중에 당신이 내 손을 놓고 싶어지는 일이 생기더라도 절대 내 손 놓지 말아 줬으면 좋겠어. 뭐 그때 가서 당신이 내 손을 놓아도 절대 놓을 수도 없게 꽁꽁 붙들고 있을 거지만.]

[서 선생이 내 손을 꽁꽁 붙들고 있지 않아도 되게 할게. 그래도 만약 내가 서 선생 손을 놓고 싶어지는 일이 생기게 되면…… 그래서 내가 서 선생 손을 놓는다고 하게 되면 내 손…… 놓지 말고 꼭 잡아 줘. 결국엔 내가 지쳐 떨어져 서 선생 손 놓을 수 없게 꼭 잡아 줘. 내 손.]

[놓지 말라고 했었잖아요. 내 손 놓게 될 일 있게 되더라도 절대 놓지 말아 달라고 했었잖아요! 나 안 놓는다고 했었잖아!]

자신의 어깨를 잡고 울부짖던 지후의 눈물을 떠올린 수현이 목에

서 반지를 뺐다. 반지를 꼭 쥔 채 고개를 떨군 수현이 시려 오는 가슴에 반지를 두 손으로 꼭 쥐곤 얼굴을 묻었다.

당신 동생 마음에 내가 이렇게 들어갈 동안 어째서 아무것도 하지 않은 거야. 어째서 내 마음에까지 당신 동생이 들어오게 만든 거야, 어째서.

"아니, 미안해. 지석 씨 내가 미안해."

끊임없이 당신은 내게, 그 사람은 당신 동생이라는 걸 말해 주었을 텐데, 난 생각조차 못 했어. 열어 주지 말걸. 당신 동생이 아무리 거세게 밀고 들어와도 내 마음 열어 주지 말걸. 당신 동생이라는 걸 알았다면…… 절대 내 마음에 당신 자리를 비워 주지 않았을 텐데.

삐빅.

한참 동안 소리 없이 얼굴을 묻은 채 미동이 없던 수현이 울리는 소리에 고개를 들어 침대에 핸드폰을 들었다.

[난 죽어도 당신 포기 안 해요.]

지후의 짧은 메시지에 수현이 떨리는 두 눈을 감았다 뜨며 지석의 반지를 쥔 손에 힘을 주었다.

어떡하니? 지석 씨. 이 사람을 어떻게 단념시켜야 할까. 절대 내 손 놓지 않겠다던 당신 동생을 어떻게 포기시켜야 할까. 당신 동생 마음에 나를 어떻게 비워 내게 해야 할까.

아랫입술을 깨물며 지석의 반지를 멍하니 내려다보던 수현이 결심을 한 듯 반지를 손에 끼웠다.

◆

병원에 들어선 수현을 보며 스테이션에 있던 호연이 고개를 꾸벅였다.

"장 선생, 과장님 어디 계셔?"

"아마 과장실에 계실 겁니다."

호연의 말에 수현이 애써 미소를 지어 보이곤 과장실로 발걸음을 옮겼다. 중환자실에서 환자의 체스트 튜브를 확인하고 있던 지후가 진동 소리에 주머니에서 핸드폰을 꺼내었다.

[정 선생님 과장실 올라가셨다.]

호연의 문자 메시지에 가슴이 뻐근해져 온 지후가 급히 글러브를 벗으며 중환자실을 나갔다.

과장실에 있던 창호가 노크를 하고 들어서는 수현을 보며 책상에서 일어나 소파에 앉았다. 얼마나 울었는지 빨갛게 충혈된 수현의 눈을 보며 창호는 마음이 아파 와 애써 시선을 피하려 고개를 돌리려다 테이블에 무언가가 놓는 수현을 보며 놀란 표정으로 물었다.

"이게 뭐냐?"

"사직섭니다."

"수현아."

"받아 주세요, 과장님."

"이거밖에 방법이 없는 거냐? 다른 방법은 없는 거야?"

안타까운 표정으로 자신을 보며 묻는 창호를 향해 수현이 어느새 또 가득 고인 눈물을 떨구어 내었다.

"네, 과장님. 이 방법밖엔 모르겠습니다."

"수현아."

자신의 부름에 눈물을 닦으며 고개를 드는 수현에게 창호가 잠시 망설이는 듯 입술을 적시더니 이내 입을 열었다.

"지후가 있니?"

"······."

"니 마음에도 지후가 있는 거냐? 수현아."

"과장님."

"지석이를 닮아서가 아니라 서지후가 니 마음에 있는 거냐? 수현아?"

창호의 물음에 말없이 고개를 숙이던 수현이 젖은 눈으로 창호에게 고개를 끄덕이며 답했다.

"네, 있었어요, 과장님. 지석 씨가 아니라, 지석 씨를 닮은 사람이 아니라, 지석 씨 동생이 아니라 서지후 선생이 있었습니다."

결국 울음을 터트리며 하는 수현의 대답에 창호는 먹먹해지는 가슴에 조용히 그녀의 어깨를 토닥였다.

"수현아 니가 지후가 마음에 있다면······."

"지석 씨 동생이 아닌 서지후 선생을 마음에 담았어도 서지후 선생은 송지석 동생이잖아요, 과장님. 그런데 제가 어떻게 서 선생 옆에 있어요."

"수현아."

"죄송해요, 과장님. 과장님 옆에 오래 있고 싶었는데······. 죄송합니다, 과장님."

과장실로 뛰어오던 지후가 힘없이 과장실을 나오는 수현을 보며 걸음을 멈추었다. 고개를 숙인 채 걷던 수현이 자신의 앞에 서 있는 지후를 알아챘음에도 고개를 들지 않고 두 눈을 감았다 뜨며 말했다.

"비켜."

"정 선생님."

자신의 부름에도 고개를 들지 않은 채 방향을 틀려는 수현의 팔목을 잡은 지후가 옥상으로 그녀를 끌고 오다시피 데리고 왔다. 옥상에 도착해서도 자신을 보지 않은 채 고개만 숙이고 있는 수현을 향해 지후가 애써 밝은 목소리로 입을 열었다.

"나 좀 봐요. 얼굴 안 보여 줄 거예요? 무지 보고 싶었는데. 왜 전화는 안 받았어요? 내 문자는 봤어요?"

자신의 말에 그제야 고개를 드는 수현을 보며 지후의 얼굴에도 작게나마 있던 미소가 사라졌다. 표정 없이 자신을 보는 수현의 눈빛에 가슴이 아려 온 지후가 그녀에게로 한 걸음 다가가 섰다. 그러나 뒤로 한 걸음 물러나는 수현을 보며 지후가 굳은 표정으로 말했다.

"정수현."

"내 이름 그렇게 부르지 말라고 했었을 텐데."

"정수현!"

자신의 어깨를 잡고 소리치는 지후의 손을 거칠게 뿌리치며 수현이 말했다.

"그만하자는 말 못 알아들어?"

"그만둔다고 한 적 없어."

그 말에 수현이 지친 얼굴로 고개를 들어 지후를 보았다.

"뭐? 우리 형한테 준 게 마음만이 아니라고 했던 거? 상관없어. 내가 상관없다는데 뭐가 문제예요! 놓지 말자 했잖아요. 아무리 힘들어도 나……"

"서지후."

수현이 지후의 손을 잡았다. 자신의 손을 꼭 쥔 수현이 그대로 지후의 품에 안겼다. 그러자 지후가 두 손을 꼭 끌어 모은 채 힘주어 수현을 안았다. 지후의 가슴에 얼굴을 묻은 수현이 아랫입술을 꼭 깨물곤 안고 있던 손을 풀었다.

"나는…… 지금도 송지석이 보여."

굳어지는 지후의 얼굴에 수현이 속으로 눈물을 삼키며 말을 이었다.

"이렇게 네 손을 잡고, 널 안는 순간에도 나는 송지석이 보여. 널 안고 있는 건지 송지석을 안고 있는……."

수현의 말에 그대로 지후가 그녀의 입술에 자신의 입술을 내렸다. 빠져나오려는 수현을 꼭 끌어 품에 가둔 채 입을 맞춘 지후가 그녀의 어깨를 잡고 소리쳤다.

"이래도 송지석이 보여? 그래요?"

고개를 떨구어 버리는 수현의 어깨를 거세게 흔들며 지후가 다시 물었다.

"대답해 봐요! 정말 그래?"

한참 만에 고개를 든 수현이 공허한 눈으로 지후를 보았다.

"그래."

15화
칼날

　며칠째 병원에 출근을 하지 않는 수현의 행방에 지후가 마취과로 향했다. 텅 비어 있는 수현의 방문을 연 지후가 신경질적으로 진료실 문을 닫으며 스테이션으로 몸을 돌렸다. 스테이션에 앉은 지후가 지끈거리는 가슴에 두 손으로 얼굴을 쓸어내리곤 고개를 저으며 차트를 집어 들었다. 차트를 펴 놓은 채 멍한 표정을 짓고 있는 지후를 보며 시은이 걱정스러운 표정으로 옆에 앉으며 물었다.

　"서 선생님 무슨 일 있어요?"

　"아니요. 왜 그러세요?"

　"얼굴이 너무 안 좋아 보여서요. 푸석푸석하고 핏기도 없고. 어디 아프세요?"

　걱정스런 얼굴로 자신의 얼굴에 손을 대며 묻는 시은에게 지후가 두 손으로 얼굴을 만지며 고개를 저었다.

　"괜찮습니다. 그래도 저 걱정해 주시는 분은 수간호사님밖에는 없네요."

"무슨 그런 말씀을 하세요. 정말 어디 아프신 거 아니에요? 그러고
보니 서 선생님 주치의 환자도 과장님이 다 맡으신다고 하셨다던데."

"네? 과장님께서요?"

"네. 당분간 서 선생님 수술도 넣지 말라고 하셨다던데요."

시은의 말에 지후가 애써 미소를 지으며 일어섰다.

"저 중환자실 갔다 올게요."

"서 선생님!"

뒤돌아본 지후가 자신을 향해 웃는 시은을 보며 피식 웃었다.

"나 서 선생님이 나한테 말해 줄 때까지 아는 척 안 하려고 했는데
힘내세요. 예전에 장난 가득한 서 선생이 너무 그립다."

생긋 웃으며 주먹 쥔 손을 귀 옆까지 올려 보이며 파이팅이라고 외
쳐 주는 시은을 보며 지후는 조여 오는 가슴에 애써 미소를 지으며
고개를 끄덕였다.

"고맙습니다, 수간호사님."

고개를 꾸벅이곤 중환자실로 걸음을 옮기는 지후의 뒷모습에 시은
이 미소를 거두곤 걱정스러운 표정으로 짧은 한숨을 쉬었다.

중환자실에 도착한 지후가 창호와 진영과 함께 수현을 보며 굳은
표정으로 걸음을 멈추었다. 수술 이야기 중인지 자신이 온 줄도 모르
는 세 사람을 보고 지후가 수현에게로 가려다 이내 한 손으로 얼굴을
쓸어내리며 환자에게로 몸을 돌렸다.

"서 선생님!"

간호사 주희의 외침에 진영과 수현이 놀란 표정으로 고개를 돌렸
다. 환자의 침대 앞에 쓰러진 지후를 보며 놀란 표정으로 진영이 뛰

어갔다.

"지후야, 서지후!"

힘없이 축 늘어진 지후의 모습에 어느새 진영의 뒤에 와 선 수현의 눈에 눈물이 고였다.

"주희 씨, 빈 침대 있죠? 어디예요?"

"저쪽 끝이요."

진영이 지후를 업고 침대로 가자 하영이 얼른 영양제를 가지고 왔다. 지후의 혈압을 잰 하영이 링거를 걸곤 지후의 팔에 바늘을 꽂았다.

"푹 자게 놔둬요."

"네, 선생님."

말없이 침대에 누운 지후를 보고 서 있는 수현의 표정에 진영은 가슴이 시큰거려 와 조용히 중환자실을 나갔다. 링거를 꽂은 채 잠을 자고 있는 지후의 얼굴을 쓸어내린 하영이 젖은 눈으로 수현을 향해 노려보았다.

"결국 서지후 이렇게 만드셨네요, 선생님."

"하영 씨."

"그때 제가 한 말 뜻 다 알아들으셨으면서 어떻게 여기까지 오셨어요?"

"……."

"제가 어떤 말을 하고 싶었는지 아신다고 하셨으면서 어떻게 이 자식을 이렇게……."

눈물이 가득 고인 눈으로 자신을 보며 낮게 으르렁거리는 하영의 말에 수현이 지후에게로 시선을 돌리며 말했다.

"미안해요, 하영 씨. 끝까지 밀어내 볼 걸 그랬어요. 여기까지 오기 전에."

지후를 보며 금방이라고 눈물이 떨어질 것 같은 얼굴을 한 수현의 표정에 하영이 입을 열었다.

"하려면 제대로 하세요. 놓으려면 확실히 놓든지 잡으려면 꽉 잡든지 둘 중 하나를 택했다면 확실히 하시라고요. 그래야 저도 기다려야 할지 깨끗이 마음 접어야 할지 길이 보일 테니까요."

"하영 씨."

돌아서는 하영을 부른 수현이 지후의 손을 잡았다 놓으며 떨어지는 눈물을 얼른 닦아 내었다.

"부탁해요, 서 선생."

"……."

"시간이 지나면 아물겠지만 그래도 바람이 지나간 자리가 너무 커서 많이 힘들 거예요. 그래도 혼자보단 둘이면 그 자리도 금방 채워질 거라 믿어요. 서 선생 옆에 하영 씨가 있다면 그 시간이 더 짧아질 거라 생각해요. 이런 말밖에는 못 해 줘서 미안해요."

"지후 손을 놓겠다는 말이세요?"

하영의 물음에 수현이 애써 미소를 짓고 있었지만 젖은 목소리로 말을 이었다.

"서 선생 손을 놓겠다는 말은 좀 그렇다. 이렇게 서로한테 상처만 되고 말았는데…… 우리가 놓아야 하는 건 손이 아니라 칼날이에요. 서로의 가슴에 겨누고 있는 칼날. 칼날을 쥐고 있으면 어떻게 될 거 같아요? 둘 중 한 사람은 죽을 거예요. 그렇게 만들면 안 되잖아요."

서로를 향한 마음이 칼날이 되어 버려서 아마 가슴을 많이 헤집고 상처 입힐 거야. 쥐고 있어도 아프고, 놓아도 아픈 거라면 쥐고 있는 힘든 건 안 하게 해야지.

그 칼날을 완전히 놓으려면 아주 많은 시간이 걸리겠지. 그 칼날을 쥐고 있어도 이렇게 쓰리고 아리지만 칼날을 놓고 그 상처가 아물 때까지도 참 많이 아플 거 같거든.

"먼저 가 볼게. 서 선생 일어날 때까지 옆에 있어 줘요."

중환자실을 나가는 수현의 뒷모습을 물끄러미 보고 있던 하영이 짧은 한숨을 내쉬곤 지후에게로 몸을 돌렸다.

"눈 떠, 너 정신 든 거 알고 있으니까."

하영의 말에 지후의 눈썹이 작게 흔들리더니 이내 까만 눈동자를 드러내었다. 이미 중환자실을 나가고 없는 수현의 뒷모습을 좇고 있는 지후를 보며 하영의 눈에 다시 눈물이 그렁거렸다.

"저렇게 니 손을 놓겠다는 사람 손을 끝까지 쥐고 있을 자신 있니? 시간이 갈수록 잡고 있는 너만 아플 거야, 나중엔 너 혼자만 상처받고 지쳐서⋯⋯."

"하영아."

"왜, 이 자식아."

"저 여자가 나한테 그랬지? 우린 서로의 가슴에 겨누고 있는 칼날이라고. 근데 저 여자 잘못 알았어. 칼날은⋯⋯ 서로를 겨누고 있는 게 아니라 이미 가슴 안에 콱 박혀 버렸다. 빼지도 못할 만큼 너무 깊이 쑤시고 들어와 버려서 지금 이렇게 아픈 거야. 그런데 저 여자는 하나만 알고 둘은 몰라. 시리고 아파서 그 칼날을 빼려고 하지만 막상 그 칼날을 빼면⋯⋯ 죽는다는 걸. 그래서 나 저 여자 못 놔, 하영아."

지후의 말에 고여 있던 하영의 눈에서 눈물이 떨어졌다. 두 눈을 감은 채 고개를 떨구고 있던 하영이 체념한 듯 떨어지는 눈물을 닦으며 감은 눈을 떴다.

"니 가슴에만 그 칼날이 박혀 있는 거라면 어쩔 건데?"

"……."

"정 선생님은 아닌데 너한테만 그 칼날이 박혀 있는 거면 너 어떡할 거야?"

"아니. 나 봤어. 저 여자 가슴에 내리꽂힌 칼날을."

이미 저 여자 마음에 들어가 있는 날…… 봤어. 그래서 못 놓는다는 거야.

괴로운 듯 눈을 감으며 한 손으로 얼굴을 가리며 옆으로 돌아눕는 지후를 보며 하영이 그의 등을 세게 내려쳤다.

"주하영!"

"일어나, 이 자식아! 아프지도 않으면서 엄살은."

"주하영."

"안 일어나? 죽을래?"

쩌렁쩌렁한 자신의 목소리에 반쯤 몸을 일으켜 앉은 지후를 향해 하영이 말을 이었다.

"넌 그 칼날을 안고 살겠다는 거지? 아파도 시려도 그 칼날을 안고 살아야 니가 산다는 말이지? 난 그렇게 살기 싫어. 그래서 난 뺄 거야. 내 가슴에 꽂혀 있던 칼날. 그러니까 평생 그렇게 아프고 시리게 살아 봐, 이 나쁜 자식아."

그리곤 돌아서는 하영의 팔목을 잡은 지후가 그녀의 몸을 돌려 세워 안았다.

"미안하다, 하영아."

자신의 등을 토닥이는 지후의 목소리에 감은 하영의 눈에서 눈물이 흘러내렸다. 말없이 지후의 어깨를 안고 한참을 있던 하영이 자신을 안은 그의 손을 잡아 내리며 말했다.

"그 칼날을 빼면 죽는다는데 어떻게 빼라 그래. 빼지 마. 죽는 거

보다 평생 가슴 시리고 아픈 게 나은지 한번 해 봐. 대신 힘들어하는 모습 나한테 보이지 마. 살면서 힘들어하는 모습 나한테 보이면 너 정말 죽여 버릴지도 몰라. 알았어?"

돌아서는 하영의 모습에 가슴이 먹먹해진 지후가 고개를 떨구었다.

"……고맙다, 하영아."

니 가슴에 칼날도 빼고 나면 아플 텐데 그 칼날을 뺀다는 널 막을 수가 없다, 난. 그리고 그 칼날을 빼고 난 후 오랫동안 아플 거란 것도 알면서도 너한테 아무것도 해 줄 게 없어. 그래서 난 오랫동안 너한테 미안할 것 같다. 미안하다, 하영아. 미안해.

등 뒤에서 작게 들리는 지후의 목소리에 하영이 울음을 참으려 두 손으로 입을 가린 채 중환자실을 나왔다. 중환자실 앞 의자에 앉아 두 손으로 입을 막은 채 소리 없이 우는 하영이 자신의 어깨를 조용히 토닥이는 손길에 고개를 들었다.

"울어요. 오늘은 실컷 울어요. 가슴에 오랫동안 담아 두었던 사람을 비워 냈는데 오늘 하루는 실컷 울어도 괜찮아요."

애써 밝은 표정으로 웃으며 자신의 어깨를 토닥이는 호연을 놀란 눈으로 보던 하영이 얼른 흘러내리는 눈물을 닦아 내며 일어섰다. 그런 하영의 팔목을 잡은 호연이 동그랗게 커진 눈으로 자신을 보는 그녀의 시선을 받아 내며 말했다.

"하고 싶은 말이 많지만 지금은 때가 아니라서 아무 말도 안 합니다. 하지만 이거 하나는 말해 둬야겠어요. 주하영 간호사 비워진 가슴 다른 놈한테 주지 마세요."

그리곤 자신의 어깨를 두 번 토닥이곤 의국으로 향하는 호연을 보며 어느새 말라 버린 눈으로 하영은 그의 뒷모습을 좇고 있었다.

링거를 다 맞고 의국으로 올라와 침대에 누워 있던 지후가 의국으로 들어서는 진영을 보며 몸을 일으켰다.

"집에 가서 편히 눈 좀 붙여."

"여기가 편합니다. 집에 가면 잡생각이 많아져서요."

"어차피 너 여기 있어도 지금 일할 정신 아니잖아."

진영의 말에 지후가 굳은 표정으로 의자에 벗어 둔 가운을 집어 들었다.

"응급실 돌고 오겠습니다."

고개를 꾸벅이곤 진영을 지나쳐 가려던 지후가 그의 말에 걸음을 멈추었다.

"막고 싶었다."

자신을 돌아보는 지후를 향해 진영도 돌아서며 말을 이었다.

"막고 싶었어. 수현이와 너, 두 사람이 서로를 향한 마음 막고 싶었다. 그런데…… 자신이 없었어. 두 사람을 향한 그 마음을 막을 방법도, 자신도 없었다. 나 원망하니? 지석이라는 이름 하나만 꺼내었어도 너희들 이렇게 안 되었을 거라고 나 원망해?"

"……."

"그런데 지후야, 나 알고 있어. 니가 나 원망하지도, 미워하지도 않는다는 거."

애써 웃으며 자신을 보는 진영의 표정에 지후가 가슴이 따끔거려 와 그의 시선을 피했다.

"웃기지 마. 지금 맘 같아서는 형 얼굴에 주먹이라도 한 대 쳐 주고……."

"거짓말하지 마라."

지후의 말을 끊은 진영이 굳은 표정으로 자신을 보는 지후에게 더 크게 웃어 보이며 말했다.

"지석이랑 넌 거짓말하면 얼굴에 다 티 나. 어째 너희 형제는 거짓말도 제대로 못 하냐."

"형."

"수현이도, 너도 내가 지석이에 대해 말을 했었더라도 서로를 향한 마음은 멈출 수 없었을 거다. 난 그걸 봤거든. 그래서 말하지 않은 거다. 불쌍한 내 마음에 대한 작은 복수기도 했고. 니들 아무렇지도 않게 응원해 줄 만큼 나 착한 놈이 아니야."

웃는 모습을 거두며 말하는 진영을 향해 지후가 고개를 끄덕였다.

"인정. 그래도 서지후보단 착한 놈이야."

"그건 당연하지."

다시 씩 웃어 보이며 답하는 진영의 표정에 지후가 피식 웃음을 터트렸다. 그런 지후의 어깨에 손을 얹은 진영이 잡은 손에 힘을 주었다.

"지후야, 난 너도, 수현이도 모두 다 아프지 말았으면 좋겠다. 너희들이 서로를 놓아야 맞는 건지 놓지 말아야 맞는 건지는 잘 모르겠지만 너희들이 아프지 않는 선택을 할 거라고 생각한다. 힘내라, 자식아."

웃으며 자신의 어깨를 토닥이곤 의국을 나가려는 진영을 향해 지후가 말했다.

"미안해, 형."

"……."

"고마워, 형."

진심 어린 지후의 말에 진영이 돌아보지 않은 채 등을 보이며 손을 들어 브이 자를 그려 주곤 의국을 나섰다. 진영이 나가고 얼마 뒤 가운을 입고 청진기를 귀에 꽂으며 의국을 나서던 지후가 의국을 향해 걸어오는 창호를 향해 고개를 꾸벅였다.

"어디 가는 거야?"

"응급실 가려구요. 제 환자 과장님이 보시고 계신다고 들었습니다. 오늘부터 제가……."

"정 선생 병원 나간댄다."

창호의 말에 지후가 놀란 표정으로 고개를 들어 창호를 보았다.

"그게 무슨 말씀이세요?"

"수현이가 어떻게 이 병원에 다시 왔는데 또 사표를 내게 만들어!"

"그게 무슨 말이냐고요!"

"무슨 말인지 못 알아들어! 정수현이 사표 냈다고, 이 자식아!"

수현의 사표를 땅에 내려치며 소리치는 창호의 고함 소리에 지후가 멍하니 땅에 떨어져 있는 사표를 내려다보았다.

"이제 어쩔 거야? 어떡할 거냐고!"

자신의 말에도 멍하니 사표만을 내려다보고 있던 지후가 이내 굳은 표정으로 사표를 집어 들며 몸을 돌렸다.

"사표 없던 걸로 해 주세요. 저 좀 나갔다 오겠습니다. 치프 선생님께 보고 좀 해 주세요."

"어디 가? 서지후! 지후야!"

그의 부름에도 돌아서 뛰어가는 지후의 모습에 창호가 길게 한숨을 내쉬며 고개를 저었다. 주차장으로 뛰어 내려간 지후가 의국에 차키를 꺼내기 위해 주머니에 손을 넣었다. 그러나 의국 책상 위에 놓아 둔 기억을 해낸 지후가 사표를 쥐고 있는 손에 힘을 주곤 이내 병원 밖으로 뛰어갔다. 병원 앞에 세워져 있는 택시를 타고 오피스텔로 간 지후가 엘리베이터를 눌렀다. 수현의 집 앞으로 간 지후가 길게 심호흡을 하며 초인종을 눌렀다. 몇 번을 눌렀는데도 대답이 없자 지후가 문을 두드리며 소리쳤다.

"문 좀 열어 봐요! 나 왔어요! 문 좀 열어 보라고요! 정수현! 문 열어! 문 열라고!"

쾅쾅거리며 문을 두드리며 소리치던 지후가 옆집에서 문이 열리자 행동을 멈추었다.

"시끄러워요! 그 집 이사 갔어요!"

신경질적으로 소리 지르고 문을 쾅 닫는 옆집 사람을 보고 지후가 멍하니 대문을 보고 섰다.

[서 선생 손을 놓겠다는 말은 좀 그렇다. 이렇게 서로한테 상처만 되고 말았는데…… 우리가 놓아야 하는 건 손이 아니라 칼날이야. 서로의 가슴에 겨누고 있는 칼날.]

누워 있는 자신의 손을 잡고 했던 수현의 말을 떠올린 지후가 한 손으로 얼굴을 쓸어내리며 주먹으로 대문을 내려쳤다.

늦은 새벽까지 진료실에 있던 수현이 힘들게 가방을 들고 일어섰다. 문을 열자 돌상처럼 서 있는 지후의 모습에 수현이 길게 한숨을 내쉬었다.

"왜 이제 나와요? 나 피해 가려고?"

"……."

"그래서 사직서를 냈어요? 몰래 이사도 하고!"

말없이 시선을 돌려 버리는 수현을 보며 지후가 두 손으로 얼굴을 쓸어내리며 그녀의 어깨에 얼굴을 묻었다. 수현의 진료실로 가던 진영이 두 사람의 모습에 걸음을 멈추었다.

"이러지 말자, 서 선생. 나……."

어깨를 적시는 물기에 수현이 하던 말을 멈추었다. 물기가 어깨 위의 옷을 흠뻑 적셔 오자 수현이 놀란 눈으로 지후의 어깨를 잡아 세웠다. 이를 악문 채 소리 없이 눈물을 쏟아 내는 지후의 모습에 수현의 눈에서도 닭똥 같은 눈물이 떨어졌다.

"죽을 거 같아. 숨이 막혀서 죽을 거 같다고."

"……."

"당신, 사람 살리는 의사잖아. 나도 사람이야. 나도 이 사람들이랑 똑같은 사람이라고. 나도 죽어, 나도 이 사람들처럼 숨이 막혀 죽을 거 같다고."

두 눈을 질끈 감으며 울음을 쏟아 내던 지후가 눈물이 그렁한 얼굴로 수현을 보았다.

"송지석처럼 죽으면 나 봐 줄래요? 송지석처럼 나도……."

지후의 말이 끝나기도 전에 수현이 그를 끌어안아 등을 토닥였다.

"어떡하니, 서 선생. 어떡하니?"

자신의 등을 쓸어내리며 하는 수현의 말에 지후가 그녀의 허리를 끌어안았다.

"놓지 마. 나 놓지 마요."

◆

수술실에서 나온 지후가 막 수술을 끝내고 옆방에서 나오는 진영에게 고개를 꾸벅였다.

"지후야."

자신의 이름에 몸을 돌리는 지후에게 진영이 웃으며 손으로 마시는 시늉을 했다.

　"커피 한 잔 하자고."

　힘없이 휴게실에 앉은 지후가 길게 한숨을 내쉬었다. 커피를 놓은 진영이 걱정스런 얼굴로 지후를 보았다.

　"많이 힘들지?"

　"형…… 나 진짜 죽을 거 같아. 그 여자 아니면 안 될 거 같아. 그냥 신경 쓰이는 건 줄만 알았는데 아니야, 형. 나……."

　"그래서 죽는다는 말을 했니? 그것도 수현이한테?"

　"형."

　커피 잔을 들었다 놓은 진영이 나무라듯 지후를 보았다.

　"아무리 힘들어도 해서 될 말과 안 될 말이 있어. 지금까지 죽어가는 환자들을 그렇게 봤으면서 어떻게 죽는다는 말을 그렇게 쉽게 해."

　"쉬워 보였어?"

　지후의 표정에 진영이 길게 한숨을 내쉬며 커피를 마셨다.

　"그 말이…… 죽는다는 말이 쉬워 보였어요? 형, 나 그냥 한 말 아니야. 이렇게 가다간 정말 죽을 수도 있을 거 같아. 심장이 툭 하고 찢겨 나가서 숨도 못 쉴 만큼 아팠다고, 형."

　"지후야."

　"그런데 그 여자는 어떻게 그렇게 아무렇지 않을 수가 있어. 내가 죽겠다는데, 내가 죽는다는데! 어떻게 그렇게 아무렇지 않을 수가 있냐고. 원래 그 여자 그렇게 독했어?"

　젖은 눈으로 묻는 지후의 표정에 진영이 길게 한숨을 내쉬며 고개를 돌렸다.

"너 어머니는 어떡할 거야?"

"……."

"어머니한테 수현이 어떻게 설명드릴 거야? 어머니가 허락 안 하시면 어떡할 거야?"

"형."

"어머니, 지석이 생각하시면서 문득문득 수현이 생각하셨을 거야. 그런데 그 수현이가 니 옆에 있는 걸 어머니가 허락하실 거 같아? 너 그렇게 생각이 없어? 왜 수현이가 널 놓으려고 하는지 정말 모르겠어?"

진영의 말에 지후가 가슴이 시려 와 고개를 떨구었다.

"지금까지 지석이 그림자로 버텨 온 아이야. 그 아이가 지석이를 비우고 널 가슴에 담았음에도 불구하고 왜 니 손을 놓겠다고 하는 건지 정말 모르겠어? 그걸 모르면 너 수현이 사랑할 자격도 없는 거다."

말을 마치고 일어서려는 진영에게 지후가 물었다.

"어딨어? 정수현 어딨어?"

"진료실에 있을 거다. 수현이 너무 많이 아프게 하지 마라, 지후야."

진영의 말에 지후가 서둘러 걸음을 옮겼다.

진료실을 정리하던 수현이 의료책 속에 끼워 두었던 지석의 사진을 보았다.

"미안해, 지석 씨. 다른 사람은 절대 사랑하지 않겠다는 약속 지키지 못해서."

다른 사람을 사랑해 버려서. 그것도 당신 동생을 사랑해 버려서 미안해. 이렇게 마음이 아플 줄은 몰랐어. 그저 좋은 사람이었는데……
착한 사람이라 마음이 동했을 뿐이었는데 이렇게까지 사랑하고 있는
줄 몰랐어.

[당신, 사람 살리는 의사잖아. 나도 사람이야. 나도 이 사람들이랑
똑같은 사람이라고. 나도 죽어, 나도 이 사람들처럼 숨이 막혀 죽을
거 같다고.]

지후의 말을 떠올리자 욱신거리는 가슴에 수현은 울음을 터트렸다.

"흑흑."

소리 없이 울음을 쏟아 내던 수현이 벌컥 열리는 진료실 문소리에
놀란 표정으로 고개를 들었다. 굳은 표정으로 자신을 보는 지후의 표
정에 수현이 얼른 흘러내리는 눈물을 닦았다. 그런 수현에게 한 걸음
에 다가온 지후가 자신의 시선을 피하려 고개를 돌리는 그녀의 어깨
를 잡아 세우며 소리쳤다.

"이렇게 혼자 울 거면서 날 놓겠다는 이유가 뭐야? 날 보는 것만으
로 가슴이 아파 울 거면서 왜 날 놓겠다는 거냐고!"

"이거 놔."

"몰래 이사하고 사직서 내고 나 피해 숨으면 그럼 끝나는 거예요?
어머니 때문이라면 내가 설득해요. 어머니 때문에 당신이 이러는 거
면 내 등 뒤에 있어요. 내가 어머니 허락받을게요. 받을 수 있어. 당
신만 내 손 안 놓으면……."

지후의 말에 수현이 얼마 전 만났던 은숙을 떠올렸다.

[나한테도 물론이고 지석이한테도 미안해할 필요 없다, 수현아. 니
가 다른 사람이 생겼다니 이제야 내 마음에 짐이 좀 덜어지는 것 같
구나. 지금까지 우리 아들을 못 잊고 있는 건 아닌가 싶어 내가 늘 마
음이 안 좋았는데……. 잘됐어. 좋은 사람이지?]

[그래, 좋은 사람이면 됐어. 행복해라, 수현아. 꼭 행복해야 한다.]

자신의 손을 잡고 토닥이며 했던 은숙의 말을 떠올리며 뻐근해져 오는 가슴에 수현이 자신을 보는 지후의 시선을 피해 고개를 돌렸다.

"대답해요. 당신만 내 손 놓지 않겠다면 나……."

"못 해."

"선생님!"

"난 오랫동안 어머니를 뵙고 싶어. 지석 씨 때문만이 아니야. 따스하고 인자하고 고운 분이야. 어머니가 없는 내게 엄마가 되어 주겠다고 했던 분이셔. 그런 분께 죄짓고 싶지 않아. 서 선생 손을 잡게 된다면, 그분은 네 옆에 있는 날 보면서 지석 씨를 떠올릴 거고 나 또한 그럴 거야. 그 사람 때문에 많이 힘드셨던 분 또 힘들게 하고 싶지 않아. 결국엔 놓아야 할 수밖에 없을 날이 올 거야. 그때가 와서 서로 가슴에 더 상처가 되기 전에 그만 놓……."

"이 이상 어떻게 더 상처가 돼? 지금도 아파 죽겠는데 어떻게 더 상처가 된다는 거야? 앞으로 어떻게 될지 누가 알아요? 놓아야 할 수밖에 없는 날? 그런 게 어딨어. 당신만 날 놓지 않으면 그럴 날이 어딨어!"

"제발…… 그만하자. 나 이제 더 이상 버틸 힘이 없어. 지석 씨를 보냈을 때보다 지금 서 선생이 내 손을 놓지 않고 있는 지금이 더 힘들고 아파. 서 선생만 아픈 게 아니야. 나도 아파. 그러니까 그만하자, 제발."

자신을 돌아서 진료실을 나가려 문을 연 수현은 놀란 표정으로 들고 있는 가방을 떨어트리는 은숙을 보며 가슴이 철렁 내려앉았다. 지후 역시 하얗게 질린 얼굴로 자신과 수현을 번갈아 보는 은숙의 얼굴에 심장이 내려앉았다. 하지만 두 눈을 감았다 뜨며 은숙에게로 걸어갔다.

"두 사람이 어째서 여기 같이 있는 거냐?"

"어머님⋯⋯."

"어떻게 왔어? 연락이라도 하고 오지? 여긴 어쩐 일이세요?"

지후의 물음에 은숙이 떨어진 가방을 주워 내미는 수현의 손에서 가방을 받아 들었다.

"병원 잠시 들른 김에 수현이 얼굴 보러 왔는데 넌 여기 왜 있어? 수현아, 얘 여기 왜 있는 거니?"

"엄마 이 사람⋯⋯."

"퍼미션받으러 왔습니다. 수술할 때 마취과 퍼미션이 필요해요, 어머님. 내일 수술 때문에 흉부외과 서 선생이 퍼미션받으러 온 거예요. 서 선생 보러 오신 게 아니라 저 보러 오신 거예요?"

수현의 말에 그제야 얼굴 혈색이 돌아오는 은숙을 보며 지후가 뻐근해져 오는 가슴에 두 주먹을 불끈 쥐곤 수현을 노려보았다.

"지후야 보고 싶을 때 볼 수 있지만 넌 아니잖니. 그래서 잠시 얼굴 보러 왔지. 그런데 지석이 동생이 지후인 거 알고 있었니?"

은숙의 물음에 수현은 가슴이 저미어 왔지만 이내 옅은 미소를 지으며 답했다.

"그럼요. 닮았잖아요, 두 사람. 식사는 아직 안 하셨죠? 서 선생, 어머니 모시고 가서 점심 사 드려. 어머니 죄송해요, 저 약속이 있어서 나가는 길이었어요."

"그래? 너랑 점심이나 한 끼 하자 했는데 하는 수 없네."

웃으며 진료실을 나서던 은숙이 굳은 표정으로 멍하니 서 있는 지후를 향해 고개를 돌리며 물었다.

"안 나오냐, 이놈아? 수현이 나가야 된다잖아. 니가 나와야 수현이

343

도 나가지. 간다, 수현아. 또 연락하마."

"네, 조심해서 가세요."

젖은 눈으로 자신을 노려본 채 은숙을 따라나서는 지후를 본 수현이 떨리는 가슴을 쓸어내리며 진료실 문을 닫았다. 두 사람의 모습에 가슴이 시려 와 수현의 눈에서 눈물이 떨어졌다. 그리고 곧 두 손으로 눈물을 훔쳐 낸 수현이 손에 끼워져 있는 반지를 어루만졌다.

◆

수현의 진료실을 나와 은숙을 따라 걷던 지후가 두 주먹을 쥐었다 펴며 걸음을 멈추었다.

"엄마."

지후의 부름에 걸음을 멈춘 은숙이 가방을 잡은 손에 힘을 주었다. 자신이 부르는 소리에도 등을 보인 채 대답이 없는 은숙에게 지후가 굳은 표정으로 말을 이었다.

"엄마, 나 할 말 있어. 정수현 그 여자……."

"입 다물어."

그제야 자신을 돌아보는 굳은 표정의 은숙을 보며 지후는 가슴이 시려 왔다.

알고 있구나, 눈치 채셨구나.

"엄마, 나……."

"그 입 다물어. 니 형 보낸 병원이다. 이 병원 안에서 그 입 열지 마라. 조용히 따라와."

또각또각 구두 소리를 내며 걸어가는 은숙의 발걸음에 지후는 아랫입술을 깨물며 조용히 은숙의 뒤를 따랐다. 병원을 나와 공원으로 향하는 은숙을 따라 걷던 지후가 도저히 참을 수가 없어 걸음을 멈추며 입을 열었다.

"나 그 여자 사랑해, 엄마."

철썩. 그 말이 떨어지기가 무섭게 지후의 뺨이 세차게 돌아갔다. 자신의 뺨을 때리곤 아픈지 손을 주무르며 노려보는 은숙에게 지후가 고개를 떨구며 말했다.

"죄송해요, 엄마. 아프죠? 그런데 엄마 난 하나도 안 아파. 가슴이 너무 아파서 엄마가 때린 뺨은 아픈 줄도 모르겠어. 엄마 나 그 여자 많이 사랑해. 사랑하고 있……."

"니 형이 사랑했던 여자야! 이놈아!"

"알아. 그래서 나도 포기하려고 했어. 접으려고 했어. 그런데 안 됐어, 엄마. 나 저 여자 못 놔. 엄마, 저 여자 좋아하지? 그럼 내 옆에 두어도……."

"내가 수현이를 좋아하는 건 지석이 짝이어서다. 이제 겨우 니 형 가슴에 묻었다. 그런 엄마한테 너 어떻게 그런 말을……."

"엄마!"

"시끄러워, 이놈아!"

자신의 말에 괴로운 표정으로 얼굴을 쓸어내리는 지후의 표정 뒤로 보이는 눈물에 은숙은 가슴이 미어져 왔다. 자식 하나 가슴에 묻고, 남은 자식 하나 보고 살고 있는 은숙이었다. 그 남은 자식이 일찍 자신의 곁을 떠나 버린 자식을 너무 닮아 가 마음이 아팠지만, 그 자식을 보며 떠난 자식을 겨우 가슴에 묻고 털어 버리고 있는 중이었다. 그런데 그 자식이 떠나 버린 자식이 사랑했던 여자를 가슴에 담았다고 하니 떠난 자식의 뜻인가 싶어 허락하겠다고 마음은 먹었지만, 막상 눈으로 보니 가슴이 두근거리고 미어져 왔다.

은숙은 지후의 선택을 바꿀 수 없을 거란 걸 알고 있었다. 하지만 쉽게 허락하기엔 떠난 자식이 너무 가여워 지후의 속을 좀 더 태울 작정이었다.

은숙이 가고 수현의 진료실로 온 지후가 비어 있는 방을 보곤 돌아서 중환자실로 뛰어갔다. 중환자실에도 수현의 모습이 보이지 않자 응급실로 향하던 지후가 문득 생각난 듯 몸을 돌렸다.

과장실 소파에 앉아 커피를 마시는 창호를 보며 수현이 커피 잔을 들었다 놓았다.

"과장님, 제 사직서 빨리 수리해 주셨으면 합니다."

"수현아."

"다음 달 초에 영국 나갈 예정이에요, 과장님. 그전에 사표 수리해 주셨으면 해요."

수현의 말에 창호가 굳은 표정으로 커피 잔을 놓았다.

"정말 이대로 떠날 작정이야?"

자신의 물음에 대답 대신 고개를 떨구는 수현을 향해 창호가 길게 한숨을 내쉬곤 말을 이었다.

"지후 옆에 있으면 안 되는 거냐? 수현아."

"과장님."

"내가 보기엔 니 눈에도 지후가 보이는데 지후 옆에 있으면 안 되겠니, 수현아. 저놈의 자식 너 놓으면 죽겠다는데 끝내 그놈 손 놓아야겠냐."

자신의 말이 채 끝나기도 전에 고개를 숙인 채 눈물을 뚝뚝 흘리는 수현에게 창호가 휴지를 뽑아 내밀었다.

"과장님, 저 지석 씨를 평생 잊을 수 없다고 생각하고 살았어요.

잊을 수는 없다, 지울 수는 없다. 그러니 가슴에 묻어 두고 살자. 그렇게 생각하고 살았어요. 그런데 서 선생 옆에 있으면 가슴에 묻는 것조차 못 해요. 서 선생을 보면 지석 씨가 문득문득 떠오를 테고, 그럼 서 선생도 저도 많이 아플 거예요. 저희 두 사람뿐만이 아니잖아요. 과장님도 그러실 테고, 어머님도……."

"형수님이…… 아니, 서 선생 어머니가 허락해도 안 되는 거냐?"

"과장님."

"형수님께 너희 두 사람에 대해 말씀드렸다. 널 만나고 싶어 하셨어."

창호의 말에 수현이 놀란 표정으로 입에 가져다 대곤 들고 있던 커피 잔을 놓았다. 조금 전 자신과 지후를 보며 하얗게 질려 있던 은숙의 표정에 수현은 가슴이 아파 와 고개를 떨구었다.

"수현아, 지석이도, 지후도 내 조카다. 지석이 소중한 만큼 지후도 소중하다. 그래서 널 보면 마음이 아프다. 형제를 사랑하게 된 니 마음은 얼마나 시리고 아플까. 그렇지만 수현아, 산 사람은 살아야지. 지후를 사랑하고 있지?"

자신의 손을 잡으며 묻는 창호의 물음에 수현은 닭똥 같은 눈물을 떨어트리며 고개를 끄덕였다.

"네, 과장님. 사랑해요. 서 선생을 사랑하고 있어요."

"……."

"하지만 자신은 없어요. 지석 씨를 완전히 놓을 자신도, 서 선생만을 온전하게 사랑할 자신도, 서 선생을 보면서 지석 씨를 기억하고 살 자신도…… 없어요, 과장님."

울먹이는 목소리에 창호는 가슴이 먹먹해져 와 말없이 수현의 손등을 토닥이며 고개를 끄덕였다. 과장실을 나온 수현이 저만치서 뛰어오는 지후의 모습에 몸을 숨겼다. 그리곤 지후가 온 길의 반대쪽으로 몸을 돌려 뛰었다. 그 모습을 본 지후가 굳은 표정으로 수현을 따라 뛰었다. 이미 수현을 태운 엘리베이터가 내려가고 있자 지후가 비상계단으로 뛰어 내려갔다.

진료실로 들어선 수현이 창호가 했던 말들을 떠올리며 고개를 내젓곤 가운을 벗었다. 그리곤 옷걸이에 가운을 걸고 핸드백을 들려던 수현이 진료실 문이 열리는 소리에 고개를 돌렸다. 가쁜 숨을 내쉬며 자신을 노려보는 지후의 시선에 수현이 차갑게 고개를 돌리며 핸드백을 집어 들었다. 그러나 이내 달칵 하고 진료실 문이 잠기는 소리에 수현은 놀란 표정으로 다가오는 지후를 지나쳐 진료실 문고리를 잡았다. 자신을 뒤로한 채 진료실 문을 열려는 수현의 어깨를 거칠게 잡아 벽에 몰아붙인 지후가 빨갛게 충혈된 눈으로 말했다.

"아직도 이럴 힘 남았니? 어머니를 보고도 내 손을 못 놓겠어? 내가 분명히 말했지? 서 선생을 가슴에 담은 게 아니라고 서 선생에게서 보인 지석이를……."

"어머니한테 내 마음 다 말했어. 당신 절대 못 놓는다고 어머니가 포기하라 말씀드리고 왔어. 그러니까 당신 도망치지 마. 비겁하게 당신 마음 숨기고……."

말을 하다 말고 멈춘 지후가 수현의 손에 끼워져 있는 반지를 놀란 표정으로 보았다. 지석의 유골과 함께 넣어 둔 반지와 비슷한 모양의 반지가 수현의 손가락에 끼워져 있자 지후의 심장이 바닥으로 떨어졌다.

"이걸 빼지 말았어야 했어. 이 반지……."

"정수현!"

주먹을 쥔 채 벽을 내려치는 지후의 시선을 피해 수현이 두 눈을 질끈 감았다.

"정수현! 아악! 악!"

피가 날 정도로 벽을 내려치는 손을 잡으려는 수현을 뿌리치며 지후가 한 걸음 물러섰다.

"당신이 이겼어요. 당신이 이겼어."

그 말에 눈물이 고인 수현이 고개를 들어 지후를 올려다보았다. 텅 비어 버린 지후의 눈동자를 보며 수현이 피가 흐르고 있는 그의 주먹을 잡으려 손을 내밀었다.

"만지지 마!"

"서 선생."

"내 몸에 손대지 마. 대단해, 당신이라는 여자 정말 대단해. 졌어, 내가. 당신 그 소원대로 뽑아 줄게, 칼날. 칼날을 뽑아서 죽는 한이 있어도 그게 당신이 원하는 거라면 그래, 그렇게 해 줄게."

눈물을 떨구며 자신을 보는 수현의 눈빛에 지후가 차갑게 몸을 돌렸다. 진료실을 나가는 지후의 모습에 수현이 그제서야 서럽게 울음을 터트렸다.

"흑흑."

어떡하니, 지석 씨. 당신한테 미안해서 어떡해. 어느새 이만큼 들어와 있어. 서지후가, 당신 동생의 발걸음 소리만으로도 가슴이 시려올 만큼 내 마음에 들어와 버렸어. 당신보다 당신 동생이 내 가슴을 시리게 하는 사람이 되어 버렸어. 미안해, 지석 씨. 정말 미안해.

16화
안녕

　수술을 마치고 진료실로 들어선 수현이 핸드폰을 꺼내어 들었다. 액정에 떠 있는 부재중 전화 뒤로 보이는 은숙의 이름에 수현은 가슴이 뻐근해져 왔다.

　[형수님께 너희 두 사람에 대해 말씀드렸다. 널 만나고 싶어 하셨어.]

　병원 앞 카페에 들어선 수현이 창밖을 보며 커피 잔을 들었다 놓는 은숙을 보며 크게 심호흡을 하곤 걸어가 고개를 꾸벅였다. 자신의 커피가 나올 때까지 아무 말 없이 스푼으로 커피를 휘휘 젓는 은숙을 보며 수현이 먼저 입을 떼었다.

　"죄송해요."

　어머님.

　차마 어머님이라는 말까진 입 밖으로 나오지 않아 죄송하다는 말 뒤로 고개를 떨구는 수현이었다. 은숙이 이미 다 식어 버린 커피를 한 모금 들이켰다.

"지후랑은……."

"정리했습니다."

그 말에 은숙이 놀란 표정으로 수현을 보았다. 젖은 눈으로 자신을 보는 수현의 표정에 은숙은 저미어 오는 가슴을 애써 달래며 커피 잔을 잡은 손에 힘을 주었다.

"서 선생이랑은 이미 다 정리했습니다, 걱정하시는 일 없게 할 겁니다. 염려 마세요. ……어머님."

그리곤 두 손으로 커피 잔을 잡아 입에 가져다 대는 수현에게 은숙이 물었다.

"지후였니?"

"……."

"마음에 들어왔다는 사람이 우리 지후였니?"

은숙의 물음에 수현은 뺨 위로 흐르는 눈물을 얼른 닦으며 대답 대신 고개를 떨구었다.

"죄송합니다, 어머님."

"수현아."

"정말 죄송해요."

눈물을 흘리며 고개를 떨구는 수현의 손을 잡은 은숙이 두어 번 토닥이곤 천천히 놓으며 굳은 표정으로 말을 이었다.

"지석이 생일날, 기일 날, 명절에 납골당을 찾을 때마다 니가 생각이 났다. 지석이에게서 널 따로 생각할 수가 없어. 널 떠올리면 항상 그놈이 떠올랐고, 그놈을 떠올리면 자연스레 니가 생각이 났다. 내 마음에는 그렇게 너희 두 사람은 하난데 지후 녀석은 그런 널 마음에 담았다고 하니 어쩌면 좋으냐."

"아니에요. 서 선생 곧 정리할 겁니다. 마음 접을 거예요, 그렇게 하기로 했습니다."

여전히 고개를 들지 못한 채 말하는 수현을 보며 은숙이 길게 한숨을 내쉬며 커피 잔을 들었다 놓았다. 그리곤 다시 수현의 손을 잡은 채 손등을 두드리며 말을 이었다.

"난 이미 자식 하나 가슴에 묻은 어미다. 하나 남은 자식마저 아프게 하고 싶진 않다, 수현아."

그 말의 뜻을 알아차리지 못한 수현이 자신의 손을 잡은 은숙의 손을 꼭 잡으며 굵은 눈물을 떨어트렸다.

병원으로 들어온 수현이 주머니에서 울리는 소리에 얼른 호출기를 확인했다. 응급실이라고 적혀 있는 액정을 본 수현이 서둘러 응급실로 향했다.

"정 선생님!"

자신을 부르는 시은의 목소리에 수현이 서둘러 베드 앞으로 뛰었다. 심장마사지를 하고 있는 진영을 본 수현이 그의 옆으로 다가갔다.

"ASD(atrial septal defect 심방중격결손증─선천성 심장병의 종류)로 어제 수술했는데 갑자기 심실세동이 오더니 어레스트야."

"한 선생 좀 쉬어, 내가 할게. 여기 에피(epinephrine─동맥 혈압 상승 약) 2미리 더 추가해 주세요."

자신의 말에 진영이 뒤로 빠지자 수현이 깍지를 낀 손으로 환자의 가슴을 눌렀다. 몇 번의 시도에도 환자의 심박이 돌아오지 않자 수현이 여전히 환자의 심장을 누르며 말했다.

"안 되겠다, 제세동기 준비해 주세요."

수현의 말에 제세동기를 준비하려던 시은이 응급실을 들어오며 하는 호연의 말에 행동을 멈추었다.

"그분 DNR(Do Not Resuscitation-심폐소생술금지) 환잡니다, 선생님."

굳은 표정으로 자신을 보며 하는 호연을 향해 수현이 고개를 돌렸다.

"누구 지시야?"

"환자도 원했고, 환자 가족 분들도 원했습니다."

착잡한 표정으로 말하는 호연의 눈빛에 수현이 그제서야 환자의 가슴에서 손을 떼었다. 그리곤 천천히 환자의 손을 잡았다. 얼마 후 길게 울리는 기계음 소리에 수현이 잡고 있던 환자의 손을 놓으며 시계를 보았다. 그러나 이내 두 눈을 감는 수현을 향해 진영이 다시 시계를 보곤 입을 열었다.

"지금 시각 13시 18분 김영휘 환자 사망하셨습니다."

진영의 말을 뒤로 환자에게서 호흡기를 떼는 시은을 보며 수현의 눈에서 눈물이 흘렀다. 말없이 고개를 떨구는 수현을 보며 진영이 조용히 그녀의 어깨에 손을 얹고는 몸을 돌려 응급실을 나섰다. 환자가 응급실을 나갈 때까지 지켜보던 수현이 조용히 자신의 옆에 와 서는 시은을 향해 애써 미소를 지으며 말했다.

"이런 모습 보기 싫어서 마취과 지원했는데 누가 호출했어요?"

"어제 수술한 환자라 혹시나 리오피(재수술)해야 될지 모른다고 한 선생님께서 호출하라고 하셨어요."

시은의 말에 수현이 고개를 끄덕이며 응급실을 나갔다. 응급실로 들어서려던 지후가 문을 여는 수현의 모습에 걸음을 멈추곤 고개를 꾸벅였다. 그리곤 다시 응급실로 들어가는 지후의 모습에 수현은 뻐근해져 오는 가슴을 느끼며 두 눈을 감았다 뜨곤 응급실 문을 닫았다.

"수술 잘 끝내셨어요?"

"아니요. 익스파이어(expire-치료, 수술 중인 환자 사망)했습니다."

"그래요? 오늘 무슨 날인가…… 여기도 막 DNR(Do Not Resuscitation-심폐소생술금지) 환자 보냈어요."

한숨을 길게 내쉬는 시은의 대답에 지후가 응급실 문을 향해 돌아보았다. 지친 표정의 수현의 얼굴이 떠오른 지후가 이내 고개를 젓곤 말했다.

"환자 차트 주세요."

무거운 걸음으로 진료실을 향하던 수현이 건너편에서 걸어오는 창호를 보곤 걸음을 멈추고 고개를 꾸벅였다. 수현의 인사에 고개를 끄덕인 창호가 옅은 미소를 지으며 말했다.

"커피 한 잔 주라, 정 선생."

창호의 말에 수현이 미소를 지으며 고개를 끄덕인 채 손을 내밀어 진료실로 안내했다. 커피를 끓이는 수현의 뒷모습을 보고 있던 창호가 떨어지지 않는 입을 몇 번 적시더니 수현의 등을 보며 말했다.

"사표 수리됐다, 수현아."

그 말에 커피를 젓던 수현이 행동을 멈추었으나 이내 다시 젓던 커피를 마저 젓은 후 창호의 앞에 놓으며 답했다.

"고맙습니다, 과장님."

"난 아직도 모르겠다, 정말 이렇게 해야 되는 건지……."

"이미 끝났는걸요. 죄송해요, 과장님."

애써 미소를 지으며 커피 잔을 드는 수현의 모습에 창호 역시 말없이 커피 잔을 들었다.

"그래, 언제 출국 예정이야?"

"30일이요."

"얼마나 걸려?"

"2년 생각하고 있어요."

수현의 대답에 창호가 입에 담배를 물었다 놓고는 신경질적으로 말했다.

"그냥 너 여기 있으면 안 되냐? 내가 지후 자식을 잘라 버리든지 강릉으로 보내 버리든지 할 테니까."

창호의 말에 수현이 피식 웃으며 커피를 마셨다.

"가기 전에 밥 한 번 먹고 가야지. 너 왔을 때 산다던 밥 아직도 못 샀는데 갈 때는 먹이고 보내야지. 주말에 시간 비워 둬."

"네, 과장님."

눈가가 시큰해진 창호가 애써 눈 주위를 동그랗게 그리며 시선을 돌리자 수현이 창호의 손을 잡았다.

"죄송해요, 과장님. 과장님께는 정말 뭐라 드릴 말씀이 없어요. 너무 부끄러워서. 그래도 늘 제 편이 되어 주셔서 감사해요, 과장님."

"평생 안 볼 것도 아니고 그런 말은 왜 하는 거야? 연락이나 자주 해, 인석아."

따뜻하게 자신의 손을 꼭 잡아 주는 창호에게 수현이 미소를 지으며 고개를 끄덕였다.

◆

수술방에 들어간 수현이 수술 준비를 마치고 대기하고 있는 지후를 보며 고개를 돌려 자신의 레지던트 옆에 가 섰다.

"리도카인 투입하겠습니다."

수현의 말에 마취과 레지던트가 리도카인 주사를 아이브이(IV: intravenous-보통 링겔이라고 부르는 것. 경정맥 연결관. 정맥주사)

에 놓았다. 잠시 후 창호와 진영이 들어오고, 호연과 지후가 고개를 꾸벅이며 환자에게로 시선을 돌렸다. 환자의 상태가 적나라하게 비추어지는 모니터를 보며 창호가 짧은 한숨을 내쉬곤 수술대 앞에 섰다. 수술대 앞에 선 창호가 고개를 들어 자신의 맞은편에 서 있는 지후를 향해 고개를 돌렸다.

"서지후 선생."

"예, 선생님."

"나랑 자리 바꿔."

"예?"

"오늘 이 환자의 집도는 서지후 선생이 하겠습니다."

창호의 말에 지후의 눈이 커졌다.

"과장님, 저 이제 막 1년차입니다."

"이것도 다 경험이다. 네 동기들도 한 번씩 다 시켰어. 빨리 와."

"저도…… 저도 했습니다. 의료봉사……."

"그거랑 이거랑 같냐? 이 자식이 환자 앞에 두고 말 많이 하게 만들고 있어. 카디악마사지도 했으면서 종양 덩어리 하나 떼어 내는 게 뭐가 어렵다고 그래? 한 선생도 있고 나도 있으니까 걱정 말고 해봐. 어서 바꿔."

그리곤 자신의 자리로 오는 창호를 본 지후가 이마를 찌푸리며 창호가 서 있던 자리로 갔다. 굳은 표정으로 환자를 보는 지후에게 창호가 말을 이었다.

"시간 없다, 빨리 시작해."

창호의 말에 지후가 크게 심호흡을 하곤 수현을 향해 고개를 들었다. 마스크를 쓰고 있었지만 자신을 향한 수현의 시선에 지후가 지끈거리는 가슴을 쓸어내리며 두 손을 쥐었다 펴곤 창호에게 손바닥을 내밀며 말했다.

"메스."

수술이 진행되는 내내 창호와 진영, 수현 외에 수술방에 있던 관계자들이 지후를 보며 놀라움을 금치 못했다. 종양 하나를 떼어 내면 되는 간단한 수술이었지만 빠른 손놀림으로 배를 가르고 벌려 종양을 찾아내는 지후를 보며 창호의 입가에 미소가 지어졌다.

"수고하셨습니다."

메스를 스크럽 간호사에게 건넨 지후가 고개를 꾸벅이며 말했다. 자신을 보며 박수를 치는 선생님들과 간호사들을 보며 지후가 멋쩍은 듯 고개를 긁적였다.

"잘했다, 서 선생."

"대단한데, 서 선생. 그동안 농땡이만 친 게 아니었네?"

창호와 호연의 말에 지후가 씩 웃으며 브이 자를 그렸다. 그런 지후의 모습에 수현 역시 마스크가 덮여 있어 보이지 않지만 옅은 미소를 지었다.

축하해, 서 선생.

수술 장갑을 벗은 창호가 수현에게로 고개를 돌리며 물었다.

"바이탈은 어때?"

"괜찮습니다. 안정적이에요. 오늘만 넘기면 큰 무리는 없을 듯싶습니다."

수현의 대답에 창호가 고개를 끄덕이곤 지후에게로 시선을 돌렸다.

"첫 집도도 마쳤으니 이제 정신 바짝 차리고 일해. 한 번만 더 레지던트로서의 자각을 잊어버린다면 확 잘라 버릴 테니까. 알았어?"

"네, 과장님."

고개를 꾸벅이는 지후의 대답에 창호가 그의 어깨를 토닥이곤 수술실을 나왔다. 창호가 나가고, 웃으며 자신의 어깨를 잡는 진영을 향해 지후가 미소를 지었다.

"잘했어, 오늘 멋있었다."

"고맙습니다, 한 선생님."

지후의 말에 진영이 여전히 미소를 지은 채 고개를 끄덕이곤 수술방을 나갔다. 진영이 나가고, 환자를 회복실에 옮기기 위해 나가는 호연이 뒤따라 나오려는 지후에게 수현을 가리키며 씩 웃곤 먼저 나갔다. 남아 있는 간호사들마저 고개를 꾸벅이곤 수술방을 나가자 수현이 굳은 표정으로 마스크를 벗는 지후에게 말했다.

"축하해, 오늘 잘했어. 1년차답지 않은 순발력이랑 민첩성이었어."

"고맙습니다."

자신의 말에 고개를 꾸벅이곤 수술 방을 나가려는 지후를 불러 세우며 수현이 다가섰다.

"미안해."

여전히 마스크를 쓴 채 말하는 수현을 보며 지후가 애써 차갑게 고개를 돌렸다.

"미안하다는 말, 꼭 하고 싶어서."

젖은 눈으로 자신에게 말하는 수현에게 지후가 먹먹해지는 가슴을 쓸어내리며 가슴속에 묻어 두었던 말을 꺼내었다.

"당신을 가슴에 담으면서부터, 당신이 누군가를 잊지 못해 가슴 아파하는 모습을 지켜봤을 때부터, 그리고 당신이 사랑했던 사람이 송지석인 걸 알았을 때까지 나 그런 생각을 했었어요. 왜 하필 우리는 이렇게 만났을까요. 왜 하필 당신이 내가 다니는 대학병원으로 왔는지, 왜 하필 당신이 내 학교 선배인 건지, 왜 하필 당신이 나보다 여섯 살이나 많은 여자로 태어났는지, 왜 하필 당신이 그 사람이 죽기 전까지 가장 사랑했던 여자였는지. 왜 하필 그 사람이 내 형인지……. 수도 없이 생각했었어요. 그런데 있죠, 내가 제일 안타까운 건요."

자신의 말에 어느새 눈물로 가득한 수현의 얼굴을 보며 지후 역시 젖은 눈으로 말을 이었다.

"왜 하필 내가 그 사람보다 당신을 더 늦게 만났을까, 라는 거예요. 미안하다는 말 하지 마세요. 당신을 가슴에 담은 것도, 당신이 꽂은 칼날을 빼는 것도 미안하다는 말을 들으려고 했던 것이 아니니까."

말을 마친 지후가 그대로 수술방을 나갔다. 뒤따라 나간 수현이 멀어지는 지후의 모습에 두 손으로 입을 가린 채 눈물을 닦아 내며 고개를 떨구었다.

◆

회복실에서 환자의 상태를 지켜보던 수현이 회복실로 들어서는 창호를 보며 일어나 고개를 꾸벅였다.

"마지막 수술한 소감은 어떠냐?"

"시원섭섭해요."

"시원섭섭했어? 그럼 안 되는데."

자신의 말에 무슨 뜻이냐는 수현의 표정을 보며 창호가 미소를 지었다.

"니 마지막 수술에 지후의 첫 집도를 맡기고 싶었다."

"……"

"지후를 가슴에 담아서 힘들기만 했던 니 가슴에 적어도 추억 한 가지는 남겨 주고 싶었다."

"과장님."

"고생했다, 수현아. 조심해서 가거라."

자신의 어깨를 조용히 안으며 등을 토닥이는 창호의 말에 수현의 눈에서 눈물이 떨어져 내렸다. 축축해지는 자신의 어깨에 창호는 가슴이 아파 왔지만 아무 말 없이 수현의 등을 한참 동안 토닥여 주었다.

퇴근을 하기 위해 차에 올라탄 지후가 울리는 벨소리에 주머니에서 핸드폰을 꺼내어 들었다. 액정에 뜨는 수현의 이름에 지후가 잠시 망설이더니 이내 통화키를 눌렀다.

"나야."

"말씀하십시오."

"아까 수술실에서 하려다 못 한 말, 해 주려고."

젖은 수현의 목소리에 지후는 가슴이 갑갑해 창문을 열며 입에 담배를 물었다.

"사랑해."

수화기 너머로 들리는 사랑한다는 말에 지후가 물고 있던 담배를 떨어트렸다.

"사랑해. 사랑하고 있었어, 어느새."

"선생님."

"왜 하필 너니. 그 사람이 나를 제일 사랑하고 있다는 말을 망설이게 한 사람이, 나를 만나기 전 그 사람이 세상에서 가장 사랑했던 사람이 왜 하필 너인 거니?"

"어디예요. 만나요, 병원이에요? 진료실에 있어요? 어디야?"

차에서 내리는 지후의 모습을 멀찌감치 차 안에서 지켜보던 수현이 나오려는 울음을 애써 삼키며 말을 이었다.

"어쩔 수가 없었나 봐. 결국은 널 사랑하게 될 거라는 걸 알면서도

밀어내 보려고 무던히도 애썼어. 그 사람을 닮아서라는 자기합리화를
해 보면서 난 널 밀어내는 척하면서 어느새 내 마음에 널 담았었나
봐."

말을 다 잇지 못하고 소리 없이 눈물을 흘리던 수현이 자신의 말에
차 앞에 굳은 채 서 있는 지후를 보곤 울음을 삼키며 고개를 숙였다.

"어디야? 말해. 내가 갈 테니까 어딘지 말하라고. 정수현."

"작은 기대도 했어. 지석 씨와 닮은 널 가슴에 담고 사랑하고 살면
지석 씨와 함께했던 시간들처럼 또 행복한 시간들이 올지도 모르겠다
고. 그런데 바보 같은 생각이었어. 되지 않는 바램이었어."

"정수현!"

"너무 늦게야 알아 버렸지만 우린 이렇게 만나서는 안 되는 사람들
이었어."

수화기 너머로 들리는 수현의 울음소리에 지후는 가슴이 찢어졌다.

"28년을 살면서 누군가의 이름을 떠올린다는 것만으로도 이렇게
가슴이 시리다는 걸 당신 때문에 알았어. 누군가를 생각하면서 정신
나간 사람처럼 웃을 수 있다는 것도, 그 사람의 눈물을 보면 내 눈에
서도 눈물이 흐를 수 있다는 것도, 누군가의 미소를 보면서 웃는 얼
굴이 이렇게 마음이 아프게 느껴질 수도 있다는 것도 당신 때문에 알
았어."

수현이 입을 가린 채 울음을 삼키며 지후의 목소리를 새겼다.

"그러니까 같이해요. 사랑하는 것도, 그래서 아픈 것도 누군가의
가슴을 아프게 해야 하는 걸 용서받는 것도 같이해요. 기다릴 수 있
어. 얼마든지 나 기다려 줄 수 있어. 당신이 송지석 다 비우고 나한테
올 용기가 생길 때까지 얼마든지 기다릴 수 있어."

"사랑한다는 말…… 한 번은 해 주고 싶었어. 한 번도 못 해 줘서,

내 마음 한 번도 말해 주지 못해서 서 선생 마음이 내 옆에 있었으면서도 늘 불안하고 초조했었다는 걸 알아. 그래서 꼭 한 번은 말해 주고 가고 싶었어. 다음에 시간이 좀 더 지나서 가슴에 있는 칼날의 상처가 아물어질 때쯤 꼭 한 번 다시 만나. 그때는 이렇게 아프지도 말고 슬프지도 말고…… 고마웠어. 서 선생, 내게 있어 지석 씨가 처음이자 마지막 사랑이 아니게 해줘서. 살아 있으면서 또 한 번의 가슴 떨린 감정을 느끼게 해줘서 고마웠어. 그리고 그 사랑을 지켜주지 못해서 미안해. 많이 사랑했어."

"나도 사랑해, 미치게 당신 사랑해. 정수현…… 정수현!"

자신의 말이 채 끝나기도 전에 통화를 마치는 음을 알리는 기계 소리에 지후가 다시 통화키를 눌렀다. 그러나 곧 들리는 기계음 소리에 신경질적으로 폴더를 닫곤 병원 안으로 들어섰다. 병원으로 뛰어 들어가는 지후의 모습을 지켜보며 수현은 운전석에 얼굴을 묻은 채 한참 동안 서러운 울음을 터트렸다.

중환자실로 들어오는 지후를 보며 차트를 확인하던 진영과 호연이 놀란 표정으로 일어서며 물었다.

"왜 그러세요? 무슨 일 있으세요?"

"형."

"무슨 일이야? 숨넘어가겠다. 왜 그래?"

"정 선생님. 정수현 선생님 어딨어? 진료실에도 없고 수술방에도 없고 온 병원을 다 뒤졌는데도 없어. 어딨는지 알아?"

숨을 헐떡이며 묻는 지후의 말에 진영이 고개를 저으며 핸드폰을 꺼내었다.

"안 받아."

그 말에 폴더를 연 진영이 다시 핸드폰을 주머니에 넣곤 지후에게
물었다.

"무슨 일 있어?"

[다음에 시간이 좀 더 지나서 가슴에 있는 칼날의 상처가 아물어질
때쯤 꼭 한 번 다시 만나. 그때는 이렇게 아프지도 말고 슬프지도 말
고…… 고마웠어.]

수현의 말을 떠올린 지후가 진영의 물음에 금방이라도 울 것 같은
표정으로 말했다.

"없어졌어."

"뭐야?"

"정수현…… 사라졌다고! 찾을 거야, 내가 찾아서……."

몸을 돌려 중환자실을 나가려던 지후가 굳은 표정으로 중환자실을
들어서는 창호를 보며 걸음을 멈추었다.

"보내 줘라, 지후야."

"삼촌."

"수현이 보내 줘."

"삼촌!"

"지금은 너도, 수현이도 서로 옆에 있으면 힘들기만 할 거야. 그
상처가 아물기 전까지는 너희들 아무것도 못 할 거야. 보내 줘라, 지
후야. 수현이가 다시 돌아올 때까지 기다려 줘."

자신의 어깨에 손을 올리며 말하는 창호를 보며 지후의 눈에서 한
줄기 눈물이 떨어졌다.

"안 오면, 안 돌아오면 어떡할 거예요. 삼촌이 책임지실 거예요?"

"내가 왜 책임지냐? 이놈아!"

지후의 머리에 꿀밤을 먹이며 말하는 창호가 작게 미소를 지어 보

이곤 말을 이었다.

"그때는 니가 찾아가면 되지 않냐."

"……."

"시간이 좀 지나게 내버려 두자, 지후야. 니 가슴에, 정 선생 가슴에 박혀 버린 칼날의 상처가 아프지 않고 무디어질 때까지 기다려 보자꾸나, 지후야."

인자하게 미소를 지은 채 자신의 어깨를 토닥이며 하는 창호의 말에 지후가 떨어지는 눈물을 닦으며 그를 노려보았다.

"그때 가서 정수현 찾아서 내 옆에 두면 그때는 무조건 내 편이 되어 줄 거라고 약속해 주세요."

눈물을 닦으며 허리를 들어 자신을 보는 지후의 표정에 창호가 미소를 지은 채 고개를 끄덕였다. 그런 두 사람의 모습을 지켜보고 있던 진영 역시 웃으며 지후의 어깨에 손을 얹었다. 그렇게 지후는 수현을 보냈다.

◆

2년 뒤, 동의대학병원.

"야! 박 인턴! 너 빨리 안 튀어 와!"

병동 스테이션에서 쩌렁쩌렁하게 지후의 목소리가 울려 퍼졌다. 지후의 목소리에 조제실에 숨어 있던 인턴이 고개를 빼꼼 내밀었다.

"이리 안 튀어나와?"

"예, 치프 선생님!"

그의 말에 인턴인 박은권이 지후의 앞으로 쪼르륵 가 두 손을 모으고 고개를 숙였다.

"너, 내가 채진선 환자 씨티 촬영이랑 CBC(complete blood count-말초혈액검사, 백혈구, 적혈구, 혈소판, 헤모글로빈 말초 혈액 성분의 총량을 나타내는 혈액검사의 일종) 검사하라 했어, 안 했어?"

"아직 안 했습니다."

"아직? 오더 내린 지가 언젠데 아직이라는 거야? 환자 심실세동(심장의 박동에서 심실의 각 부분이 무질서하게 불규칙적으로 수축하는 상태) 왔었어, 이 자식아!"

"잘못했습니다. 죽을죄를 졌습니다."

"말로만 잘못했다 그러면 다야? 너 환자 숨넘어갔으면 어쩔 뻔했어? 어! 환자 죽이고도 잘못했다는 말만 할 거야!"

고개를 푹 숙인 채 울상을 짓고 있는 은권을 구경하고 있던 호연이 지후를 향해 피식 웃었다.

"왜 웃으십니까? 장 선생님."

"몰라서 묻냐? 니 입에서 그런 말이 나오니 우스워서 그런다."

"예?"

"천하의 서지후가 자기가 한 일은 생각도 못 하고 박 선생 닦달하는 게……."

"장 선생님! 선생님이 이러시니까 이놈이 절 우습게 보는 거 아닙니까?"

지후의 말에 호연의 이마에 주름이 생겼다.

"뭐야, 이 자식아? 내가 뭘 어쨌다고 이래? 이게?"

"이게, 가 뭡니까? 이게, 가. 제가 이겁니까? 저도 이제 4년차입니다. 맨날 밑에 차들 앞에서 저 면박 주고 하시니까 밑에 것들이 저를 만만하게 보는 거 아닙니까? 그리고 박 선생이요? 인턴이 선생입니까? 저한테 하셨던 말씀 잊으셨어요? 인턴은 의사가 아니라면서요?"

두 손을 허리에 놓고 노려보는 지후의 표정에 호연이 헛기침을 하며 머리를 긁적였다. 그리곤 애꿎은 은권에게 고개를 돌리곤 소리쳤다.

"너 왜 하늘같은 치프 선생 말을 안 들어? 우리 병원에서는 전문의, 스텝, 교수님들보다 치프 선생이 더 무서워. 치프 선생이 하는 말은 가슴 깊이 새겨들어. 알았어?"

"예! 선생님. 그럼 저 검사실 다녀오겠습니다."

두 사람의 눈치를 보며 몸을 돌리는 은권의 가운 옷깃을 잡아당기며 지후가 말했다.

"가긴 어딜 가? 벌써 내가 다 했거든? 이게 어딜 은근슬쩍 내빼려고. 나랑 옥상 좀 가서……."

"은근슬쩍 내빼는 것도 어쩜 그리 너랑……."

고개를 돌려 자신을 노려보는 지후의 표정에 호연이 말을 하다 멈추고 고개를 돌리며 말했다.

"살살하시죠? 치프 선생님?"

"선생님. 주 간호사님이 진통으로 응급실에 계시다는데요?"

스테이션에 있던 간호사의 말에 호연과 지후가 놀란 표정으로 쳐다보곤 말을 이었다.

"아직 예정일 남았는데 무슨 진통이 벌써 와?"

"지금 그런 말 할 시간이 있으세요? 무슨 일 있으면 호출하세요."

그리곤 응급실로 뛰어가는 지후를 보며 호연이 서둘러 따라 뛰었다.

완결

　신생아실 창문 너머로 보이는 아기의 모습에 지후와 호연이 활짝 미소를 지었다.

　"너무 예쁘다."

　"당연하지, 누구 딸인데. 정말 수고했어요."

　하영의 어깨를 두 손으로 감싸며 말하는 호연의 표정에 지후가 미소를 지으며 아기에게로 고개를 돌렸다.

　"다행이다, 장 선생님 안 닮아서."

　"뭐야? 이 자식이. 근데 아까는 내가 인턴 있어서 말하려다 참았는데 요새 슬슬 기어오른다, 너. 치프가 되니까 눈에 뵈는 게 없지?"

　여전히 하영을 안은 채 지후를 흘겨보는 호연의 표정에 하영이 호연의 가슴을 밀며 말했다.

　"그만해요, 두 사람. 우리 아기 앞에서 뭐하는 거예요?"

"미안해, 자기."

"치. 나 섭섭했어요. 어떻게 아빠보다 삼촌이 더 먼저 올 수가 있어요?"

"아니야, 내가 먼저 가려고 했는데 저놈의 자식이 먼저……. 야, 인마! 그러게 니가 왜 먼저 뛰어가, 뛰어가길. 니가 괜히 먼저 뛰어가는 바람에 내가 욕을 먹는 거잖냐."

호연의 말에 지후가 아기에게로 시선을 돌리며 말했다.

"하영이 뱃속에 있던 저놈 열 달 보살펴 준 게 저니까 그렇죠. 장 선생님이 전문의 공부한다고 제가 하영이, 아니 형수님 뒷바라지 다 했잖아요. 그런 놈이 세상에 나온다니 신기해서 그랬죠. 안녕, 내가 니 작은아빠다, 작은아빠."

"작은아빠는 누가 작은아빠야!"

신생아실 거울 앞에 떡 붙어 옥신각신하는 두 사람의 모습에 하영은 행복한 미소를 지으며 아기에게로 고개를 돌렸다. 지후를 가슴에서 비워 내고, 호연으로 인해 그 상처가 길지 않았던 하영은 1년 전 병원을 떠들썩하게 만든 호연의 프러포즈에 눈물을 흘리며 청혼을 받아들였다. 서로 이마를 맞대고 아이를 보며 환하게 웃는 호연과 하영의 모습에 지후는 가슴이 푸근해져 왔다. 결혼식 날 신부대기실에 있는 하영을 따뜻하게 안아 주던 자신의 가슴에 울음을 터트리며 했던 하영의 말을 떠올렸다.

[10년 전에는 꿈에도 생각 못 했어. 내가 너 아닌 다른 사람의 옆에 이걸 입고 서게 될 줄은……. 고마워, 내 가슴에 칼날 뽑게 해 줘서, 저 사람 가슴에 담게 해 줘서.]

하영의 말을 떠올린 지후가 행복하냐 물었던 자신의 물음에 답한 하영의 환한 얼굴을 다시 떠올렸다.

[응, 행복해. 지후야 니 말 틀렸어. 칼날을 빼면 숨도 못 쉴 것처럼 아프고 힘들 거라는 말, 그거 아니야, 지후야. 칼날을 빼니까 더 숨통이 트이고 살 만해. 그걸 너도, 정 선생님도 빨리 알았으면 좋겠어. 난 너라는 칼날을 뽑고 너무나 살 만하다, 지후야. 이렇게 행복한 순간도 있다는 걸 너라는 칼날을 뽑고야 알았어. 고맙다, 서지후.]

그리곤 시간이 지나 어느새 세상 누구보다 행복한 얼굴로 두 사람의 결실인 아기를 보고 있는 모습에 지후는 조용히 웃으며 의국으로 몸을 돌렸다. 의국으로 들어와 의자에 기대 눈을 감고 있던 지후가 의국 문이 열리는 소리에 고개를 들었다.

"왜 그러고 있어? 침대에 좀 누워 있지."

"누우면 잘 거 같아서요."

"눈 좀 붙이지. 어제 당직이었다면서."

"좀 있다 수술 들어가야 해요. 교수님은 어쩐 일이세요?"

지후의 말에 진영이 미소를 지으며 스틱커피가 든 통을 들며 흔들었다.

"의국에 커피 다 떨어졌더라."

물을 끓이고 커피를 타는 지후의 모습을 테이블에 앉아 쳐다보던 진영이 달력으로 고개를 돌렸다.

"주말이구나."

그 말에 지후가 진영의 앞에 커피를 놔주곤 달력을 보았다. 빨간 표시가 된 달력을 보며 지후가 고개를 끄덕이곤 말없이 커피를 마셨다.

"지후야."

"네, 선생님."

"수현이 귀국했다더라."

진영의 말에 지후가 놀란 표정으로 들고 있던 커피 잔을 내려놓았다.

"이번에 강릉대학병원에 마취과 스텝으로 간 모양이야."

자신의 말에 굳은 표정으로 고개를 끄덕이는 지후에게 진영이 물었다.

"가 볼 거니?"

"아니."

조심스럽게 물었던 자신의 말에 의외의 대답을 한 지후를 향해 진영이 커피 잔을 들었다.

"언제쯤 올린지 기다려 보려고. 내가 먼저 갈 거였으면 가도 벌써 영국으로 갔었어. 기다려 볼 거야. 나 찾아올 때까지 기다려 봐 줄 거야."

"지후야."

"안 찾아오면 죽을 때까지 혼자 살면서 괴롭혀 줄 거야. 나 말고 다른 놈 만나거나 결혼 같은 거 하면 혼자 쭈그렁 할아버지 되어서라도 쫓아다녀서 괴롭혀 줄 겁니다."

씩 웃으며 하는 지후의 대답에 진영이 미소를 지었다.

"이제 괜찮아졌구나?"

"아직 그 여자 생각하면 여기가 아파. 그런데 예전처럼 죽을 것처럼, 숨도 못 쉴 것처럼 아프지는 않아. 만약 이대로 그 여자를 못 보고 산다고 해도 살 수 있을지도 모른다는 생각이 들어. 그렇지만 한 번 사는 인생인데 살아도 사는 게 아닌 것처럼 평생을 살 수는 없잖아."

지후의 말에 진영이 웃음을 거두었다.

"너…… 2년 동안 그렇게 살았어? 살아도 사는 게 아닌 것처럼 살

앉어?"

"그럼 심장에 꽂혀 있던 칼날을 뽑았는데 온전히 살아질 것 같아?"

"지후야……."

"그런 눈으로 보지 마. 그렇다고 2년 동안 헛살았다는 생각은 안 해. 덕분에 난 무사히 레지던트 생활 마칠 수도 있을 거 같고, 그 여자도 이제는 숨 좀 쉬고 사는 거 같기도 하고. 그리고 나도 좀 센치해진 거도 같고. 아냐?"

애써 미소를 지으며 웃는 지후를 향해 진영이 말없이 웃으며 고개를 끄덕였다.

강해졌구나, 지후야.

"형, 장 선생님 아기 봤어? 무지 예뻐. 하영이 닮아서 이목구비가 또렷해 가지고 진짜 예쁘더라."

"응. 아까 잠시 보고 왔는데 예쁘더라."

"형은 왜 장가 안 가? 설마 아직도 그 여자 맘에 두고 있는 거야?"

지후의 물음에 진영이 피식 웃으며 커피 잔을 들었다.

"그럴 리가. 너 조만간에 국수 먹게 될지도 몰라."

"뭐야? 누구야? 어떤 여자야? 병원 사람이야? 의사야? 간호사야? 몇 살인데?"

"하나씩만 물어봐라. 병원 사람 아니고 나이는 너보다 한 살 어리고 배구 선수야."

"배구 선수?"

병원 입구에 서 나란히 미소를 짓고 있는 진영과 수희를 보며 지후가 고개를 꾸벅였다.

"안녕하세요, 말씀 많이 들었습니다. 송수희라고 해요."

환한 미소를 지으며 고개를 숙이는 수희의 모습에 지후가 웃으며 고개를 꾸벅이곤 머리를 긁적였다.

"제 이야기 많이 들으셨어요? 전 오늘 처음 그쪽…… 아니 형수님 이야기 들었는데."

"형수님……이요?"

얼굴을 붉히며 수줍게 진영을 보는 수희에게 지후가 미소를 지으며 말했다.

"형이 곧 국수 먹게 해 준다던데 혼자 짝사랑하고 있는 거였나 봐요."

그의 말에 진영이 지후를 노려보곤 수희에게로 고개를 돌렸다.

"정말 나 혼자 짝사랑하고 있는 거예요?"

눈을 동그랗게 뜬 채 자신을 보고 묻는 진영과 의미심장한 표정으로 자신의 답을 기다리는 듯 보이는 지후의 표정에 수희가 부끄러운 듯 고개를 떨구며 말했다.

"아니에요."

수희의 대답에 진영과 지후가 서로 마주 보며 웃음을 터트렸다. 잠시 후 병원 앞 공원으로 걸음을 옮기는 두 사람의 모습에 지후는 옅은 미소를 지었다.

[오래됐어, 지후야. 니가 수현이를 만나기 전부터…… 내가 의사가 되기 전부터…….]

아주 오래전 수현에 대한 진영의 마음을 들었던 기억을 떠올린 지후가 어느새 또 다른 사람을 만나 사랑을 시작하게 되었다는 사실에 가슴이 뭉클해져 왔다. 오랫동안 가슴에 담은 수현에 대한 감정을 자신으로 인해 묻어야 했던 진영에게 미안한 마음을 가지고 있었던 지후였었다. 하지만 수희의 어깨를 안고 웃고 있는 진영의 모습에 지후는 미소를 지으며 병원으로 몸을 돌렸다.

행복해져라, 형.

"코드블루 흉부외과, 코드블루 흉부외과."

병원 내에 알리는 응급 소리에 스테이션에 있던 지후가 서둘러 응급실로 뛰어 들어갔다.

"심근경색에 엠알(MR-승모판 폐쇄부전증)입니다."

"바이탈은?"

"70에 40입니다."

"도파민 올리고 IABP(intra-arotic baiioon pump-대동맥 내 풍선펌프, 심장 기능을 일시적으로 보조하는 장치. 합병증에 사용 가능) 준비해, 시간 없어. 빨리!"

지후의 말에 인턴인 은권이 서둘러 준비를 마쳤다. 어느새 마취과에서 뛰어온 전문의가 메스를 쥐고 있는 지후를 보며 긴장한 표정으로 물었다.

"할 수 있겠어? 전문의 선생님은 왜 안 보이셔?"

"수술 들어가셨습니다. 곧 오실 겁니다. 그때까지 못 기다려요. 환자 넘어갑니다."

지후의 말에 마취과 전문의가 고개를 끄덕이자 지후가 펑쳐(진단에 필요한 수액(髓液)의 채취 또는 약제 주입의 목적으로 요추 사이에서 긴 바늘(성인의 경우 9~10cm)을 지주막하강(蜘蛛膜下腔)에 찔러 넣는 일)를 한 후 니들로 메스로 절개한 부분의 절개 창을 넓혔다. 지후의 빠른 손놀림에 마취과 전문의와 은권이 놀란 표정으로 마주 보곤 다시 그에게로 고개를 돌렸다. 수술을 마치고 응급실에 들어선 진영 역시 놀란 표정으로 IABP 중인 지후를 숨죽인 채 지켜보고 있었다.

"됐습니다."

지후의 말에 마취과 전문의가 IABP기계를 연결하곤 버튼을 눌렀다.

"됐어요, 혈압 잡혔습니다."

"빨리 수술방 어렌지하고 김 과장님께…….."

"내가 할게. 씨티 빨리 불러 올리고 수술방 잡아. 서 선생 어시스트 들어오고."

"네, 선생님."

그리곤 몸을 돌려 응급실을 나가는 진영의 모습에 지후 역시 굳은 표정으로 장갑을 벗으며 응급실을 나섰다.

수술을 마치고 회복실로 환자가 이동하는 모습을 본 지후가 마스크를 벗는 진영에게 고개를 꾸벅였다.

"수고하셨습니다."

"서 선생도 수고 많았어. IABP 쉽지 않았을 텐데 잘하던데?"

"저도 4년차 아닙니까? 작년에 장 선생님 하시는 거 옆에서 지켜봤었습니다."

지후의 말에 진영이 미소를 짓곤 고개를 끄덕였다.

"이 정도면 내년 전문의는 문제없겠다, 지후야."

자신의 어깨를 두드리며 웃는 진영의 말에 지후가 미소를 지으며 수술방을 나섰다. 수술을 마치고 의국으로 들어선 지후가 창호의 호출에 과장실로 들어섰다.

"부르셨어요?"

"너 주말에 부산 좀 내려가라."

"예? 부산은 왜요?"

"부산에 흉부외과 학술 세미나 있는데 내가 그날 수술이 잡혔다."

창호의 말에 지후가 미간을 찌푸렸다.

"근데 그걸 왜 절 보내세요? 장 선생님이나 한 선생님 놔두고……. 저 조카라고 이렇게 편애하시면 나중에 원성 듣습니다, 과장님."

"이 자식이…… 장 선생은 이번 주까지 연차 썼고, 한 선생도 그날 수술 잡혔으니 너보고 가라는 거 아니냐?"

"근데 왜 하필 저예요, 주말 형 기일인데……."

지후의 말에 창호가 얼른 탁자에 있던 달력을 집어 들었다.

"그렇구나. 그래도 니가 가야지, 밑에 차들 보낼 수 없는 자리다. 그래서 너한테 가라는 거 아니냐. 지석이 기일이야 매년 돌아오는 거, 하루 일찍이면 어떻고 늦으면 어때?"

"알았어요. 갔다 오면 되잖아요, 갔다 오면."

과장실을 나온 지후가 길게 한숨을 내쉬었다. 의국으로 향하던 지후가 진료실에서 나오는 진영의 모습에 걸음을 멈추고 고개를 숙였다.

"퇴근하세요?"

"응."

"넌 표정이 왜 그래?"

"그냥 좀…… 내일 오프시라면서요."

"어. 그래서 수현이한테 좀 다녀올까 하고."

진영의 말에 지후가 굳은 표정으로 고개를 끄덕였다.

"같이…… 가 볼래?"

"아니, 다녀오세요. 다녀와서 잘…… 지내는지, 살 만은 한지…… 만 가르쳐 주세요."

그리곤 다시 고개를 꾸벅이곤 돌아서는 지후의 모습에 진영이 짧은 한숨을 내쉬며 걸음을 옮겼다.

강릉의 한 레스토랑에 도착한 진영이 먼저 도착해 자신을 향해 손을 흔들고 있는 수현의 모습에 미소를 지으며 걸었다.

"오랜만이다, 정 선생."

"오랜만이야, 한 선생."

악수를 나눈 두 사람이 누가 먼저 할 것 없이 어깨를 당겨 안았다.

"예뻐졌다, 정수현."

"너도 몰라보겠는데? 잘 지냈지?"

환하게 미소를 지으며 묻는 수현의 말에 진영이 웃으며 고개를 끄덕였다.

밥을 먹은 후 후식인 커피가 나오자 수현이 미소를 지으며 말했다.

"과장님은 잘 계시지? 찾아뵌다고 연락은 드렸는데 안 가지네, 잘."

수현의 말에 진영이 커피 잔을 들었다 놓으며 입을 열었다.

"지후 때문에?"

자신의 말에 표정이 굳어지는 수현을 향해 진영이 말을 이었다.

"지후 소식 안 궁금해?"

"……잘…… 지내지?"

"응. 잘 지내긴 한데 살아도 사는 게 아니란다, 지후가."

커피를 휘휘 저으며 말하는 진영을 보며 수현은 조여 오는 가슴에 말없이 커피 잔을 들었다.

"넌 살 만하니?"

"진영아."

"지후…… 너 기다리고 있어."

"진영아."

"지후가 널 보낸 건……."

"그만하자, 진영아. 나 서 선생이야긴 안 듣고 싶어."

"나, 알고 있어. 너 지석이 기일마다 귀국해서 우리 병원 다녀간 거. 지후 보려고 왔던 거 아니니? 과장님이 말씀해 주셨는데 아는 척 하지 말라고 하셔서 많이 참았다, 수현아."

젖은 눈으로 커피 잔을 드는 수현에게 말하며 진영이 커피 잔을 내려놓았다.

"아직도 시간이 더 필요하니?"

한참 동안 대답 없이 커피만 마시는 수현을 보며 진영이 짧은 한숨을 내쉬곤 고개를 돌렸다. 잠시 후 레스토랑을 나온 수현이 주차장 앞에 서서 진영에게 손을 내밀며 웃었다.

"조심해서 가."

"너도 조심히 들어가라. 곧…… 지석이 기일이야. 가 볼 거니?"

"응. 지석 씨 기일 날 장시간 수술이 잡힐 거 같아서 전날 다녀올 생각이야. 넌?"

수현의 말에 진영이 고개를 끄덕이곤 말했다.

"난 기일 날 오전에 잠깐 다녀오려고. 종종 한 번씩 보자, 수현아."

"응. 연락해."

그리곤 차에 올라타는 수현을 보곤 진영이 자신의 차로 몸을 돌렸다. 진영과 헤어진 수현이 병원 앞에 차를 대곤 핸들에 얼굴을 묻었다.

[잘 지내긴 한데 살아도 사는 게 아니란다, 지후가.]

진영의 말을 떠올린 수현이 먹먹해지는 가슴에 고개를 저으며 차키를 꽂았다. 울리는 전화벨 소리에 수현이 액정에 뜬 창호의 이름을 확인하곤 통화 버튼을 눌렀다.

"과장님."

◆

강릉의 한 커피숍에 들어선 수현이 창호의 옆에 앉아 있는 은숙을 보며 놀란 표정으로 걸음을 멈추었다. 굳은 표정으로 와 고개를 꾸벅이는 수현에게 창호와 은숙이 미소를 지었다.

"오랜만이구나, 수현아."

"네, 어머님. 잘…… 지내셨어요?"

수현의 말에 은숙이 대답 없이 미소를 지은 채 고개만 끄덕였다. 그런 두 사람의 모습을 보던 창호가 양복 재킷을 들고 일어서더니 수현의 어깨에 손을 얹으며 말했다.

"난 빠져 줘야 할 거 같아서 이만 일어납니다. 수현아, 강릉에 부원장님이랑 약속이 있어 병원으로 가는 길이니 병원에서 보자."

"네, 과장님."

그렇게 창호가 커피숍을 나가고, 은숙이 종업원이 커피를 놓고 가자 수현에게 먼저 내밀었다. 커피가 다 식을 때까지도 말없이 고개만 숙이고 있는 수현에게, 은숙이 커피 잔을 내려놓으며 말했다.

"너 귀국했다는 소리 듣고 내가 삼촌한테 만나자고 부탁했다. 내가 먼저 연락하면 니가 불편해할 거 같아서."

"아니에요, 어머님. 제가 왜 어머님을……."

말을 다 잇지 못하고 다시 고개를 떨구는 수현의 모습에 은숙이 다시 커피 잔을 입에 갖다 대곤 말을 이었다.

"수현아, 내가 했던 말 기억하니?"

"네?"

"니가 영국으로 갔다는 소식을 듣고 많이 놀랐다."

"……."

"하나 남은 자식마저 아프게 하고 싶지 않다는 내 말을 니가 오해
한 거 같더구나."

고개를 들며 자신을 보는 수현에게 은숙이 미소를 지으며 다시 말
했다.

"그래, 처음엔 많이 놀랐었다. 지석이 짝이었던 너를 지후가 마음
에 담고 있다는 말을 삼촌한테 듣고 얼마나 놀랐었는지……. 그때는
솔직히 지후를 불러다 놓고 채찍질을 하려고 했어. 그런데 널 보는
지후의 눈빛을 보고 내가 포기해야겠다고 생각했다. 널 향한 지후의
마음이 접어지지 않을 감정이구나 싶어서 시간을 좀 끌더라도 결국은
져 줘야지 하고 생각했었다."

"어머님……."

"그런데 얼마 지나지 않아서 니가 영국으로 갔다는 소리를 듣고는
또 놀랐었다. 수현아."

자신의 손을 꼭 붙잡고 이름을 부르는 은숙을 보는 수현의 눈에서
눈물이 떨어졌다.

"우리 지후…… 아직까지 수현이 널 못 잊고 있다."

"어머님."

"어미가 자식 속을 왜 모르겠니? 자식 이기는 부모 없다고, 내 자
식이 아프다는데 가 버린 자식 때문에 남은 자식을 아프게 할 수는
없잖니? 수현아, 나는 니가 지후라도 괜찮다면 널 받아들일 준비가

됐다."

"어머님…… 전……."

"지후 놈에게는 조금 더 버티어 볼 작정이다만, 너한테는 말해 주고 싶어서 이렇게 왔다."

은숙의 말에 수현의 눈에서 닭똥 같은 눈물이 흘러내렸다. 자신의 손을 꼭 잡은 채 눈물을 떨구는 수현의 손을 토닥이며 은숙이 미소를 지으며 고개를 끄덕였다.

은숙을 보내고 병원으로 들어선 수현이 자신의 진료실에서 기다리고 있는 창호를 보며 미소를 지었다. 자신을 향해 활짝 웃고 있는 창호의 표정에 수현이 눈물을 흘리며 고개를 숙였다. 그런 수현에게 다가가 조용히 안은 창호가 천천히 수현의 등을 쓸어내리곤 고개를 끄덕였다.

"그래, 그래. 울어라, 수현아. 그동안 지석이 보내고 지후 담느라 마음고생 한 만큼 울어, 울어도 된다."

창호의 말에 수현이 창호의 품에 안겨 서럽게 울음을 터트렸다. 지후를 떠나기만 하면 마음에서도 비워질 줄 알았다. 그러나 지석의 자리에 들어온 지후가 시간이 갈수록 더 깊이 새겨져 버렸다. 혼자 빼내고 정리하면 될 줄 알았던 지후의 칼날이 독이 되어 버린 것이다. 칼날의 상처는 아물어지지 않고 더 깊어지고 곪을 수도 있다는 걸 수현은 몰랐었다.

◆

주머니에 손을 넣고 의국으로 들어선 진영이 가운을 벗는 지후에게 물었다.

"어디 가?"

"형한테."

"지석이한테? 왜? 내일 나랑 같이 가지."

진영의 말에 지후가 인상을 찌푸리며 재킷 깃을 바로잡아 세웠다.

"나도 그러고 싶은데, 낼 과장님 때문에 부산 가야 해서 오늘 갔다 오려고."

어깨를 들썩이곤 차키와 핸드폰을 챙겨 드는 지후를 보며 진영이 놀란 표정으로 수현이 했던 말을 떠올렸다.

[지석 씨 기일 날 장시간 수술이 잡힐 거 같아서 전날 다녀올 생각이야.]

놀란 얼굴로 자신을 보고 있는 진영의 모습에 의국을 나서려던 지후의 눈이 커졌다.

"왜 그래?"

"어, 아니다. 조심해서 갔다 와라."

"예썰. 형, 내일 또 오프 잡았다면서? 갔다 와서 저녁에 간단히 맥주나 한잔해요. 나 부산에 내일 오전 늦게 출발할 거 같으니까."

의국을 나가는 지후를 보고 있던 진영이 얼른 지후를 따라 의국을 나섰다.

"서지후!"

자신의 부름에 고개를 돌리는 지후에게 진영이 활짝 웃으며 말했다.

"행운을 빈다, 서지후."

그리곤 의국으로 쏙 들어가 버리는 진영을 향해 지후가 피식 웃어 보이곤 걸음을 옮겼다.

납골당에 도착한 수현이 지석의 단을 쓸어내리며 미소를 지었다.

"지석 씨, 나 왔어. 오랜 만이지? 잘 지냈어?"

아주 오래간만에 왔어. 당신 기일에 맞춰서 매년 귀국을 했으면서도 난 당신이 아니라 다른 사람의 뒷모습을, 다른 사람의 소식을 듣고 갔었어. 당신한테 너무 미안해서 나 면목이 없어서 못 왔어. 지석씨…… 나 당신 동생 옆에, 서 선생 옆에 있어도 될까? 당신 없이 살아야 할 남은 인생을 누군가와 함께해야 한다면 나 당신 동생이랑 하고 싶어. 너무 많이 아프게 하고 돌아섰는데 여전히 그 사람은 날 기다리고 있대. 지석 씨만 허락한다면 나…… 당신 동생 옆에 있고 싶어.

눈물이 가득 고인 얼굴로 말을 잇던 수현이 단을 열어 지석이 선물해 준 반지를 넣었다. 두 개가 나란히 놓인 반지를 쓸어내린 수현이 활짝 웃고 있는 지석의 사진을 들었다.

"미안해, 송지석."

난 상상도 못 했어. 당신 아닌 다른 사람이 내 마음에 들어오게 될줄은, 그게 당신 동생이 될 줄은 정말 몰랐는데…… 나 용서해 줄 거지? 그래도 당신 동생이어서 나 조금은 다행이야. 당신을 영영 잊지 않아도 당신 동생은 나 원망하지 않을 테니까.

"이런 말 하는 거 너무 염치없고 부끄럽다. 나, 나중에 당신 어떻게 보지?"

피식 웃던 수현은 지석의 단에 비친 그림자에 가슴이 두근거렸다. 자신을 향한 시선을 느낀 수현이 천천히 몸을 돌렸다. 굳은 표정으로 고개를 떨구는 지후의 표정에 수현의 눈에서 눈물이 떨어졌다.

[행운을 빈다, 서지후.]

이런 뜻이었어? 그래서 형…….

진영의 말을 떠올린 지후가 옅은 미소를 지으며 수현을 향해 고개를 들었다. 나오려는 눈물을 애써 삼키며 두 손으로 입을 가린 채 자신을 보는 수현에게 지후가 웃으며 말했다.

"오랜만에 만났는데 그 손 좀 내려봐요. 손이 얼굴 반을 다 가리네. 얼마나 늙었는지 좀 보자구. 정 선생님."

자신에게 한 걸음 다가오는 지후의 모습에 수현이 고개를 숙이며 떨리는 두 눈을 감았다.

"형이 나한테 당신을 불러 줬나 봐. 이제 그만 아파하라고 당신한테 가 보라더라고, 송지석이."

"…….""

"이제 우리도 살 만해져야 하지 않겠어요? 난 그러고 싶은데, 당신은 여전히 뛰지 않는 심장을 가지고 살 수 있나 봐요?"

지후의 말에 수현이 천천히 고개를 들었다.

"아직 살 만해요? 그럼 더 살아 봐요. 나…….""

그녀를 뒤로한 채 돌아서려던 지후가 등 뒤로 들리는 수현의 목소리에 걸음을 멈추었다.

"만나러 가려고 했어."

"…….""

"서 선생을 만나러 가려고 했어."

수현의 말에 지후가 몸을 돌려 그녀를 보았다. 흐르는 눈물을 닦지도 않은 채 자신을 보는 수현의 표정에 지후가 미소를 지으며 그대로 다가가 그녀의 어깨를 당겨 안았다.

"보고 싶었어."

"나도 보고 싶었어요. 정말 미치게 보고 싶었다, 정수현."

자신의 어깨를 꼭 안으며 고개를 숙이는 지후의 허리를 마주 안으며 수현이 젖은 눈으로 미소를 지었다. 두 사람의 모습에 단에 들어 있던 지석의 사진이 반지를 덮으며 넘어졌다.

[아무리 내가 허락했기로서니 너희들! 내 앞에서 뭐하는 짓이야?]

— The End

Scarlet
스칼렛

Scarlet

스칼렛